WARSCHAUER

Bibliografische Information der Deutschen Nationalbibliothek

Die Deutsche Nationalbibliothek verzeichnet diese Publikation in der Deutschen Nationalbibliografie; detaillierte bibliografische Daten sind im Internet über http://dnb.d-nb.de abrufbar.

KulturBrauerei Haus 2, Schönhauser Allee 37, 10435 Berlin
post@bebraverlag.de
Lektorat: Gabriele Dietz, Berlin
Umschlag: Ansichtssache, Berlin, unter Verwendung
eines Fotos von Guntier/Quelle: photocase
Satzbild: Friedrich, Berlin
Schrift: Stempel Garamond 10/13,5 pt
Druck und Bindung: Finidr, Český Těšín
ISBN 978-3-89809-535-8

www.bebraverlag.de

Krause & Winckelkopf

WARSCHAUER

Ein Friedrichshain Krimi

berlin.krimi.verlag
be.bra verlag

I.

Dunst liegt über der Spree. Die gelbrot verfärbten Baumkronen am Kreuzberger Ufer sind nur schemenhaft erkennbar. Für einen Tag im November ist es recht warm und selbst hier am Fluss bewegt nur ein milder Windzug die feuchte Luft. Durch den langen Spaziergang aufgeheizt, öffne ich die Knöpfe der Jacke. Mein Vater bleibt stehen und schaut mich an.

»Du läufst rum, als hätte dich die Heilsarmee eingekleidet.« Er kann's nicht lassen. »Reicht das Geld nicht aus, das wir dir überweisen? Kannst du dir nichts Vernünftiges leisten?«

»Wieso«, sage ich ganz ruhig, »sieht doch schön aus.«

»Die ollen Stofflappen? Schön?«, mokiert er sich. »Die sind doch schon mottenstichig.«

»Lass sie, Thomas«, greift meine Mutter zaghaft ein. Dann lehnt sie sich genervt gegen das Ufergeländer. Er stellt sich neben sie und blickt zum blauen Lichtband am Dach der O2-World. Ein paar Meter neben uns lässt sich eine Touristengruppe von einem Passanten fotografieren. Ein vor Chrom blitzender Kinderwagen wird an uns vorbeigeschoben. Das Baby darin beugt sich neugierig vor, eine Sekunde lang schaut es mich mit großen, weltraumfarbenen Augen an. Das Pärchen mit dem Kinderwagen ist gerade einen Schritt entfernt, als es zum Fluss gewandt stehen bleibt. Seine Arme umgreifen ihre Hüften, ihre Arme legen sich um seinen Hals, dann küssen sie sich. Als sie sich wieder voneinander lösen, erwache ich aus einer kurzen Starre, wende schnell den Blick ab und fühle mich ertappt.

Meine Mutter kramt in ihrer Handtasche, mein Vater starrt noch immer vor sich hin. Auf den Stufen vor dem abschüssigen Wiesenstück sitzen Leute, die Sonnenbrillen tragen, obwohl die Sonne den ganzen Vormittag über nicht zum Vorschein gekommen ist. Andere nehmen Zeitungen als

Sitzunterlage und trinken Kaffee aus Pappbechern. Jugendliche kicken sich auf dem nassen Sand des kleinen Volleyballfelds einen Hackysack zu.

Seitdem ich in Berlin studiere, haben meine Eltern mich nur ein einziges Mal besucht, weil ihnen angeblich die Bahnfahrt von Münster aus zu weit ist. Sie erwarten, dass ich zu ihnen komme, aber vergessen dabei, dass der Weg nach Münster noch viel weiter ist als umgekehrt. In Berlin gibt es für jeden was, aber im Münsterland nichts für mich. Dieses Mal ist es ein Kontrollbesuch. Mein Vater meint, dass wenn ich schon etwas so Unbrauchbares wie Literatur- und Kulturwissenschaft studiere, ich das Studium wenigstens in der Regelstudienzeit abschließen sollte. Er holt tief Luft, dann fängt er wieder damit an.

»Trotzdem verstehe ich nicht, wieso du dich nicht zur Prüfung anmeldest, wenn du scheinfrei bist.«

»Das hab ich doch schon erklärt.«

»Komm mir nicht wieder mit deinen Projekten. Dieser ganze Musikkram ist dir zu Kopf gestiegen. Das ist doch eine Scheinwelt, in der du dich da bewegst. Wovon willst du leben, oder glaubst du, dass ein schöner Prinz auf einem weißen Pferd dahergeritten kommt, der dich rettet? So wie du rumläufst, besteht da wenig Hoffnung.«

»Ich warte auf keinen Prinzen.«

»Was dein Vater sagen will, ist, dass wir glauben, dass dir diese Stadt nicht gut tut«, mischt meine Mutter sich ein. »Du verrennst dich da in was, und ich muss sagen, er hat recht, du siehst wirklich nicht gut aus.«

»Schau dich doch mal um! Hier läuft jeder rum, wie er will. Ich hab ganz normale Sachen an.«

»Es geht nicht nur um die Sachen, die du trägst. Und es ist deine Entscheidung, welchen Eindruck du von dir vermitteln willst«, erwidert meine Mutter in ihrem strengen Pädagogenton. »Nur glaube nicht, dass wir dich ewig weiter unterstützen. Mach endlich deinen Abschluss und denk darüber nach, ob du nicht wieder zurück nach Hause kommen willst, anstatt deine Zeit weiter im Nachtleben dieser Stadt zu verschwenden.«

»Ich verschwende meine Zeit nicht im Nachtleben. Ich lebe einfach mein Leben und mein Leben ist die Musik.«

Meinem Vater platzt gleich der Kragen. »Diese Sprüche«, blökt er mich an. »Wie alt bist du eigentlich und für wen hältst du dich? Glaubst du, du bist was Besonderes, weil deine Freunde dir das einreden? Du weißt ja, unter Blinden ist der Einäugige König.«

Es hat keinen Sinn, ich muss mir das nicht anhören. Ich wende mich ab und laufe einfach los. Sie begreifen es nicht. Sie wollen es nicht verstehen, das Leben, das wir führen. Aber das bringt mich nicht aus der Ruhe. Es ist ja nichts Falsches daran. Uns geht es gut, so wie wir leben.

Ich blicke mich um und sehe sie streitend hinterhertrotten. Vorbei an den frisch erneuerten Malereien der East-Side-Gallery laufe ich auf die Kreuzung zwischen Oberbaum- und Warschauer Brücke zu. Irgendwo auf halber Strecke haben meine Eltern mich eingeholt. Meine Mutter sagt, dass sie hier nicht Katz und Maus mit mir spielen und jetzt zurück ins Hotel fahren werden. Mein Vater ist schon am Straßenrand und hält ein vorbeifahrendes Taxi an.

»Hast du mittlerweile deine Schwester angerufen?« Sie steht in der offenen Tür des Taxis und schaut mich vorwurfsvoll an.

»Nein, wieso?«

»Vielleicht, weil du ihr zum bestandenen Physikum gratulieren möchtest? Wäre das ein Anlass?« Sie dreht sich um und steigt ein. Ein Nicken von ihr und eine Handbewegung meines Vaters durch die Scheibe, dann findet der Fahrer seine Lücke im Verkehr.

Ich bleibe erleichtert zurück, krame in meiner Tasche und trage blind etwas Lippenstift auf. Ein bisschen rote Farbe für diesen grauen Tag. Dann laufe ich weiter die Mühlenstraße entlang, sauge die feuchte Luft ein. Ein Jongleur tritt in den Rotphasen der Ampel auf die Kreuzung und wirbelt eine Vielzahl bunter Bälle durch die Luft. Von der Oberbaumbrücke tönt Musik, die immer besser klingt, je näher ich komme. Es gibt so viele talentierte Menschen in der Stadt, denke ich, während ich an der Ampel die Straße überquere und die Warschauer hoch laufe. Sie kommen aus der ganzen Welt hierher, sie lieben diese Stadt wegen ihrer Möglichkeiten. Das ist es, was meine Eltern nie begreifen werden. Wir sind eine neue Generation. Wir kennen keine Grenzen zwischen den Nationen und Kontinenten, zwischen den Geschlechtern und sozialen Schichten, zwischen Arbeit und Leben. Wir brauchen keine Abschlüsse, weil wir nicht fertig werden, sondern uns immer weiterentwickeln wollen. Weil wir nicht nur eine Sache können, sondern mit verschiedenen Dingen experimentieren wollen. Weil wir nicht Angestellte mit Vorgesetzten, sondern Menschen mit Freunden sind. Wir sind nirgendwo zu Hause, aber wir finden uns temporär an Orten zusammen, die uns inspirieren. An Orten wie diesem.

Auf der Warschauer Brücke bleibe ich am Geländer stehen. Meine Blicke folgen den Gleisen, die zwischen O2-World und Metro-Markt in die Stadtmitte führen, bis sie sich im Dunst verlieren. Ich brauche niemanden, der mir etwas vorschreiben will, denke ich, habe die ständige Besserwisserei und Bevormundung einfach satt. Ich nehme mein Leben selbst in die Hand. Hier, an diesem Ort, in dieser Stadt, gemeinsam mit einem großartigen Mann, den ich meinen Eltern nicht vorstellen werde, weil sie ihn doch nur verkennen würden.

Ein Song von Warschauer fällt mir ein. Ich weiß nicht, der hat so was Ironisches, das brauche ich jetzt wohl. Ich suche das Lied in meinem Smartphone, setzte die Ohrstöpsel ein und spiele es ab, als der erste Sonnenstrahl des Tages durch die Wolkendecke bricht.

Du denkst gern für mich mit
hast die Grundlagen erforscht
und mach ich was nicht richtig
korrigierst du mich sofort

Kaum liegt's mir auf der Zunge
führst du auch schon das Wort
du verstehst was von der Sache
ich überlege lieber noch

Du willst mir doch nur helfen
um Fehler zu vermeiden
und erzählst, wie gut sie stimmt
die Chemie zwischen uns beiden

Du kennst dich wirklich aus
und du weißt, du weißt es ganz genau
Alles über Chemie
Alles über Chemie
Alles über Chemie

Du weißt, wie ich mich fühle
du blickst tief in mich hinein
und zu allem, was ich sage
fällt dir ein bessres Beispiel ein

Sorry, kurze Unterbrechung
die Worte waren gut gewählt
ich wollte dir nur sagen
das hast du heut schon mal erzählt

Ich weiß, du bist auch Experte
für die Bindungstheorie
aber glaub mir, in der Praxis
brauchte ich so etwas nie

Ich mach nur, was ich tu
und ich glaub, ich hör dir nicht mehr zu
Alles über Chemie
Alles über Chemie
Alles über Chemie

II.

Die Nachricht erreicht mich kurz vor dreizehn Uhr. Man hat das Kind gefunden. Das Kind, nach dem die Kollegen fünf Tage lang gesucht haben. Im Friedrichshain, in der ganzen Stadt, in den Randbezirken. Man hat es gefunden und es ist tot.

Ich fahre mit einer Polizeistreife zur Stralauer Halbinsel hinüber. Die beiden Kollegen machen einen müden, niedergeschlagenen Eindruck. Einer redet mit mir, der andere am Lenkrad schweigt und starrt vor sich hin, als wäre er mit seinen Gedanken ganz woanders.

Der Gesprächige sagt, dass er in den letzten zweiundsiebzig Stunden keine fünf geschlafen und dass er immer noch gehofft habe, den Jungen lebend zu finden, aber dass er es die ganze Zeit eigentlich schon gewusst hätte. So ein Gefühl, na, ich kenne das schon. Und nun, nun sei es Gewissheit.

»Man weiß es«, bestätige ich und meine es genau so, wie ich es sage. »Man weiß es. Oft zumindest, und tut dennoch so, als gebe es noch Hoffnung.« Ich erkundige mich nach den Eltern. Der Polizist sagt, dass er sie nur einmal getroffen und gehört habe, sie hätten vor allem eins: genervt und die Polizei permanent mit Vorwürfen konfrontiert. »Am Ende hieß es sogar, wir trügen die Schuld daran, wenn das Kind nicht gefunden würde. Dabei sind wir jedem ihrer Hinweise nachgegangen. Die Mutter und der Vater waren von Anfang an davon überzeugt, dass ihr Junge, er ist fünf und heißt Marc, entführt wurde. Dabei gab es keine Lösegeldforderung oder irgend so etwas. Allerdings gab es einige Hinweise darauf, dass sich eine oder mehrere Personen in unmittelbarer Nähe des Spielplatzes aufhielten, von dem er verschwunden ist. Und ein Indiz schien diese These auch zu stützen, denn das Kind soll innerhalb von wenigen Sekunden verschwunden sein. Eben hatte es die Mutter noch gesehen. Dann war es weg. Wie gesagt, die Eltern waren sich sicher, dass der Junge mitgenommen wurde. Auch weil der Kleine sich nie weiter als zehn Meter freiwillig von seinen Eltern entfernte, sagt die Mutter.«

»Und was sagen Freunde, Angehörige, Zeugen?«

Dem Kollegen gefällt es offenbar, so intensiv befragt zu werden. Ich kenne den Vorwurf, der unter den Streifenpolizisten gang und gäbe ist, dass die Kollegen der Kripo, zumal die der Mordkommission, immer abfällig über die Uniformierten denken und sie deshalb kaum in ihre Ermittlungen einbeziehen. Der Vorwurf existiert zu Recht. Nur dass ich genau das nicht mache. Es sind bekanntlich manchmal gerade die winzigen, die unscheinbaren Hinweise, die einen Fall aufklären können.

Der Mann überlegt kurz. »Ich habe leider niemanden befragt, doch soweit ich das mitbekommen habe, sahen das einige etwas anders. Aber ich denke, dass Eltern solche Dinge sowieso nicht so genau einschätzen können, oder?«

Ich nicke nur.

Wir halten dicht am Wasser auf der Spreeseite. Die Rasenfläche davor ist wegen der Witterung schon graubraun. Zwischen den Bäumen und dem Geländer sind die üblichen Absperrbänder gespannt. Der auskunftsfreudige Kollege steigt mit mir aus. Der andere legt seinen Kopf aufs Lenkrad.

Die kühle Novemberluft greift in meinen Mantel. Wir gehen auf die kleine Gruppe von Menschen zu, die dicht gedrängt direkt am Ufer steht. Zwei Kollegen, die bislang mit dem Fall des vermissten Marc betraut waren, begrüßen mich. Auch sie sehen müde aus.

»Jetzt ist unsere Arbeit getan und du bist dran«, sagt der, mit dem ich schon einige Male zusammengetroffen bin. Er heißt Gunnar Scholz und steht kurz vor der Pensionierung, der andere ist Stefan Karsten. Ein junger Spund, der alles weiß und jeden zu kennen vorgibt. Er ist scharf auf den frei werdenden Kommissariatsvorsitz. Ich kann ihn nicht besonders gut leiden und er weiß das.

Scholz zieht mich zur Seite. »Nimm dich vor den Eltern in Acht«, sagt er, »die haben einen Rechtsanwalt in der Spur, und egal, was du tust, du machst es falsch.«

Die Kollegen von der Spurensicherung sind schon vor Ort. Sie haben das Ufer abgesperrt und sammeln Gegenstände ein.

Einer sagt: »Das ist sicher nicht der Ort, an dem das Kind zu Tode kam, es wird hier keine Spuren geben. Außerdem haben die zwei Jugendlichen, die die Leiche entdeckt haben, hier überall ihre Schuhabdrücke hinterlassen.« Er deutet auf die Fläche ringsum.

Ich habe schon oft mit dem Kollegen zusammengearbeitet. Er heißt Gottlieb Bernsen und stammt aus Stuttgart. Anfangs hatte ich eine leichte Abneigung gegen ihn, wie man als Berliner eben so seine Probleme mit diesen massenhaft Zugezogenen hat. Vor allem mit denen aus Süddeutschland, die man gemeinhin für eine Art Heuschrecken hält. Was zweifelsohne nicht in Ordnung ist. Aber bei Bernsen gab es etwas Besonderes. Etwas, das ihn für sein Handeln, also den Zuzug nach Berlin, entschuldigte. Er war hergekommen, um seinen kranken Vater zu pflegen. Hatte ein schönes Haus am Rande von Stuttgart, aber er hatte es vorgezogen, für die Zeit, die seinem Vater noch blieb, hierher zu ziehen. Das machte ihn mir nicht nur sympathisch, sondern ich empfand so etwas wie Achtung vor ihm.

Die Kollegin, die tief gebeugt vor dem Leichnam hockt, kenne ich noch nicht. Sie ist neu und könnte meine Tochter sein. Sie stellt sich als Jule Kretschky vor, sie ist für die Obduktion des Leichnams zuständig. Wahrscheinlich heißt sie Juliane. Eine sportlich wirkende Person, die unter anderen Umständen sicher auch zu einem Plausch aufgelegt wäre. Doch vor ihr liegt die Leiche eines Kindes. Vollständig bekleidet, nur ohne Schuhe. Das Gesicht ist bleich wie Wachs und die Haut durchsichtig.

Ich frage nach ersten Ergebnissen. Jule Kretschky zuckt mit den Schultern. Sie verzieht ihr Gesicht, als würde sie angespannt nachdenken.

»Da gibt's noch nichts, ich bin noch nicht einmal sicher, ob es sich um Marc Neumann handelt«, sagt sie dann betont ruhig. »Die Leiche lag bestimmt nicht nur einen Tag im Wasser.«

Eigentlich ein Wunder, dass man sie erst jetzt bemerkt hat, denke ich. Vielleicht war sie unter eine Böschung geraten oder unter einer Brücke hängen geblieben. Die Taucher hatten ihn in der Nähe des Spielplatzes gesucht, aber nicht gefunden. Man muss herausfinden, wo das Kind ins Wasser geraten ist.

Ich gehe in die Knie und schaue auf das kleine Bündel Mensch. Irgendwie ist mir noch kälter geworden. Sehr kalt, als sei alles Blut aus meinem Körper verschwunden und mein Herz hätte aufgehört zu schlagen. Ich habe schon viele Tote gesehen, aber selten ein so kleines Kind. Und ich merke, dass ich zornig bin. Wütend. Dass sich in mir dumpfe Hoffnungslosigkeit breitmacht. Und ich sage mir, dass, wenn es sich hier wirklich um ein Verbrechen handelt, ich denjenigen finden werde, der dieses Kind auf dem Gewissen hat.

»Spuren von Gewalteinwirkung?«, frage ich betont ruhig.

Die junge Frau schüttelt den Kopf. »Nein, aber ich kann bislang noch gar nichts sagen. Oberflächlich kann ich nichts entdecken. Aber das bedeutet nichts.«

Blitzlichter reißen mich aus meinen Gedanken. Presseleute stehen vor den Absperrungen und richten ihre Objektive auf uns. Sie sind wie aus dem Nichts aufgetaucht. Eben war es noch ganz still hier und nun fallen die hier ein, wie Motten bei Licht. Ich weiß, dass sie jetzt ihre Zooms bis zum Letzten ausfahren, damit sie möglichst genaue Details bekommen. Am besten das Gesicht des toten Kindes. Ich ziehe meine Jacke aus und lege sie über den Körper des Kindes, sodass der Blick für die Kameraaugen versperrt ist. Jule Kretschky nickt mir zu. Der redselige Polizist hat die Situation erkannt und holt eine Plane. Ich denke, dass der Mann wahrscheinlich ein guter Kollege im Team wäre. Es gibt nicht viele Leute, die handeln, ohne dass man etwas sagen muss, und die selbst keine Worte verlieren.

Mir fällt auf, dass ich seinen Namen nicht kenne.

Auf der schmalen Straße neben dem Rasenstreifen hat ein Taxi gehalten. Eine Frau und ein Mann steigen aus.

Sie kommen beide herüber, jeder für sich, weit voneinander entfernt. Die Frau ist etwas schneller als der Mann. Ihr weißer Wollmantel ist offen, die langen rotbraunen Haare nahezu ungekämmt. Der Mann hingegen wirkt gepflegt und geordnet. Ein weiter dunkelblauer Steppmantel, ein dunkelgrüner Schal, locker umgeworfen. Mir fallen seine Schuhe auf. Schwarze Schuhe mit roten Ledereinlagen, die wahrscheinlich ein Vermögen gekostet haben. Das Ehepaar heißt Neumann, Uwe und Karen Neumann. Es sind die Eltern des toten Kindes.

Die Kollegen von der Fahndung gehen auf die beiden zu. Fangen sie sozusagen ab. Reden beruhigend auf sie ein.

Wenig später stehen die Eltern vor dem toten Kind. Kerzengerade. Bewegungslos. Im Gesicht der Frau zeichnet sich fassungsloses Entsetzen ab, bei dem Mann unsägliche Wut und Empörung. Er ist ganz fixiert auf das Bündel da auf dem braungrauen Rasen, ganz von seinen Gefühlen überwältigt. Keine zehn Sekunden später sagt er mit schneidender Stimme: »Reicht Ihnen das jetzt! Ist Ihnen jetzt klar, dass es sich um ein Verbrechen handelt?! Und Sie haben nichts, rein gar nichts getan!«

Die Frau fällt zu Boden. Sie sinkt nicht zusammen, sondern fällt einfach nach vorne auf die Hände. Keinen Meter vor dem Leichnam bleibt sie liegen, still, unbeweglich.

Ich gehe auf den Mann zu, nenne meinen Namen und sage, dass ich von der Mordkommission bin. Er schaut mich an, als wäre ich ein Angestellter. Dann nickt er kurz. »Gut, Herr Martaler, Sie scheinen zumindest Erfahrung zu haben. Versprechen Sie mir, dass Sie den Mörder meines Kindes finden werden. Versprechen Sie es!«

Ich versuche ganz ruhig zu wirken. »Ich möchte alles, aber auch wirklich alles noch einmal mit Ihnen beiden genau durchgehen und bedenken. Aber jetzt, Herr Neumann, seien Sie so gut und kümmern Sie sich um Ihre Frau, ich denke, die braucht Sie jetzt am meisten. Und vielleicht könnten Sie auch Ihren Sohn identifizieren.«

Der Mann schaut mich kurz nachdenklich an, so als überlege er, was es bedeutet, was ich da von ihm verlange. Aber dann geht er die drei Schritte und hockt sich hin. Und nun laufen tatsächlich Tränen über sein Gesicht. Ich kann es sehen, weil ich ihm gefolgt bin und dicht neben ihm in die Knie gehe. Ganz dicht, als müsste ich ihn gleich auffangen. Ich weiß nicht, warum ich das getan habe. Vielleicht, weil ich dann doch so etwas wie Mitgefühl habe für den Mann, der so unglaublich stark sein will. Es dauert gut eine Minute, ehe er mir sein Gesicht zuwendet. »Ja, das ist mein Junge«, sagt er. Dann steht er langsam auf. Ich höre ihn atmen. Er geht die paar Schritte zu seiner Frau und hilft ihr hoch. Ihr Gesicht ist blass, sie wirkt abwesend. Willenlos lässt sie sich von ihrem Mann wegführen.

Ich gebe dem Polizisten rasch ein Zeichen. Er soll die beiden mitnehmen zur Dienststelle, sie sollen dort auf mich warten. Der Kollege übernimmt augenblicklich die Initiative und geleitet die Eltern des toten Kindes zum Streifenwagen.

»Ich werde nicht lange brauchen hier«, sagt Jule Kretschky mit Blick auf die Journalistenmeute, die noch angewachsen ist und von den Kollegen nur mit Mühe ferngehalten werden kann. »Die Obduktion ziehe ich vor, die Ergebnisse haben Sie morgen. Ich beeile mich.«

Sie reicht mir die Hand. Dann wendet sie sich wieder dem Leichnam zu und stülpt Plastik über ihre Hände.

Ich hole meinen Fotoapparat aus der Tasche. Mache Fotos von der Umgebung, den Häusern, Brücken, den Besonderheiten. Zum Beispiel von diesem kleinen, schwarz angemalten Hausboot am gegenüberliegenden Ufer. Oder von dem Baumhaus drüben, das vielleicht Kinder gebaut haben. Ich fotografiere die zwei Schubschiffe, die in jeweils entgegengesetzter Richtung vorbeifahren. Links liegt der verwilderte Spreepark, vor allem an dem die Bäume überragenden Riesenrad zu erkennen, mit seinen überwucherten Karussells, den riesigen, ehemals weißen Holzschwänen und den vielen anderen Geräten, die einstmals zu diesem Vergnügungspark gehörten. Schräg gegenüber am Ufer die fest vertäuten Schiffe der Fahrgastflotte. Ein Schwimmbagger liegt verankert im grauen Wasser. In einiger Entfernung lässt sich auch der Spielplatz erahnen, von dem Marc verschwunden war. Noch weiter links ist die wuchtige Eisenbahnbrücke zu sehen. Später werde ich auch Fotos von anderen Orten dieser Gegend machen. Schuss und Gegenschuss, wie Kameraleute sagen. Wenn man einen Ort und seine Bedeutung verstehen will, dann muss man seine Perspektiven auf ihn wechseln.

Als ich mich umdrehe, sehe ich meinen Kollegen Franz über die graue Wiese kommen. Zum Glück schiebt er kein Fahrrad, denn das hätte bedeutet, dass er ohne Auto da wäre, und ich hätte nicht gewusst, wie ich zurück zur Dienststelle komme. Franz ist passionierter Radfahrer. Bewegung ist wichtig, pflegt er zu sagen und dabei beflissen wegzulassen, dass sein Fahrrad einen akkubetriebenen Motor hat. Beide Aspekte sagen eine Menge über ihn. Interessanterweise ist in der Dienststelle noch niemandem aufgefallen, dass Franz den Akku grundsätzlich an der Steckdose direkt am Eingang auflädt. Natürlich tut er so, als seien die Gründe fürs Radfahren vor allem Ökologie und Klimaschutz, aber wie ich Franz kenne, macht er das vor allem aus Sparsamkeit. Wobei ich in seinem Falle auch von Geiz sprechen würde. Wenn Franz am Mittag sein Essen in der Kantine nicht schafft, lässt er sich den Rest einpacken. Da ist er der Einzige. Und es lässt ihn absolut kalt, dass alle Kollegen sich lustig darüber machen. Wahrscheinlich ist es ihm heute wegen des kalten Windes zu unangenehm mit dem Fahrrad, denn er ist noch dazu der anfälligste Mensch, den ich kenne. Bei jedem Wetterumschwung bereite ich mich darauf vor, dass irgendwann der Anruf kommt, mit dem er mir mitteilt, dass er erkältet im Bett liegt. Leider hat er die Angewohnheit, bei diesen Anrufen zum Beweis seiner schweren Erkrankung jeden Satz mit einem Niesen oder einem Hustenanfall zu begleiten.

Sein Erscheinen hier ist unnötig, aber das sage ich natürlich nicht.

Franz schaut sich kurz und mit wichtiger Miene am Ort des Geschehens um. Er gibt niemandem die Hand, der Hygiene wegen. Räuspert sich. Er tut wichtig. Und dazu gehört es, nichts zu sagen. Schon nach zehn Minuten steigen wir in den Dienstwagen und fahren zurück.

Wenig später sitze ich den Eltern des toten Kindes gegenüber. Die Frau schweigt. Tief nach vorn gebeugt hockt sie da. Geistesabwesend.

Uwe Neumann redet. Er redet, ohne dass ich nachfrage. Marc war gerade erst fünf geworden. Seine Frau ist mit dem Jungen auf den Spielplatz gegangen, nur ein Stück weiter in Richtung Brücke zum S-Bahnhof Treptower Park, gute zweihundert Meter entfernt. Sie hatte ihn von der Kita abgeholt. Es waren keine anderen Kinder auf dem Spielplatz. Das Wetter war so einigermaßen. Kühl eben und die Sonne brach nur ab und an durch die Wolken. Marc hat gern getobt. Er kletterte auf die Spielgeräte, sprang hinunter, jagte herum. Ein aufgewecktes, sehr aktives Kind. Vielleicht sogar ein wenig zu aktiv. Marc brauchte immer lange, ehe er zu Hause zur Ruhe kam, und auch in der Kita wurden die Eltern öfter wegen Marcs Wildheit angesprochen. Mittagsruhe war für ihn eine Qual. Meist musste er allein im Kreativraum beschäftigt werden, bis die Ruhephase vorbei war, was den Erzieherinnen natürlich nicht gefiel. An diesem Nachmittag war alles wie sonst. Die Mutter hatte einen Anruf auf dem Handy erhalten. Eine Freundin.

Ich unterbreche den Redefluss. Lasse mir Name, Adresse und Telefonnummer der Freundin geben.

Uwe Neumann sagt, dass seine Frau eben telefoniert habe, wie man das so tut. Man redet, geht ein paar Schritte, redet und schaut ein paar Sekunden nicht mehr so genau hin. Es war ein ganz normales Gespräch und es hat nicht lange gedauert.

Neumann bricht ab. Schaut zu seiner Frau. Schweigt.

»Und dann war der Junge verschwunden«, füge ich hinzu.

Der Mann bestätigt das. »Er war wie vom Erdboden verschluckt. Sie hat ihn gesucht. Überall. Hat die Leute gefragt, nichts. Fünfzehn Minuten später hat sie die Polizei gerufen. Aber die kam erst nach weiteren zwanzig Minuten mit genau einem Streifenwagen. Und wissen Sie, wie die das begründet haben? Weil es Absperrungen in der Stadt gebe wegen eines Staatsgastes! Man könne derzeit nicht mehr Kräfte zusammenziehen! Verstehen Sie?!«

Ich bemerke in mir einen Impuls, der Vorsicht signalisiert. Wahrscheinlich läuft der Mann in Kürze zu der bereits angekündigten Hochform auf. Er wird ignorieren, dass ich nichts für den Staatsgast kann und auch nicht für den Einsatz der Polizeikräfte zuständig bin, doch er wird denken, dass er mit seinem begründeten Zorn bei mir an der richtigen Adresse ist. Aber erstaunlicherweise kommt es nicht zur erwarteten Eruption.

Ich sehe ihn verständnisvoll an. »Das ist furchtbar«, sage ich. »Was für Fahrzeuge standen in der Nähe? Es gab da einen Wagen, wie ich den Unterlagen entnehmen konnte.«

»Richtig«, setzt er wieder an, »der Wagen. Wir haben Ihren Kollegen mehrfach darüber Auskunft gegeben. Das Fahrzeug konnte nicht ermittelt werden. Wohl ein Opel, grau oder schwarz. Dabei ist es aus unserer Sicht die einzige Möglichkeit, Marc so rasch verschwinden zu lassen. Vom Spielplatz bis zu dem Auto waren es keine dreißig Meter. Dazu brauchte Marc vielleicht zehn Sekunden.«

»Aber nehmen wir einmal an, jemand hätte den Jungen zu dem Fahrzeug bringen wollen, wie hätte er das tun sollen, ohne dass sich Marc gewehrt hätte? Und wenn die Person ihn zu sich gelockt hätte, dann wäre das doch nicht in zehn Sekunden möglich gewesen. Verstehen Sie?«

»Das haben wir uns alles auch schon gefragt. Und Sie haben recht, es gibt keine wirkliche Erklärung. Nur eins ist wichtig. Der Wagen fuhr weg, als meine Frau das Verschwinden von Marc bemerkte!«

»Und weiter?«

»Die Gegend wurde abgesucht. Leute wurden befragt. Ich bin nach einer halben Stunde vor Ort gewesen und habe dann die Regie übernommen, weil die beiden Polizisten völlig überfordert waren. Sie waren der Meinung, dass Marc einfach weggelaufen sein musste. Wir sollten nach Hause fahren und nachsehen. Gut, wir wohnen vielleicht fünfzehn Minuten Fußweg entfernt von dem Spielplatz, aber Marc würde niemals alleine losrennen. So ein Unsinn. Nein, Marc musste entweder noch dort irgendwo sein oder er war entführt worden!«

»Aber es gab keine Hinweise darauf.«

»Nein. Wir haben auch keine Feinde, wenn Sie das meinen. Es kamen auch keine Lösegeldforderungen, nichts. Aber man hört ja so Sachen. Kinder werden entführt und an irgendwelche Verrückte verkauft. Sie haben das Bild von ihm gesehen. Er ist ein sehr hübsches Kind.«

»Nun, das scheint aber nicht geschehen zu sein«, sage ich ruhig und schiebe ein Blatt Papier über den Tisch. »Bitte schreiben Sie mir alle Namen auf von Menschen, die Ihnen im Zusammenhang mit Marc einfallen. Alle, haben Sie verstanden.«

Die Frau blickt auf, als erwache sie aus einem Traum.

»Das haben wir schon«, sagt sie leise.

»Das kann ich mir denken, aber ich bitte Sie, es noch einmal zu tun. Lassen Sie sich Zeit. Dann können Sie gehen. Ich werde heute Nachmittag zu Ihnen nach Hause kommen und mich bei Ihnen umsehen. Ist Ihnen das recht? Und wir werden Ihnen psychologische Unterstützung zur Seite stellen. Eine Kollegin. Sie meldet sich bei Ihnen.«

»Wozu?«, fragt der Mann. »Wir brauchen keine Psychologin. Fangen Sie endlich an, intensiv zu ermitteln!«

»Wir sollten jetzt gut zusammenarbeiten«, sage ich und reiche ihm die Hand. Er ergreift sie nach einigem Zögern.

Kann es so einfach sein? Der Junge ist weggelaufen, ins Wasser gefallen und ertrunken? Der Fundort der Leiche spricht dafür. Allerdings muss man sich fragen, warum die Taucher, die hier im Einsatz waren, die Leiche nicht schon viel eher gefunden haben. Aber es könnte auch sein, dass das Kind gar nicht auf dem Spielplatz war, wie es die Eltern behaupten. Vielleicht war der Junge bereits tot, als er ins Wasser gelangte. Vielleicht ist er erst später ins Wasser geworfen worden, Tage nach seinem Verschwinden? Vielleicht handelt es sich um Kindesmisshandlung mit Todesfolge. Bliebe die Frage, wer die Schuld am Tod des Kindes trägt. Der Vater? Die Mutter? Würde das die aggressive Art des Vaters erklären? Sucht er die Schuld bei anderen, auch bei der Polizei, um von der eigenen abzulenken? Aber das alles sind wahrscheinlich nur die typischen Gedanken, die man eben als Kripokommissar hat. Da scheint die Variante, dass Marc tatsächlich entführt worden ist, wahrscheinlicher. Vielleicht ist er selbst zu dem Auto gelaufen, ist aufgefordert worden, einzusteigen, und hat es getan. Das könnte sein rasches Verschwinden erklären. Und später ist er ermordet und ins Wasser geworfen worden.

Ich schaue mir die Akte der Fahndung an. Die Angaben, die der Vater des Kindes eben gemacht hat, stimmen mit denen in den Unterlagen exakt überein. Fünfzehn Uhr zwölf ging der Anruf der Mutter ein. Fünfzehn Uhr zweiunddreißig, haben die Polizisten zu Protokoll gegeben, waren sie an Ort und Stelle. Die Hinweise, die sie nach dem Gespräch mit der Frau notiert haben, geben einen Überblick über den genauen Verlauf der ersten Suchaktion. Um fünfzehn Uhr fünfundvierzig traf der Vater des Kindes ein. Eine weitere Stunde später war eine Hundertschaft vor Ort. Insgesamt einunddreißig Personen wurden befragt. Alle gaben an, das Kind nicht gesehen zu haben.

Mir fällt auf, dass keine der Personen gefragt wurde, ob sie zuvor die Mutter mit dem Kind auf dem Spielplatz gesehen habe. Oder ob jemand den Jungen auf dem Spielplatz beobachtet hat. Warum nicht? Weil das seltsam geklungen hätte? Weil dann jemand hätte zurückfragen können, ob die Polizei daran zweifele, dass der Junge mit seiner Mutter überhaupt dort war? Und es ist auch nicht geprüft worden, ob Marcs Mutter wirklich von einer Freundin angerufen worden ist. Wahrscheinlich hat ganz einfach keiner der Kollegen daran gedacht, diese Fragen zu stellen.

Das mysteriöse Auto am Spielplatz hat offenbar auch niemand wahrgenommen außer der Mutter des Kindes. Keiner der Befragten erwähnt es, niemand bestätigt seine Anwesenheit. Das ist ebenfalls seltsam. Ich nehme mir vor, noch einmal mit jenen Zeugen Kontakt aufzunehmen, deren Adresse in den Unterlagen notiert ist.

Ich schaue mir das Foto des Jungen an. Ein aufgewecktes Kind. Kleine, dunkle Augen, ein waches, freundliches Gesicht, verschmitztes Lächeln. Mit Sicherheit ein Kind, auf das Menschen mit pädophilen Neigungen scharf sind. Wir werden ganz sicher auch in diese Richtung ermitteln müssen.

Die Tür geht auf. Kiesewetter, unser Vorgesetzter, schaut herein.

»Erster Eindruck?«, fragt er. Er will auf dem Laufenden sein, nicht dumm dastehen, wenn sein Chef ihn fragt und vor allem, wenn Fragen von noch weiter oben kommen, von der politischen Ebene oder der Presse. Kiesewetter ist in meinen Augen ein lieber Kerl, aber er ist feige und das macht die Zusammenarbeit gefährlich. Man weiß nie, wann er wen fallen lässt. Zumal das sogar in aller Öffentlichkeit passieren kann. Mit mir hat er das ein einziges Mal gemacht und sich danach bei mir mehr oder weniger umständlich entschuldigt. Damals ging es um einen Anschlag, und der Staatsschutz vermutete, dass ich damit im Zusammenhang stehen musste.

Eine absurde Geschichte, die mir zu einer ständigen Begleiterin geworden ist. Kein Wunder, denn dieser Fall hat mich nicht nur eine Menge Nerven, sondern auch die wichtigste Beziehung in meinem Leben gekostet.

Ich schüttle den Kopf. »Sieht nicht gut aus«, sage ich, »auf die Recherchen der Kollegen kann ich nichts geben. Offenbar ist man bei der Suche nach dem Kind sehr hektisch vorgegangen. Kein Wunder bei so einem kleinen Jungen. Die Datenlage ist miserabel. Wir müssen beinahe bei null anfangen.«

»Hm«, macht Kiesewetter, »dann müssen wir das tun. Sie wissen, dass uns die Presse nicht mehr von der Pelle gehen wird?!«

Was soll ich dazu sagen? Ja, ich weiß? Ich stehe auf und nehme meine Jacke.

Kiesewetter tritt rasch aus der Tür, um mir Platz zu machen.

»Halten Sie mich auf dem Laufenden, Martaler, ja!«

»Mach ich«, sage ich und bin schon weg.

Die Wohnung der Familie Neumann ist in einem dieser neuen, schicken Mietshäuser direkt in der Treptower Bucht. Auf dem Weg dorthin fallen mir die Fahrräder auf, mit denen Kinder und Erwachsene an mir vorbeifahren. Hier ist es stiller als irgendwo sonst im Friedrichshain, obwohl hier viele Leute wohnen. Die Hecken an den Häusern sind akkurat beschnitten, kein Graffiti verunziert die Klinkerfassaden. Hinter jedem dritten Haus gibt es einen kleinen Spielplatz, abgezäunt, privat.

Ich muss nicht lange suchen. Die Klingeltafel am Eingang ist übersichtlich und in einem erstaunlich ordentlichen Zustand. Der Aufzug ist blitzsauber.

Dieser Eindruck setzt sich in der Wohnung fort. Alles ist hell und weiß und kühl und sauber. Die wenigen Farben haben nur die Aufgabe, zu schmücken. Sogar die obligate Obstschale fehlt nicht. Allerdings scheinen die Früchte darin schon viele Tage darauf zu warten, verzehrt zu werden.

Karen Neumann führt mich wortlos durch die Wohnung. Sie zeigt mir das Zimmer von Marc. Bleibt an der Tür stehen, als habe sie Angst davor, den Raum zu betreten. Ihr Blick ist ins Leere gerichtet.

Seltsam, denke ich, der erste wirklich lebendige Raum in diesem Haus, und ausgerechnet der Mensch, der hier wohnte, lebt nicht mehr.

Ich schaue mich um. Entdecke zusammengebaute Holzflugzeuge, Berge von Playmobilsteinen und diverse Bauversuche damit. Ich sehe Fotos und Zeichnungen, Drachen aus Papier und unzählige Kinderbücher. Marc muss es gut gehabt haben in diesem Zimmer. Ich sehe einen Globus, ein Fernrohr und ein großes Bild von einem Segelschiff. Und eins mit einem großen blauen Kran, der eben dabei ist, ein Schiff zu Wasser zu lassen. Ich frage Marcs Mutter, ob der Junge eigentlich schwimmen konnte. Die Frau sieht mich fragend an. Dann schüttelt sie den Kopf.

»Er wollte es lernen. Ich habe ihn vor zwei Wochen angemeldet. Nächsten Monat sollte es losgehen. Wir hatten Marc versprochen, dass wir auf einem Schiff fahren würden, wenn er schwimmen kann.« Sie tritt nun auch vor das Bild mit dem Schiff und schaut es an, als sehe sie es zum ersten Mal. Dann lässt sie sich auf das Bett des Kindes fallen. Ich höre ihr Weinen.

Aber ich kann jetzt nicht warten. Ich brauche Informationen. Über Marcs Kita, seine Freunde, Familienangehörige, Nachbarn. Ich muss die gesamte Maschine in Gang setzen, ob ich will oder nicht. Und das, obwohl ich irgendwie das Gefühl habe, das Ganze ist sinnlos, weil Marc einfach einem Unfall zum Opfer gefallen ist.

III.

Gestern nach dem Spaziergang mit meinen Eltern habe ich es entdeckt, das Plakat auf der Warschauer. Eine billige schwarz-weiß Kopie. Der Bandname: The Reflektors. Sechs Personen ohne Gesichter, um einen Berg Equipment postiert. Die Liegende habe ich sofort erkannt: Régine Chassagne von Arcade Fire. Ein Geheimkonzert im Astra Kulturhaus auf dem RAW-Gelände. Die Parodie eines Geheimkonzerts, denn wer erkennt Arcade Fire nicht? »Reflektor« heißt ihr neues Album und dass sie aus Montreal kommen, wird auch verraten. Clubtour statt Stadion, und natürlich macht Berlin den Auftakt. Ich liebe Régine. Sie und ihren Mann Win Butler. Die beiden zusammen auf der Bühne, das ist Magie. Das ist mehr als die Summe der einzelnen Teile. Da steckt so viel drin.

Ich bin früh dran, wie alle anderen auch. Menschenmassen vor dem Eingang. Die Sneakers mit den Lackschuhen getauscht, stark geschminkte Gesichter, wie aus den zwanziger Jahren. Manche Männer tragen Smoking und unter den Mänteln einiger Frauen sieht man strassbestickte Abendkleider glitzern. Die Band hat eine Kleiderordnung vorgegeben. Langsam trotten wir nach und nach durch die metallene Clubtür. Der Typ auf dem Hocker im Durchgang reißt meine Karte ab. Er hat den Stempel schon gehoben, zögert aber noch, bis ich eine kalkweiße venezianische Maske aus meiner Tasche hervorhole und aufsetze. Dann drückt er mir den Stempel auf die Handfläche und wünscht viel Spaß.

Im Vorraum kommt mir ein Pilot mit seiner Stewardess entgegen, im Saal wird schon verhalten zur Musik einer Mariachi-Band getanzt. Frauen stehen in verführerischen Kleidern herum, Männer in Anzügen und komischen Kostümen trinken Bier. Überall sieht man bemalte Gesichter und Masken, manchmal die gleiche, die ich trage. Lametta hängt an den Wänden.

Ich sehe Mattias am Tresen stehen mit Henrik und jemandem, den ich nicht kenne. Er redet wild gestikulierend auf sie ein. Ich überlege kurz, ob ich zu ihnen gehen soll, aber ich will Mattias nicht stören. Ich weiß: Er braucht seine Bühne. Während ich anstehe, um mir etwas zu trinken zu holen, kann ich den Blick nicht von ihm abwenden. Als ich schließlich am Tresen angelangt bin und fast neben ihm stehe, werde ich unruhig und mein Herz schlägt schneller. Ich bestelle eine Flasche Club-Mate. Es ist so laut, dass Mattias mich nicht an meiner Stimme erkennt, die sich merkwürdig weit entfernt anhört, durch die Maske gesprochen.

Mit der Mate in der Hand drehe ich mich zu ihm um und bleibe einen Moment direkt vor ihm stehen, aber er ist zu beschäftigt, um zu bemerken, dass er angesehen wird. Ich dränge mich zur Bühne vor, die Mariachi-Band ist schon wieder abgetreten. Hinter mir bahnt sich David, zwei Gläser Sekt in die Höhe haltend, den Weg in Richtung Zara, die ich eben schon weiter vorne gesehen habe. David spielt Gitarre bei Stoppzeit und Zara Bass. Letzte Woche war ich auf ihrem Konzert im Supamolly, es war fantastisch. Vor der Bühne bleibe ich stehen. David drängt sich an mir vorbei, ganz darauf konzentriert, die Gläser zu balancieren.

Es wird dunkel und die Show beginnt mit dem steten Groove des Titelsongs *Reflektor*. Der Bass sitzt uns allen gleich in den Beinen. Win singt: »It's just a reflection of the reflection«, Régine bewegt sich hinter dem Keyboard mit ihren bunten Bändern an den Handgelenken wie ein Roboter, der Gymnastik macht. Sie wirkt fast gelangweilt, dass alle sie anstarren, ist so kühl und distanziert, dass die Ersten schon beginnen, sich abzuwenden, anfangen, sich im Saal umzusehen. Das Spektakel ist eröffnet und wir werden zu Komparsen, die ihre Rollen einnehmen. Wir feiern heute Abend nicht nur die Band, wir feiern uns selber, jeder auf seine Art. Und als Win in einer Pause zwischen den Songs sagt, es schmeichele ihm, vor so vielen schönen Menschen zu stehen, fangen wir alle an, uns selbst dabei zuzusehen, wie wir diese hedonistische Diskonacht konsumieren, die hier in großer Perfektion inszeniert wird und ihre Künstlichkeit nicht verstecken will.

Dann *Flashbulb Eyes*. Neben mir tanzen eine Frau mit Kuhmaske und ein Typ, der als Bierflasche verkleidet ist, andere wippen nur im Takt mit. Manche stehen auch einfach herum, wirken nachdenklich und desorientiert. Es ist, als spiele die Band in einer durchsichtigen Blase aus Glas, die unwirklich über dem Publikum schwebt. Die Projektion einer Projektion. Wenn Win sich Bier über die Haare kippt und sie ins Publikum ausschüttelt, ist das wie ein 3D-Effekt im Kino: Als hätte man nur den Eindruck, dass das Bier wirklich aus der Leinwand dringt, während man genau weiß, dass man keinen Tropfen abbekommen wird.

Ich lasse mich treiben. Bei *Joan of Arc* schließe ich die Augen unter der Maske. Der Sound ist wie eine perfekte Surfwelle. Eine fließende, druckvolle Bewegung, auf der ich mich forttragen lasse. Der wabernde Bass, Wins treibender und im poppigen Refrain zerbrechlich wirkender Gesang, Régines stetiges Keyboard, ihre mädchenhaften Backings, ihre leisen Soloparts auf Französisch, ihre hymnischen Gesänge. Die Band arbeitet wie ein Uhrwerk, Song für Song, ein kleines Kunstwerk nach dem anderen. Vollkommene Momente, wenn Régines hohe Stimme sich mit Wins mischt.

Win geht von der Bühne und kommt mit einem Kopf aus Pappmaché zurück, Konfettikanonen krachen zu *Here Comes the Nighttime* und unter der Maske laufen Schweißtropfen über meine Wangen.

Beim Rausgehen suchen meine Blicke Mattias. Ich muss ihn noch einmal sehen. Ich schaue nach links, nach rechts, drehe mich um und blicke in den Saal zurück, aber ich kann ihn nirgends entdecken. Die Masse drängt mich weiter in Richtung Ausgang. Vor der Tür streife ich Zara, die sich gerade umblickt, als würde sie auch jemanden suchen. Draußen stehen wieder alle dicht an dicht, rauchen und diskutieren, mit zerlaufener Schminke in schweißnassen Kostümen. Sie bemerken den kalten Wind nicht, weil sie noch nicht wieder zurück in der Realität sind. Ich trete ein paar Meter heraus aus der Menge, nehme die Maske ab und knöpfe meine Jacke zu. Ich konzentriere mich auf die Clubtür, durch die auch Mattias kommen muss, beobachte die Leute genau, aber Mattias ist nicht dabei. Zara steht noch immer wie paralysiert zwischen all den Menschen und lässt ihren Blick schweifen. Sie zeigt keine Reaktion, als sich unsere Blicke treffen.

Ich habe gesehen, was ich sehen wollte. Ich habe keine Lust, mich darüber zu unterhalten. Es gibt nichts weiter dazu zu sagen, es liegt auf der Hand: Es ist das Ergebnis einer Symbiose, so wie alle schönen Dinge. Ganz einfach. Zwei Menschen, die gemeinsame Sache machen und sich durch nichts und niemanden davon abbringen lassen. Das ist immer der Kern. Darum geht es. Dann drehe ich mich um und reihe mich ein in den Strom der Leute, die das Gelände in Richtung Revaler Straße verlassen.

IV.

Spät abends komme ich nach Hause. Immer wenn ich die Wohnungstür öffne, lausche ich für eine Sekunde. Dass Kerstin hier ausgezogen ist, liegt Monate zurück. Und ich weiß nicht, woher mein Unterbewusstsein die Hoffnung nimmt, dass sie wieder zurückgekommen sein könnte. Ich schalte das Licht ein und ziehe unwillkürlich die Luft tief in meine Lunge, die Luft, die in den Räumen steht, mit all ihren winzigen Geruchsnuancen.

Seit Kerstin weg ist, habe ich im Grunde nichts verändert. Lediglich die Pflanzen, deren Pflege ihre Sache war, sind sämtlich eingegangen. Die letzte, ein schier unverwüstlich erscheinender Kugelkaktus, habe ich vor vierzehn Tagen weggeworfen.

Ich gebe mir Mühe, die Wohnung in Ordnung zu halten. Ich räume mein Geschirr in den Geschirrspüler, mache ihn an, selbst wenn er nur zur Hälfte gefüllt ist, räume das Geschirr wieder aus, fege die Küche, mache mein Bett, wische das Bad. Aber ich weiß, dass ich all das nur deshalb tue, weil es dieses feine Signal in meinem Unterbewusstsein gibt, das Signal, das mir trotz seiner rational begründeten Bedeutungsschwäche eben doch sagt, Kerstin wird zurückkommen. Und genau das wird auch der Grund sein, weshalb ich immer noch hier wohne, in der für mich eigentlich viel zu großen Wohnung mit ihren vier Zimmern, dem Balkon, dem nett eingerichteten Bad, der grün-weiß gefliesten Küche in englischem Stil, wie es Kerstin sich gewünscht hatte. Das wird der Grund dafür sein, dass ich die kürzlich in meinem Briefkasten vorgefundene Mieterhöhung ohne zu zögern akzeptiert habe. Eine Erhöhung um satte sechs Prozent, wie das in Friedrichshain inzwischen üblich geworden ist. Wenn schon Mieterhöhung, dann richtig. Keine Ahnung, ob das rechtlich in Ordnung ist.

Ich weiß, wie der Abend verlaufen wird. Ich werde die Flasche Wein trinken, das halbe Grill-Hähnchen verschlingen, ein bisschen fernsehen und dann wie ein Stein ins Bett fallen. Und ich werde unsäglich viele, verworrene Träume haben. Träume von dem aktuellen Fall, von Franz und unserem Chef, von Häusern, in denen dunkle Treppen in unergründliche Tiefen führen, von Straßenbahnen, die in die Luft fliegen, und von der Modersohnbrücke, von der ich das alles genau beobachten kann. Von Kerstin, die mir nahe ist, die ganz bei mir bleibt, nahe und freundlich. Und die dann ihr Äußeres verändert, wie das heute in den modernen, digital erzeugten Filmen so erstaunlich deutlich geschieht. Kerstins Gesicht verzerrt sich und wird zu dem Gesicht einer anderen Frau, vor der ich mich fürchte und zu der ich mich dennoch hingezogen fühle.

Am nächsten Morgen ist Lagebesprechung. Kiesewetter überbringt Franz und mir die Nachricht, dass Uwe Neumann, der Vater des toten Kindes, eine Art Pressekonferenz organisiert hat. Noch am vergangenen Abend und ohne uns zu informieren. Dort hat er die Meinung vertreten, dass es nur eine Frage der Zeit sein wird, bis es die nächste Entführung eines Kindes gibt. Und dass die Polizei nichts getan habe, um den Tod seines Jungen zu verhindern oder aufzuklären. Er kündigt an, eigene Ermittlungen anzustellen. Man kann seine Anschuldigungen und Vermutungen im Internet nachlesen, weil es eine eigens eingerichtete Seite gibt. Kiesewetter mag es nicht, wenn sich Leute über die Polizei aufregen, und noch weniger, wenn sie sich einmischen oder sogar öffentlich beschweren. Da ist er ganz und gar alte Schule. In solchen Situationen schwingt sich Franz gerne zu irgendwelchen großspurigen Bemerkungen auf. Dabei habe ich manchmal den Eindruck, dass Franz vom Internet und den sogenannten neuen Medien genauso viel versteht wie ich, und das ist keinesfalls viel.

Heute sagt er: »Man muss das Internet begreifen wie einen Marktplatz, die Leute treffen sich, sie reden, sie gehen auseinander, treffen andere, reden über die, die sie eben getroffen haben, und morgen fängt alles von vorne an und niemand will mehr wissen, was er oder sie am Vortag geschwatzt hat.«

Ich finde diese Bemerkung im Verhältnis zu vielen anderen ziemlich intelligent. Auch Kiesewetter schaut Franz irritiert an. Franz gießt sich Wasser aus einer winzigen Flasche in sein Glas und genießt unser Schweigen.

Franz ist vor Kurzem umgestiegen. Früher trank er regelmäßig diese Designerbrausen. Gelbe, rosa- oder orangefarbene, grüne, blaue, milchige. Er fand immer wieder neue. Und die eine war nach seiner Meinung immer noch ein wenig besser und vor allem gesünder als die andere. Aber dann hat er eine Fernsehsendung gesehen, die belegte, dass diese Brausen samt und sonders mit irgendwelchen chemischen

Substanzen gemixt werden, von denen viele nicht in ihren Wirkungen und noch weniger in ihren Zusammenwirkungen untersucht worden sind. Deshalb hat Franz über Nacht entschieden, dass es nur noch Wasser geben darf. Vor allem schon deshalb, weil er und seine Frau beschlossen hatten, ein Kind zu bekommen. Aber bei Franz konnte es natürlich nicht irgendein Wasser sein. Er begann vor einigen Wochen nach dem besten Wasser zu suchen, wie er zuvor nach der besten Brause gesucht hatte. Zurzeit testet er Wasser aus Südfrankreich. Seinen Namen kann nur Franz aussprechen, mich interessiert er nicht. Auf jeden Fall gießt er sich also jetzt dieses besagte Wasser in sein Glas und nimmt einen tiefen Schluck. Setzt das Glas ab und schließt die Augen, als fühle er dem Geschmack des Wassers mit all seinen Sinnen nach, und richtet sich dann kerzengerade auf, als hätte das Getränk ihm neue Kraft eingehaucht.

Kiesewetter hat sich inzwischen besonnen und erklärt sichtlich verärgert, dass er dem Treiben dieses Mannes zusehen wird, bis der irgendetwas tun würde, was einem Vergehen entspricht, und dann würde er, Kiesewetter, zulangen, darauf könne man sich verlassen. Dann schaut er zu mir.

Ich berichte kurz über meinen Besuch in der Wohnung. Über Marcs Zimmer, das Bild, den Zusammenbruch der Mutter und mein Vorhaben, in die Kita des Kindes zu gehen, die Zeugen nochmals zu befragen und mir so ein genaueres Bild zu verschaffen. Ich sage aber auch, dass ich nicht daran glaube, dass das Kind einem Verbrechen zum Opfer gefallen ist. Und dass ich deshalb zuallererst einmal die Obduktion abwarten will. Kiesewetter nickt nachdenklich. Ich weiß, dass er nichts anderes vorschlagen kann. Und ich weiß auch, dass er wie immer nur bedingt an der Aufklärung des Falles Interesse hat, sondern eher an der Abwendung irgendwelcher Vorwürfe gegen ihn.

Eine halbe Stunde später bin ich in der Pathologie. Jule Kretschky empfängt mich. Mir fällt auf, dass sie lächelt. Und natürlich frage ich mich, wie eine so adrette junge Frau mit einem solchen Lächeln hier arbeiten kann?

Sie bindet ihren Kittel zu und winkt mir. Wir betreten den weiß gekachelten Raum. Das tote Kind liegt unbedeckt auf der blanken Metallfläche. Sein Körper ist weiß wie die Fliesen, an manchen Stellen schimmert die Haut bläulich.

»Der Tod ist eindeutig durch Ertrinken eingetreten«, sagt Jule Kretschky, »daran gibt es keine Zweifel.« Sie erklärt rasch, was ihre Aussage belegt, doch dann wird ihr Gesicht so nachdenklich, wie ich es gestern schon einmal gesehen habe. Sie zeigt auf zwei Verfärbungen an den Handgelenken und auf eine am linken Oberarm.

»Hier und hier«, sagt sie, »das sind Druckstellen, sehen Sie? Das Ganze ist jetzt sehr blass, weil die Leiche wahrscheinlich mehrere Tage im Wasser gelegen hat. Das Kind ist grob festgehalten oder gezogen worden. Es sind keine Kampfspuren, aber leichte Blutergüsse. Sie wurden mit hoher Wahrscheinlichkeit zu einem Zeitpunkt kurz vor dem Ertrinken zugefügt.«

»Das heißt, es könnte sein, dass das Kind mit Gewalt zu etwas gezwungen wurde?«

»Schwer zu sagen, aber möglich. Es könnte sein, dass es mitgezerrt wurde. Dass es festgehalten wurde. Schwierig wird es, einzugrenzen, vom wem ihm diese Verletzungen zugefügt wurden. Sie können sowohl von einem Mann als auch von einer Frau, ja sogar von einem Kind stammen. Da will ich mich nicht festlegen. Es könnte auch sein, dass sich der Junge mit anderen gerauft hat. Wie gesagt, es lässt sich nicht feststellen, ob die Druckstellen im Zusammenhang mit seinem Tod stehen.«

»Aber es könnte sein, dass sich das Kind gewehrt hat, als es ins Wasser gestoßen wurde? Dass die Spuren davon herrühren?«

Jule Kretschky zuckt mit den Schultern. »Möglich, aber sehr vage.«

Wir verlassen den Raum, gehen durch den kurzen Flur nach draußen in den Hof. Und ich merke, dass ich erst hier draußen wieder anfange zu atmen. Jedenfalls scheint es mir so. Und hier wird Jule Kretschky auch wieder zu der jungen Frau, die mir am Tag zuvor begegnet ist.

»Wissen Sie«, sage ich, »jetzt haben Sie mir doch tatsächlich einen Strich durch die Rechnung gemacht. Ich bin bislang fest davon ausgegangen, dass es ein Unfall war.«

Sie nickt. »Ich auch.« Sie schaut mir ins Gesicht. »Und ich bin auch jetzt noch davon überzeugt. Ich weiß nicht, warum, aber ich glaube es. Vielleicht, weil ich nicht will, dass jemand dieses Kind ins Wasser geworfen und dabei zugesehen hat, wie es wie eine Ratte ertrinkt. Der Gedanke ist mir unerträglich. Schon deshalb, verstehen Sie? Aber ich musste Sie auf diese Stellen hinweisen, obwohl ich weiß, dass Sie jetzt Ihre Ermittlungen verstärken müssen.«

Ich reiche der jungen Kollegin die Hand. Sie schüttelt sie, als wären wir alte Freunde. Fehlt nur, dass sie mich umarmt.

Und ich kann nicht anders und sage: »Sie sind großartig, wissen Sie das?« Sie lächelt und verschwindet im Gebäude.

Ich fahre zu Marcs Kindertagesstätte. Es ist eine dieser typischen neuen, kleinen Kitas, die man in einem ehemaligen Laden eingerichtet hat.

»Dreiundzwanzig Kinder«, erklärt mir die Leiterin, die gemeinsam mit zwei weiteren jungen Frauen eben dabei ist, die Kinder, vom Spielplatz zurück, aufs Mittagessen vorzubereiten. Die Frau hat langes, dunkelblondes Haar und erstaunlich große, helle Augen.

»Wir wissen schon Bescheid und es ist so unglaublich traurig«, sagt sie mir als Erstes. »Wir werden es heute wohl auch den anderen Kindern sagen müssen.« Ich sehe in ihren Augen, wie tief sie der Tod von Marc getroffen hat. Sie zieht mich in das winzige Büro und schließt die Tür. »Marc ist ertrunken, nicht wahr?« Sie schaut mich an, wohl in derselben Hoffnung, die auch ich habe, dass es eben ein Unfall war. Ich nicke.

»Ja, er ist ertrunken, ich komme eben von der Obduktion. Aber wir müssen alle Eventualitäten untersuchen. Deshalb muss ich Sie auch befragen. Vor allem zu den Eltern. Und natürlich, ob Sie irgendetwas bemerkt haben, was auf eine Entführung hindeuten könnte.«

Die Frau, die sich erst jetzt als Daniela Schulz vorstellt, setzt sich auf einen der beiden Stühle, die in ihrem Büro dicht beieinander stehen.

»Ja, natürlich.« Sie schaut mich an, als erwarte sie die unausweichlichen Fragen. Ich setze mich zu ihr.

»Wer war Marc?«

Über das Gesicht der jungen Frau huscht ein Lächeln.

»Hm. Marc war ein sehr lieber, wissbegieriger Junge. Er musste immer irgendetwas untersuchen, hat sich nicht mit einfachen Antworten abgegeben. Er hat laufend gefragt, und wenn man geantwortet hat, dann hat er spätestens nach einer Minute noch mal nachgefragt und dann noch mal. Das konnte einem schon auf die Nerven gehen. Aber mir nicht. Ich mag solche Kinder und ich mochte Marc.«

»Gab es Leute, die ihn nicht mochten?«

»Nein. So würde ich das nicht sagen. Marc fiel manchmal auf. Er war sehr aktiv. Früher hat man mopsfidel gesagt, heute spricht man gerne von hyperaktiv. Also, das war Marc mit Sicherheit nicht. Ich meine, dass er sich nicht konzentrieren konnte, nein, das konnte er durchaus. Nur eben nicht bei allen Sachen. Es musste ihn interessieren. Und er hat gerne auch mal gerauft. Auch etwas, das heute niemand mehr akzeptieren will. Kinder, die raufen, sind aggressive Kinder. Denen muss man helfen, damit sie normale Kinder werden, wenn Sie verstehen, was ich meine.«

»Wer hat Marc abgeholt, wer hat ihn morgens gebracht und wie war das dann so?«

»Meistens die Mutter, der Vater ab und an. Die Schwester der Mutter, Frau Neff, hat ihn bisweilen abgeholt. Sie hat jedenfalls eine Vollmacht. Obwohl, ich denke, so selten, wie die kam, war es den Eltern eigentlich nicht recht, dass sie den Jungen holte.« Sie überlegt eine kleine Weile, hört in sich hinein. Ich habe den Eindruck, als würde sie darüber nachdenken, wie weit sie gehen kann mit dem, was sie mir sagt. »Na ja, also, wie soll man das sagen. Es war nicht immer einfach. Manchmal wollte Marc nicht gehen. Vor allem, wenn ihn der Vater abgeholt hat. Dann hat er sich versteckt, hier in den Räumen. Der Vater wurde schnell wütend. Er stellte irgendwelche Ultimaten. Wenn Marc jetzt nicht innerhalb von zwei Minuten fertig sei, würde er gehen oder Marc würde dann schon sehen, was er davon habe. Wir haben den Jungen beruhigen müssen. Haben ihm gut zugeredet. Aber so richtig wohl gefühlt habe ich mich dabei nicht. Ich hatte immer den Eindruck, dass der Vater schlecht mit dem sehr aktiven, unruhigen Jungen zurecht kam.«

Ich beuge mich vor, um jede Regung der jungen Frau wahrzunehmen.

»Er kam nicht so gut zurecht, ja. Was ist mit der Mutter?«

Sie zögert erneut. Da ist etwas in ihren Augen. Ein Flackern.

»Marcs Mutter ... ich habe sie manchmal sehr niedergeschlagen wahrgenommen. Sie ist kein besonders fröhlicher Mensch.«

»Haben Sie jemals Blutergüsse oder Ähnliches am Körper des Jungen bemerkt?«

Frau Schulz richtet sich auf, schüttelt den Kopf. »Nein«, sagt sie.

Das kam schnell. Ich hake nach. »Jedes Kind hat mal blaue Flecke und ein so aufgeweckter Bursche wie Marc, der hatte das mit Sicherheit. Nehme ich jedenfalls an.«

Die junge Frau steht auf. Fast scheint es, als wollte sie jetzt einige Schritte auf Distanz gehen, aber das ist in diesem winzigen Büro nicht möglich. So bleibt sie einen Augenblick lang stehen, um sich dann wieder zu setzen.

»Ja, natürlich hatte Marc auch mal die eine oder andere Verletzung. Ich sagte ja, dass er gerne gerauft hat. Wir schauen uns die Kinder nicht zielgerichtet an. Deshalb ... ich würde nicht sagen, dass Marc irgendwie misshandelt wurde. So etwas würden wir ohnehin dem Jugendamt mitteilen. Aber

… es gab zwei, drei Mal, wie soll ich das sagen … Wir hatten den Eindruck, dass es Marc nicht immer gut erging in seiner Familie. Der Vater ist ein sehr geordneter Mann, er ist in einem Verlag beschäftigt. Und dann die Mutter, die immer sehr still und abgewandt war … Fast war es so, als würde der Junge nicht zu diesen Eltern passen.«

Ich stehe auf. »Danke«, sage ich und meine es ernst, »Sie waren sehr offen zu mir.«

»Es ist nur so«, sagt sie, als wollte sie mich noch nicht gehen lassen, »dass ich mich inzwischen den ganzen Tag und die halbe Nacht frage, ob ich nicht etwas hätte tun können. Ich frage mich, ob ich das hätte verhindern können. Vielleicht hat Marc Zeichen gesandt und wir haben sie nicht wahrgenommen.

»Könnte ich vielleicht die Unterlagen von Marc sehen? Hat er Bilder gemalt oder so etwas?«

»Ja, wir haben von jedem Kind eine Mappe. Moment, ich schau gleich mal nach.« Sie öffnet den einzigen großen Schrank. Zieht Schubladen auf, sucht, aber findet nichts. Sie öffnet die Tür zum Gruppenraum.

»He, wo ist denn die Mappe mit Marcs Bildern? Hat die jemand gesehen?«

Eine der Kolleginnen antwortet: »Die haben heute Morgen die Eltern abgeholt.«

Frau Schulz schaut mich nachdenklich und irritiert an.

»Da kann man nichts machen«, sage ich und bemühe mich, einen ruhigen Ton zu treffen. Aber natürlich bin ich erstaunt darüber, wie rasch Marcs Eltern handeln. Ich frage noch nach: »Hat Marc jemals irgendetwas erzählt, was den Schluss zulassen könnte, dass er sich bedroht fühlte? Oder etwas, das auf eine bevorstehende Entführung hindeuten könnte?«

»Das haben Ihre Kollegen auch schon gefragt. Also, als Marc noch gesucht wurde. Nein, niemand von uns kann sich an irgendetwas erinnern. Das heißt …« Sie sucht in einem hohen Stapel Unterlagen. »Es gibt ein Bild von Marc … das müsste eigentlich noch hier liegen, wir haben es uns angeschaut und darüber nachgedacht. Es hat uns sehr verwundert. Aber es ist ja niemand mehr von der Polizei gekommen und zurückgelegt in die Mappe habe ich es noch nicht. Es ist eins der letzten, die er gemalt hat.« Sie zieht schließlich das gesuchte Blatt hervor. Darauf sind zwei Figuren. Zwei Menschen. Ein großer, massiger und ein kleiner, in die Ecke gedrängt. Der Große steht frontal zum Betrachter, aber er scheint auf seine Nebenfigur großen Druck auszuüben.

»Hat Marc gesagt, wen er da gemalt hat?«

Frau Schulz betrachtet das Bild. Sie schüttelt den Kopf und man merkt ihr an, dass es ihr leid tut, dass sie es nicht weiß.

»Nein. Wir haben das Bild erst wahrgenommen, als er … vermisst wurde. Sogar erst dann, als Ihre Kollegen schon bei uns nachgefragt hatten. Wir haben hier einen jungen Mann, der arbeitet im Rahmen eines sozialen Jahres bei uns, Bufdi, oder wie das jetzt heißt. Und der hat mit den Kindern gemalt. Die Bilder lagen dann achtlos in seinem Schrank.«

»Und?«, frage ich. »Was sagt Ihnen das Bild?«

Frau Schulz schaut mir fragend ins Gesicht. »Was mir das Bild sagt?! Fragen Sie lieber, an was es mich erinnert.« Sie tippt auf den Rand des Bildes. Da sind einige kleine, schwarze Sterne gemalt. Mir schwant etwas, aber ich weiß noch nicht, was. Frau Schulz schaut mich nachdenklich an. »Na, vielleicht irre ich mich, aber mich erinnert das Bild ziemlich stark an das, was in diesem Kriminalfilm eine Rolle spielt, ich glaube, er hieß ›Es geschah am helllichten Tag‹. Ein Kriminalkommissar hat den Tod eines Mädchens aufzuklären und er legt einen Köder. Ein ähnlich altes Mädchen. Und das malt ein Bild. Einen Riesen mit kleinen Schokoladenfiguren.«

Natürlich, wie konnte mir das nicht selbst einfallen! Und der Riese war der Mann, der das eine Kind getötet und das andere schon zu sich gelockt hatte.

»Eben«, sage ich, und weil ich mir etwas schäbig vorkomme, wenn ich jetzt einfach darüber hinweggehen würde, füge ich an: »Mir kam es zwar irgendwie seltsam vor, aber Sie haben diesen Zusammenhang entdeckt, alle Achtung. Haben Sie auch eine Idee, weshalb Marc dieses Bild gemalt hat? Hat der junge Mann irgendetwas erzählt? Hat Marc darüber gesprochen, wen er da gezeichnet hat?«

Die junge Frau schüttelt den Kopf. »Das haben wir uns alle schon gefragt. Die einzige Idee ist die, dass Marc seinen Vater gemalt hat. Seinen Vater und sich selbst. Aber das ist natürlich eine reine Hypothese.«

»Hat Marc schon einmal solch ein Motiv gezeichnet?«

»Marc hat viel gemalt. Manchmal waren seine Bilder irgendwie beängstigend. Aber dann auch wieder farbenfroh, munter, fröhlich. Er war, wie schon gesagt, ein lebenslustiger Typ. Munter, frisch irgendwie und sehr neugierig.«

»Kann ich das Bild mitnehmen«, frage ich. Frau Schulz zögert, dann reicht sie es mir.

Als ich schon an der Tür bin, tritt sie dicht an mich heran.

»Ich habe noch nie erlebt, dass ein Kind … wie soll man sagen, einfach verschwindet aus meinem Leben. Und ich hätte nicht gedacht, dass es so weh tut, dass es eine so große Leere hinterlässt. Das ist alles nur Gerede. Ich weiß. Aber …«

Ich legte meinen Arm um ihre Schulter. Für ein paar Sekunden stehen wir ganz dicht beieinander. Ich merke, dass sie weint. Ich zögere. Dann ziehe ich die Tür auf und bin wenige Sekunden später draußen auf der Straße. Und plötzlich fühle ich den aufgefrischten Novemberwind, der nun auch mit Regentropfen und glitschigen Schneeflocken in mein Gesicht schlägt. Aber wenn man aus der tiefsten Trostlosigkeit auftaucht, löst sogar ein kalter Novemberregen noch so etwas wie ein Glücksgefühl aus.

Franz hat inzwischen drei der schon unmittelbar nach dem Verschwinden von Marc befragten Zeugen gesprochen. Alle drei hatten sich beim Eintreffen der Polizei in der Nähe des kleinen Spielplatzes befunden. Nur einer kann sich daran erinnern, dass da ein Kind gewesen sein könnte. Einer bestätigt seine bereits gemachten Angaben, dass er die Mutter des Kindes verzweifelt nach ihrem Sohn habe rufen hören. Er habe selbst Ausschau gehalten nach dem Kind, nachdem er die Frau angesprochen hatte, und so vom Alter und seiner Bekleidung erfuhr. Aber gesehen habe er das Kind nicht.

Franz malt fünfzehn Kreise an das Witheboard.

»Fünfzehn potenzielle Zeugen waren in unmittelbarer Nähe, das haben die Ermittlungen ergeben«, sagt er. »Nach den Unterlagen und meinen Befragungen hat niemand das Kind gesehen. Alle Angaben sind vage, so nach dem Motto: Da könnte ein Kind gewesen sein. Zehn Zeugen haben die Mutter entweder dabei beobachtet, wie sie das Kind gesucht hat, oder waren selbst aktiv an der Suche beteiligt. Niemand hat jemanden beobachtet, der mit dem Kind weggegangen sein könnte, was nicht viel bedeutet, denn offenbar ist ja kein Einziger so aufmerksam gewesen, das Kind überhaupt wahrzunehmen.«

Ich betrachte die Kreise, die offenbar die Zeugen darstellen sollen. Dann malt Franz den Spielplatz samt den angrenzenden Straßen.

»Was auch bedeuten könnte, dass da gar kein Kind war«, sage ich.

»Richtig«, bestätigt Franz und nimmt einen kräftigen Schluck Wasser. Er trinkt es, als würde er sich damit eine Art dringend notwendiger Energie zuführen, so wie man einen Laptop ab einem bestimmten Grad der Entladung des Akkus unmittelbar an eine Steckdose hängen muss, weil er sonst abschmiert und Daten unwiederbringlich verloren gehen. »Was den Verdacht verstärkt, dass die Eltern des Jungen lügen. Und weißt du, was noch von Bedeutung sein könnte? Auch das von der Mutter als verdächtig beschriebene Auto wurde von niemandem wahrgenommen.«

Ich ahne, dass Franz mir jetzt gleich eine besondere Information auftischen wird. Es ist seine unnachahmliche Art, sich in Position zu bringen. Jetzt wird er wichtig, ganz wichtig. Er malt so etwas wie ein Auto an den Rand des Spielplatzes. Setzt sich nun lässig auf die Kante des Tisches. Franz schweigt. Ich lasse ihm den Genuss, den er dabei zu haben scheint.

»Ich habe mich umgesehen«, sagt er ruhig und tritt an die Tafel. Mit dem Stift markiert er eine Stelle an der Straße gegenüber dem Spielplatz. »Und ich habe hier an dieser Einfahrt einer Tiefgarage, sie gehört einer Firma namens Five Design, eine Videokamera entdeckt. Die Kamera nimmt die Fahrzeuge auf, die hier oben, also noch auf der Straße, einen Schalter betätigen müssen, um in die Garage zu gelangen. Sobald die Taste gedrückt ist, läuft eine Aufzeichnung mit. Die Sekretärin betätigt oben im Büro den Schalter zur Öffnung des Garagentors. Natürlich nur, wenn der Gast genehm ist. Diese Momentaufnahmen sind gespeichert. Man hat mir in der Firma gesagt, dass das eigentlich keinen Sinn macht, aber die Anlage wurde so gekauft und eingebaut und man hat es bislang nicht für nötig erachtet, die Aufzeichnungsfunktion irgendwie aus dem Programm zu nehmen.«

Franz stoppt seinen Redefluss. Ich ahne, was er gleich sagen wird. Weil er es mit seiner Wichtigtuerei mal wieder übertreibt, fahre ich ihm in die Parade.

»Und die Aufzeichnungen belegen, dass da gar kein Auto gestanden hat, richtig?«

In solchen Situationen ist Franz meistens sauer. Diesmal grinst er.

»Richtig«, sagt er, »die Kamera macht Aufnahmen von genau dem Straßenabschnitt. Hier soll das Fahrzeug laut der Mutter von Marc gestanden haben. Aber alle Aufnahmen zeigen, da ist nichts.«

»In welchen Zeitabständen sind Aufnahmen gemacht worden?«

Franz zieht seinen Notizblock aus der Tasche. »Wir haben Glück. In der Zeit vor dem Anruf gab es drei Einfahrten. Es liegen etwa drei bis fünf Minuten zwischen den Aufnahmen. Es wäre zwar theoretisch möglich, dass das Fahrzeug vorfuhr, den Jungen einlud und sofort wieder abfuhr. Aber ist das logisch?«

»Logisch wäre es nur, wenn der Junge die Person im Auto kannte. Er sah das Auto. Lief hin. Stieg ein.«

»Du meinst, er kannte das Fahrzeug?«

»Na ja, denkbar ist es doch.«

»Müsste es die Mutter dann nicht auch kennen?«

»Nicht unbedingt. Aber es ist wahrscheinlich. Doch davon hat sie nichts gesagt. Deshalb klingt es für mich immer weniger glaubhaft, dass es da einen Wagen gab und dass der Junge damit weggebracht wurde.«

Ich lege das Blatt mit Marcs Zeichnung vor Franz auf den Schreibtisch.

»Und was hältst du davon?«

Franz runzelt die Stirn. Ich sehe, dass er das Motiv, das wahrscheinlich jeder zweite normale Mensch auf Anhieb dem Roman von Dürrenmatt und dem Film zuordnen würde, nicht kennt. Das ist Franz. Er liest nicht, er geht nicht ins Kino, er hat keine Ahnung! Er beschäftigt sich wochenlang mit Wasser und jahrelang mit seiner Verdauung und seiner Gesundheit und den chemischen Substanzen in Brot und Milch, aber er kennt »Es geschah am helllichten Tag« nicht!

»Das ist eins der letzten Bilder, das Marc gemalt hat.«

»Hm«, macht Franz, »warum hältst du das für bedeutsam?«

»Nun, es ist der große, dunkle Mann, der dem Kind etwas mitgebracht hat. Schokoladenigel, Gummibärchen. Er will das Kind locken.«

»Es kann aber auch Marcs Vater sein.«

»Ja. Aber findest du nicht, dass das Bild etwas Bedrohliches hat?«

Franz nickt. »Das Verhältnis des Vaters zu seinem Kind war nach dem, was ich den Unterlagen entnehmen konnte, nicht besonders innig. Ich denke, dass der Mann grundsätzlich nicht besonders liebevoll ist. Oder?«

Franz hat recht. Ich weiß es ja auch. Ich frage ihn noch, ob jemand auch die Familienangehörigen der Neumanns befragt hat. Franz bestätigt kurz, nach einem Blick auf seine Aufzeichnungen. »Da ist nicht viel. Die Großeltern von Marc wohnen vierhundert Kilometer entfernt. Die Schwester der Mutter, eine Frau Neff, ist verheiratet, hat zwei Kinder und nur lockeren Kontakt, sie ist wenig kommunikativ, haben die Kollegen notiert, und ansonsten haben wir da Onkel und Tanten. Aber die Familie ist wohl insgesamt nicht besonders aneinander interessiert, so würde ich mal sagen.« Er schaut mich ruhig an. Ich nehme mir vor, noch einmal die Eltern aufzusuchen, um sie mit dem Bild ihres Sohnes zu konfrontieren.

Ich habe mich in den großen Beratungsraum zurückgezogen. Der Beamer wirft meine Fotos an die Wand. Es ist eine Angewohnheit von mir, alle Plätze, die mit einem Geschehen im Zusammenhang stehen, zu fotografieren, um mir die Bilder dann in Ruhe anzuschauen. Es ist etwas anderes, die Dinge selbst zu sehen, als mit dem Auge der Kamera, die nichts auslässt, nichts für unbedeutsam hält. Der Mensch sieht nur das, was er sehen will. Das ist das Problem. Die Kamera und das von ihr aufgenommene Bild geben mir die Chance, alles noch einmal anzuschauen. Ausschnitt für Ausschnitt. Und manchmal sieht man dann etwas, was zuvor gar nicht da gewesen ist.

Der Fundort der Leiche. Das Wasser schimmert bleiern, silbrig, kalt. Die drei weißen Ausflugsdampfer erscheinen eher grau. Die Bäume sind schwarz und das fast völlig entlaubte Geäst greift sperrig in den hellgrauen Himmel. Die Böschung ist dicht über der Wasseroberfläche. Fast scheint es, als würde das Wasser über das Ufer treten und die Wiese, die Straßen überfluten wollen.

Das nächste Bild erfasst die Zugänge zum Wasser. Seitlich von der Brücke hinunter in Richtung des Fundorts ist das Foto gemacht. Von hier kann man auch den Spielplatz sehen.

Ich erkenne, dass es von dem kleinen Spielplatz einen Weg gibt, der seitlich an der Straße entlangführt. Ein Weg, der auf die neu gebauten Häuser zuläuft, sich dann aber gabelt. Der rechte Weg führt in Richtung einer kleinen Landungsbrücke, der andere zu den Wohnhäusern. Was, wenn Marc vom Spielplatz aus diesen Weg eingeschlagen, sich dann verirrt und nicht mehr zurückgefunden hat? Ein Foto zeigt die beiden alten Schiffe, die zu Hausbooten umfunktioniert wurden und dort nun ruhig am Ufer liegen. Und ganz hinten ist ein großer blauer Kran zu sehen, der wohl dazu dient, Sportboote zu Wasser zu lassen. Mir fällt ein, dass Marc solch einen Kran gemalt hat.

Ich habe noch ein Foto. Es zeigt die Ausflugsdampfer. Sie stehen vertäut. Aber jemand hat an eins der Schiffe ein kleines Boot gebunden. Es zeigt mir die Strömungsrichtung. Bekanntlich erzeugt jeder Gegenstand, der sich in einer Strömung befindet, hinter sich einen Wirbel. Ein Grund, weshalb Inseln in Flüssen ihre Lage auch verändern können. Vorne wird Sand abgetragen und hinter wieder angespült.

Wenn Marc hier oben an der Brücke ins Wasser gelangt ist, dann kann er zwischen die Ausflugsdampfer oder darunter geraten sein. Und da die Entfernung zum Spielplatz doch erheblich ist und die Dampfer am anderen Ufer liegen, hat man hier nicht im Wasser nach ihm gesucht.

Fakt ist, Marcs Verschwinden vom Spielplatz kann eine Sache von Sekunden gewesen sein. Es könnte sein, dass er sich verlaufen hat. In Panik geraten, versuchte er, einen Weg zurück zu finden. Aber er fand ihn nicht. Er kam an die kleine Brücke, suchte dort nach einem Rückweg und fiel dabei ins Wasser.

So kann es gewesen sein.

Ich bin noch ganz in meine Überlegungen vertieft und mache mir entsprechende Aufzeichnungen, als die Tür aufgestoßen wird. Franz stürzt herein und ist schon wieder draußen.

»Komm schnell«, ruft er, »es ist wieder ein Kind verschwunden. Ganz in der Nähe vom letzten Mal. Und diesmal ist es auf jeden Fall eine Entführung!«

Mir wird plötzlich kalt, als wäre ich selbst in das Wasser gefallen, das da noch immer still als Foto auf der Wand zu sehen ist. Dann springe ich auf.

V.

Den grauen Tag sperre ich mit den weißen Vorhängen aus, drehe die Heizung etwas höher, weil es mir zu kalt vorkommt. In der Küche will ich mir ein Glas Leitungswasser holen. Ich drehe den Hahn auf und lasse das Wasser laufen. Manchmal kommt es zuerst brackig-braun heraus, eiskalt ist es immer. Als ich sehe, dass es klar ist, halte ich das große Glas unter den Strahl. Meine Hand zittert leicht. Ich bin noch immer ganz aufgewühlt, komme einfach nicht zur Ruhe.

Ich setze mich in den Sessel im Wohnzimmer. Nehme einen Schluck, sitze da in der Stille des Raumes. Ich stehe wieder auf, laufe ein paar Mal zwischen Fenster und Tür auf und ab, dann setzte ich mich wieder und versuche mich zu entspannen. Aber ich finde keine bequeme Position und rutsche auf dem Polster hin und her.

Eigentlich warte ich nur darauf, dass es wieder losgeht, dass ich wieder aufspringen muss und das ganze Programm von vorne beginnt. Nur noch Aktion und Reaktion, ohne nachzudenken. Aber wenn es still ist, sind die Gedanken da und ich kann nichts dagegen tun. Je mehr ich nachdenke, desto atemloser werde ich, desto mehr wühlt es mich auf, desto deutlicher spüre ich die widerstreitenden Gefühle in mir. Ich kann die Gefühle und Gedanken nur kurzweilig verdrängen, nachts, wenn es still ist und die Sehnsucht nach dir zurückkehrt.

Ich muss mich zusammenreißen.

Lenk dich ab, mach irgendwas. Ich spiele die Instrumentalaufnahmen auf dem MP3-Player ab, der auf der flachen Lehne liegt und mit einer kleinen, transportablen Box verbunden ist. Zuerst die sommerlich fröhliche Nummer mit dem Reggae-Rhythmus, dann die verschachtelte, gitarrenlastige Melodie und schließlich dieser treibende Song mit dem funky Basslauf. Ich kann die unterschiedliche Atmosphäre spüren, die sie verbreiten, die unterschiedlichen Gefühle, die die jeweiligen Klangfarben der Lieder auslösen.

Beim zweiten Durchgang nehme ich mir die Texte dazu vor. Ich summe eine sanfte Melodie leise vor mich hin, aber ich bin nicht in der Stimmung für leichte Sommerkost. Dann lieber den jazzigen Rocksong. Der Text bezieht sich auf eine soziale Bewegung in Frankreich und seine ehemaligen afrikanischen Kolonien, deren Anhänger sich unter dem Slogan »Contre la vie chère« gegen die steigenden Lebenshaltungskosten, gegen hohe Mieten und Energiepreise zur Wehr setzen.

Einmal räuspern, tief Luft holen und Song Nummer zwei abspielen. Erst den Auftakt abwarten. Nach dem kurzen Gitarrensolo steige ich mit dem Gesang ein:

Wir kündigen Verträge
ritze, ratze mit der Säge
den Ast, auf dem wir sitzen
und machen dabei Witze

Wir ziehen auf die Straße
erfinden neue Lebensmaße
ohne Status, ohne Klassen
Leben und leben lassen

Gegen das teure Leben
muss es doch was geben

Richtig im Falschen leben –
was kann ich dir noch geben?

Und nach der Tonverschiebung mit hoher Stimme auf die single notes der Gitarre platziert:

... Contre la vie chère ...

Dann wieder genau auf dem Basslauf:

... Und für das gute Leben ...

Und jetzt noch einmal die Schleife:

Contre la vie chère
da muss es doch was geben
Contre la vie chère
gegen das teure Leben
gib alles ...

Ich drücke die Stopptaste. Im Refrain treffe ich die Töne nicht oder ich platziere sie nicht richtig, ich kann's nicht genau sagen. Natürlich muss der Song mehrstimmig gesungen werden, damit sich der Gesang weich über die Töne der Gitarre legen kann. Das ist nicht einfach, aber es kann funktionieren, wenn es kräftig genug rüberkommt, was vor allem live ein Problem sein dürfte.

Dann werde ich aus meinen Gedanken gerissen. War da ein Geräusch? Ich fahre hoch und horche in den Raum hinein. Die Flügeltür ist einen Spalt geöffnet. Ich halte kurz den Atem an. Ist da was? Ich lausche ... Aber nein, da ist nichts. Trotzdem schalte ich die Musik aus, gehe in den Flur und werfe einen kurzen Blick durch den Türspalt ins dunkle und stille Schlafzimmer. Danach schalte ich den MP3-Player etwas leiser wieder ein und spiele die Aufnahme noch einmal ab.

Die erste Strophe lasse ich aus, um mich auf den Einsatz des Refrains zu konzentrieren. Ich breite die Arme aus und ziehe die Luft tief in meine Lungen, presse sie in den Bauch, sodass sich eine kleine Kugel wölbt. Von dort will ich die Töne für den Konterpart haben, aus dem Bauch müssen sie kommen, nicht aus dem Kopf. Dann der Tonwechsel. Ich setze ein und diesmal treffe ich die Töne. »Und für das gute Leben …« kommt tief aus meinem Bauch. Jetzt wieder: »Contre la vie chère«, so hoch ich komme. Und dann singe ich nur noch, Strophe, Refrain und noch mal Refrain, bis hin zum verfremdeten Schlusspart im halben Tempo. Kein Gedanke mehr, die Worte fallen in die Töne, meine Stimme hebt sich, um einzutauchen in die Musik, und es ist wie ein Sprung in einen friedlichen Ozean, der mich mit warmem Wasser umspült.

Kurze Pause, der Player läuft weiter und spielt den letzten Song. Diesen Text kenne ich auswendig und singe:

Wo der Mut, was zu tun
die Macht der Projektion
uns durch irgendwas in Begeisterung versetzt

Wo der Geist uns belebt
man Wahlverwandtschaft pflegt
und unser Glauben mehr als unser Wissen zählt

Kurzum, bei alledem
das will ich eingestehen
was nachgewiesen Dummheit ist
wird mein Atem leicht, weil du es bist

Aber nur, weil du es bist
Alles nur, weil du es bist
Aber nur, weil du es bist

Wo das Wort buchstabiert
wo noch behauptet wird
dass alles explizit unsere Sache ist

Wo der Wunsch zu Werke geht
deins und meins eins ergibt
und alles andere nicht von Bedeutung ist

Kurzum, bei alledem
das will ich eingestehen
was nachgewiesen Dummheit ist
wird mein Atem leicht, weil du es bist

Aber nur, weil du es bist
Alles nur, weil du es bist
Aber nur weil du es bist

VI.

Man hat die Rigaer abgesperrt. Polizeiautos stehen mit Blaulicht auf den Kreuzungen. Niemand darf mehr herein oder hinaus. Einige Leute protestieren, andere warten angespannt.

Wir beeilen uns, laufen an den Leuten vorbei, auf das Fahrzeug zu, das von zwei Polizisten bewacht wird. Vor dem Wagen geht eine junge Frau wie von Sinnen auf und ab. Sie hat ein Handy am Ohr und redet laut und aggressiv mit jemandem.

Der Polizist, der uns bemerkt hat, kommt rasch auf uns zu. Ich erkenne ihn wieder, es ist der gleiche, der mich vor zwei Tagen dorthin gefahren hat, wo man Marc tot aus der Spree geholt hat. Er nickt mir zu, reicht mir die Hand.

»Tja, so schnell sieht man sich wieder«, sagt er ernst. »Die Frau da hat uns angerufen. Ihr Name ist Tamara Schmund und das Kind heißt Tomasz, es ist erst sechs Monate alt. Man hat ihr Baby aus dem abgeschlossenen Auto herausgenommen. Sagt sie. Sie gibt an, dass sie nur kurz in den Laden da drüben gegangen sei, eine Schneiderei. Es geht um Kostüme oder so etwas. Als sie zurückkam, war die Scheibe weit nach unten gedreht und der zuvor abgeschlossene Wagen offen. Tja, und die Tasche mit dem Kind war weg. Ein Junge. Die

Frau meint, dass er geschlafen habe, als sie ihn alleine ließ. Und sie hat die Scheibe etwas nach unten gedreht, damit das Kind genug Luft zum Atmen hat. Was ja eigentlich einleuchtet.«

Franz hat mitgeschrieben. Jetzt schaut er sich den Wagen an. Inzwischen ist auch die Spurensicherung da und versucht Franz davon zu überzeugen, sich erst einmal fernzuhalten.

Ich gehe auf die junge Frau zu, die noch immer telefoniert. Ihr Blick streift mein Gesicht. Ich sehe grüne, blitzende Augen und Wut und Panik. Ich höre, wie sie sagt: »Ich kann nichts dafür, mein Gott, Mattias, ich kann nichts dafür! Tomasz ist einfach weg. Ja, in seiner Tragetasche.«

Schließlich drückt sie das Telefon aus und es fehlt nicht viel, dass sie es von sich schleudert.

Ich stelle mich vor. Sie schaut mich mit ihren Katzenaugen an und verzieht ihren Mund zu einer schmerzvollen Grimasse.

»Ich war doch nur für drei, vier Minuten weg. Es ist doch völlig unmöglich, dass jemand mein Kind klaut! Sagen Sie mir, wer klaut denn ein Kind, verdammte Scheiße!?«

»Und Sie haben nichts beobachtet? Keine Person, die sich Ihrem Wagen genähert hat? Ist Ihrem Auto ein anderes gefolgt? Hat vor Ihnen jemand geparkt? Versuchen Sie sich zu erinnern!«

»Ja, mir ist ein Auto gefolgt. Na, was heißt gefolgt, es ist eins hinter mir gewesen, als ich hier eingeparkt habe. Aber das ist doch alles sinnlos. Ich hab auch keine Zeit jetzt hier …« Sie schaut sich um. »Ich muss den Jungen suchen!«

Sie geht einfach los. Steuert auf ein Gelände zu, das so gar nicht in die ansonsten schicke Straße passt. Ein uralter Schornstein steht dort, gelbe Ziegelbauten dahinter. Irgendein Fabrikgebäude, das im hinteren Bereich des verkommenen Hofs saniert wurde. Lofts, steht da auf einem großen Plakat. Aber so recht kann man nicht glauben, dass hier auf dem ansonsten völlig verwahrlosten Gelände teure Lofts zu haben sein sollen. Ich gebe dem Polizisten einen Wink und er geht hinter der Frau her. Ich sehe, dass sie inzwischen zögernd stehen geblieben ist. Plötzlich sinkt sie in die Hocke und bleibt reglos in dieser Position. Der Polizist redet ruhig auf sie ein. Sie erhebt sich wieder und er führt sie langsam zum Polizeibus.

Inzwischen sind fünf Mannschaftswagen eingetroffen. Pfiffe hallen durch die Straße. Kommandos erschallen. Eine Hundestaffel macht sich zum Einsatz bereit. Der Chef der Einsatztruppe kommt herüber. Ich kann ihm wenig sagen. Im Prinzip muss man wohl die ganze Gegend hier absuchen und zwar rasch. Die Polizisten werden in Gruppen eingeteilt und brechen auf. Die Hunde beginnen mit ihrer Arbeit. Sie nehmen Geruch auf. Jemand hat eine Kinderjacke aus dem Auto genommen und die Tiere schnüffeln nacheinander daran. Dann ziehen sie in unterschiedliche Richtungen los.

Im selben Moment versucht ein Mann, die Sperren in die Straße hinein zu durchbrechen. Ich denke zunächst, dass es irgendjemand von der Presse sein wird. Aber der Mann hat weder eine Kamera, noch ist er sonst irgendwie der Presse zuzuordnen. Ich gehe auf ihn zu. Er erklärt, dass er der Vater des Kindes sei und der Lebensgefährte der Mutter. Er heißt Mattias Bartosz. Ich lasse ihn durch die Absperrung, die inzwischen durch Plastikbarken gesichert ist. Kaum ist er hindurch, ruft er die Frau. Sie dreht sich um und rennt auf ihn zu. Sie fallen sich in die Arme und ich höre die junge Frau weinen. Tiefes Schluchzen. Er hält sie fest, selbst den Tränen nahe.

Ich lasse sie in Ruhe. Hole meinen Fotoapparat heraus und mache Bilder. Die Straße hinauf und von den Häuserfronten. Mir fällt auf, dass alles frisch saniert ist. Es ist nicht lange her, da war das hier ein nahezu lupenreiner Hausbesetzerkiez. Inzwischen sind es noch zwei oder drei Häuser, so genau kann man das nicht sagen, nur über einem weht noch die rot-schwarze Fahne. Eine große, wilde Fahne aus Zeiten, in denen nie und nimmer ein Mercedes oder ein BMW ungestraft hätte hier geparkt werden dürfen. Wenigstens die Reifen wären hin gewesen. Inzwischen ist alles anders. Die Stuckfassaden leuchten weiß und rot und gelb. Selbst im grauen November ruhige, starke Farben.

Als ich mich wieder konzentriere, sehe ich plötzlich Kerstin. Sie ist vor der Absperrung kurz stehen geblieben. Die Schule, in der sie arbeitet, liegt gleich um die Ecke, sie muss zufällig vorbeigekommen sein. Sie schaut herüber. Mir ist, als würde ich zu Eis erstarren. Und gleichzeitig merke ich, wie mein Herz anfängt zu schlagen, gerade so, als hätte es die ganze Zeit ohne jede Regung still in meiner Brust gelegen.

Ich zögere. Wird sie einfach weitergehen, wenn ich mich ihr jetzt nähere? Ich hebe langsam die Hand und winke vorsichtig. Sie sieht mich an. Also gehe ich auf sie zu. Sie wartet.

»Hallo«, sage ich und spüre, dass ich einen Kloß im Hals habe.

»Was ist passiert?«, fragt sie.

»Wir wissen es noch nicht.« Ich versuche ein Lächeln, wische es aber sofort wieder aus meinem Gesicht. »Es geht um ein Kind. Es könnte sein, dass es entführt wurde.«

Sie wirkt ganz ruhig. »Wie geht es dir?«

»Nicht gut.«

»Ja«, sagt sie. Für zwei oder drei Sekunden begegnen sich unsere Blicke und ich habe sofort das Gefühl, dass es ihr auch nicht besonders geht.

»Was macht die Schule? Sind deine Schüler freundlich zu dir?«

»Die sind das geringste Übel.« Sie lächelt. »Da sind die Schule und die Kollegen schon noch was anderes.«

Einer der Presseleute hat unsere Begegnung wahrgenommen. Noch ehe wir uns versehen, fängt er an, Fotos zu machen. Ich fahre ihn barsch an, das zu unterlassen. Er grinst. Es ist ein alter Bekannter, Philipp Esche. Einer von den faireren Journalisten, der nur manchmal für die Regenbogenpresse arbeitet.

Der Einsatzleiter der Polizei kommt auf mich zu. Ich würde jetzt eine Menge dafür geben, wenn ich mich einfach davonmachen könnte. Einfach verschwinden. Mit Kerstin einen Kaffee trinken gehen. Mit ihr durch den Friedrichshain ziehen, wie wir es noch vor knapp einem Jahr getan haben, als gehöre er uns. Aber ich kann hier nicht einfach abtauchen. Ich sage rasch: »Kann ich dich vielleicht mal abholen von deiner Schule?« Aber da ist Kerstin schon weitergegangen. Ich sehe sie noch eine Sekunde zwischen den Schaulustigen, dann ist sie verschwunden, als wäre sie mir nur in meiner Fantasie erschienen.

»Können Sie mal kommen?!«, sagt der Einsatzleiter und das klingt eher wie ein Befehl.

Er führt mich in einen Hof hinter dem Supermarkt. Hier stehen drei der typischen Müllcontainer. In einem, so sagt man mir, habe man eben eine Plastiktüte mit Kinderkleidung gefunden. Ein Mitarbeiter der Spurensicherung entnimmt die Sachen vorsichtig und breitet sie auf einer Plastikbahn aus.

Franz kommt mit der Mutter und dem Vater hinzu. Die Eltern sollen die Sachen ansehen, prüfen, ob sie von ihrem Kind stammen. Als sie nahe genug heran sind, ist die Spannung kaum mehr auszuhalten. Aber dann schüttelt Tamara Schmund den Kopf.

Franz zischt mir zu: »Was sollte das auch? Weshalb sollte das Kind aus dem Autos genommen und unmittelbar danach entkleidet worden sein?«

»Um es mit anderen Kleidungsstücken zu versehen und in der Öffentlichkeit unbehelligt unterwegs sein zu können.«

Franz zuckt mit den Schultern. »Na ja, möglich«, murmelt er. »Aber dann sollte man sich als Erstes mal der Tragetasche entledigen.« Womit er natürlich recht hat.

Ich bitte die Eltern zu einem der Polizeibusse, der als Gesprächsraum eingerichtet ist. Wir sitzen uns in dem engen Fahrzeug gegenüber. Der Mann hat seinen Arm um die Schultern der Frau gelegt. Sie schaut angestrengt und unruhig mal zu mir, mal hinaus auf die Straße.

»Gut, dass Sie sich schnell an die Polizei gewendet haben«, sage ich. Sie nickt still. »Ich muss meine Fragen von vorhin noch einmal stellen. Jedes Detail könnte von Bedeutung sein. Ein Fahrzeug, eine Person, die Sie nach dem Verlassen Ihres Autos bemerkt haben … Ist Ihnen dazu etwas eingefallen?«

Tamara Schmund sagt, dass sie einen Mann gesehen hat auf der gegenüberliegenden Straßenseite. Er kam von dem verwahrlosten Gelände. Sie beschreibt ihn als klein, schmal gebaut, grauhaarig. Und sie erinnert sich an eine Frau auf einem Fahrrad. Die fuhr auf dem Fußweg. In der kurzen Zeit, in der sie im Laden war, hat sie ab und zu nach draußen gesehen. Aber ihr ist nichts aufgefallen.

»Und Sie haben kein graues oder schwarzes Fahrzeug gesehen, das in der Nähe geparkt hat?«, frage ich, weil mir die Aussage von Marcs Mutter eingefallen ist.

»Nein. Wieso? Was ist mit dem grauen Fahrzeug?«, fragt sie sofort, als hätte ich ihr irgendwie Hoffnung gemacht. Sie überlegt angestrengt. Dann sagt sie rasch: »Vielleicht, ja doch. Ich meine, da war ein grauer Wagen. Er stand vielleicht fünfzig Meter entfernt. Vor ihm waren drei andere, die auch jetzt noch da sind.«

Ich bin mir nicht sicher, ob die Frau tatsächlich ein Auto wahrgenommen hat. Wahrscheinlich merkt sich kein Mensch, welche Fahrzeuge in fünfzig Meter Entfernung geparkt stehen. Andererseits sind die Dinge ja im Gehirn abgespeichert. Sie sind uns nur nicht bewusst. Und bisweilen können extreme Situationen dazu führen, dass wir uns eben doch erinnern. Von daher nehme ich ihre Angabe ernst.

Ich erfahre von den beiden, dass sie zur Friedrichshainer Musikszene gehören. Sie spielen gemeinsam in einer Band mit dem Namen Warschauer. Mattias Bartosz sagt, dass seine Familie aus Warschau stammt, er aber in Berlin geboren ist.

Auf die Idee, die Band Warschauer zu nennen, sind sie aber gekommen, weil sie Proberäume haben, die dicht an der

Warschauer Straße liegen. In den Kellerräumen der alten Wagenhalle in der Rudolfstraße.

Sie ist Sängerin, sagt sie. Und Gitarre spiele sie auch. Bassgitarre.

Ich frage nach Problemen in der Familie, nach möglichen Feinden oder danach, ob es sich bei dem Geschehen um eine Entführung handeln könnte, die in einer Erpressung endet.

»Erpressung?«, fragt die Frau irritiert. »Sie meinen Geld?«

Ich zucke mit den Schultern. »Ja, vielleicht auch Geld.«

Die beiden schütteln gleichzeitig den Kopf. Sie sind unruhig. Und offenbar verstehen sie nicht, warum ich ihnen diese Fragen stelle.

»Da ist nichts zu holen. Also wozu das Ganze?!«, sagt der junge Mann.

Ich versuche, ruhig zu erscheinen.

»Wissen Sie, die Suche da draußen ist das eine. Aber wenn sich der mögliche Entführer von hier abgesetzt haben sollte, dann müssen wir unsere Suche deutlich erweitern. Verstehen Sie? Dann kann Tomasz überall sein, in der ganzen Stadt. Deshalb müssen wir anfangen, mögliche Zusammenhänge herzustellen. Also ... was ist mit der Band?«, frage ich. »Gibt es möglicherweise irgendwelche ernsthaften Zwistigkeiten? Mit anderen Gruppen, vielleicht geht es um irgendwelche Rechte? Jemand hat einem anderen eine Komposition geklaut, einen Liedtext?«

Jetzt blicken die beiden unsicher.

»Es gibt immer um irgendwas Streit«, sagt der Mann vorsichtig.

Doch bevor ich genauer nachfragen kann, springt die Mutter des Kindes plötzlich auf.

»Ich will jetzt nicht mehr!«, sagt sie nachdrücklich. »Ich muss mein Kind suchen, statt diese blöden Fragen hier zu beantworten!« Und schon ist sie hinaus. Läuft davon.

Ich sage: »Wir werden das Kind finden, das verspreche ich Ihnen.« Mattias Bartosz hört mich nicht. Er wischt sich über das Gesicht. Versucht sich zu konzentrieren. Ich sage, dass wir unbedingt ein Foto von seinem Sohn brauchen. Er holt seine Brieftasche heraus und daraus ein Foto und reicht es mir wortlos. Dann steigt auch er aus dem Bus und geht seiner Frau hinterher.

Ich folge ihm und rufe, dass sie sich zur Verfügung halten müssen. Ich schaue mir das Bild genauer an. Es zeigt ein Baby. Ich bin mir nicht sicher, ob wir damit etwas anfangen können. Aber ich werde es dennoch vervielfältigen und an die Suchtrupps geben lassen.

Auch drei Stunden nach dem Verschwinden des Kindes gibt es keine nennenswerten Spuren. Es gibt keine Fingerabdrücke am Auto, keine Hinweise auf irgendeine Person, die da am Wagen bemerkt wurde, keine Zeugen in den umliegenden Häusern, die etwas gesehen haben. Nichts. Die Befragungen von Passanten haben keinen einzigen verwertbaren Anhaltspunkt ergeben.

Dreihundert Polizisten sind jetzt im Einsatz. Jeder Hinterhof im Umkreis eines Kilometers ist durchsucht. Jeder öffentliche Platz in Augenschein genommen. Hunderte Personen wurden befragt.

Inzwischen ist später Nachmittag. Es ist dunkel. Die Straße liegt in gleißendem Scheinwerferlicht. Ich höre das Bellen der Hunde, das Gebrüll von Befehlen. Aber inzwischen scheint es mir so, als wäre das alles nur noch so etwas wie Aktionismus. Wir werden das Kind nicht finden, sagt mir mein Gefühl, und ich spüre eine große Angst in mir. Die Angst, dass wir bald eine weitere Kinderleiche haben werden. Die Angst, dass die beiden Fälle eben doch zusammenhängen, dass Marc nicht einem Unfall zum Opfer gefallen ist, sondern einem Verbrechen.

Ich kann nicht anders, ich mache mich auch auf die Suche. Die Samariterstraße hinauf. Wir müssen uns beeilen, wenn wir diesen kleinen Tomasz lebend finden wollen.

Die Samariterkirche liegt im Licht der Straßenbeleuchtung. Der rote Klinkerbau mutet jetzt groß und klotzig an.

Hier haben sich die ersten Oppositionsgruppen in Ost-Berlin getroffen, schon Anfang der Achtziger. Muntere Leute, die den Mut hatten, einfach zu handeln. Inzwischen ist es still geworden um die Kirche und ihre Gemeinde.

Zwei Polizisten kommen mir entgegen, einer mit seinem Spürhund an einer langen Leine. Das Tier nimmt keinerlei Notiz von mir. Und ich habe plötzlich das Gefühl, dass es völliger Blödsinn ist, was ich hier mache. Es ziehen dreihundert Kolleginnen und Kollegen durch das Viertel. Da bringt es nichts, dass ich das Gleiche tue. Ich stehe da und schaue hinauf zu den Fenstern. Viele sind nun beleuchtet. Die Leute kommen nach Hause. Für sie ist der Arbeitstag zu Ende.

Als ich in die Dienststelle komme, ist Kiesewetters Bürotür offen. Ich sehe, dass er unruhig in seinem Zimmer auf und ab geht. Kaum hat er mich bemerkt, stürzt er in den Flur.

»Ich habe immer gesagt: Dieser Marc, ja, der ist nicht Opfer eines Unfalls! Und nun haben wir den Salat!«

Ich kann mich nicht erinnern, dass er jemals gesagt hat, dass Marc nicht bei einem Unfall umgekommen ist. Aber so ist das immer bei Kiesewetter. Er dreht die Dinge, wie er sie braucht. Und das Schlimme ist, er ist absolut davon überzeugt, dass er dann auch noch die Wahrheit sagt. Man braucht nicht einmal zu versuchen, ihn an seine tatsächlichen Aussagen zu erinnern, er weiß es einfach nicht mehr, und wenn es das glatte Gegenteil von dem ist, was er jetzt behauptet. In diesem Fall weiß ich ganz genau, warum er so aufgeregt ist. Dabei will ich ihm gern unterstellen, dass er sich wirklich um das entführte Kind Sorgen macht. Aber vor allem geht es darum, dass es nun eine Pressekonferenz geben wird und dass sein großer Vorgesetzter Rechenschaft verlangt oder, noch schlimmer, der Senator persönlich. Das ist Kiesewetters Hauptproblem. Wenn er befürchten muss, da keine handfesten Aussagen treffen zu können, löst das in ihm blanke Panik aus.

»Ja, es hat jetzt jedenfalls den Anschein«, sage ich.

»Den Anschein?! Das ist so klar wie ... Und von diesem Tomasz keine Spur. Nichts. Es ist zum Verrücktwerden. Will uns denn neuerdings gar nichts mehr gelingen!«

Manchmal geht mir Kiesewetter wirklich nur noch auf die Nerven. Ich hebe abwehrend die Hände.

»Wir müssen uns zusammensetzen«, sage ich, »und wir brauchen einen guten Polizeipsychologen. Und zwar möglichst sofort!«

Kiesewetter hält inne, dann zuckt er mit den Schultern.

»Ich kümmere mich«, murmelt er und verschwindet in seinem Büro. Ich höre ihn telefonieren.

Die Fotos! Ich klemme den Fotoapparat ans Kabel und schalte den Beamer ein. Rascher Durchlauf. Die Rigaer Straße. Die parkenden Fahrzeuge. Die Leute hinter der Absperrung. Die werde ich mir später genauer ansehen. Schräg hinten dieses seltsam verwahrloste Gelände mit dem Schornstein. Ich erkenne einige Graffiti. Zoome sie größer. Das Gesicht eines böse dreinblickenden Mannes. Das Bild einer Frau, die die Hände vors Gesicht hält und doch durch die Hände hindurch sieht. Und überall Fenster, die dunkel herunterschauen auf die Straße. Oder steht da doch jemand und blickt vorsichtig auf das Geschehen? Ist da ein Schatten? Ein Gesicht? Ich kann nichts erkennen.

Keine Stunde später sitzen wir im Konferenzraum. Franz, Kiesewetter und ein eher kleiner, gedrungen wirkender Mann um die fünfzig. Doktor Bernhard Kerner, Psychologe. Es ist einige Zeit her, dass wir miteinander gearbeitet haben, ich habe vergessen, um was es damals ging. Aber ich weiß, dass ich diesen Mann mochte. Auch weil er gar nicht wie ein Psychologe wirkt. Seine direkte Art regt eher zum Lachen an, als dass man sich von ihm irgendwie beobachtet oder gar bevormundet fühlt. Er hört zu, lässt sich erklären. Irgendwann sagt er was, und das hat dann eigentlich immer Hand und Fuß.

»Also«, leitet Kiesewetter das Treffen ein, »Kollege Martaler, vielleicht erläutern Sie erst mal die Lage und beschreiben, was wir von Doktor Kerner erwarten. Er war so freundlich, trotz eines dringenden anderen Termins hierher zu kommen.«

Kerner lächelt. »Der andere Termin war meine Frau, die meinte, ich solle heute endlich mal wieder vor acht Uhr zu Hause sein. Aber ich hörte, es gibt ein ernstes Problem.«

Kiesewetter grinst mühsam und schaut mich auffordernd an.

»Wir haben ein totes Kind. Es ist fünf Jahre alt geworden und in der Spree ertrunken. Die Eltern sind davon überzeugt, dass es entführt und getötet wurde. Wir haben dieses Kind vor zwei Tagen gefunden. Vor sechs Tagen wurde es als vermisst gemeldet. Und wir haben ein sechs Monate altes Kind. Es wurde sozusagen aus einem Auto entwendet. Vor knapp fünf Stunden. Die Frage ist, hängen die beiden Geschehnisse zusammen? Und was wäre dann das mögliche Täterprofil?«

Kiesewetter fügt hinzu: »Für mich stehen die beiden Taten eindeutig in einem Zusammenhang. Es wäre doch ein wirklich außerordentlicher Zufall, wenn zwei Kinder entführt werden und ...«

Kerner schaut zu Franz, der eben dabei ist, eine seiner Wasserflaschen aufzuschrauben. Er strengt sich an dabei, aber der Verschluss lässt sich offenbar nicht öffnen. Mit hochrotem Kopf schiebt er die Flasche zurück auf den Tisch.

»Mir stellt sich die Frage nach dem Motiv«, sage ich. »Das erste Kind ertrinkt. Keine Spuren sexueller Handlungen. Überhaupt keine Hinweise auf ein Verbrechen, allenfalls auf eine Misshandlung. Das zweite Kind verschwindet aus dem Auto. Und es ist nicht einmal klar, ob es wirklich in dem Fahrzeug war. Jedenfalls zum Zeitpunkt, als es an bekannter Stelle abgestellt wurde. Ich habe keine Ahnung, ob die Fälle wirklich zusammengehören.«

Kerner schaut in die Runde, als wolle er fragen, ob noch jemand etwas ergänzen möchte.

»Sie haben Sorge, dass in wenigen Tagen das nächste Kind ertrunken in der Spree gefunden wird?«

»Ja«, sage ich rasch, »genau das will ich verhindern.«

»Denken wir gemeinsam nach. Jemand entführt zwei Kinder und tötet sie, indem er sie ins Wasser wirft. Sucht er sie wahllos aus? Oder haben die beiden Kinder etwas miteinander zu tun? Oder die Eltern?«

»Soviel ich weiß, nicht«, unterbricht ihn Franz.

»Sicher können Sie sich da vermutlich noch nicht sein. Aber das ist nicht meine Sache. Ich frage nur, ob es einen Täter gibt, der aus Hass oder aus Liebe handelt? Ein Kind einfach so zu töten, ergibt keinen Sinn. Das kommt sehr selten vor, außer in überforderten Familien, wie wir wissen. Ansonsten geht es um Sexualdelikte, für die es aber bislang keine Anzeichen gibt. Ehrlich gesagt, solange Sie keinen Zusammenhang der Fälle ermitteln können, kann ich mir ein Täterprofil für beide Geschehnisse nicht vorstellen. Es sei denn, wir haben es hier mit einem ganz besonderen Täter zu tun. Mit jemandem, der etwas, sagen wir mal, Größeres meint. Der Wut hat, der nach Macht strebt, weil er sonst keine Macht hat oder, anders ausgedrückt, sich machtlos fühlt. Aber wie gesagt, es müsste da um mehr gehen als nur um Macht gegenüber einem Einzelnen. Da geht es dann eher um die Gesellschaft. Also um solche Dimensionen, wie wir das aus dem Vorfall in Oslo kennen. Natürlich wiederum in einer ganz anderen Form.«

»Es gibt ein Bild«, sage ich und lege es vor Kerner auf den Tisch. »Marc hat es gemalt. Es zeigt einen großen, dunklen Mann. Und ein kleines Männlein, wahrscheinlich Marc selbst. Dazwischen kleine, nun sagen wir mal, Tierchen … Meinen Sie das mit Macht?«

»Nein. Ich meine in diesem Fall Macht über viele, vielleicht sogar über alle.« Kerner beugt sich über die Zeichnung. »Aber Sie haben recht, dieses Bild … eine ganz erstaunliche Adaption der Zeichnung dieses kleinen Mädchens im Roman und der Verfilmung von …«

»Es geschah am helllichten Tag«, sage ich schnell. Kiesewetter starrt mich fragend an.

»Gehen wir einmal davon aus, es geht um Macht. Dann schwant mir nichts Gutes, denn dieser Täter wäre ... sagen wir mal, unberechenbar.«

Ich nicke Kerner zu. »Danke.«

Franz hat endlich seine Wasserflasche geöffnet. Er gießt sich ein und trinkt. Und dann sagt er wirklich diesen unglaublich bescheuerten Satz: »Ich gestatte mir an dieser Stelle nochmals, darauf zu verweisen, dass ich nicht glaube, dass die Fälle zusammenhängen.«

Manchmal geht mir mein Kollege echt auf die Nerven.

»Niemand hält es für erwiesen, dass die Fälle zusammenhängen, wenn dir das noch nicht aufgefallen ist. Aber wenn es so sein sollte, dann haben wir und dieser kleine Tomasz und vielleicht noch weitere Kinder ein richtiges Problem! Und deshalb müssen wir von der schlimmsten aller Möglichkeiten ausgehen, Franz!«

Das hat gesessen. Franz schnieft durch die Nase. Kiesewetter kratzt sich am Kinn. Aber dann besinnt er sich. »Das sagen wir morgen früh aber nicht der Presse. Das wäre, glaube ich, nicht gut.«

»Nein«, sage ich, »morgen früh, hoffe ich, haben wir vielleicht ein Zeichen von Tomasz.«

Was soll man tun, wenn ein Kind entführt wurde und es keinerlei Hinweise, keine Spuren gibt? Jede Sekunde, die vergeht, ohne dass man irgendetwas unternommen hat, verstärkt das Gefühl der Ohnmacht und der Schuld. Ich habe den Drang hinauszugehen, umherzugehen, Leute zu fragen, Scheinwerfer aufzubauen und die ganze Stadt so in grelles Licht zu tauchen, bis ich es finde, das Kind, das von jemandem festgehalten wird, das irgendwo ist, wo es nicht sein sollte. Aber ich sitze hier, in dieser schäbigen Dienststelle, und schaue mir die hereinkommenden Informationen an. Ich bin nicht da draußen in der Stadt, in den inzwischen dunklen Straßen, in denen der November seine kalte Trostlosigkeit wie eine Decke ausbreitet. Durchbrochen nur von den unzähligen Lichtern und Lampen, die noch immer für so etwas wie menschliche Signale gehalten werden.

Es gibt wahrscheinlich kaum eine schwierigere Situation für einen Polizisten, als zur Untätigkeit verdammt zu sein angesichts der Ratlosigkeit, die einen befällt, wenn man nicht weiß, was man tun soll. Andererseits wird mir klar, dass ich seit Beginn meiner Laufbahn als Polizist noch nie wahrgenommen habe, wie viele Vermisstenanzeigen, Suchmeldungen, Hinweise auf Misshandlungen oder Vernachlässigungen von Kindern jeden Tag in dieser Stadt hereinkommen. Selbst wenn man den größten Teil als Irrtümer, Falschmeldungen, Verleumdungen begreift, bleibt doch eine beträchtliche Anzahl übrig. Und dann gibt es noch die Hinweise auf Kinder, die von irgendwelchen Banden in die Stadt gebracht werden. Illegale Kinder, eingereist mit irgendwelchen Aufträgen oder auf der Flucht.

Ich sitze vor den Ausdrucken, die mir Franz hereinreicht. Kiesewetter hat angeordnet, dass alle Informationen, bei denen es um Kinder geht, fortan gesammelt und ausgewertet werden. Es könnte ja sein, dass irgendwo ein Kind abgegeben, gefunden oder auch aufgegriffen wird. Die Papierberge werden immer höher. Ist das jetzt mein Job, die ganze Nacht lang? Ich weiß, dass Kiesewetter recht hat. Wir müssen jetzt alles in den Blick nehmen, sogar die Informationen aus dem Ausland. Kinder werden zu Adoptionszwecken verkauft oder als Sexobjekte. Ich weiß, dass das von der Presse manchmal aufgebauscht und überbewertet wird, aber es findet statt. Und auch bei dem gesuchten Kind ist nicht auszuschließen, dass es für irgendwelche Zwecke oder Geschäfte herhalten soll.

Die ganze Zeit über hoffe ich darauf, dass irgendeine Kollegin oder ein Kollege Entwarnung gibt. Dass jemand anruft und sagt, dass das Kind gefunden wurde.

Aber es ruft niemand an. Nichts passiert. Gar nichts.

Gegen vier in der Nacht stehen die Eltern von Tomasz plötzlich im Flur der Dienstsstelle. Zwei müde, verzweifelte Menschen, die völlig still und in sich gekehrt wirken. Auch ihre Suche hat nichts gebracht. Ich stelle ihnen Kaffee hin und zwei der vertrockneten belegten Schrippen, die Kiesewetter vor acht Stunden für uns bestellt hat. Sie trinken den heißen Kaffee. Sie reden nicht. Sie sitzen nur da und warten. Alle Kraft scheint aus ihnen gewichen. Und ich habe das Gefühl, dass ihre Anwesenheit, ihr trauriger Zustand, auch meine letzten Energien verbraucht.

Gegen sechs muss ich eingeschlafen sein. Und das, obwohl auf der Straße vor der Dienststelle der alltägliche Verkehr eingesetzt hat. Oder vielleicht gerade deshalb, weil der Lärm so etwas wie Normalität vermittelt und das Gefühl, dass es weitergeht, dass die Dinge ihren Lauf nehmen, wohin auch immer. Vielleicht brauchen wir ja heute eher den Lärm als die Stille, damit wir uns geborgen fühlen.

Geweckt werde ich von Franz, der plötzlich im Büro steht, als hätte ihn jemand hergebeamt. Er steht da, mitten im Raum, und schaut mich an. Sein Gesicht ist blass und doch strahlt es Energie aus. Ich kann mich erinnern, dass er am Abend nach Hause gegangen war. So gegen zehn. Und nun ist er wieder da und wirkt wie neu geboren.

»Was ist?«, frage ich. Er macht mich irgendwie unsicher. Ich habe einen faden Geschmack im Mund und fühle mich wahnsinnig müde und angespannt. Jeder Knochen tut mir weh vom Sitzen auf diesem beschissenen Schreibtischstuhl, den ich schon vor zwei Jahren gegen einen neuen austauschen wollte.

Franz schaut noch immer, als sei er eben von einem anderen Stern direkt in dieses muffige Büro gefallen. Dann öffnet er den Mund und sagt: »Ich werde Vater.«

Mir fällt seltsamerweise als Erstes das viele Wasser ein, das er in den letzten Tagen getrunken hat. Dann wische ich über mein Gesicht.

»Na, das passt ja«, sage ich und bereue es sofort. Ich versuche ein Lächeln. »Gratuliere«, füge ich an.

Franz lächelt kurz zurück. Offenbar kann er es selbst noch nicht fassen. Er weiß es vielleicht noch gar nicht. Also, die Nachricht ist nicht angekommen bei ihm. Jedenfalls wirkt er so.

In diesem Augenblick wird mir bewusst, was eigentlich los ist. Wir sitzen in dieser Dienststelle und haben offenbar noch immer keinerlei Informationen, was das entführte Kind betrifft. Unsere Suchtrupps werden nichts wirklich Verwertbares gefunden haben. Sonst hätten sie sich gemeldet. Es gibt kein Signal, keine Spur, keinen Hinweis, nichts.

Ich schaue durch die Scheibe hinüber in den anderen Raum, in dem die Eltern des Kindes waren. Der Raum ist leer.

Franz lässt sich auf seinen Schreibtischstuhl fallen.

»Was sagst du dazu?«, murmelt er.

»Die wievielte Woche?«, frage ich, weil mir nichts anderes einfällt und weil ich mir denke, dass das vielleicht eine angemessene Frage sein könnte angesichts seiner Verwirrung. Franz starrt mich an.

»Schon die siebte!«, sagt er bedeutungsvoll.

»Ah, schon die siebte«, gebe ich zurück. »Toll!« Ich habe das Gefühl, dass ich jetzt raus muss aus diesem Raum. Und dann merke ich, dass Franz auf mich den Eindruck macht, als meine er unbewusst sich selbst. Er sei in der siebten Woche. Er und nicht seine Frau, die ich erst zwei oder drei Mal kurz gesehen habe. Eine erstaunlich schöne, charmante Frau, die so ganz und gar nicht zu diesem schnöseligen Wichtigtuer Franz zu passen scheint.

Vor meinem inneren Auge taucht ein Bild auf: Franz steht vor einem Spiegel und betrachtet seinen Bauch, der Bauch wächst und wächst. Er wird prall und rund wie eine Kastanie und droht zu platzen.

Ich stehe rasch auf, reiße meine Jacke von der Stuhllehne und bin drei Sekunden später auf der Straße.

Gegen acht Uhr lange ich in jenem Viertel an, in dem noch immer nach dem Kind gesucht wird. Das Auto, aus dem

Tomasz entführt wurde, steht unter einer Plastikhaube. Die Kollegen von der Spurensuche haben es bis ins letzte Detail unter die Lupe genommen. Inzwischen ist nur noch einer von ihnen da, Gottlieb Bernsen. Er scheint mich erwartet zu haben.

»Da ist jemand sehr präzise zur Werke gegangen«, sagt er. »Es gibt sehr viele Spuren, aber keine, die irgendwie weiterhilft. Der Täter hat das geöffnete Fenster weiter heruntergedrückt und dann von innen die Tür aufgemacht. Dabei muss er so etwas wie Latexhandschuhe getragen haben, denn es sind keine verwertbaren Fingerabdrücke zu finden. Hingegen sind am Lenkrad und auf den Polstern diverse Fingerabdrücke, Haare, Stoffreste, Kekskrümel. Man kann wohl davon ausgehen, dass das Fahrzeug von verschiedenen Leuten genutzt wird. Mit anderen Worten, wahrscheinlich werden wir nichts wirklich Interessantes beitragen können zu den Ermittlungen. Tut mir leid!«

Ich frage Bernsen nach seinem Vater. Er winkt ab.

»Es ist schon 'ne ziemliche Scheiße«, sagt er und ich merke, dass er darüber nicht reden will. Er lächelt mich müde an und ist sicher dankbar, dass ich nicht weiter nachbohre. Es geht mich ja auch nichts an.

Als ich mich umwende, steht Philipp Esche vor mir.

»Der Ort ist für die Presse freigegeben«, erklärt er seine Anwesenheit, »sehen Sie einen Zusammenhang zwischen dem Verschwinden der beiden Kinder?«

Ich bleibe förmlich, obwohl ich diesen Esche nicht unsympathisch finde. »Wir ermitteln in alle Richtungen«, sage ich und will mich an ihm vorbeidrücken.

Doch Esche hält mich am Arm fest. »Euch ist schon klar, dass es Leute gibt, die euch unterstellen, ihr arbeitet zurzeit nicht besonders gut!?«

»Danke für den Hinweis«, gebe ich zurück. Aber dann besinne ich mich; es hat keinen Sinn, sich Feinde unter den Journalisten zu machen. »Ich glaube und ich hoffe nicht, dass die beiden Fälle zusammenhängen. Was wir jetzt am dringendsten brauchen, sind Hinweise, die mit dem Verschwinden dieses Kindes im Zusammenhang stehen. Denn ich will es lebend finden.«

Das macht Eindruck. Esche schiebt die Unterlippe vor.

»Klar«, sagt er, »es steht schon ein Bericht in der Zeitung, und wahrscheinlich fühlt sich die Bevölkerung aufgerufen, die Augen offen zu halten. So ein Kind kann doch nicht einfach verschwinden. Ich glaube übrigens auch nicht, dass dieser Fall mit dem anderen zusammenhängt.«

Ich will mich schon abwenden, da greift Esche in seine Jacke und holt einen Briefumschlag heraus. Er hält ihn mir hin.

»Und was soll das?« Ich merke, dass ich wütend werde.

»Schau rein«, sagt er und grinst schon wieder.

Ich zögere, dann öffne ich den Umschlag. Es sind zwei Fotos, Fotos von Kerstin und mir. Schöne Fotos, denke ich sofort. Unsere Begegnung vom Vortag an genau dieser Stelle. Jeder auf einer anderen Seite der Absperrung, ein Flatterband zwischen uns. Und doch ist da etwas von Nähe. So schauen sich Menschen an, die viel für einander empfinden, die sich sehr gut kennen. Ich blicke auf. Esche hat sich schon entfernt. Er hat ein wirklich gutes Gefühl für besondere Situationen, denke ich, ein guter Journalist, und stecke die Fotos nun meinerseits in die Jackentasche.

Der Einsatzbus ist dicht belagert von Suchtrupps. Sie melden ihre Ergebnisse. Aber den Gesichtern der Kollegen kann ich ansehen, dass es keine Ergebnisse gibt.

Der Einsatzleiter wirkt müde und erschöpft. Er berichtet mir, dass seine Leute inzwischen in allen umliegenden Häusern die Bewohner aufgesucht und befragt hätten. Niemand hat etwas gesehen. Keiner hat bemerkt, dass jemand am Auto der Eltern von Tomasz war. Es ist zum Verrücktwerden. Und Kiesewetter meldet sich auch nicht, sagt der Einsatzleiter. Ohne sein Okay kann er die Sache hier nicht abbrechen. Er steht mit mir neben dem Bus und raucht nachdenklich eine Zigarette.

»Nach meinen Erfahrungen«, sagt er, »kann man die Suche nach zwanzig Stunden einstellen. Dreihundert Leute waren im Einsatz. Zwölf Hundestaffeln. Wenn Sie mich fragen, ist der Entführer mit dem Kind längst nicht mehr in diesem Stadtviertel. Oder aber er schaut uns die ganze Zeit zu und wir können ihn nicht sehen. Aber das ist dann nicht die Sache von Suchtrupps, sondern von Ermittlungen.«

»Sie meinen, der Entführer ist ein ganz normaler Mieter hier? Jemand, der ein völlig unauffälliges Leben führt. Vielleicht sogar ein Paar oder eine allein lebende Frau. Dann müsste man vor allem darauf achten, ob da plötzlich ein Kind auftaucht, wo vorher keins war.«

Der Kollege nickt. »Ja. Auf jeden Fall wird sich der Entführer eher ans Licht wagen, wenn wir hier abgezogen sind.«

»Bleibt das Problem, dass wir bekanntlich schon ein totes Kind haben. Und dass wir nicht wissen, ob es sich um den gleichen Täter handelt.«

»Das Problem werden wir nicht lösen, wenn wir hier tagelang in einem Heuhaufen herumstochern, ohne eine Idee zu haben, wo wir eigentlich suchen müssen.«

Der Einsatzleiter hat recht. Und doch befällt mich allein bei dem Gedanken, er würde seine Mannschaften abziehen, ein Gefühl unsäglicher Ohnmacht. Was in aller Welt soll ich tun, um dieses kleine Kind in dieser riesigen Stadt zu finden? Was soll ich tun, um den Entführer davon abzuhalten, es in die Spree zu werfen?

»Aber«, sagt der Kollege mit Blick auf das nahezu brachliegende Gelände direkt gegenüber, »ich werde meine Männer noch mal die Gebäude da drüber durchsuchen lassen.«

Wir gehen zusammen hinüber und stehen auf dem Innenhof zwischen heruntergekommenen Baracken, uralten Garagen. Gebäuden, deren Fenster vergittert sind. Verbarrikadierte Türen, einige eingeschlagen und zertrümmert. Angesichts der schicken und gut restaurierten Häuser ringsum fragt man sich, wie es eine solche Brache geschafft hat, zu überdauern. Ganz hinten eine Ansammlung alter, ebenso verkommener Militärfahrzeuge. Als hätte eine NVA-Einheit hier Stellung bezogen und wäre mit Mann und Maus am Ende der DDR verschwunden. Nur das Gerät ist geblieben. Ein Suchtrupp ist eben dabei, die Fahrzeuge in Augenschein zu nehmen.

Wir klettern durch eine der zertrümmerten Türen und stehen wenig später in einem kalten Treppenhaus, in dem es nach Moder und Fäulnis riecht. Die Treppe ist kaum benutzbar. Einige Stufen haben keine Trittfläche mehr, das Geländer ist zur Seite gekippt. Es gibt eine Unmenge Abdrücke von Schuhen auf dem teils verstaubten, teils feuchten Boden. Offenbar gehen hier Leute ein und aus. Kann das ein Ort sein, an dem man ein Kind versteckt hält?

Mein Handy klingelt. Es ist Kiesewetter. Er schnauft hörbar und er hat einen Schluckauf. Kiesewetter hat immer Schluckauf, wenn es ernst wird. Und ernst wird es für ihn immer dann, wenn man ihm, wie er es nennt, von oben oder von der Presse auf die Pelle rückt. Jetzt schnauft er in den Hörer, dass er zum Innensenator einbestellt wurde.

»Zum Innensenator!« Er scheint es selbst nicht zu glauben. Natürlich hat der Polizeichef eingeladen, aber der Senator persönlich will an der Beratung in unserer Dienststelle dabei sein. Kiesewetter gluckst einen Schluckaufschlucker ins Telefon und sagt: »Und wir haben nichts! Nichts!«

Jetzt tut er mir schon fast leid. Dieses Gefühl hält jedoch nicht lange an, denn eine Sekunde später erklärt er: »Aber Sie kommen mit, mein lieber Martaler, dass das mal klar ist.« So wie er das sagt, klingt es einerseits wie eine Drohung, andererseits wie eine flehentliche Bitte. Und dann sagt er noch, dass die Eltern von Marc Neumann gemeinsam mit Pressevertretern beim Innensenator waren und heftig über die Ermittlungen der Polizei hergezogen seien. Nun wolle sich der oberste Chef persönlich ein Bild machen.

Ich druckse herum, weil ich mir vorstellen kann, wie solch eine Unterredung ablaufen wird. Man soll irgendwie Stellung beziehen und bekommt als Antwort, dass man doch bitte etwas schneller, etwas effektiver und vor allem erfolgreich ermitteln möge. Das war es dann. Dazu dürfte niemand Lust haben und außerdem kostet es Zeit und Nerven. Jedenfalls versuche ich Kiesewetter zu erklären, dass das Ganze doch nur Sinn habe, wenn wir irgendwie weitergekommen sind. Was soll das bringen?

Kiesewetter weiß es nicht und schnauft nur. Ich soll teilnehmen und basta. Zum Glück haben wir noch einen ganzen Tag Zeit. Das verschafft uns Luft und setzt uns gleichzeitig noch mehr unter Druck.

Der Einsatzleiter gibt mir ein Zeichen, er will mit Kiesewetter reden. Ich reiche ihm das Handy. Es dauert nur einen Satz, da höre ich schon Kiesewetters Stimme und kann mir denken, dass er natürlich dagegen ist, die Suche abzubrechen. Ganz im Gegenteil, noch eine weitere Hundertschaft, diesmal aus Brandenburg, will er anfordern. Der Kollege drückt resigniert auf die Austaste des Handys und reicht es mir zurück.

Gegen Mittag bin ich wieder im Büro und nehme mir die Aufzeichnungen der Gespräche mit den Eltern des entführten Kindes vor. Notiere mir alle Namen. Versuche Zusammenhänge zu erkennen. Und öffne im Internet ein YouTube-Video der Band Warschauer.

Ein Auftritt in einem kleinen Saal. Grelles Licht, bunte Lichtblitze, zwei Videoleinwände im Hintergrund. Darauf rasch wechselnde Sequenzen. Schneller, geradezu aggressiver Verkehr mit Flugzeugen, Autos, Lkw, Lokomotiven, die aneinander vorbeidonnern, und Raketen, die gerade starten. Und auf der anderen Seite Menschen, die ruhig und nachdenklich arbeiten, still dasitzen, ein Buch lesen. Die Band besteht aus fünf relativ jungen Musikern. Mattias scheint der Mittelpunkt, alle orientieren sich an ihm. Er gibt die Zeichen zum Einsatz, gibt den Rhythmus vor. Und dann ist da Tomasz' Mutter, die am Mikrofon steht und singt. Der Auftritt wechselt wie die Videosequenzen zwischen laut und schnell und ruhigen, leisen Tönen und Rhythmen. Der Text ist deutsch und erzählt von den Begegnungen der Menschen in der Stadt, die so flüchtig, unbedeutend, nichtssagend sind und dann wieder doch inmitten all des Lärms und der Bewegung ganz intensiv und zärtlich sein können.

Der Schmetterling, der auf deiner Schulter landet
scheint aus der Stille her gekommen
scheint mir deinen Blick zu schenken
scheint die Zeit zu wandeln in mein Glück

Tamara Schmund singt den Text mit rauer und doch zarter Stimme. Keineswegs schwülstig, sondern kräftig und beschwingt.

Mir gefällt der Song. Er meint ganz sicher nicht meine Generation, aber das tut nichts zur Sache. Er ist irgendwie zeitlos und ich merke, dass meine Gedanken abschweifen und dass mir Kerstin in den Sinn kommt. Ich streiche mir mit beiden Händen über das Gesicht, als wollte ich damit die aufsteigenden Bilder wegwischen, und konzentriere mich wieder auf die Szene, die auf meinem Computerbildschirm abläuft. Die Zuschauer klatschen. Freundliches Gejohle, Pfiffe. Jedenfalls hat die Band einige Fans, ihre Musik macht Spaß.

Es gibt keinerlei Hinweise, mit denen ich etwas anfangen könnte. Dennoch nehme ich mir vor, als Nächstes die anderen Mitglieder der Gruppe zu befragen und mich in den Proberäumen umzusehen. Aber zunächst werde ich das Elternpaar zu Hause aufsuchen.

Tamara Schmund und Mattias Bartosz wohnen in der Richard-Sorge-Straße. Parterre, eine ausgebaute Ladenwohnung, zwei Zimmer, Küche, Bad. Die Räume sind dunkel, das Novemberlicht dringt nur schwach in den von hohen, inzwischen laublosen Bäumen bestandenen Hof. Dieser Hof wirkt trotz des kühlen, nassen Wetters freundlich. Eine

Gruppe von Holzstühlen steht unter dem Dach einer Laube. Eine Feuerstelle davor. Holz ist aufgeschichtet. Wahrscheinlich sitzen die Hausbewohner hier im Sommer beim Grillen und beim Lagerfeuer.

Die beiden Zimmer sind voller alter, leicht ramponierter, aber auch aufgearbeiteter Möbel, die wild zusammengewürfelt beieinander stehen. Berge von Papier, Gitarren, unzählige Kleidungsstücke und Kostüme auf Bügeln aufgereiht auf einem zwischen zwei Schränken befestigten Besenstil. Drei große Bildschirme, einer davon flimmert unablässig. Daneben der Kinderwagen. Ein Gefährt, das ganz offensichtlich schon für mehr als ein Kind das entscheidende Transportmittel war. Und das Kinderbett. Kein typisches von IKEA, sondern wahrscheinlich selbst gezimmert.

»Das hab ich gebaut«, sagt Mattias Bartosz und fährt mit beiden Händen über das glatte Holz. »Ich bin eigentlich Tischler. Und da gehört es sich wohl, dass ein Vater seinem Kind das Bett baut. Es ist Sitte bei den Polen, dass sie eine Wiege oder ein Bett bauen. Hat jedenfalls mein Vater gesagt.«

Wir sitzen in den uralten Ledersesseln, in denen man tief einsinkt, sodass ich zumindest einen Augenblick darüber nachdenke, wie ich hier wieder aufstehen soll. Tamara hat uns Tee gekocht. Kräutertee, den ich eigentlich verabscheue, aber sie hat mich nur der Form halber gefragt. Hat einfach gemacht. So verloren, wie sie wirkt.

Sie haben beide noch mal und noch mal nachgedacht, sagen sie, aber sie finden keinen Anhaltspunkt, der sie wirklich weiterbringt. Da ist lediglich die Sache mit einer anderen Band, die sie bezichtigt, einen Song ungefragt übernommen zu haben. Dabei sei gar nicht klar, wer die Melodie komponiert hat. Der Text stamme von einer Schreiberin, die in der Szene schon für über mehr als zehn Gruppen gearbeitet hat. Mit besagter Band habe es schon davor Streit gegeben. Aber das sei ja kein Grund, ein Kind zu entführen. Ich frage nach Namen und erfahre, dass diese andere Band von einem Musiker namens Steven Stollberg gegründet wurde, der zunächst gemeinsam mit Bartosz musiziert habe. Sie hätten beide etwa zur gleichen Zeit angefangen, Musik zu machen. Als Jugendliche haben sie zunächst in den U-Bahnen gespielt oder auf der Straße, Gitarre und Mundharmonika oder Geige. Das war gar nicht so schlecht, manchmal kamen da mehr als hundert Euro am Tag zusammen. Später haben sie eine gemeinsame Gruppe gegründet und sich dann zerstritten. Natürlich ging es um Frauen. Aber nicht um Tamara. Die sei erst vor gut zwei Jahren zur Band gestoßen. Und Stollberg sei irgendwie verschwunden. Angeblich sei er in Hamburg als Straßenmusiker unterwegs. Aber man habe ihn auch in Berlin gesehen.

Und da ist Torsten Harms, der ehemalige Manager der Band. Mit ihm habe es ziemlichen Ärger gegeben. Am Ende seien über zwölftausend Euro nicht an die Band ausgezahlt worden, weil sich Harms ganz einfach verspekuliert hatte. Das alte Lied: Er hatte für irgendwelche Künstler viel zu große Auftrittsorte angemietet, die dann nicht bezahlt werden konnten. Also verschob er die Einnahmen von hier nach da, immer in der Hoffnung, dass es am Ende schon wieder aufgehen würde. Harms sei, so erzählt Mattias Bartosz, von einem Tag auf den anderen verschwunden. Die Polizei habe sich einige Male erkundigt; angeblich seien seine Schulden inzwischen weiter angewachsen. Von über einhunderttausend Euro ist die Rede. Deshalb sei er untergetaucht, was ganz bestimmt besser für ihn ist, denn er habe bei mehreren Musikgruppen, Veranstaltern und Textern oder auch Komponisten Schulden. Sodass es für ihn richtig Ärger geben würde, wenn er sich sehen ließe. Also, schon deshalb sei es eher unwahrscheinlich, dass er Tomasz entführt hat. Was sollte er damit erreichen wollen?

Ich zucke mit den Schultern. Sage: »Alles braucht seine Zeit. Man braucht so viele Informationen wie nur möglich und plötzlich tun sich Wege auf, an die hat man noch nicht gedacht.«

Bartosz nickt nachdenklich. Dann erzählt er weiter, dass das Management der Band inzwischen Margarete Engelhart übernommen hat. Eine junge Frau, die ziemlich taff sei und Warschauer schon fünf größere Auftritte verschafft hätte. Und inzwischen auch einen Vertrag für eine CD.

Wenn Bartosz über die Band spricht, verändern sich sein Ton und sogar seine Körperhaltung, dann wirkt er sehr konzentriert und spricht schneller. Es liegt Stolz in seiner Stimme. Die Band, so merkt man ihm an, ist sein großes Projekt und jeder Erfolg bringt ihn in Hochstimmung. Ich beobachte diese Umschwünge und bemerke in mir eine wachsende Irritation. Wie kann der junge Mann sich so stark seinen Emotionen hingeben, wenn er doch andererseits um das Leben seines Kindes bangen muss? Ich frage ihn nicht danach. Ich nehme mir vor, diesen Umstand genau im Blick zu behalten. So wie auch Tamara Schmund, die in sich gekehrt bei uns sitzt, so als fühle sie eine tiefe Schuld in sich.

»Und dann ist da noch Zara«, erzählt Bartosz weiter, »Zara Bellheim, die ehemalige Bassgitarristin. Wir haben uns von ihr getrennt. Es war ein gemeinsamer Beschluss der Band. Alle waren dafür. Sie hat uns genervt. Alles sollte nach ihrer Nase gehen. Sie wollte die Chefin sein. Sie war überzeugt davon, dass jeder Erfolg, den wir hatten, am Ende auf sie zurückzuführen ist.«

Ich frage Bartosz, was mit dieser Frau Bellheim inzwischen ist. Er erzählt, dass sie eine neue Band gegründet hat, Stoppzeit. Man arbeitet bisweilen auch zusammen, persönlich geht man sich aus dem Weg.

Und die anderen Bandmitglieder?

Bartosz zeigt auf ein großes, matt glänzendes Plakat an der Wand. Da sind Ronald Grießbach, der am Schlagzeug sitzt, Roger Diesterweg am Keybord und Anna Tiel an der Gitarre. Und bei Stoppzeit spielt auch Fabian Zierkow, der, als Tamara zu Warschauer stieß, Kontakt zu ihr suchte und bis heute nicht akzeptieren kann, dass Tamara mit Mattias zusammen ist.

Er nennt die Namen und ich notiere. Auch den Namen der Texterin, Susanne Dellbrück, die noch für andere Gruppen schreibt. Und es gibt zwei Musikgruppen, mit denen Warschauer mehr oder weniger eng zusammenarbeitet. Eine lange Liste von Menschen also. Ich mache wie üblich dünne Kreise um die Namen derjenigen, über die ich als nächste Erkundigungen einziehen werde. Also um die Namen Steven Stollberg und Torsten Harms und Zara Bellheim. Und ich nehme mir vor, so bald wie möglich auch die anderen Leute von Stoppzeit zu treffen.

Wir reden. Zwischendurch bemerke ich, wie still es in dieser Wohnung ist, dass ich sogar meinen eigenen Atem hören kann. Als ich meine Aufzeichnungen zusammenpacke, sagt Tamara plötzlich: »Ich weiß, dass Tomasz gar nicht weit entfernt ist. Er ist nicht weit weg. Ich bin da ganz sicher. Und er ist in einem dunklen Raum. Das weiß ich ganz genau.«

Ich kenne solche Aussagen von Menschen, die mit einem Verbrechen konfrontiert sind. Und ich habe sehr oft erlebt, dass sie mit ihren Vorstellungen recht behalten. Aber mir geht noch ein Gedanke im Kopf herum. Es ist die Wohnung, die in mir das Gefühl auslöst, als wäre Tomasz hier nie gewesen. Oder als hätte dieses Kind hier keinen Platz gehabt. Die großen Bildschirme, zwei davon mit dunklem Blick in den Raum, einer mit flackerndem Licht, das Kinderbett. Daneben die Gitarren, die Notenständer. Hier wird musiziert, hier wird gesungen, hier werden Auftritte abgesprochen und nun sogar die Aufnahmen für eine CD. Ein Kind hat hier nichts zu suchen.

Und ich sehe Tamara, die so abwesend ist und still. Die nicht spricht, während Bartosz, der Vater, immerzu redet. Beinahe sachlich. Zu sachlich.

Gemeinsam gehen wir noch einmal die Situation vor dem Verschwinden des Kindes durch. Wir kommen nicht weit. Mein Handy klingelt. Franz teilt mir mit, dass es einen Hinweis aus der Bevölkerung gegeben hat. Eine junge Frau sei im Friedrichshain mit einem Kinderwagen beobachtet worden, obwohl man mit Sicherheit weiß, dass sie kein Kind hat. Als man sie angesprochen habe, sei sie rasch verschwunden. Inzwischen seien Polizeikräfte vor Ort. Man suche nach der Person.

Einen Augenblick lang bin ich geneigt, die Information an die Eltern weiterzugeben. Aber ich schweige. Ich will ihnen keine Hoffnungen machen, die sich wenig später in Wohlgefallen auflösen. Ich mache mich auf den Weg.

VII.

Es beginnt erst zu dämmern, aber in der Wohnung ist es so dunkel, als wäre schon Nacht. Aus dem Innenhof dringt kein Laut in die Stille. Eine Diele knarrt, als ich mit Hausschuhen über den Flur schleiche. Ich bleibe stehen und drehe mich kurz um, nehme das Ticken der Wanduhr in der Küche wahr, sonst rührt sich nichts.

Den Besenstiel hole ich hinter der Tür zur Küche hervor, die Kamera greife ich mir von der Bank unter der Garderobe und stecke sie in die Jackentasche. Ich schließe das Schloss der Wohnungstür und das kleine Kastenschloss darüber auf, trete auf den Hausflur und lausche noch einmal in die Wohnung hinein, um mich zu vergewissern, dass alles ruhig ist. Dann ziehe ich die Tür vorsichtig wieder zu. Im Flur ist es kalt und ich schließe den Reißverschluss der Windjacke, laufe die Treppe hoch. Ich brauche Luft. Ich brauche Aussicht.

Ganz oben, wo links und rechts die Türen zu den Dachgeschosswohnungen liegen, gibt es eine Dachluke. Daran festgemacht ist eine kleine ausziehbare Leiter, die ich mit dem Besenstiel aus der Verankerung löse. Die Leiter quietscht beim Ausziehen, die blecherne Luke poltert beim Fall auf das flache Dach. Ich stecke meinen Kopf in den Wind, der mir die Haare aus dem Gesicht weht, blicke in den diffus beleuchteten abendlichen Stadthimmel, der mit schweren Wolken verhangen ist, und atme die frische Luft, die der Wind mir in den Mund presst. Ich steige auf das Dach, und weil es nicht nach Regen aussieht, lasse ich die Luke geöffnet, hole auch die Leiter nicht wieder ein.

Eine weite Landschaft aus verwitterten Schornsteinen, Antennen und niedrigen Mauervorsprüngen, die die aneinandergebauten Häuser begrenzen, dehnt sich vor meinen Augen aus. Ich gehe leicht geduckt, nahe dem durchlaufenden, etwa dreißig Zentimeter hohen Aufbau der Mittelwand, weil es kleine Windböen gibt. Ich bin oft hier auf den Dächern. Man kann das halbe Quartier ablaufen. Die Querstraßen Rigaer und Schreinerstraße entlang sind es jeweils sechs Hinterhöfe, multipliziert mit den jeweils drei Hinterhöfen an Voigt- und Samariterstraße, die das Rechteck abschließen.

Ich laufe über einen Seitenflügel, blicke in die Hinterhöfe und in die beleuchteten Wohnungen im Dachgeschoss und im vierten Obergeschoss. Ein Mann sitzt vor seinem Laptop am Schreibtisch, der direkt am Fenster steht, und hält seinen kahlen Kopf unter das grellweiße Licht der Schreibtischlampe. Ich hole die Kamera hervor und fotografiere ihn.

In einer Wohnung im Vorderhaus liegt ein Paar in eine Decke geschlungen auf dem Sofa, auf ihren Gesichtern Licht und Schatten vom laufenden Fernseher. Auf dem kleinen Bildschirm der Digitalkamera sieht man dieses Schattenspiel leider kaum. Ich knipse es trotzdem und gehe weiter.

An einem Schornstein bleibe ich stehen, beobachte eine Szene in der Wohnküche der Dachgeschosswohnung gegenüber. Ich sehe die Schultern und die blonden Haare einer Frau, die an einem Tisch sitzt. Neben ihr kann ich die ebenfalls blonden Haare eines Kindes erkennen, die zu Zöpfen gebunden sind. Die Frau füttert ein zweites Kind, das am Tischende in einem Kindersitz herumturnt und es der Frau nicht leicht macht, den Plastiklöffel zu seinem Mund zu führen. Ich sehe mir die Szene auf dem kleinen Bildschirm der Kamera an und fange an zu knipsen. Ein Mann mit dichtem, schwarzem Bart kommt mit der Pfanne an den Tisch und legt dem älteren Kind und der Frau mit einem Pfannenwender etwas Paniertes auf die Teller, vielleicht Fischstäbchen. Er geht zurück an die Küchenzeile und legt die Pfanne in die Spüle, dann kommt er mit zwei dampfenden Schüsseln wieder. Er stellt sie auf den Tisch und bleibt vor dem freien Stuhl stehen. Nacheinander füllt er allen etwas aus beiden Schüsseln auf, ich kann nicht erkennen, was es ist. Jetzt breitet er die Hände aus und ich drücke mehrfach auf den Auslöser, als er nach der Hand des Babys greift und sich alle um den Tisch herum an den Händen halten. Sie sagen irgendwas und schwingen dabei rhythmisch die Arme. Dann setzt er sich und sie beginnen zu essen. Einen Moment bleibe ich einfach stehen und schaue ihnen zu.

Ich gehe weiter über das Dach des Seitenflügels zum Hinterhaus und klettere über die Brandmauer auf eins der Dächer im nächsten Karree. Das Dach wirkt marode, überall sind ausgebesserte Stellen im Teerbelag. Kohlengeruch liegt in der Luft. Die Dachgeschosse sind nicht ausgebaut und zu den Hinterhöfen hin mit verwitterten Ziegeln belegt, deren Rot längst unter einer graugrünen Verkrustung verschwunden ist.

Ein dumpfer Bass hallt im Hof wider. Im vierten Obergeschoss gegenüber brennt Licht. Es muss eine große Wohnung sein, mit weitläufigen Räumen. Über sechs Fenster hinweg leuchtet dasselbe gedämmte, unruhige Licht, das einen saalartigen Raum beleuchtet. Darin scheinen Kerzen verteilt zu sein, Menschen stehen mit Sektgläsern herum, sitzen auf den Polstermöbeln oder auf Klappstühlen, die Mitte des Raumes ist frei geräumt, möglicherweise soll hier später noch getanzt werden. Eine Party, vielleicht ein Geburtstag? Ich mache ein paar Fotos von einer kurzhaarigen, großen Frau, die unbeteiligt am Fenster steht und hinaus blickt. Sie hat einen interessanten Blick, wie eingesperrt in einem Tunnel, der ins Leere führt.

Hinter den backsteinernen Mauern und Schornsteinen sehe ich den zerrissenen Sonnenschirm und den Zweisitzer aus Kunstleder, die hier erst seit dem vergangenen Sommer stehen. Irgendwer hat das Zeug hochgeholt und dann haben sie hier gesessen, fast jeden Abend. Ich bin froh, dass es kälter geworden ist und ich das Dach wieder für mich allein habe. Ich laufe hinüber, räume die Bierflaschen von der Sitzfläche und nehme Platz, um meine Bilder durchzusehen. Erst jetzt fällt mir auf, dass auf der Dachterrasse im benachten Hinterhof jemand steht und zu mir rüber sieht. Auch als unsere Blicke sich treffen, schaut er nicht weg, raucht in aller Ruhe seine Zigarette weiter. Lächelt der mich an? Was will der? Ich stehe wieder auf, stecke die Kamera in die Jackentasche und laufe zurück.

Je weiter ich mich nach links in Richtung Straße bewege, desto deutlicher ist das Dröhnen der Motoren zu vernehmen. Ich bleibe am Rand des Daches stehen und versuche hinunterzusehen. Mein rechter Fuß steht auf der metallenen Blende des Dachsims. Ich wippe mit dem Oberkörper, beuge mich nach vorn und blicke fünf Stockwerke tief hinab auf die Straße, wo die Laternen schon angesprungen sind. Ich kann für einen Moment der Bewegung eines Autos auf der Straße folgen, dabei zusehen, wie die Menschen auf den Bürgersteigen gehen. Dann packt mich ein Schwindelgefühl und mir scheint, als kippte ich über den Rand hinaus, bis ich wieder die Schwerkraft in meinen Füßen spüre und einen Schritt zurück mache. Meine Knie zittern. Ich gehe in die Hocke und kauere mich hin, bis ich mich beruhigt habe.

Als ich wieder aufschaue, kommt es mir vor, als lägen die Wolken so dicht über den Dächern, dass ich nach ihnen greifen könnte. Als könnte ich meinen Kopf in sie hineinstecken, wenn ich auf eine hohe Brandmauer steige. Ich drehe mich mehrmals im Kreis, schaue weiter in den Himmel und taumele vorwärts, zurück zur Dachluke. Der Geruch von Pizza und Bratfett liegt in der Luft. Ich bin irritiert, die Pizzeria befindet sich am anderen Ende der Straße. Direkt hinter den Backsteinen der nächsten Brandmauer dröhnt eine Abzuganlage. Ich muss in die falsche Richtung gelaufen sein und kehre wieder um.

Endlich an der Luke angelangt, habe ich das Gefühl, eine Ewigkeit unterwegs gewesen zu sein, obwohl es wahrscheinlich nicht mehr als eine halbe Stunde war. Ich muss zurück. Hoffentlich ist noch alles ruhig, denke ich, aber die Ungewissheit frisst mich auf. Wie konnte ich so verantwortungslos und egoistisch sein? Ich wollte einfach raus und hab alles andere vergessen. Ich schließe die Luke, schiebe die Leiter zusammen und versuche ungeduldig, sie mit dem Besenstiel wieder in der Halterung einzuhaken.

Unten schließe ich die Wohnungstür auf. Alles ist so still wie zuvor. Ich bin erleichtert. Die Stille bedrückt mich nicht mehr, sie beruhigt mich jetzt. Ich schalte das Licht auf dem Flur an und gehe vorsichtig ins dunkle Schlafzimmer. Einen Moment bleibe ich stehen und konzentriere mich darauf, sein Atmen zu hören. Ich ziehe mich leise aus, streife den Bademantel über und lasse im Bad Wasser in die Wanne ein. Während sie sich füllt, verbinde ich die Kamera mit dem Laptop, der auf dem Küchentisch liegt, und ziehe die Bilder rüber. Ich muss es jetzt machen, tagsüber komme ich zu nichts mehr, nur abends und nachts habe ich ein bisschen Zeit für mich. Ich gehe zurück ins Bad, putze meine Zähne und fühle die Temperatur des einlaufenden Wassers, stelle es noch ein bisschen wärmer.

Ich betrachte mich im Spiegel, die Zahnbürste zwischen den Zähnen und die Grimassen, die ich ziehe, spucke die schäumende Zahnpasta aus, spüle mit Wasser nach. Ich drehe den Hahn zu und steige in die Wanne. Die Wärme tut gut. Ich tauche mit dem Kopf unter Wasser. Stille und ein Moment der Entspannung, wie eine kurze Erinnerung an Frühling und Licht. Dann tauche ich wieder auf in diesem Badezimmer, im ungemütlichen Licht einer Sparglühbirne. Ich ziehe die Beine an, streiche mit den Handflächen übers Gesicht und streife die Haare zurück, lege meine Arme um die Beine. Wieder ist die Stille da. Ich höre einen Tropfen aus dem Wasserhahn ins Badewasser fallen.

Nach dem Bad schaue ich mir die Bilder von heute Abend auf dem großen Bildschirm an. Das Pärchen vor dem Fernseher, die Familie beim Abendessen, die melancholische Partygängerin und den nachdenklichen Mann mit dem lichten Haar. Im Hintergrund läuft Warschauer. Die Serie mit der Familie speichere ich im Fotoalbum auf dem Rechner. Ich gehe sie noch einmal durch: erst die Aufnahmen von den beiden Rücken, durch die Doppelfensterscheiben hindurch fotografiert, dann der Vater, als würde er eine Predigt halten. Er hat die Augen geschlossen, während er links die Hand des Babys und rechts die seiner Frau umfasst. Mir gefällt das Bild. Ich erinnere mich, dass ich schon ein ganz ähnliches habe, und blättere zurück. Bilder mit leuchtenden und bunt geschmückten Tannenbäumen, mit Kindern bei der Bescherung. Bilder, die Eltern zeigen, die ihren Kindern etwas vorlesen, Kinder, die weinen, deren Eltern versuchen, sie zu beruhigen, Eltern, die sich im Bett sitzend streiten, während ihr Säugling zwischen ihnen liegt, und immer mal wieder Bilder von gemeinsamen Abendessen, kleinen und großen Familien, allein und mit Besuch. Szenen, die wie gestochen scharf fotografiert sind, und andere, bei denen man zweimal hinsehen muss, weil Spiegelungen auf dem Fensterglas mit eingefangen wurden oder Bewegungen die Aufnahme verwischt haben.

Ich freue mich auf unser erstes gemeinsames Weihnachten. Vielleicht fahren wir ein paar Tage zusammen weg, irgendwohin, wo Schnee liegt, in die Berge zum Beispiel. Aber wir können es uns auch hier gemütlich machen. Wir kaufen einen kleinen Tannenbaum und schmücken ihn gemeinsam, nachts, wenn das Baby schläft. Am Heiligen Abend unternehmen wir einen Spaziergang durch die leergefegte Stadt. Wir gehen mit dem Kinderwagen an den beleuchteten Fenstern der Kneipen vorbei, in denen die Gestrandeten und Einsamen zusammensitzen, spazieren im Mondschein die Spree entlang, bleiben am Wasser stehen und küssen uns.

Jetzt läuft die Ballade von Warschauer, die ich besonders mag. Ich schaue vom Rechner auf, blicke auf die zugezogenen Vorhänge und höre zu.

Komm, steig ein
setze deinen Schein
in diesem Interim
für ein Spielchen ein

Bleib und sieh
wie der Tag vergeht
blick in die Nacht hinein
die uns sehr gut versteht

Komm, zeig mir deine Stadt
ein kleiner Kiez-Inspiz
Ich zeig dir meine Stadt
lauf mit mir durch die Nacht

Schau mich an
ich rate einen Wunsch
wenn er sich gleich erfüllt
seh ich noch, wie es funkt

Mach dich auf
zu einem Ort der Wahl
und ist er namenlos
dann kenne ich die Zahl

Komm, zeig mir deine Stadt
ein kleiner Kiez-Inspiz
Ich zeig dir meine Stadt
lauf mit mir durch die Nacht

VIII.

Noch bevor ich über die Landsberger Allee zum Friedrichshain gelangt bin, erreicht mich die Nachricht, dass man die gesuchte Person aufgefunden hat. Franz erklärt über Funk, dass man sie in der Dienststelle befrage. Das Kind sei bei ihr.

Ich mache kehrt. Lenke mein Auto durch die schmalen Straßen in Richtung Frankfurter. Plötzlich ist da Kerstin. Sie ist nicht allein. Der Mann an ihrer Seite mag in meinem Alter sein, vielleicht etwas jünger. Ein sportlicher Typ. Ich weiß, dass Kerstin eher auf solche Kerle steht. Sie hat mir immer scherzhaft gesagt, dass sie nur bei mir eine Ausnahme gemacht habe. In mir kommt das Gefühl der Eifersucht hoch, wie eine Eruption. Es ist, als würde mir die Luft wegbleiben, als würde ich jeden Augenblick zerplatzen müssen. Ich sehe die beiden einfach nur nebeneinander her gehen, tief in ein Gespräch versunken. Ich sehe Kerstin beim Näherkommen lächeln. Charmant, freundlich, zugewandt. Der Mann gestikuliert gut gelaunt.

Ich bin ganz außer mir. Will jetzt nur noch auf die Bremse treten, hinausspringen aus dem Auto, mit Wucht die Tür zuknallen und die beiden zur Rede stellen. Aber ich fahre weiter. Langsam, nunmehr den Blick starr geradeaus gerichtet, die Hände verkrampft am Lenkrad. Und schon tauchen Fragen auf. Was in aller Welt hatte ich denn erwartet? Ich bin es doch gewesen, der Kerstin betrogen und damit auch verlassen hat. Wegen einer anderen. Wegen dieser Sabrina, die inzwischen im Nichts verschwunden ist, irgendwo in Hamburg, ohne irgendein Zeichen. Mit der ich den von den Kollegen inzwischen als spektakulär eingestuften Fall bearbeitet habe. Sie vom Staatsschutz und ich, der sich von ihr hat an der Nase herumführen lassen. Ich bin es gewesen, der die Beziehung zu Kerstin so erbärmlich verraten hat, der sich hat verleiten lassen wie ein Schuljunge. Wie hätte ich auch nur hoffen können, dass Kerstin, die vor knapp einem

Jahr ausgezogen ist, keine neue Beziehung eingehen würde? Sie war es schließlich, die sich als die Betrogene fühlen musste. Weshalb sollte sie also keine neue Beziehung eingehen? Und außerdem, woher nehme ich eigentlich die Gewissheit, dass die beiden etwas miteinander haben? Diese Frage beruhigt mich, aber drei Sekunden später tue ich sie als geradezu albern ab. Unglaublich, wie stark die Eifersucht über mich herfällt. Ja, ich liebe Kerstin. Ich liebe sie mehr denn je. Und umso mehr ist sie mir fern und unerreichbar.

Noch einen Blick in den Rückspiegel. Die beiden sind verschwunden. Weg, als seien sie nur so etwas wie ein Fantasiegebilde gewesen. Dabei weiß ich ja, dass hier um drei Ecken Kerstins Schule ist, in der sie seit über zwanzig Jahren unterrichtet. Einen Augenblick lang spüre ich den Drang, jetzt abzubiegen und dorthin zu fahren. Zur Schule. Und zu warten. Aber natürlich verwerfe ich diesen Gedanken. Ich zwinge mich, geradeaus zu sehen. Trete aufs Gaspedal, obwohl hier nur dreißig erlaubt sind.

Wenig später betrete ich den Vernehmungsraum. Die junge Frau sitzt am Tisch und vor ihr lehnt Franz lässig im Drehstuhl. Der Kinderwagen ist an der Seite abgestellt, die Frau hat das Kind auf ihrem Schoß. Die beiden machen einen eher vertrauten Eindruck. Obwohl die Bewegungen der Frau unsicher und fahrig wirken.

Ich setze mich neben Franz. Der sagt, dass es sich bei der Frau um Cornelia Stein handelt, dreiundzwanzig Jahre alt. Während ich mich vorstelle, schiebt mir Franz seinen Block herüber und nickt mir kurz zu. Ich hebe das erste Blatt und sehe das Foto von Tomasz. Ich vergleiche die Abbildung mit dem Kind, das bei der Frau auf dem Schoß sitzt. Die beiden sehen sich ähnlich. Aber ich bin mir nicht sicher. Kleine Kinder sehen sich alle ähnlich, denke ich, obwohl ich weiß, dass jede Mutter und jeder Vater sagen würde, dass das absolut nicht der Fall ist.

Die Frau ist schmal, hat ein blasses, etwas spitzes Gesicht mit kleinen, funkelnden blauen Augen. Ab und an streicht sie sich eine Strähne ihres dunkelblonden Haares aus dem Gesicht. Sie trägt einen dunklen Wollmantel, den sie jetzt geöffnet hat. Darunter ist ein heller Pullover zu sehen. Sie wirkt müde und abgekämpft.

Franz fragt, ob sie etwas zu trinken möchte. Die Frau schüttelt den Kopf. Aber Franz lässt nicht locker. »Kaffee oder Wasser?«

»Kaffee«, antwortet sie, als habe sie das Gefühl, irgendetwas nehmen zu müssen. Franz steht auf und legt mir kurz die Hand auf die Schulter, dann verlässt er den Raum.

»Wie heißt denn das Kind?«, frage ich, um irgendwie in Kontakt zu kommen.

»Benjamin«, sagt sie leise.

»Und wie alt ist Benjamin?«

Sie zögert. »Das habe ich doch schon alles erzählt. Drei Mal. Er ist jetzt sechs Monate alt.«

»Gut«, sage ich ruhig, »sechs Monate. Und es ist Ihr Kind, ja?« Das ist nicht als Frage formuliert. Aber natürlich ist es eine.

Die Frau atmet tief ein. Dann sagt sie: »Es ist das Kind einer Freundin.«

Ich beuge mich zu ihr hinüber. »Haben Sie das auch schon erzählt?« Sie schaut mich wütend an. »Und wer ist diese Freundin?«

»Ihr Kollege hat bereits versucht, sie telefonisch zu erreichen. Aber sie geht nicht ans Telefon. Sie hat mich gebeten, Benjamin für ein paar Tage zu nehmen. Sie musste ins Krankenhaus.«

Sollte mich das beruhigen? Es geht um eine Gefälligkeit unter Freundinnen? Franz kommt wieder herein. Er stellt den Becher vor die Frau hin, legt Zucker und Kaffeesahne dazu. Seit wann ist Franz so fürsorglich? Sind das bereits erste Anzeichen für eine Neuorientierung angesichts seiner Vaterschaft? Ich kenne ihn nur als jemanden, der vor allem darauf achtet, dass es ihm selbst gut geht. Er ist der lebende Beweis dafür, wie lernfähig Ostler sind, denn anfangs hatte ich diese Eigenschaft nur den Kollegen aus dem Westen zugeordnet, genauso wie diese Unsitte, ein Essen bei der Bestellung in einem Restaurant grundsätzlich irgendwie neu zusammenzustellen, als gäbe es keine Karte und man sei bei Subway, wo man damit genervt wird, sich ein einfaches Baguette aus einer unendlich großen Auswahl von Zutaten und Auflagen belegen lassen zu müssen. Der entscheidende Grund für mich, diese Art von Fastfood-Läden zu meiden.

Franz lächelt die junge Frau freundlich an. Sie ignoriert die Zutaten für ihren Kaffee und nimmt stattdessen einen großen Schluck schwarz.

Franz ergreift das Wort. »Ich fasse also noch mal zusammen. Sie sagen, dass Sie das Kind einer Freundin übernommen hätten. Diese Freundin ist zurzeit nicht erreichbar.«

Die junge Frau unterbricht ihn. »Weil sie im Krankenhaus ist.«

Franz stutzt. »Aha, das haben Sie vorhin aber nicht gesagt. Und in welchem Krankenhaus?«

»Das weiß ich nicht. Sie hat mich vorgestern angerufen, hat mir gesagt, dass sie krank ist und kurzfristig ins Krankenhaus muss, und ob ich Benjamin nehmen kann. Ich bin dann hingefahren, und dann hat sie mir das Kind übergeben, und danach ist sie mit dem Taxi zur Klinik gefahren.«

»Gleich darauf?« In Franz' Stimme klingt Ungläubigkeit mit.

»Ja, sofort. Ich konnte nicht fragen, was mit ihr ist. Sie sagte nur, dass es eine Woche dauern kann.«

Franz schaut zu mir herüber. Ich übernehme.

»Irgendwie klingt das seltsam. Aber gut. Wie ist Ihr Verhältnis? Also, Sie sind Freundinnen. Wie kann ich mir das vorstellen?«

»Na, Freundinnen eben. Wir sehen uns vier, fünf Mal im Jahr. Machen was zusammen. Früher war das anders, da waren wir mehr zusammen. Aber Marlis ist ja weggezogen, zu ihrem Freund. Den sie jetzt nicht mehr hat. Sie ist da wohnen geblieben. Arbeitet in einer Gärtnerei. Wir haben beide die gleiche Schule besucht. Hier im Friedrichshain.«

Ich lege meinen Notizblock vor mich hin. »Gut, dann der Reihe nach. Wie heißt die Gärtnerei? An welcher Schule waren Sie beide? Wie heißt der Freund, den Ihre Freundin nicht mehr hat? Der genaue Wohnort Ihrer Freundin? Und wir würden gerne wissen, wo Sie gestern zwischen neun und elf Uhr waren?«

»Und wozu brauchen Sie das alles?«

»Frau Stein, wir müssen davon ausgehen, dass Sie da ein Kind haben, das nicht Ihr Kind ist, und wir können nicht feststellen, ob Ihre Angaben hierzu richtig sind. Möglicherweise ist Ihnen nicht entgangen, dass wir ein Kind in genau diesem Alter suchen.«

Sie nickt kurz. »Das habe ich mir schon gedacht, dass Sie glauben, ich hätte das Kind. Aber das ist Unsinn.«

»Sie machen es sich und uns leichter, wenn Sie uns jetzt einfach die nötigen Angaben zu Protokoll geben. Ansonsten werden wir dieses Kind in Obhut nehmen und das Jugendamt einschalten.«

Die junge Frau holt tief Luft. Dann gibt sie in exakter Reihenfolge konkrete Antworten auf meine Fragen. Auch die nach ihrem Alibi beantwortet sie. Sie sei zu Hause gewesen.

Wir beraten uns kurz. Franz meint sofort, dass er der Frau irgendwie glaube. Sie kommt ehrlich rüber, sagt er. Bleibt die Frage, warum sie zunächst versucht hat, sich aus dem Staub zu machen, als sie von einer Hausbewohnerin angesprochen wurde. Und was mit dieser Marlis ist. Denn die Nummer mit dem Krankenhaus kann man ihr beim besten Willen nicht einfach abnehmen.

Franz zieht die Stirn kraus. »Das würde bedeuten, dass wir das Kind tatsächlich erst mal in Obhut nehmen müssen. Ich rufe dann mal den Notdienst an.«

Kaum hat sich Franz ans Telefon gesetzt, steckt Kiesewetter den Kopf herein. »Und?!«

In seinem Gesicht zeichnet sich Hoffnung ab und zugleich die Angst, enttäuscht zu werden.

Ich zucke mit den Schultern. »Unklare Sache. Aber ehrlich gesagt, wir glauben nicht so recht daran, dass dieses Kind Tomasz ist. Wir werden die Eltern befragen, wenn wir nicht Kontakt zur leiblichen Mutter dieses Kindes, das angeblich Benjamin heißt, bekommen.«

Ich weiß, dass Kiesewetter meine Information nicht gefällt. Zumal er ganz sicher immer aufgeregter werden dürfte mit Blick auf die Konferenz mit dem Innensenator morgen. Was er braucht, sind irgendwelche Fahndungserfolge. Wenigstens Indizien. Irgendwas. Ich versuche, ihn bei Laune zu halten. »Vielleicht haben wir aber mit dieser Sache einen weiteren Entführungsfall sehr früh aufgedeckt.« Kiesewetter grinst müde. Das kauft er mir nun doch nicht ab.

Ich rufe Mattias Bartosz an. Sage ihm, dass wir ein Kind gefunden haben, das wahrscheinlich nicht Tomasz ist, aber dass er dennoch herkommen soll, um den Jungen zu sehen und einen Zusammenhang zum Verschwinden seines Sohnes auszuschließen.

Die zuständige Mitarbeiterin vom Kindernotdienst ist keine zwanzig Minuten später bei uns. Sie heißt Christina Kranz. Die Frau lässt sich erklären, um was es geht; die Geschichte, die wir ihr erzählen, macht auf sie keinen großen Eindruck.

»Es spricht einiges dafür«, sagt sie, »dass die Sache mit dem Krankenhaus nicht stimmt.«

»Und was glauben Sie, was dann der Hintergrund ist?«, fragt Franz.

»Es gibt mehrere Möglichkeiten. Die Freundin von Frau Stein hat ein Problem mit dem Partner und hat ihr das Kind so lange überlassen, bis das geklärt ist. Oder die Mutter ist mal eben verreist. Die Großeltern haben keine Zeit, da kann man das Kind eben auch gerne mal bei einer Freundin parken. Es könnte aber auch sein, dass sich Frau Stein den Jungen ausgeborgt hat. Vielleicht, um so zu tun, als habe sie ein

Kind. Um jemandem damit ein Signal zu geben. Wissen Sie, wir haben schon unendlich viele sehr unterschiedliche Geschichten gehört. Und manchmal gehen solche Sachen eben auch leider schief. Da hat eine Freundin plötzlich keine Lust mehr und stellt den Kinderwagen samt Kind einfach irgendwo ab. Oder gibt es weiter an eine andere Freundin. So nach dem Motto: Willst du auch mal mit ihm spielen? Und irgendwann landet es dann bei uns. Im besten Fall holt es die Mutter wieder ab, vielleicht sogar mit etwas Reue. Das würde uns dann freuen.«

»Also gut«, fasse ich zusammen, »warten wir also auf den Vater des vermissten Kindes. Dann müssen wir entscheiden, was wir mit diesem kleinen Benjamin machen.«

Christina Kranz zieht die Stirn kraus, fügt dann aber an, dass sie nicht allzu viel Zeit hat. »Der Kindernotdienst«, versucht sie uns zu erklären »ist seit den Veränderungen in Sachen Kinderschutz ständig überlastet.« Sie zögert. »Ich hab das mit diesem Jungen verfolgt, der in der Spree ertrunken ist«, sagt sie dann. »Sind Sie auch mit dem Fall betraut?« Und ohne eine Antwort abzuwarten, fragt sie: »Sind Sie in der Sache weitergekommen?«

Ich schüttle den Kopf. Ich weiß nicht, ob ich mich über so viel Neugier freuen oder ärgern soll. Aber wieder erwartet Christina Kranz keine Antwort. »Ich habe gelesen, dass der Vater der Polizei massive Vorwürfe macht«, sagt sie. »Sie hätten ungenau und zu langsam recherchiert. Wissen Sie, für uns sind so aufgebrachte Eltern manchmal ein Hinweis darauf, dass da etwas nicht stimmt. Bei einer Misshandlung zum Beispiel. Wir fragen sachlich nach und es folgt eine Schimpfkanonade. Das ist fast immer ein Signal für uns, genauer hinzuschauen. Ich sage Ihnen das nur so, ich weiß nicht, was Sie darüber denken. Aber unsere Erfahrungen belegen das. Dabei ist es ja eigentlich eine Binsenweisheit, dass getroffene Hunde bellen.«

In diesem Augenblick erscheint Mattias Bartosz. Ich gehe mit ihm in das Nachbarzimmer mit der Glasfront. Bartosz schaut kurz zu der Frau mit dem Kind, dann schüttelt er den Kopf. Ich entschuldige mich. Erkläre das Übliche, dass man eben jeder Spur nachgehen müsse. Bartosz sagt plötzlich: »Wie lange kann man eigentlich hoffen, dass ein so kleines Kind wie Tomasz lebend gefunden wird?«

Ich fasse ihn vorsichtig am Arm. »Dafür gibt es keine Regel oder irgendwelche Erfahrungen, die man verallgemeinern kann. Aber natürlich ist jede Stunde, die vergeht, ein Problem.« Er schaut mich an. Ich habe das Gefühl, dass ihn diese ruhige Antwort zumindest nicht in Panik versetzt. Er nickt nur. Bleibt an der Tür stehen und sagt: »Ich mach mir große Sorgen auch um Tamara, verstehen Sie!« Dann geht er.

Plötzlich habe ich das Gefühl, dass dieser Bartosz mir mit der Frage etwas sagen wollte. Natürlich wird er sich Sorgen machen um seine Frau. Natürlich wird ihm das Leid Tamaras sehr nahegehen. Aber ist da noch etwas anderes? Ich frage mich, wer die beiden eigentlich sind. Bartosz jedenfalls scheint ganz besessen davon zu sein, die Band zum Erfolg zu bringen. Hat da noch ein Kind Platz? Bei all den Proben, bei all der Arbeit? Und ist Tamara wirklich so tief betroffen vom Verschwinden ihres Sohnes oder trauert sie schon um ihr Kind? Mir läuft es bei dem Gedanken kalt den Rücken hinunter. Und ich sage mir, dass ich nicht umhin komme, herauszufinden, was dieses Paar ausmacht, was die beiden aneinander haben und welche Rolle das gemeinsame Kind eigentlich spielt. Oder gespielt hat.

Franz hat inzwischen herausgefunden, dass es die Freundin von Cornelia Stein wirklich gibt und dass sie an der angegebenen Adresse auch gemeldet ist. Er hat die zuständige Stelle der Polizei informiert, die sich vor Ort umsehen und umhören soll. So lange, bis wir verlässliche Hinweise haben, bleibt das Kind hier. Gemeinsam mit Frau Stein. Ein Kollege wird losgeschickt, Babynahrung zu besorgen. Die Frau vom Kindernotdienst aber erklärt unumwunden, dass sie nicht länger Zeit hat und das Kind erst einmal mitnehmen wird. Die Dinge könnten später immer noch geklärt werden. Sie wickelt den Kleinen in eine Decke und ist wenig später mit ihm verschwunden. Ich denke noch, ob wir das riskieren können, aber andererseits dürfte das Kind wohl doch besser im Notdienst aufgehoben sein als bei uns. Und der Notdienst hat nun mal die Aufgabe, Kinder in unklaren Situationen in Obhut zu nehmen.

Frau Stein, die im Nebenraum gewartet hat, reagiert unerwartet aggressiv auf die Mitteilung, dass man das Kind in den Kindernotdienst gebracht hat. Was soll sie denn jetzt ihrer Freundin sagen?! Ich versuche sie zu beruhigen. Verspreche, dass wir jetzt umgehend Kontakt mit der Mutter des Kindes aufnehmen. Bis dahin müsse sie noch im Kommissariat bleiben.

Das sei ja absurd, schreit Cornelia Stein wütend. Aber dann sinkt sie auf ihrem Stuhl zusammen und weint leise. Mir ist klar, dass die Situation für die junge Frau wirklich unangenehm sein muss. Andererseits, sollte sich die Geschichte, die sie uns erzählt hat, als wahr erweisen, können sie und ihre Freundin wahrscheinlich das Kind einfach wieder abholen.

Kiesewetter hat eine abendliche Lagebesprechung einberufen. Der große Besprechungsraum ist umgeräumt. Computer sind aufgestellt, ein Beamer wirft den Stadtplan an die Wand. Auf dem neuen Großbildschirm sind alle wesentlichen Geschehnisse chronologisch abzulesen. Der Einsatzleiter der Suchtrupps ist anwesend, der Psychologe und auch ein Kollege vom Innensenat sind eingeladen. Wahrscheinlich soll er die Lage für das Treffen am nächsten Morgen schon mal eruieren.

Franz und ich sitzen uns gegenüber. Franz stellt, wie zu erwarten war, sein Mineralwasser auf den Tisch, obwohl dort bereits einige große Flaschen stehen. Zum Glück mit Sprudel. Aus meiner Sicht ist es völlig unverständlich, dass sich Leute dieses sogenannte stille Wasser kaufen, obwohl das Leitungswasser in Berlin alle Eigenschaften von eben solchem Mineralwasser besitzt. Warum nicht gleich aus dem Wasserhahn? Was ja auch einige wenige machen und dafür nicht selten mit herablassenden Blicken bedacht werden.

Kiesewetter versucht so etwas wie eine Zusammenfassung der bisherigen Ereignisse. Dabei schaut er immer wieder zum Bildschirm. Zum Glück meldet sich der Einsatzleiter und unterbricht damit die Aufzählung, die wir auch selber lesen können. »Die Kollegen der zweiten Hundertschaft sind jetzt vierundzwanzig Stunden im Einsatz und die der ersten dreißig. Die Brandenburger Kolleginnen und Kollegen würden auch die nächste Nacht noch weitermachen. Aber die Kräfte lassen nach. Und ehrlich gesagt, ich kann auch keinen Sinn mehr darin erkennen, dass wir jeden Stein nun zum dritten oder vierten Mal umdrehen sollen. Ich habe mit einer Spezialgruppe sogar die zugängliche Kanalisation in den betreffenden Straßen durchkämmen lassen. Einziges Ergebnis: ein toter Hund. Offenbar von irgendwem in einen Gulli geworfen. Inzwischen von Ratten zerfressen. Und wir haben alle Dachböden in den Straßen durchsucht. Nichts.«

Franz meldet sich zu Wort. »Die Sache mit dieser Frau, die plötzlich mit einem Kinderwagen und einem sechs Monate alten Kind gesehen wurde, scheint sich als Flop zu erweisen. Wir haben die wahrscheinliche Mutter zwar noch nicht erreichen können, aber es gibt einen Zeugen, der die besagte Frau Stein, also die, die plötzlich ein Kind hatte, schon am Abend zuvor mit einem Kinderwagen gesehen haben will, was mit den Angaben der Stein übereinstimmt, weil sie den Kleinen angeblich schon am Tag zuvor von der Freundin übernommen hat. Das Kind ist jetzt im Notdienst in der Gitschiner Straße.«

Alle Blicke richten sich auf mich. Ich blättere meinen Notizblock auf. »Es gibt einige Hinweise von den Eltern des kleinen Tomasz, denen wir aus meiner Sicht nachgehen sollten. Da ist ein ehemaliger Manager der Band, der offenbar wegen Fehlentscheidungen die Gruppe an den Rand des Bankrotts gebracht hat, und eine ebenfalls ehemalige Mitstreiterin der Band Warschauer namens Zara Bellheim sowie einen alten Freund von Mattias Bartosz, da weiß man noch nicht, um was es gehen könnte, und eine konkurrierende Band mit dem Namen Stoppzeit, in der spielt auch die besagte Freundin Bellheim heute. Die Konkurrenz hält sich allerdings ins Grenzen. Derzeit treten sie auch zusammen auf.«

»Und?«, fragt Kiesewetter mit großen Augen.

»Ich bin leider noch nicht dazu gekommen, die alle zu befragen.«

Kiesewetter sinkt zurück. Er kämpft mit sich. Ich weiß, dass er jetzt am liebsten aufspringen und herumtoben würde. Aber er kann sich beherrschen. Er weiß, dass die Zeit bislang nicht ausreichte, um die aktuellen Entwicklungen zu verfolgen und zu dem alle möglichen Zeugen und Verdächtigen zu befragen. Und doch wird er sich in die Enge getrieben fühlen.

Kerner, der Psychologe, nickt mir zu. Aber er sagt nichts.

Franz trinkt einen großen Schluck Wasser. Ich weiß, dass er mit den Gedanken ganz sicher bei seiner schwangeren Frau ist und dass er sich am liebsten auf sein Fahrrad schwingen und davonfahren würde.

»Das heißt«, sagt Kiesewetter resigniert, »wir haben eigentlich nichts.«

»Richtig«, sagt Franz. »Ich schlage vor, dass wir die Polizeistreifen an der Spree und den anderen Wasserwegen verstärken.«

Diese Bemerkung verfehlt ihre Wirkung nicht. Der Einsatzleiter schnieft laut auf. »Wissen Sie, was das bedeutet?! Das sind einige hundert Kilometer. Die Dahme, die Spree, der Müggelsee, der Dämmeritz, der Tegeler … das ist völlig absurd.«

Kiesewetter, der einen Augenblick lang auf Franz' Idee mit Nachdenklichkeit und Interesse reagiert hat, nickt nachdenklich, fügt dann aber hinzu: »Wir werden die Polizeistreifen in der Stadt darauf hinweisen, dass sie diese Bereiche insbesondere im Auge behalten. Aber natürlich kann es keine lückenlose Überwachung geben.« Er notiert sich einiges auf einem großen weißen Blatt, das er vor sich liegen hat. Ganz sicher wird er diese Idee morgen zum Besten geben, damit er überhaupt etwas hat, was seine Handlungsfähigkeit belegen könnte.

Kerner meldet sich. »Hat eigentlich jemand auch eine Entführung in Erwägung gezogen, bei der es um Menschenhandel geht?« Nachdenkliche Blicke. Kerner ist immer für eine überraschende Wendung gut. »Es gibt bekanntlich Menschen, die ein Kind adoptieren würden, wenn es eines gäbe. Die Adoptionen in Deutschland sind dramatisch zurückgegangen und finden inzwischen beinahe ausschließlich innerhalb von bereits bestehenden Beziehungen oder Familien statt. In Hamburg beispielsweise gab es im vergangenen Jahr ganze zwölf Adoptionen. Und soviel ich weiß, sind auch die Möglichkeiten, ein Kind aus Vietnam oder aus Afrika zu adoptieren, inzwischen stark eingeschränkt worden. Die Staaten achten darauf, dass ihnen die Kinder nicht abhanden kommen. Von daher ist die Chance, ein Kind sozusagen über einen kriminellen Weg zu vermitteln, zumindest für einige Leute durchaus lukrativ. Es muss sich um ein möglichst kleines Kind handeln, schon um eine Erklärung parat zu haben, woher dieses Kind plötzlich kommt. Ein betuchtes Ehepaar kann zum Beispiel eine Weile untertauchen. Lebt, sagen wir mal, auf Sardinien in einem dieser abgeschirmten Ferienressorts und kehrt ein halbes Jahr später mit dem Kind wieder zurück. Es braucht dann lediglich noch die richtigen Papiere.«

»Das würde bedeuten, dass wir es mit einer gezielten Aktion zu tun haben könnten?«, frage ich in die Runde. »Ein Kind wird ausgespäht, und wenn die Gelegenheit günstig ist, schlagen die Entführer zu. Das wäre in diesem Fall zumindest eine Möglichkeit.«

Kiesewetter schaut mit tiefen Falten im Gesicht zu mir herüber. »Das wäre ja furchtbar. Man stelle sich vor, eine kriminelle Organisation sucht in Berlin gezielt nach Kindern, um sie zu entführen. Ein vollständig unbeherrschbares Szenario. So etwas hat übrigens der Vater des toten Kindes, also Herr Neumann, auch schon ins Gespräch gebracht ... Man habe seinen Sohn entführt, weil man ihn verkaufen wollte, dabei ist etwas schiefgegangen und deshalb hat man ihn schließlich in die Spree geworfen.«

Ich habe bei dem Gedanken ein ungutes Gefühl. Nicht nur, dass ich denke, dass es sehr schwer werden dürfte, einer solchen Bande wirklich auf die Schliche zu kommen, zumal man ja offenbar sehr professionell vorgegangen ist, als Tomasz aus dem Auto entführt wurde, ich will einfach nicht an eine solche Geschichte glauben. Mitten in Berlin? Wenn wir irgendwo in Süditalien wären oder in der Ukraine, aber hier?

Ich erkläre den anderen, dass ich mich gegenwärtig vor allem auf das Umfeld des Elternpaares konzentrieren möchte. Und dass ich denke, dass es wichtig ist, weiter auf Hinweise aus der Bevölkerung zu setzen. Die Suchtrupps sollten sich in Bereitschaft halten, damit sie sofort zum Einsatz kommen können, wenn es Hinweise gibt und man großflächig in Aktion treten muss. Ansonsten sind alle Kollegen in der Stadt aufgerufen, sehr genau hinzuschauen, insbesondere wenn es um Randbereiche von Gewässern geht. »Und noch etwas«, sage ich mit Blick auf Kerner, »ich werde bei der Zentrale für organisierte Kriminalität nachfragen, ob die irgendwelche besonderen Aktivitäten zum Thema Menschenhandel beobachten. Vielleicht gibt es ja von denen irgendwelche Hinweise.«

Kiesewetter blickt angestrengt zu mir herüber. »Das ist das einzige Konzept, das jetzt umgesetzt werden kann«, sagt er nachdenklich. Ich weiß, dass er meine Vorschläge morgen beim Gespräch mit dem Chef und dem Innensenator als sein Programm verkaufen wird und dass er froh ist, dass er das so wiedergeben kann. Es belegt zumindest, dass wir handlungsfähig sind und unterschiedliche Szenarien im Blick haben. Mehr können wir nicht tun, das wird sogar einem Politiker einleuchten.

Kiesewetter schlägt mit den Handflächen auf die Tischplatte. Wir sind fertig. Er steht auf, geht zur Tür, wendet sich dann aber noch einmal um und sagt in meine und Franz' Richtung: »Bevor ich's vergesse, wir bekommen ab morgen einen Praktikanten. Also jemanden, der in der Polizeiausbildung ist. Nur dass Sie sich ein wenig darauf einstellen. Kann Ihnen ja zur Hand gehen, Akten sortieren oder im Internet recherchieren, was so anfällt, oder?«

»Ausgerechnet jetzt?«, entfährt es Franz.

Kiesewetter zuckt mit den Schultern. »Das ist vor mehr als drei Monaten angefragt worden, da konnte ich ja nicht wissen, dass wir hier so ein Chaos haben.« Und schon ist er verschwunden.

Franz schaut mich empört an. Er kann es absolut nicht leiden, wenn er sich umstellen muss. Ein Praktikant in unserem Büro, das bedeutet Dinge umräumen, Sachen ordnen, sich auf Gespräche einlassen, jemandem zuhören, mit jemandem im Kontakt bleiben.

Im Prinzip hat Franz den Beruf verfehlt. Er kann nicht mit Menschen. Er interessiert sich nicht wirklich für sie. Für Fakten und Umstände schon, aber nicht für die Leute. Sie stören ihn nur, wenn es um seine Ermittlungen geht. Er hasst ihr Schweigen genauso wie ihr Gerede. Er will ihre Geschichten nicht hören, obwohl er nur mit Hilfe ihrer Aussagen ein Tatgeschehen verstehen und einen Täter überführen kann. Er mag es nicht, wenn die Personen, die er befragt, lügen, und er mag es genauso wenig, wenn sie die Wahrheit sagen, weil er dann keine Fakten und Spuren mehr überprüfen, vergleichen, verknüpfen kann. Wenn sie ihn anlügen, verachtet er sie, weil sie nicht die Wahrheit sagen und er die Wahrheit doch herausfinden muss. Er mag eigentlich niemanden, vielleicht noch nicht einmal sich selbst. Und ich frage mich, wie er sich wohl fühlen wird, wenn er tatsächlich einmal sein Kind in den Armen hält. Unvorstellbar, vor allem, weil ihn dieses Kind ab genau diesem Augenblick ein Leben lang begleiten wird. Begleiten und groß werden, sich verändern wird, ihn immer wieder aufs Neue herausfordernd und nach der Beziehung zwischen sich und dem Vater fragend. Und genau die in Zweifel und in Frage stellend und dann wieder eben doch so dringend danach suchend.

Es ist schon spät am Abend. Der November ist wie alle November dunkel, windig, herzlos. Es ist die Zeit, in der man sich ganz auf sich zurückgeworfen fühlt, in der es keine Perspektiven zu geben scheint. Noch leuchten nur wenige Lichter, die schon Weihnachten ankündigen, noch gibt es nicht das Gefühl, dass man doch irgendwo hingehört, dass man nicht allein ist. Und andererseits scheint der Sommer unendlich weit entfernt, fast als habe es ihn nie gegeben. Die Straßen sind einfach nur glatte Bahnen, auf denen sich Fahrzeuge dahinwälzen mit ihren vernebelten Scheinwerferlichtern, die Menschen sind scheinbar willkürlich umherirrende Gestalten, die auf ein Zusammenklatschen der Hände hin auffliegen könnten wie die Krähen, die in aufgeregten Scharen über dem Friedrichshain Kreise ziehen und bei nächster Gelegenheit unter schnarrendem Geschrei herunterstürzen in die kahlen Bäume oder die grauen Wiesen.

Ich schlage den Kragen meines Mantels hoch, hole meine zusammengeknautschte Mütze aus der Tasche und stülpe sie mir auf den Kopf. Denn obwohl es nicht regnet, habe ich das Gefühl, ich gehe durch Wasser oder zumindest durch so feuchte Luft, dass es nicht viel braucht und ich muss mich durch Schwimmbewegungen vorwärtsbringen. Andererseits tut es gut, draußen zu sein, die feuchte, kalte Luft einzuatmen und damit die Müdigkeit, die wie ein Nebel in meinem Hirn sitzt, zu bekämpfen. Deshalb laufe ich auch. Gehe hoch bis zur Warschauer, erreiche schließlich die Brücke, auf der hunderte von Menschen unterwegs sind. Die meisten eilen von der U1 zur S-Bahn, die hier in alle möglichen Richtungen fährt, oder umgekehrt. Viele von ihnen kommen aus den umliegenden Firmen, die im Lauf der letzten zwanzig Jahre ganz andere geworden sind. Ich gehe am ehemaligen Reichsbahnausbesserungswerk vorbei, in dem mittlerweile unzählige Modefirmen, Künstler, irgendwelche kreativen Leute arbeiten und teilweise auch wohnen. Immer noch so etwas wie eine autonome Insel in der Stadt, auch wenn hier offenbar eine gewisse Ordnung eingezogen ist. Drüben das ehemalige NARVA-Gebäude, auf dem heute ein riesiger Glaskasten sitzt und blass herüberleuchtet. In der Ferne sehe ich die ehemaligen Speicher, in denen inzwischen große Musiklabel ihr Domizil haben und unzählige Handelsfirmen. Unter mir liegen die Gleise der Bahnen. Die ICE fahren hier, von Rummelsburg kommend, zum Ostbahnhof und dann weiter Richtung Westen. Güterzüge donnern Tag und Nacht vorbei, ohne dass irgendwer von Lärmschutz und Nachtruhe redet, die S-Bahnen machen unablässig und mit nur kurzer nächtlicher Verschnaufpause hier ihren Zwischenstopp. Nachts ist ihr Rattern bis weithin zu hören, weil der Schienenkanal, der mitten durch die Stadt verläuft, den Fahrlärm wie durch einen Trichter verstärkt. Selbst die Abfertigungsansagen kann man verstehen, wenn man längst den Bahnhof über die lange Brücke verlassen hat, und das seltsam antiquierte Gedudel der Signale beim Schließen der Türen segelt weit an den Häuserfronten hinauf. Hoch bis zu den grell flackernden imposanten Leuchtreklamen. Die Nacht wird hier als Chance für das Vermitteln von Botschaften begriffen und für die Abwicklung von Transporten. Und niemand scheint sich daran zu stören, im Gegenteil, der Lärm und das Licht wirken wie Magneten. Die Brücke als Treffpunkt, als kulturelles Geschehen, als Teil eines Getriebes, so wie wir es aus frühen Filmen kennen. Metropolis. Der Mensch und die Maschine werden eins, keiner kann mehr ohne das andere sein, die maschinelle Bewegung als Bestätigung der Existenz des Einzelnen und der Gemeinschaft. Und dass das Ganze hier seit Jahren eine einzige Baustelle ist, unterstreicht dieses allgegenwärtige Gefühl. Gleise wurden neu verlegt, Kabelschächte gezogen, Leitungen gespannt. Die Bahnsteige und die Treppen und Brücken, alles ist halb abgebrochen und halb neu hergestellt. Von Bahnsteig zu Bahnsteig sind hunderte von Metern zurückzulegen, was die Bewegungen der Menschenmassen noch schneller, noch entschlossener werden lässt. Und inmitten des Getümmels wühlen sich Bagger durch den Schutt, heben Kräne Stahlgitter, dröhnen riesige Hammer, die auf dicke Rohre schlagen, die in den Boden gerammt werden. Betonmischer transportieren ihre Ladung über provisorische Zuwege, wobei sie manchmal so sehr schwanken, dass sie drohen umzukippen, als wären sie riesige Käfer, die dann im Dreck liegen und nie mehr auf die Beine kommen.

Ich durchquere den U-Bahnhof. Hier ist die Endstation der Linie 1, ein altes, in Teilen inzwischen wieder neu hergerichtetes Gebäude. Ein typischer Bau vom Beginn des vergangenen Jahrhunderts, von denen es in Berlin viele gibt. Ich steige auf der anderen Seite die Treppe hinunter, werde von jungen Leuten angesprochen, die Geld für eine Bleibe brauchen. Mein Weg führt mich an den Ziegelwänden entlang. Ein Supermarkt, eine Druckerei. Gegenüber verkommene, teilweise zerstörte Flachbauten. Nicht nur hier liegen Renovierung und Verfall dicht beieinander. Über mir das NARVA-Haus, das ich eben von Weitem gesehen habe. Hier wurden zu DDR-Zeiten Glühlampen für die halbe Welt produziert. Dreischichtrhythmus, sieben Tage die Woche, Fließband. Die Leute sagten, man verdiente gutes Geld. Für DDR-Verhältnisse stimmte das sicher, aber die Bedingungen waren an der Grenze des Unmenschlichen. Es gab Romane darüber. Geschichten über die vielen tausend Frauen, die hier ihre Arbeit verrichteten und deren Leben ganz unmittelbar mit der Uhr der Fabrik und dem Fließbandtakt verbunden war. Frauen, die hier ihr Leben verbrachten und die hier so etwas wie eine Gemeinschaft fanden. Sagen manche. Schwierige Bedingungen lassen die Menschen bekanntlich zusammenrücken, lassen sie solidarisch werden. Seltsamerweise hatte ich früher immer die Vorstellung, dass diese Frauen jenen ähnlich waren, die man aus »Carmen« kennt, den Arbeiterinnen aus der Tabakfabrik in Sevilla, die unter harten Bedingungen schuften und sich mit dem wenigen Geld, das sie bekommen, über Wasser halten. Und die sich miteinander solidarisieren, um in einer anderen Situation übereinander herzufallen, weil die Solidarität die Gleichheit einfordert. Sobald sich aber jemand aus ihrer Mitte löst, sobald jemand so etwas wie das Glück zu finden scheint, gerät das, was eben noch so sicher schien, in ein Ungleichgewicht, und der sich aus der Mitte der anderen entfernt, wird daran gehindert oder gänzlich ausgestoßen.

Ich betrete einen großen Fabrikhof. Hier muss er sein, der Proberaum von Warschauer, den sich die Band mit drei weiteren Musikgruppen teilt. Ich lese Schilder, die auf Filmstudios verweisen und auf Werkstätten, Kunstprojekte und Handelsfirmen. Einen Hinweis auf die Proberäume finde ich nicht. Ich irre minutenlang über den schlecht ausgeleuchteten Hof. Entdecke, dass die Fronten der aneinandergereihten, lang gestreckten Gebäude nur teilweise saniert wurden und dass deshalb überall Zeichen des fortschreitenden Verfalls zu sehen sind. Es ist wie überall. Der Schein ist wichtig, was sich hinter den Kulissen verbirgt, ohne Bedeutung. Nach so vielen Jahren in dieser anderen Gesellschaft ist mir klar geworden, dass sich auch in diesem Zusammenhang vieles mit der vergangenen vergleichen lässt.

Zum Glück bemerke ich plötzlich das Brummen in meinen Ohren. Mein ganzer Körper wird davon erfasst wie von den Schwingungen, die von einer herannahenden U-Bahn ausgehen. Und mir wird klar, dass sich der Proberaum unter meinen Füßen befinden muss.

Wenig später habe ich die Treppe gefunden, die hinter einer schweren Metalltür mit mehreren Schlössern liegt. Offenbar ist man sehr besorgt, dass jemand hier einbrechen könnte. Ich steige vorsichtig die grau gestrichenen Steinstufen hinab. Der Lärm der Bassgitarren und des Schlagzeugs wird immer lauter, ich höre Stimmen, die gegen diesen Lärm ankämpfen. Plötzlich Stille, nur ein paar Sekunden. Dann wieder einzelne Töne. Ein Lichtschein schlägt mir entgegen, als ich die Tür unten öffne. Vier Leute sind damit beschäftigt, ihre Instrumente aufeinander abzustimmen, ganz vertieft in das, was sie tun. Ich sehe drei Männer und eine Frau mit langen Locken. Mattias Bartosz und Tamara sind nicht dabei und ich ahne, dass es sich um eine der anderen Gruppen handelt, die hier proben. Wie konnte ich auch annehmen, dass ich Tomasz' Eltern hier treffen würde. Aber im Prinzip ist es mir ganz recht so. Ich hoffe, von den anderen etwas zu erfahren, was mir Tomasz' Eltern nicht erzählen würden.

Als ich mich bemerkbar mache und meine Polizeimarke hochhalte, schrecken die vier zusammen, als hätte ich sie bei einer geheimen Aktion gestört.

»Wie kommen Sie hier rein?!«, fährt mich ein kleiner, dicklicher Mann an.

Ich gehe auf die Gruppe zu, steige auf die provisorische Bühne, die aus zusammengeschobenen Kästen und aufgenagelten Brettern besteht. Die Musiker nehmen umständlich und genau meine Dienstmarke in Augenschein.

»Und was wollen Sie hier?!« Der kleine Dicke ist sichtlich genervt.

Ich lasse mich von der aggressiven Stimmung nicht anstecken und gebe allen die Hand. »Martaler, ich bin in Sachen Tomasz hier. Beziehungsweise dessen Eltern, Mattias Bartosz und Tamara Schmund. Die kennen Sie doch?«

Ich bemerke, dass das Gesicht der Frau stärkere Aufmerksamkeit signalisiert. Ich ignoriere das, ziehe meinen Notizblock heraus und wende mich einem der Männer zu. »Darf ich zunächst erfahren, wer Sie sind?«

Unwillig nennt der kleine Dicke seinen Namen. »Frank Gerber.« Nacheinander notiere ich: David Wentland, Fabian Zierkow und Zara Bellheim. Mir fällt ein, dass es sich bei ihr offenbar um die Frau handelt, von der Bartosz erzählt hat, dass sie auch in seiner Band gespielt und von der man sich getrennt hat.

»Sie spielen Bassgitarre?«, frage ich Zara Bellheim. Ihr Gesicht verfinstert sich.

»Ja, warum? Ich meine, woher wissen Sie das? Von Mattias? Also von Herrn Bartosz?«

Ich nicke ihr zu. Sie schaut mich streng an. »Was wollen Sie von uns?«, fragt sie rasch weiter. »Sie suchen Tomasz, hier ist er nicht!«

»Nein, das dachte ich mir.« Ich setze mich auf einen der wenigen Stühle neben der provisorischen Bühne. »Ich möchte, dass Sie mir Ihre Einfälle erzählen.«

»Einfälle?«, fragt Frank Gerber zurück. »Was denn für Einfälle? Wir haben hier Probe und unser Mietvertrag sieht vor, dass wir bis 24 Uhr spielen dürfen, okay?«

»Ich möchte«, spreche ich ruhig weiter, »dass Sie mir sagen, was Ihnen einfällt, wenn Sie bedenken, dass der Kleine von Tamara Schmund aus dem Wagen entführt und seit nunmehr fast zwei Tagen nicht aufgefunden wurde. Was könnte geschehen sein? Was könnte dahinterstecken? Wo sollten wir ihn suchen? Oder auch: Wer könnte dahinterstecken? Wer könnte Tamara und Mattias das antun? Verstehen Sie?«

Frank Gerber sagt rasch: »Wir haben jedenfalls nichts damit zu tun!«

»Schön«, gebe ich zurück, »das wäre ja immerhin eine erste Information. Gibt es weitere?«

Zara Bellheim zieht die Luft tief in ihre Lungen. »Keine Ahnung«, sagt sie dann. »Was sagen denn die beiden dazu?«

»Sie wissen nichts«, erwidere ich.

»Sie können sich sicher denken, dass wir darüber gesprochen haben, also, wir hier. Und es gibt nichts, was uns eingefallen ist. Vielleicht haben die beiden ja erzählt, dass es zwischen uns nicht immer eitel Sonnenschein war und ist. Aber das hat ja nichts mit der Sache zu tun. Oder glauben Sie im Ernst, jemand von uns würde Tomasz entführen?«

»Wie Sie sich denken können, schließe ich nichts aus. Aber gut, wie würden Sie denn die Beziehung der beiden beschreiben?«

Die vier schauen sich an. Gerber schüttelt den Kopf. Fabian Zierkow und David Wentland zucken mit den Schultern. »Alles paletti«, meint Wentland schließlich. »Was soll man schon sagen. Man streitet sich, man verträgt sich wieder.«

»Und was sagen Sie?« Ich wende mich an Zara Bellheim. Die wird sofort zu einem Eisblock. Ihr Körper verspannt sich, als würde sie jeden Augenblick auf mich zuspringen wollen.

»Was, ich?«, sagt sie mit gedrückter Stimme. »Ich habe Tomasz nicht entführt! Und ich habe nichts zu erklären. Die zwei sind manchmal wie Hund und Katze. Aber da fragen Sie die doch selbst! Und fragen Sie auch Mattias mal, was seine Familie dazu sagt!«

Das Letzte ist ihr im Eifer rausgerutscht. Ich schaue sie scharf an. »Was meinen Sie?«

»Nichts!«

»Sie meinen Mattias Bartosz' Familie. Also seine Eltern?«

»Na, jedenfalls ist das nicht so einfach mit denen. Die leben hier in Berlin. Mattias' Vater hat ihm sein Erspartes wegen der Band geliehen. Und die Mutter ist nicht so gut auf Tamara zu sprechen. Das ist alles.«

Zara treffen wütende Blicke der anderen. Ganz offenbar finden sie es nicht in Ordnung, dass sie in dieser Weise über Mattias Bartosz und Tamara Schmund redet.

»Das weißt aber nur du so genau«, versucht Gerber Zara zur Räson zu bringen.

»Danke.« Ich will die Spannung aus dem Gespräch nehmen. »Ich möchte Ihnen eine Idee beschreiben und ich möchte Sie bitten, nachzudenken, ob Ihnen irgendetwas, irgendein Zeichen dazu einfällt. Es könnte sein, dass Tomasz von einer Gruppe von Leuten entführt wurde, die mit Kindern handelt und sie deshalb gezielt in ihre Gewalt bringt.« Ich schaue in nachdenkliche, ungläubige Gesichter.

»Keine Ahnung«, sagt Gerber schließlich, »Sie meinen, ob wir jemals bemerkt haben, dass Tamara und Mattias mit dem Jungen beobachtet wurden? Oder irgend so was?«

Einige Sekunden vergehen und fast scheint es, als wäre das Gespräch beendet. Aber dann sagt Fabian Zierkow doch noch etwas. »Es gibt da was. Erinnert ihr euch an diesen grauen Wagen? Den Opel? Der stand einige Male vorne im Hof. Und wir haben uns gefragt, warum der da steht. Wir haben uns nichts weiter gedacht. Aber er war uns aufgefallen.«

Gerber schaut ihn nachdenklich an, David Wentland nickt langsam. »Stimmt. Der graue Opel. Er gehört hier niemandem. Wir sind ja die Woche viermal hier und wir kennen die Leute, die hier arbeiten oder so. Und wir haben uns gewundert, weil er ausgerechnet da stand, wo wir unsere Autos parken. Wir haben nie jemanden gesehen, dem die Karre gehört. Der Wagen stand meistens da, wenn Warschauer probt, und wenn wir wieder raus kamen, war er weg.«

»Na, da haben wir ja was«, sage ich und bin tatsächlich froh über die Information. »Gibt es Näheres? Kennzeichen oder die genaue Marke?«

»Also, ich kenn mich mit Autos nicht aus«, sagt Gerber, »eine alte Kiste eben. Wir fanden, das war so was wie ein Opa-Auto.«

Plötzlich sagt Zara Bellheim ganz ruhig: »Es war mit Sicherheit ein grauer Opel. Ich weiß das, weil mein Vater mal so einen hatte. Baujahr so um zweitausendfünf, würde ich sagen.« Sie wirkt ganz ruhig, fast schon entspannt, so als wäre sie froh, endlich etwas sagen zu können, bei dem es nicht um sie oder um Tamara und Mattias geht.

»Danke.« Ich schaue in die Runde. »Fällt vielleicht noch jemandem eine solche Winzigkeit ein?«

Zara Bellheim begleitet mich, als ich wieder auf den Hof trete. »Da hat er gestanden«, sagt sie und weist auf eine Stelle etwa sechzig Meter von der Tür zum Probekeller entfernt.

»Und Sie haben tatsächlich nie den Besitzer beziehungsweise den Fahrer gesehen?«

»Nein. Es war ja auch nicht wirklich wichtig.«

»Gut. Dann danke ich Ihnen«, sage ich und reiche der Frau die Hand. Zara Bellheim ergreift sie und ich merke, dass sie einen festen Händedruck hat. Und ich vermute, dass sie froh ist, dass ich sie nun endlich in Ruhe lasse. Dann frage ich aber doch: »Frau Bellheim, wie gut kennen Sie Mattias Bartosz?«

Sie schaut mich eine Sekunde lang durchdringend an. »Sie meinen, ob wir miteinander geschlafen haben? Oder ob wir ein Paar waren? Vor oder während Tamara?«

»Suchen Sie sich selbst die Fragen aus, die Sie beantworten möchten.«

»Wir waren ein Paar. Vor Tamara. Tomasz dürfte tatsächlich das Kind von Mattias sein. Ich weiß nicht, was Ihnen Mattias gesagt hat und was er noch sagen wird, Fakt ist, er hat mich nicht wegen Tamara verlassen. Er hat es wegen der Band getan. Warschauer ist ganz und gar sein Kind. Sein wirkliches Kind. Für die Gruppe und den Erfolg würde er alles tun. Wirklich alles. So gut kenne ich Mattias, dass ich das sagen kann.«

Sie wendet sich ab und verschwindet hinter der Eisentür, die mit einem dumpfen Ton ins Schloss fällt.

Natürlich ist mir sofort das Auto eingefallen, das angeblich in der Nähe des Ortes gesehen wurde, an dem Marc Neumann verschwunden ist. Das Auto, das auf keinem der Fotos war, obwohl Marcs Mutter beschrieben hatte, dass es genau an einer Stelle stand, die von der Videokamera einer Firma hätte aufgenommen werden müssen. Nach den Angaben von Frau Neumann war es grau oder schwarz, und wenn man ihren sonstigen Beschreibungen des Fahrzeugs folgt, könnte es sich durchaus um einen Opel älterer Baureihe gehandelt haben. Interessant ist auch, dass der Ort, an dem Marc verschwand, gar nicht weit von hier ist. Die Stralauer Allee weiter, an den Figuren im Wasser vorbei, die inzwischen zu einem modernen Wahrzeichen von Berlin geworden sind, und dann noch an der Brücke vorüber, die Friedrichshain mit Treptow verbindet. Ich nehme mir vor, entsprechende Fotos zu besorgen, damit wir Genaueres über das Fahrzeug herausfinden. Wenn es sich tatsächlich um ein altes Modell handelt, dürfte es ja nicht allzu schwer sein, den entsprechenden Halter ausfindig zu machen.

Noch während ich darüber nachdenke, fallen mir Marcs Eltern ein. Das Bild, das Marc gemalt hat. Ich muss den Vater und die Mutter dazu befragen. Aber mir fehlt einfach die Zeit. Dabei muss der Fall eben auch in diese Richtung weiter untersucht werden. Mir kommt plötzlich die Schwester von Marcs Mutter in den Sinn, die den Jungen ab und zu von der Kita abgeholt hat. Vielleicht könnte sie den Verdacht, der gegen die Eltern, vor allem gegen den Vater, gerichtet ist, aus der Welt bringen. Ich muss unbedingt die Zeit finden, diese Frau aufzusuchen und mit ihr zu sprechen.

Aber dann ist der Druck der aktuellen Geschehnisse schon wieder so stark, dass sich andere Fragen aufdrängen. Zum Beispiel Bartosz' Familie. Könnte es sein, dass Mattias' Vater sein Geld zurückfordert, und weil der Sohn nicht zahlt, nimmt er kurzerhand den Enkel als Pfand? Eine ziemlich schräge Aktion, aber undenkbar ist das nicht. Das Kind bleibt in der Familie, es ist sicher und gut betreut. Und Mattias soll endlich begreifen, dass er mit seinem Vater nicht so umspringen darf. Oder man will Tamara in die Schranken weisen, warum auch immer. Auf jeden Fall werde ich mir die Eltern genauer ansehen müssen.

Zwanzig Minuten später komme ich in der Dienststelle an. Unser Lagezentrum ist noch weiter ausgebaut worden. Trotz der späten Stunde sind an die zwanzig Kolleginnen und Kollegen in dem Raum, es geht zu wie in einem Bienenstock. Zum Glück ist da auch Gunnar Scholz, der ältere Kollege von der Fahndung. Er begrüßt mich lächelnd. »Bist du fündig geworden?«, fragt er und ich bin wirklich froh, ihn hier zu treffen. Er strahlt etwas aus, was etliche der neueren Kollegen nicht haben, nämlich Ruhe und Freundlichkeit, was die Zusammenarbeit sehr erleichtert. Warum diese Eigenschaften vielen abhanden gekommen sind, weiß ich nicht. Es ist wie mit den »Tatorten« im Fernsehen. Einige wenige zeigen noch etwas von menschlichen Zusammenhängen, die meisten aber sind so hart und gleichzeitig verwirrend, dass selbst ich nach zehn, fünfzehn Minuten manchmal nicht weiß, wovon die Geschichte, die da gezeigt wird, eigentlich handelt. Und ich finde meist keinen Zugang zu den Figuren, weil sie wie Roboter agieren, die in einer Animation zum Leben erweckt wurden und nach neunundachtzig Minuten, also mit dem obligatorischen Abspann, wieder in sich zusammenfallen oder in einem anderen Film in gleicher Weise wieder neu in Aktion gesetzt werden.

Ich erzähle Scholz von meiner Befragung der Band. Davon, dass es einen Hinweis auf ein Auto gibt, was ja bereits beim Fall Marc Neumann eine Rolle gespielt hat. Vielleicht ist das Fahrzeug, wenn es das wirklich gegeben hat, ja tatsächlich dasselbe. Das wäre dann die erste wirkliche Spur in dem Fall. Scholz sagt, dass es wohl das Beste ist, wenn er mögliche Modelle heraussuchen würde. Vielleicht könnten die Leute von der Band den Typ dann identifizieren. Und sicher wäre es auch gut, Frau Neumann noch einmal dazu zu befragen, vielleicht könnte sie die Angaben bestätigen. Scholz schaut mir ins Gesicht, nickt ruhig und sagt: »Und du haust dich jetzt erst mal ein paar Stunden aufs Ohr, damit du wieder fit bist, und ich kümmere mich. Mach dir keine Sorgen.« Er drängt mich in Richtung Tür. Ich sage noch, dass man den Polizeistreifen den Hinweis geben soll, dass entsprechende Fahrzeuge zu kontrollieren sind.

Scholz grinst. »Stell dir vor, das ist mir auch gerade durch den Kopf gegangen.«

In einem Spätimbiss kaufe ich mir zwei Baguettes und eine Flasche Wein. Ich merke, dass meine Beine schwer geworden sind. Dass die Töne und Lichter wie durch Watte an meine Sinne gelangen.

Zu Hause angekommen, geht es mir wie immer: Es ist, als beträte ich eine andere Welt. Eine Welt, in der ich früher einmal gelebt habe. Aber weder ich gehöre inzwischen noch hierher, noch gehört diese Wohnung zu mir. Fast scheint es, als würde ich ein Museum betreten. Oder eine fremde Wohnung, in der ich nichts zu suchen habe. Ich habe das Gefühl, als würde ich mich selbst beobachten, wie ich hier umhergehe, die Tüte mit den Baguettes auf den Tisch lege, die Weinflasche öffne und zwei tiefe Züge aus der Flasche trinke, wie ich mich an den Küchentisch setze und beginne, die Brote zu verschlingen. Was suche ich hier eigentlich? Warum stelle ich mir nicht einfach ein Bett in meiner Dienststelle auf und bleibe da? Woher nehme ich die Hoffnung, dass ich hier so etwas wie ein Zuhause vorfinde? Etwas, das ich noch zu kennen glaube, was ich aber nicht mehr habe.

Ohne mich auszuziehen, lasse ich mich auf das Bett fallen und bin drei Sekunden später eingeschlafen. Ich träume den Traum, den ich seit einem Jahr träume, in immer wieder neuen Variationen. Ich bin unterwegs, auf irgendeiner Reise, und es gelingt mir nicht, rechtzeitig zum Flughafen zu gelangen, um von dort aus wieder zurückzufliegen, dahin, woher ich gekommen bin und wohin ich dringend und unbedingt auch wieder muss. Mal reißen Erdstöße riesige Spalten in den Boden und ich stürze hinein und kämpfe darum, nicht immer noch tiefer zu fallen und mich irgendwie doch noch herauszuwinden. Mal fegen wilde Stürme über das Land und Bäume stürzen um und versperren den Weg. Mal wälzen sich riesige Wellen landeinwärts und alles versinkt in einem unendlich weiten Meer. In manchem Traum gelingt es mir, mich wie ein Vogel aufzuschwingen. Hoch aus den Unbilden des Geschehens. Unter mir die dahinrauschenden gelbbraunen Wassermassen oder die zertrümmerte Landschaft und vor mir die Weite bis zum Horizont. Dann fliege ich mit kräftigen Flügelschlägen hin zu dem Ort, an dem ich erwartet werde. Aber immer komme ich zu spät. Nie ist da jemand, der noch auf mich wartet. Jeder Traum endet in einer trostlosen Leere, die mich selbst dann noch ganz und gar umfängt, wenn ich aufwache und den Tag beginne.

Geweckt werde ich am Morgen von meinem Telefon. Ich hatte den Weckruf auf sechs Uhr gestellt. Ich richte mich auf und bemerke, dass Licht aus der Küche ins Schlafzimmer fällt. Die Tür steht halb offen. Einen Augenblick lang spüre ich Erstaunen und Freude. Aber dann wird mir klar, dass ich einfach nur vergessen habe, das Licht auszumachen.

Ich stelle mich unter die heiße Dusche. Das, so denke ich, macht als Einziges Sinn, hierher zu kommen. Die heiße Dusche und der Gedanke daran, wie oft ich Kerstin dabei zusehen konnte, wenn sie frisch geduscht aus der Kabine kam. Ihr wunderbar schlanker Körper, der, obwohl sie schon über vierzig ist, noch immer Proportionen hat, als wäre sie zwanzig. Die Haut so weich und hellbraun glänzend, als käme Kerstin eben vom Schwimmen im Meer. Das Haar dunkel und nass und schwer. Sie lächelt mich an, nimmt mich in die Arme. Was würde ich dafür geben, sie jetzt zu sehen, dieses Gefühl zu spüren, von ihr berührt zu werden, ihren Atem zu spüren, sie sanft zu küssen.

Ich steige mühsam in frisch gewaschene Kleidung, die ich vom Wäschetrockner nehme. Streiche die Falten glatt. Bügeln war noch nie etwas, wofür ich mich begeistern konnte. Als ich losgehen will und das Licht ausmache, fällt mein Blick auf das Fenster. Drüben, auf der anderen Straßenseite, sehe ich die anderen Fenster. Ich gehe noch einmal zurück. Trete dicht an die Fensterbank und schaue auf das Haus, das genau gegenüber liegt. Viele Fenster sind erleuchtet. Manche haben Gardinen, manche keine. Ich kann die Leute sehen, wie sie in ihren Küchen wirtschaften, wie sie ihre Sachen ordnen oder rasch noch etwas frühstücken. In irgendeiner Wohnung muss jetzt der kleine Tomasz sein. Irgendwo in der Stadt, so stelle ich mir vor. Im besten Falle bekommt er etwas zu essen, hat ihn jemand gewaschen, macht sich jemand daran, ihm frische Sachen anzuziehen. Aber was, wenn nicht? Was, wenn dieses Kind in irgendeinem Keller liegt, in einem Container, in einer Grube, einem Loch? Was, wenn da niemand ist? Wenn der Junge Durst hat und niemand gibt ihm zu trinken? Wenn er krank ist, wenn er Fieber hat, wenn er nicht genug Luft hat zu atmen? Mein Blick schweift über die Fenster. Manche sind dunkel. Wo ist dieser Junge?

Kiesewetter erwartet mich. Er sieht aus, als hätte er kein Auge zugetan, und er fährt mich an, wo ich denn bleibe, ob es irgendetwas Neues gibt und wo ich eigentlich gestern den ganzen Abend war. Und was das mit diesem Opel auf sich hat. Ich antworte ihm nicht, aber Kiesewetter merkt so etwas gar nicht. Es scheint ihm egal zu sein, ob er wirklich Antworten auf Fragen bekommt, die eigentlich zu nichts führen. Er fragt eben und dann fragt er noch mal und noch mal. Als ich das Lagebüro betrete, gibt mir Scholz einige ausgedruckte Bilder von Fahrzeugen, die Opel um 2005 produziert hat. Nach einem kurzen Blick schiebe ich die Ausdrucke zusammen und reiche sie Kiesewetter. »Es könnte sein«, sage ich, »dass es tatsächlich ein Fahrzeug gibt, das auch im Zusammenhang mit Tomasz eine Rolle spielt. Eine vage Vermutung, aber vielleicht eben doch. Es gibt Zeugen, die solch ein Fahrzeug in der Nähe der Proberäume der Band gesehen haben wollen und …«

Kiesewetter hat Lunte gerochen. »Das könnte das gleiche Fahrzeug sein, das angeblich auch bei diesem Marc Neumann gesehen worden sein soll?«

»Richtig.«

»Und warum sagen Sie das erst jetzt?!«

»Die Kollegen haben bereits daran gearbeitet. Und ich hoffe, wir können die möglichen Halter ermitteln.«

Kiesewetters Laune scheint sich schlagartig zu verbessern. Sodass ich ihn auf den Boden der Tatsachen zurückholen muss. »Allerdings haben wir bekanntlich bislang keinerlei Bestätigung dafür, dass es das Fahrzeug, von dem Frau Neumann gesprochen hat, auch wirklich gegeben hat. Und auch das Auftauchen dieses grauen Opels bei NARVA ist nicht sicher, und ob die Sache letztendlich etwas mit Tomasz' Verschwinden zu tun hat, ist auch offen. Wir sollten also vorsichtig sein. Sobald wir alle Halter ermittelt haben, können wir uns auf die Suche machen, und vielleicht finden wir ja tatsächlich die Nadel im Heuhaufen.«

Kiesewetter lässt sich in seiner Euphorie nicht stoppen. Er hat etwas, womit er in dem Gespräch gleich auf einen ersten Erfolg verweisen kann, und daran klammert er sich.

Freundlich sagt er: »Martaler, in einer Stunde beginnt das Gespräch. Ich verlasse mich auf Sie. Wir wechseln uns ab, wie wir das sonst auch auf den Pressekonferenzen tun. Schlag auf Schlag, das ist die Devise!« Er klopft mir auf die Schulter. Das soll mich motivieren. Ich lächle zurück. Denn der, der hier Unterstützung braucht, bin nicht ich, sondern er.

Scholz legt mir eine Liste der Besitzer von grauen Opeln vor, die in der Stadt und der Umgebung gemeldet sind. Die Liste ist länger, als ich erwartet habe. Scholz bemerkt mein Erstaunen. »Es gibt die große Mehrheit, die Opel verachtet. Aber es gibt auch die treuen Fans. Das ist beinahe so wie bei Union Berlin. Da passt kein Blatt Papier dazwischen, wie man so sagt. Ich habe einen guten Bekannten, einen Kunstmaler aus Verona, der fährt einen Opel Baujahr achtzig. Der musste das Dach seines Autos inzwischen mit Paketband abdichten, weil es reingeregnet hat. Aber der schwört auf sein Auto, und wenn er je ein neues kaufen wird, dann auf jeden Fall wieder einen Opel.«

»Na ja«, antworte ich, »Kunststück, die haben ja auch nur Fiat. Ich hatte mal 'nen Panda, der liebte es, mitten auf der Kreuzung den Geist aufzugeben und stehen zu bleiben wie ein störrischer Esel.«

Ich überfliege die Liste. »Es sind über tausend«, murmelt Scholz, »und es sind noch nicht alle. Die Meldestellen sind nicht so schnell. Wir haben die Kollegen ja erst heute Morgen erreichen können. Wenn wir eine Nummer hätten, wäre das was anderes.«

Eine Stunde später sitzen Kiesewetter und ich im Polizeipräsidium. Franz kommt auf die letzte Minute. Er sieht nicht gut aus, grau im Gesicht. Fast so, als wäre ihm in der Nacht übel gewesen und er musste sich übergeben. Mir fällt die Schwangerschaft ein. Aber ich verwerfe den Gedanken rasch.

Der Innensenator hingegen wirkt ausgeschlafen und hat eine zart gebräunte Gesichtshaut, als käme er direkt von Teneriffa oder aus dem Solarium. Gemeinsam mit dem Polizeipräsidenten betritt er den Raum; sein grün glänzender Schlips erinnert mich sofort an eine Schlange. Ein Reptil aus dem Amazonasgebiet, wo ich noch nie war und wo ich sicher auch nie hingelangen werde. Dabei macht der Mann einen sehr freundlichen, geradezu kollegialen Eindruck. Fast könnte man meinen, dass er sich anstrengen muss, dem Ernst der Lage entsprechend bedrückt und besorgt zu erscheinen. Er gibt allen die Hand. Der Polizeipräsident hingegen lässt einen Stapel Mappen auf den Tisch fallen und setzt sich. Mit einem Tuch wischt er sich den Schweiß von der Stirn und nickt kurz in die Runde.

»Morgen!«, sagt er mit lauter Stimme, die man ihm irgendwie nicht zugetraut hätte. »Ich begrüße alle, auch im Namen des Herrn Senators. Machen wir es kurz. Wir haben ein entführtes Kleinkind, also einen Säugling, und wir haben ein ertrunkenes Kind. Zwischen beiden Fällen besteht aus jetziger Sicht und nach Lage der Akten und des derzeitigen Ermittlungsstands kein unmittelbarer Zusammenhang. Kollege Kiesewetter, wie schätzt das Ihre Dienststelle ein?«

Während sich der Senator setzt und eine Flasche Wasser öffnet, was Franz sehr genau beobachtet und ihm dann gleichtut, höre ich Kiesewetters Schluckauf herannahen. Kiesewetter kriegt immer Schluckauf in solchen Situationen. Deswegen hasst er derlei Gespräche. Er hasst diese Situationen abgrundtief, was ihn wahrscheinlich noch stärker dazu bringt, zu versuchen, seinen Schluckauf irgendwie in den Griff zu bekommen, sich abzulenken, irgendwas dagegen zu unternehmen. Das macht die Sache nur noch schlimmer. Kiesewetter versucht es mit Atemübungen, körperlichen Anspannungen, tiefem Räuspern. Alles unnütz. Denn tief aus seinem Bauch heraus, von ganz unten, kriecht der Schluckauf nach oben, und dann kommt der erste Gluckser. Sein Leib erbebt dabei, sodass man einen Augenblick den Eindruck gewinnen kann, er würde aus den Fugen geraten, würde jede Kontrolle verlieren. Es ist nur ein Schluckauf, aber er wird das ganze Gespräch lang andauern. Ich habe sogar schon erlebt, dass andere Leute plötzlich auch einen bekamen; so tief und mächtig ist Kiesewetters Schluckauf, dass er sich auf andere überträgt.

»Ich fasse zusammen«, sagt Kiesewetter knapp, »und meine beiden Kollegen werden dann ergänzen. Wir ermitteln in alle Richtungen. Im Falle Tomasz sind die folgenden Hintergründe möglich: Lösegelderpressung, Menschenhandel, Rache, Sexualdelikt. Wir schließen nicht aus: Der Täter, die Täterin entwendet das Kind, um einen eigenen Kinderwunsch zu erfüllen. Sollte es allerdings einen Zusammenhang zwischen den beiden Fällen geben, so dürfte es sich wahrscheinlich um Menschenhandel oder Sexualdelikte handeln.«

Der Präsident nickt bedeutsam. »Was halten Sie davon, dass es sich bei dem Täter um eine geistig verwirrte Person handelt, die ganz einfach Macht zeigen will?«

Kiesewetter schaut kurz zu mir herüber. Dann sagt er nach einem kräftigen Gluckser: »Wir arbeiten mit einem erfahrenen Psychologen zusammen und haben das auch schon durchgespielt. Aber irgendwie passt das nicht zusammen.«

»Und warum?«, fragt der Senator. Mir geht durch den Kopf, dass er wahrscheinlich die größte Angst vor genau dieser Möglichkeit haben dürfte.

Ich komme meinem Chef zur Hilfe, indem ich sage: »Wir denken, dass ein solcher Täter dann mit seinem Handeln stärkeren Zugang zur Öffentlichkeit suchen würde. Er würde Zeichen seiner Macht setzen. Würde versuchen, mit uns Katz und Maus zu spielen. Aber das tut er nicht.«

»Hm«, der Mann schaut nachdenklich zu mir herüber, »und wenn gerade dieses sehr vorsichtige Agieren ein Zeichen der Macht sein soll?«

Alle Achtung, denke ich, das hätte ich dem Politiker nicht zugetraut. Mir fällt in der gleichen Sekunde ein, dass die Schlange nicht nur ein Symbol für Falschheit, sondern auch für Weisheit ist. »Das ist denkbar«, gebe ich zurück, »in diesem Fall müssten wir wahrscheinlich davon ausgehen, dass es bald noch ein totes Kind und ein weiteres entführtes geben könnte. Meinen Sie das?«

»Das wäre immerhin möglich.«

Nun ist es an mir, diese vage Vermutung zu bestätigen. »Ja, möglich wäre es. Wir denken, dass es deshalb notwendig ist, dass wir die Bevölkerung einbeziehen. Allerdings ohne Panik zu verbreiten. Deshalb würde ich vorerst nicht von einem Zusammenhang der Fälle sprechen.«

Der Polizeipräsident zieht seine Stirn in tiefe Falten. »Das würden wir auch gern vermeiden. Das Problem ist, dass es die Eltern des toten Marc tun.« Er entfaltet eine Tageszeitung und hält sie hoch. »Haben Sie das schon gesehen?«

Ich versuche zu erkennen, was da steht. Es gelingt mir nicht und ich habe keine Lust, meine Brille zu wechseln.

Er legt die Zeitung zurück auf den Tisch. »Das Ehepaar Neumann, also genau genommen nur Herr Neumann, vertritt die Meinung, dass es zwei Möglichkeiten gibt. Entweder geht es um Menschenhandel oder aber es gibt diesen besagten geistig verwirrten Täter, der Friedrichshain oder sogar ganz Berlin in Angst und Schrecken versetzen will. Und er meint, wenn die Polizei nach dem Verschwinden seines Sohnes Marc ordentlich gearbeitet hätte, wäre sein Kind vielleicht noch am Leben und das zweite Kind nicht entführt worden. Das ist der Vorwurf.«

»Ich habe das Ehepaar getroffen. Und ich habe mir die Zusammenhänge genauer angesehen«, entgegne ich. »Vieles deutet darauf hin, dass Marc ins Wasser gefallen ist. Ein Unfall also. Allerdings gibt es Hinweise darauf, dass sich Marc und sein Vater nicht besonders nahe waren, wenn man das so ausdrücken will. Das sagen jedenfalls die Erzieherinnen in Marcs Kita. Und die Wohnung der Familie Neumann kann man abgesehen vom Zimmer des Jungen auch nicht gerade als kinderfreundlich bezeichnen.«

Der Polizeipräsident unterbricht mich. »Wollen Sie damit sagen, dass der Vater seinen Sohn getötet haben könnte? Das dürfen Sie in der Öffentlichkeit keinesfalls auch nur andeuten, ehe wir nicht absolute Sicherheit haben. Ansonsten feuern wir da nur zurück, und das wäre ganz sicher verheerend. Die Presse wartet nur auf so etwas. Und wieso kommen Sie eigentlich erst jetzt mit so einer Vermutung?«

Ich weise auf die Unterlagen, die vor ihm auf den Tisch liegen. »Die letzten Untersuchungsergebnisse liegen Ihnen vor. Wir sind noch nicht weiter, weil wir daran arbeiten, Tomasz zu finden. Was Sie noch nicht wissen, ist, dass es da ein Fahrzeug geben könnte, was im Falle von Tomasz' Entführung, vielleicht aber auch in beiden Fällen eine Bedeutung haben könnte. Aber auch da sind wir noch nicht so weit, dass wir das öffentlich bekannt geben würden. Auch um mögliche Täter nicht zu warnen. Im aktuellen Fall gibt noch weitere Hinweise, denen wir nachgehen werden.«

»Verstehen wir uns nicht falsch«, sagt der Senator, beugt sich vor, legt die Hände auf den Tisch und schaut in die Runde, »wir wollen, dass sich die Bürgerinnen und Bürger sicher fühlen. Sie sollen Vertrauen haben. Ja, auch in die Politik. Es dürfte uns nichts nützen, wenn die Leute mit ihren Kindern nicht mehr auf die Straße gehen, auf die Spielplätze, in den Park. Lassen Sie uns also nachdenken, was wir der Presse sagen. Was der Wahrheit entspricht, ohne dass es Panik gibt. Können wir uns darauf einigen?«

Kiesewetters Schluckauf ist offenbar etwas schwächer geworden. Er sagt sogar etwas, obwohl er gar nicht direkt angesprochen ist. »Wir müssen dieses Kind finden. Koste es, was es wolle. Aber ich gebe Ihnen recht, wir sollten auf keinen Fall unnötige Ängste verbreiten.«

Klare Worte, die ich ihm nicht zugetraut habe.

Der Polizeipräsident schaut in die Runde, als wolle er alle, aber wirklich alle, von seiner Meinung überzeugen. »Einigen wir uns also auf folgende Sprachregelung: Wir haben und verfolgen Anhaltspunkte. Es gibt definitiv sogar Spuren, die sich aus unseren Ermittlungen ergeben haben. Wir werden jedem Hinweis auf ungewöhnliche Geschehnisse, insbesondere kleinen Kindern gegenüber, nachgehen. Wir richten eine zentrale Telefonnummer ein für Hinweise aus der Bevölkerung.« Er schaut uns noch mal der Reihe nach an. Ich bestätige seine Worte. Er steht rasch auf. »Also dann, gehen wir vor die Presse!«

Eine gute Stunde später sitze ich in unserem Büro. Franz wirkt erschöpft. Dabei hat er die gesamte Sitzung über kein einziges Wort gesagt und bei der Pressekonferenz brauchte er nur anwesend zu sein für alle Fälle. Auch Kiesewetter hat geschwiegen. Ich habe unabgesprochen darauf verwiesen, dass wir natürlich auch in der Musikszene unterwegs sind, weil die Eltern von Tomasz Mitglieder einer stadtbekannten Band sind. Das hat dann doch noch einige Fragen provoziert. Aber am Ende wurden wir im Prinzip mit unseren Aussagen akzeptiert. Lediglich der Vater von Marc versuchte, seine Kritik an der Polizei anzubringen, was natürlich für die Journalisten bestimmter Zeitungen ein gefundenes Fressen war. Die kümmerten sich um Neumann, während wir uns davonmachten. Ganz offensichtlich hatten bestimmte Pressevertreter Neumann mitgebracht, damit er die Stimmung anheizt.

Ich habe inzwischen die nahezu vollständigen Listen der gemeldeten alten Opel auf meinem Schreibtisch: Es sind mehr als dreitausend. Drei Modelle kommen mindestens in Frage, man hat inzwischen entsprechende Fotos zusammengestellt. Also wirklich der Heuhaufen, von dem ich ausgegangen war. Ich will als Erste Frau Neumann, die Mutter von Marc, dazu befragen und stecke die Mappe mit den Bildern in meine Tasche. Als ich die Liste und die Namen der Halter überfliege, schießt mir durch den Kopf, dass man alle Namen von den Kollegen des LKA 132 prüfen lassen muss, den Kollegen, die sich mit sexuellen Übergriffen auf Kinder auskennen und die Täterdatei verwalten. Und die Abteilung, die sich mit Menschenhandel beschäftigt. Ich greife nach dem Telefon und wähle die erste entsprechende Nummer. Da plötzlich sehe ich sie. Eine junge Frau. Sie steht im Türrahmen, schaut zu mir herüber und lächelt. Ich weiß sofort, dass ich sie kenne. Natürlich kenne ich sie. Aber woher? Sie grinst. Wahrscheinlich, weil sie ihren Spaß daran hat, dass ich nicht so recht sagen kann, wo ich sie hinstecken soll.

»Na, wie geht es Ihnen?«, fragt sie und die Stimme verrät mir, wer die junge Frau ist. Sie heißt Sina Bernhart. Ich kenne sie aus einem früheren Fall, damals ging es um einen Sprengstoffanschlag am Bahnhof Ostkreuz und Sina war in den Kreis der Verdächtigen geraten, weil wir bei ihr Spuren von Sprengmittel fanden und weil sie außerdem eine Kletterausrüstung besaß, was im Zusammenhang mit dem zweiten Anschlag den Verdacht erhärtete, dass die damals noch Siebzehnjährige bei dieser Aktion mitgewirkt haben könnte. Aber das bestätigte sich nicht, überführt wurde ein ganz anderer Täter. Sina geriet mir unmittelbar nach der Aufklärung des Falls völlig aus den Augen. Dabei habe ich noch manchmal an sie gedacht, vor allem deshalb, weil sie absolut schlagfertig war. Schlagfertig und klug und sich ihrer Haut zu wehren wusste. Das imponierte mir.

»Gut«, gebe ich zurück. Ich bin mir nicht sicher, ob ich mich über den plötzlichen Besuch freuen soll. »Hab viel zu tun. Aber komm ruhig rein, für fünf Minuten können wir uns schon unterhalten. Wie ist es dir ergangen inzwischen?«

Sina kommt tatsächlich näher. Setzt sich auf den Drehstuhl von Franz und lehnt sich geradezu genussvoll zurück. »Alles in Ordnung. Hab das Abi hinter mich gebracht. Und obwohl alle gejammert haben, weil wir es nach zwölf Jahren ablegen mussten, mit sehr gut. Und ich hab 'ne Ausbildung angefangen. Also alles im grünen Bereich. Ihnen geht's wohl nicht so gut? Ich weiß von Ihrer Frau und Ihnen. Das ist dumm gelaufen, denke ich mal.«

Sina ging damals in Kerstins Klasse und wusste von unserer Beziehung. »Hm«, sage ich bemüht, »na ja, da muss ich dir leider sogar recht geben. Wohnst du noch in dieser Heimgruppe, in der ich dich besucht habe? Und was ist mit der Kletterei?«

Sina lacht. »Sie lenken ab. Aber gut. Die Heimgruppe habe ich hinter mir gelassen. Bin umgezogen und wohne jetzt in einer WG. Mit zwei Jungs, nicht übel. Was das Klettern betrifft, ich bin vor zwei Monaten sogar Dritte bei der deutschen Meisterschaft geworden. Es ist immer noch mein einziges Hobby. Und ich hoffe, ich kann es auch in meinem Beruf gebrauchen.«

»Ach ja?« Ich sehe, wie Sinas Augen mich anfunkeln. Das versetzt mich in leichte Unruhe. Will sie irgendetwas Bestimmtes? Hat sie vielleicht gar etwas mit unserem Fall zu tun? »Was lernst du denn?«

Sina lächelt, dann beugt sie sich nach vorn, steht auf, nimmt Haltung an und sagt: »Ich bin Ihnen jedenfalls jetzt zugeordnet und melde mich hiermit zum Dienst!«

Für einen Augenblick bin ich wirklich sprachlos. »Wie, zugeordnet? Was soll denn das heißen?« Ich schnalle es echt nicht.

»Ich mache eine Ausbildung bei der Polizei. Das war nicht leicht, da ranzukommen. Aber ich hab's geschafft, und dann hab ich alles daran gesetzt, wenigstens einen Teil der praktischen Arbeit hier zu machen. Was noch schwieriger war. Aber ich kann eine echte Nervensäge sein.«

Ich muss lachen. »Ich glaub es nicht!« Ich reiche ihr die Hand und sehe in ihrem Gesicht Erleichterung und Freude. »Wie hast du das denn nun wieder geschafft?!«

»Ist das in Ordnung für Sie?«, fragt sie. »Ich war nicht sicher, ob ich Sie damals nicht zu sehr geärgert habe, und dann noch die Aktion mit dem Dach, erinnern Sie sich, wir hatten diese Spruchbänder aufgehängt. Zum Glück hat der Besitzer die Anzeige wieder zurückgezogen.«

Sina lacht und ich habe das Gefühl, dass es uns hier in der

Abteilung gut tun dürfte, sie mit ihrer offenen, lustigen Art dabei zu haben. Jemanden, der nicht jammert und nicht gleich zurückschreckt, wenn's schwierig wird. Und ich fühle mich auch ein wenig geschmeichelt, denn Sina muss eine Menge bewegt haben, um ausgerechnet hier in unsere Abteilung zu gelangen. Normalerweise kommen die ganz frischen Kollegen erst mal zum Praktikum in die harmloseren Kommissariate. Aber sie weiß, was sie will, und was sie will, das erreicht sie auch. So jemanden kann man brauchen. »Herzlich willkommen«, sage ich und meine es auch so.

Im gleichen Moment geht die Tür auf und Franz kommt herein. Er zögert sofort. In seinem Gesicht kann ich lesen, dass er genauso überrascht ist wie ich vorhin. Offenbar sucht er nach einer Erinnerung, um die junge Frau vor sich einzuordnen. Ich stelle ihm Sina ganz einfach als unsere neue Praktikantin vor. Über Franz' Gesicht huscht ein ungläubiges Lächeln. »Aber sie ist doch viel zu jung!«, rutscht es ihm heraus.

»Tja«, sage ich, »aus unserer Perspektive schon. Aber sie ist neunzehn, hat Abi und bei der Polizei angefangen. Und das Beste ist, wir kennen uns schon.«

»Gut, gut«, murmelt Franz und steht ratlos vor seinem Stuhl, auf dem Sina sitzt. Und mir wird klar, dass wir das Büro umräumen müssen.

Zwanzig Minuten später haben Sina und ich einen Schreibtisch besorgt und einen Drehstuhl und ein Techniker ist dabei, einen Computer zu installieren. Geht alles, wenn man nur will. Franz beobachtet uns nachdenklich.

Ich lege Sina die aktuellen Fallakten auf den Tisch. Hänge mich ans Telefon und rufe die Kollegen im LKA an und die Abteilung, die für den Bereich Menschenhandel zuständig ist. Beide Seiten versprechen mir, sofort an die Arbeit zu gehen, und bitten um die gesammelten Daten. Franz schickt sie hinüber.

Ich sehe Sina die Akten durchgehen. Das Lächeln auf ihrem Gesicht ist verschwunden. Hochkonzentriert schaut sie auf die Blätter, lässt sich durch nichts ablenken.

Doch plötzlich schlägt meine Stimmung um, Vergangenes kriecht in mir hoch. Ich sehe nicht Sina, sondern eine andere Frau. Sabrina, die Kollegin vom BND. Sabrina, die mir so nahe gekommen ist. Die ich glaubte zu lieben. Bilder tauchen wieder auf. Ich sehe uns über die Brücke nach Treptow laufen, sehe Sabrina in der Wohnung, die wir observiert hatten, ich sehe sie in dem Hotelzimmer, in dem wir uns liebten. Und dann war Sabrina verschwunden. Von einem Tag auf den anderen. Ihretwegen hatte ich Kerstin betrogen und sie mich deshalb verlassen. Aber Sabrina war verschwunden. Abberufen von ihrer Mission, untergetaucht. Irgendwann kam die Nachricht, dass sie wieder in Hamburg sei. Sie war dahin zurückgekehrt, woher sie gekommen war, obwohl sie immer gesagt hatte, dass sie nicht mehr dorthin gehen würde. Oder dass sie zumindest zögere. Auch, weil sie mich liebe. Das letzte Mal gesehen haben wir uns zufällig in der U-Bahn. Ich wollte sie zur Rede stellen, aber sie verschwand, als hätte man sie weggebeamt.

Ich sehe Sina und in mir steigen diese Erinnerungen hoch, ohne dass ich etwas dagegen tun könnte. Ich muss sie wegwischen, so wie man den Scheibenwischer bedient, um wieder klar zu sehen. Und Sina hat ja auch nichts damit zu tun. Gar nichts.

»So eine junge Frau?«, sagt Kiesewetter, als er ins Lagezentrum kommt, Sina sieht und mich am Ärmel beiseite zieht. »Die ist ja noch ein Mädchen!«

»Sie haben sich bereit erklärt, dass unsere Abteilung bei den Ausbildungsprogrammen mitwirkt, und nun haben wir eben jemanden zugeordnet bekommen. Was ist das Problem?! Machen Sie sich mal keine Sorgen.«

Kiesewetter macht sich keine Sorgen. Nicht wirklich. Er redet nur. Und er ist zufrieden. »Wir haben heute eine gute Sitzung hinbekommen und eine gute Pressekonferenz. Das habe ich Ihnen zu verdanken, Martaler. Und wissen Sie, was ich mir überlegt habe? Ich lade Sie und Ihre Frau zu einem Abendessen mit mir und meiner Frau ein. Was sagen Sie dazu?«

Kiesewetter hat mich noch nie zu einem Abendessen eingeladen und schon gar nicht seine und meine Frau dazu. Offenbar versucht er, Anschluss zu halten. Westkollegen legen Wert darauf, die Ehefrauen in ihre beruflichen Zusammenhänge einzubeziehen, das weiß jeder. So wie die Präsidenten aus Frankreich, Spanien, den USA oder wo auch immer am liebsten mit ihren Ehefrauen zu irgendwelchen Treffen reisen. Wahrscheinlich stammt dieses Gehabe aus jener Zeit, als die Adelsfamilien noch ganz direkt Einfluss auf Politik und Entwicklungen in ihren Ländern nahmen. Bislang haben wir in unserer Dienststelle auf so etwas verzichtet. Die Leute stehen für sich und wenn man der Meinung ist, dass auch mal zusammen gefeiert werden soll, dann tut man's halt. Kiesewetters Anwandlung ist deplatziert und kommt einfach zu spät, und zwar in jeder Hinsicht. Zum einen, weil wir Frauen haben, die sich nicht einfach als Karrierebegleiter ihrer Männer benutzen lassen, zum anderen, weil ich keine Frau habe, die ich mitnehmen könnte.

Ich gebe mir die größte Mühe, ihn nicht allzu sehr zu brüskieren, und sage: »Ich weiß gar nicht, ob ich Ihnen das schon erzählt habe, aber meine Frau hat sich vor über einem Jahr von mir getrennt. Von daher wird das nichts mit Ihrer freundlichen Einladung. Tut mir leid!«

»Was?!«, fragt Kiesewetter geradezu entsetzt und zugleich nachdenklich. »Aber Sie waren doch immer so etwas wie ein glückliches Paar.«

Jetzt geht er mir allmählich echt auf die Nerven. Ich nehme meine Jacke und versuche an ihm vorbeizukommen. »Ich werde gleich mal die Frau Neumann aufsuchen und nach dem Auto befragen.«

Der noch immer tief beeindruckte Kiesewetter macht Platz und schaut mir nach, während ich den Gang hinunter zum Ausgang gehe. Ich sehe es, weil er sich in der Glasscheibe der Tür spiegelt.

Frau Neumann wirkt auf mich noch immer, als stünde sie unter starken Beruhigungsmitteln. Sie lässt mich ein und erklärt, ihr Mann sei nicht da und habe ihr eigentlich gesagt, dass sie ohne ihn nicht mit der Polizei sprechen soll. Ich versuche zu erklären, dass ich lediglich wegen des von ihr beobachteten Autos komme und auch gleich wieder weg sein werde. Die Wohnung macht einen noch kühleren Eindruck als bei meinem letzten Besuch. Das Obst in der Schale ist verschwunden und nicht ersetzt worden. Die Pflanzen, die Küche und Wohnzimmer schmücken, sind zum Teil verwelkt. Trockene Blätter liegen am Boden.

Ich lege der Frau die Fotos vor. Marcs Mutter beugt sich still über die Bilder. Dann geht sie zu einem der Schränke, ergreift ein Brillenetui, setzt sich eine sehr modern wirkende, hellblaue Brille auf und sieht sich die Fotos erneut an. Schließlich nimmt sie eines in die Hände. »Vielleicht ist es das hier«, sagt sie tonlos. »Ich bin mir nicht sicher, aber es könnte sein.«

Ich nehme ihr das Bild aus der Hand. »Wie sicher sind Sie denn?«

»Es könnte ein solches Auto gewesen sein.«

Ich habe das Gefühl, dass sie entweder nicht die Wahrheit sagt oder wirklich völlig unsicher ist. »Danke, Sie haben uns sehr geholfen.« Ich stehe auf und wende mich zur Tür.

»Sie waren in Marcs Kindertagesstätte. Was wollten Sie da? Ihre Kollegen hatten doch die Erzieherinnen schon befragt.«

»Routine«, antworte ich vorsichtig. Mich wundert, dass die Frau nun doch zum Reden aufgelegt ist, und als ich mich umdrehe, sehe ich, dass sich ihr Gesichtsausdruck verändert hat. Er ist jetzt streng und konzentriert. Ja, ich kann sogar etwas wie Angriffslust erkennen.

»Sie haben die Bilder von Marc sehen wollen.«

»Woher wissen Sie das?«

»Weil wir nachgefragt haben. Wir beobachten nämlich, was Sie so treiben.«

»Aha.« Ich sehe die Frau an, die jetzt aufgerichtet im Raum steht, sodass man den Eindruck haben kann, sie ist eben um zehn Zentimeter gewachsen. »Und warum, wenn man fragen darf?«

»Wir wollen herausfinden, was alles schiefgegangen ist bei der Suche nach Marc. Und wir wollen wissen, was Sie jetzt falsch machen bei der Suche nach dem kleinen Tomasz. Oder aber, ob Sie vielleicht gar mit denen unter einer Decke stecken.«

»Wie soll ich das verstehen?«

»Verstehen Sie, was immer Sie wollen. Hat man Ihnen in Marcs Kindergarten etwas ausgehändigt?«

Mir fällt das Bild ein. Das Bild mit dem großen, massigen Mann und der kleinen Figur daneben. Wie konnte mir das nur wegrutschen. Wahrscheinlich hat Tomasz' Entführung es ausgelöscht, weil wir die ganze Zeit darauf konzentriert sind, ihn zu suchen und zu finden. Einen Augenblick lang zögere ich. Aber natürlich ist mir klar, dass ich den Eltern die Zeichnung nicht vorenthalten kann. »Es gibt ein Bild, das Marc gemalt hat. Es spielt in der Suche nach den möglichen Tätern eine nicht unwichtige Rolle. Aber Sie können es gern haben. Es zeigt eine große menschliche Figur und eine kleine. Ein Kind vielleicht und einen Mann. Und die große gibt der kleinen irgendwelche Süßigkeiten. Können Sie damit etwas anfangen?«

»Ich? Was soll ich damit anfangen können? Die Kinder haben viel gemalt in der Kindertagesstätte. Vielleicht soll es ein Weihnachtsmann sein, ich weiß es nicht. Und natürlich wollen wir das Bild zurück.«

Auch diese Reaktion hat etwas Aggressives, Abwehrendes.

»Weihnachtsmann, ja richtig. Seltsam, dass ich darauf nicht gekommen bin. Andererseits: Es hätte ja auch sein können, dass Marc schon vor seiner möglichen Entführung auf einen Mann getroffen ist, der ihn später mitgenommen hat. Dann wäre dieses Bild ein wichtiger Hinweis.«

»Meinen Sie, wir hätten das nicht bemerkt?! Meinen Sie, wir hätten irgend so etwas festgestellt und wären ruhig geblieben?! Auch im Nachhinein?! Geben Sie uns das Bild zurück und finden Sie dieses andere Kind, bevor auch das in der Spree enden muss. Guten Tag!«

Sie geht den kahlen Flur bis zur Tür. Ich folge ihr. Die Tür zu Marcs Zimmer ist nur angelehnt. Sie zögert einen Augenblick, dann schließt sie die Tür mit einer kurzen, entschlossenen Bewegung. Ganz offensichtlich will sie nicht mehr mit mir reden. Ich frage sie nach ihrer Schwester und plötzlich wirkt Karen Neumann noch abweisender.

»Was hat denn meine Schwester mit der Sache zu tun?«

»Ich will lediglich mit ihr sprechen. Die Mitarbeiterinnen in der Kita meinten, sie habe Marc ab und zu abgeholt oder gebracht.«

»Ja, und?«

»Vielleicht kann sie etwas zu den Ermittlungen beitragen.«

In den Augen von Frau Neumann ist trotz aller Abwehr auch Unsicherheit zu erkennen. Aber sie bleibt kühl und hart. »Versuchen Sie es doch, reden Sie mit Carola, von mir aus.«

Sie nennt mir den Nachnamen ihrer Schwester, öffnet die Wohnungstür und drängt mich geradezu hinaus. »Ich werde meinem Mann sagen, dass Sie hier waren. Und denken Sie an Marcs Bild! Und veranlassen Sie endlich die Freigabe von Marcs Leiche, damit wir unser Kind begraben können!«

Die Tür fällt hinter mir ins Schloss.

Am meisten wundert mich, wie plötzlich sich diese Frau verändern kann. Eben noch die introvertierte, trauernde Mutter, plötzlich und wie aus dem Nichts kühl und klar und jedes Wort kommt messerscharf. Und warum will sie dieses Bild so unbedingt haben?

Mein Handy klingelt. Es ist Franz, er ist offenbar in Eile.

»Man hat ein Kind gefunden. Etwa sechs Monate alt. In einer unvermieteten, völlig heruntergekommenen Wohnung in der Grellstraße. Bin schon unterwegs.«

Ich renne los.

IX.

Die U5 ist überfüllt. Feierabendverkehr. Als ich am Bahnhof Samariterstraße eingestiegen bin, habe ich auf dem Bahnsteig geguckt, welches Abteil noch halbwegs leer ist, bin an den Waggons der U-Bahn vorbeigelaufen und erst mit dem Signalton zur Ankündigung des Türenschließens eingestiegen. Ich stehe im Türbereich, eingepackt in den dicken Mantel, mit einer Skimütze auf dem Kopf, Hals und Kinn in einen großen Schaal gewickelt, den Tragegurt umgeschnallt.

Ein Verkäufer des »Straßenfegers« kommt mit seinem Hund durch die offenen Abteile auf mich zu. Ausgerechnet neben mir bleibt er stehen und fängt mit lauter Stimme an, seine Leier abzuspulen. Der prall gefüllte Jutebeutel, der an meiner Schulter hängt, drückt ihm in den Rücken, als die Bahn bremst, und ich mache schnell einen Ausweichschritt zur Seite.

Während des Halts an der Station Magdalenenstraße gehe ich zur nächsten Tür, wo es jetzt leer ist. Aber gleich an der Station Lichtenberg schiebt eine arrogante Ziege ihr Fahrrad in den Wagen, guckt in die Luft, während die dreckigen Reifen meine Hose streifen, und bleibt direkt neben mir stehen. Jeder, der vorbei will, muss sich zwischen mir und ihrem Fahrrad durchquetschen, und das, obwohl der nächste Türbereich mittlerweile wieder ganz frei ist. Ich frage mich, wieso sich die Leute immer genau dort hinstellen müssen, wo bereits jemand steht? Aber wir sind bald da und ich verzichte auf ein zweites Ausweichen.

Wir können nicht jeden Tag nur in der Bude hocken. Ich werde verrückt dabei. Wir mussten einfach mal wieder raus und der Tierpark in Lichtenberg ist nicht weit entfernt. Der Tierpark ist ein Waldzoo, in dem man wunderbar spazieren gehen kann. Ich bin schon ein paar Mal dort gewesen, die Wege ablaufen und nachdenken. Die Tiere interessieren mich eigentlich nicht, auch wenn man so komische Gattungen wie

Katzenbären besichtigen kann. Einiges ist gerade saniert worden, das Schloss Friedrichsfelde zum Beispiel, das zum Tierpark gehört und zu dem man über eine alte Allee gelangt.

An diesem kalten, grauen Novembertag heute will ich einfach spazieren gehen. Die Bäume sind schon fast kahl, nur die Eichen und Buchen halten ihre welken Blätter stoisch fest. Ich schlendere vorbei an weitläufigen Freigehegen, an großen und kleinen Volieren. Das Alfred-Brehm-Haus ist zwar wegen Renovierung geschlossen, aber in einem der Käfige an der Außenwand zieht ein Tiger unruhig seine Bahnen, dicht am Gitter entlang, läuft vor und zurück, wie getrieben.

Vor dem Käfig steht ein Großelternpaar in grauer Funktionskleidung mit einen kleinen Kind, das aufrecht in seinem Buggy sitzt. Es reckt immer wieder die Hand und zeigt auf den Tiger, scheint von dessen Unruhe angesteckt zu sein. Sein helles, aufgeregtes Rufen kippt langsam in einen angestrengten, mürrischen Ton. Der Großvater beugt sich zu dem Kind hinab und redet sanft und beruhigend auf es ein. Die Großmutter kniet sich hin, versucht es mit einer Stofffigur abzulenken. Jetzt schreit das Kind, scheint richtig wütend geworden zu sein, wirft das Stofftier, das die Großmutter ihm gereicht hat, im hohen Bogen weg. Die Frau hebt es auf. Als sie sich wieder aufrichtet, treffen sich unsere Blicke. Sie schaut mich freundlich und offen an. In ihren Gesichtszügen ist etwas Fragendes. Ich stehe stumm und still da wie in einem Sekundenschlaf, bis der Jutebeutel von meiner Schulter rutscht. Ich löse mich von ihrem Blick, bücke mich und stopfe die auf dem Boden verteilten Sachen – die Windel und die zusammengerollte Unterlage, die Packung mit den Feuchttüchern und das Fläschchen mit der Milch – wieder zurück in den Beutel. Dann drehe ich mich um und setze meinen Weg fort.

X.

Vor dem Haus stehen drei Polizeiautos und ein Krankenwagen. Ihr Blaulicht wirft zuckende Blitze gegen die Fassaden. Es hat begonnen zu regnen und ein eiskalter Wind fegt die Straße herauf.

Obwohl ich einen weiteren Weg hatte als Franz, bin ich vor ihm da. Eine mir unbekannte Polizeikollegin empfängt mich und weist mir den Weg. Sie ist vielleicht dreißig Jahre alt, ihr blondes Haar trägt sie zu einem Pferdeschwanz gebunden. Wäre ihr Gesicht nicht so ernst und vom kalten Wind ganz weiß gefroren, hätte man sie als hübsch bezeichnen können. Sie steigt vor mir die schmale Treppe hinauf. Das Treppenhaus macht einen völlig verwahrlosten Eindruck, auf den Stufen liegen Staub und Müll, kaputte Flaschen, zerrissene Zeitungen und irgendwelche Essensreste. Die Geländer sind kaputt, Putz ist von den Wänden gefallen. Es gibt kein Licht. Die Kollegen haben tragbare Scheinwerfer aufgestellt.

In der zweiten Etage schiebt die Kollegin eine Wohnungstür auf. Ich sehe, dass die Tür kein Schloss hat und auch keine Klinke, weder außen noch innen. Wir betreten die Wohnung. Kalte, abgestandene Luft schlägt mir entgegen. Es riecht nach modrigem Papier, dazu ein süßlicher Gestank. Mir fällt verfaultes Obst ein. Drei Schritte weiter wird der Geruch immer stärker, aber nun riecht es nach Urin und Kot. Ich höre ruhige Stimmen, sehe, dass eines der Zimmer hell ausgeleuchtet ist. Hier gibt es sogar einige Möbel. Kaputt und verschmutzt stehen da ein Tisch, drei Stühle, zwei Schränke. An der Wand lehnt ein Fahrrad. Es hat nur noch vorn ein Rad. Auf einem der Stühle sitzt ein Kollege und hält ein Bündel im Arm. Er redet ruhig auf das Kind ein. Erst jetzt bemerke ich, dass in einer Ecke des Raumes so etwas wie ein Nachtlager hergerichtet ist. Alte Matratzen, Decken, zwei rote Kissen.

»Eine Anwohnerin im Nebenhaus hat uns informiert«, erklärt mir die Kollegin, die mich hergebracht hat. »Sie hat ein Weinen gehört und nicht gewusst, woher es kommt. Sie dachte zunächst, es sei aus einer Wohnung in ihrem Gebäude. Aber als sie das Weinen immer wieder hörte, ist sie auf die Straße gegangen und hat mitbekommen, dass es aus dem unbewohnten Haus kommen musste. Hier sind wohl immer mal Leute gesehen worden, wahrscheinlich sind sie durch die hinteren, eigentlich versperrten Fenster eingestiegen. Bisweilen ist auch die Hoftür nachts aufgebrochen worden. Dann schickt der Besitzer irgendeinen Handwerker, der alles wieder vernagelt. Die Frau hat uns angerufen.«

Der Beamte auf dem Stuhl schuckelt das Kind, das nur noch leise vor sich hin wimmert. Ein Sanitäter hat im Wagen Babymilch warm gemacht und bringt jetzt die Flasche herein. Der Polizist prüft mit geübter Bewegung die Temperatur an seiner Wange und findet, dass die Milch zu heiß ist.

»Ich bin seit einem Jahr zum zweiten Mal Vater«, sagt er ruhig. Der Sanitäter erklärt, dass er die Flasche und die Babynahrung erst kaufen musste, weil man so was eigentlich nicht im Krankenfahrzeug dabei hat.

»Und Sie glauben, dass das Kind etwa sechs Monate alt ist? Ein Junge?«, frage ich und schaue auf das Gesicht des Säuglings, das blass und durchscheinend wirkt.

Der Kollege nickt. »Definitiv.«

Die Kollegin fügt an, dass sie inzwischen den Kindernotdienst angerufen hat. Die Kollegen würden so rasch wie möglich kommen. Die Eltern des gesuchten Kindes seien ebenfalls informiert. »Das Foto von Tomasz, das wir haben, reicht nicht aus für eine Identifizierung. Gerade weil das Kind hier doch in einem sehr schlechten Zustand ist.«

Wenig später betritt Gottlieb Bernsen von der Spurensicherung die Wohnung. Er tut das Übliche, nämlich die Anwesenden rügen, weil sie im Raum umhergelaufen sind und damit möglicherweise wichtige Hinweise zerstört haben. Wahrscheinlich auch auf der provisorischen Schlafstatt. Die, so meint er, sei ein Eldorado für menschliche Spuren, vorausgesetzt, dass nicht Horden von Polizeikräften sich darüber hermachen, sodass dann deren Spuren wie Haare oder Schuppen mühsam herausgefiltert und zugeordnet werden müssen.

Das seltsame Geräusch nehme ich zunächst nur wie nebenbei zur Kenntnis. Die Polizeikollegen tragen Walky-Talkys, die permanent ein leichtes Rauschen und Knacken von sich geben oder auch die eine oder andere Stimme, die irgendeine Information durchgibt. Aber da ist noch etwas, was diesen Tönen sehr ähnlich ist, nur feiner und dann eben doch anders. Ein leises Sirren und ab und zu klickt es und wie von fern sind auch Geräusche wie von einer belebten Straße zu hören. Ich schaue mich in dem Raum um. Gottlieb Bernsen beobachtet mich mit strengen Blicken. Ich lasse mir schließlich eine Taschenlampe geben und hebe die schmutzigen Decken auf der Matratze hoch. Irgendwo hier muss so etwas wie ein Lautsprecher sein. Und schließlich entdecke ich ihn, unter einem Tuch unter dem Schrank direkt neben dem Deckenlager versteckt. Es ist ein Babyphone. Das Display leuchtet matt, das Sirren ist nun deutlicher zu hören, aber die anderen Geräusche sind verstummt.

Die Kollegen starren entgeistert zu mir herüber.

Einer sagt: »Das bedeutet …«

Ich mache ihm ein Zeichen, zu schweigen. Doch das matte Aufblinken des Displays hat bereits signalisiert, dass die Worte aufgenommen und gesendet wurden. Der Kollege hat verstanden. Ich decke das Babyphone wieder mit den Decken ab.

Wir gehen in den Nebenraum. »Wenn es jemanden gibt, der am anderen Ende sitzt, dann hat diese Person die ganze Zeit mitgehört«, sage ich leise. Die Kollegen nicken. »Aber warum in aller Welt macht das jemand? Ein Kind in diesem Müll zurücklassen und dann ein Babyphone aufstellen? Und warum ist dieser Jemand noch nicht hier? Warum kommt er nicht, um das Kind zu holen?«

Ich kann die Situation nicht einordnen. Wenn es sich bei diesem Kind um Tomasz handelt, dann gibt es offenbar einen Entführer, der das Kind in dieser Wohnung versteckt hat und die Situation durch Funkkontakt überwacht. Möglicherweise hatte dieser Jemand vor, aktiv zu werden, wenn das Kind schreit. Aber warum tut er es dann nicht und lässt den Kleinen, wenn die Angaben der Bewohnerin des Nebenhauses stimmen, tagelang weinen? Vielleicht ist etwas geschehen, was diese Person daran hindert, hierher zu kommen? Vielleicht ist sogar mit ihr etwas geschehen?

Wenige Minuten später treffen Tamara Schmund und Mattias Bartosz ein. Die Kollegin, die mich heraufbegleitet hat, führt Tamara behutsam am Arm herein. Ich bemerke, dass die Situation sehr angespannt ist. Ich wünsche mir so sehr, dass wir Tomasz gefunden haben. Aber noch bevor Tamara einen Blick auf das Kind geworfen hat, überfällt mich Resignation. Ich bin überzeugt davon, dass Tamara sogleich den Kopf schütteln, sich abwenden, vielleicht sogar zusammenbrechen wird.

Aber nichts davon geschieht. Tamara tritt ganz dicht an den Kollegen heran, der noch immer das Kind in seinen Armen hält. Sie schaut auf das Gesicht des Jungen. Sie ergreift das Bündel, nimmt es in die Arme. Schaukelt es. Die Szene hat etwas Anrührendes, Stilles, sehr Warmes. Dann sagt Tamara ruhig: »Das ist nicht Tomasz.« Sie lächelt das Kind an. Und das Kind ist ruhig geworden, beruhigt durch die Bewegung, durch das Lächeln.

Die Kollegen, die eben noch für Augenblicke ganz erleichtert und froh auf Tamara und das Kind geschaut haben, blicken sich irritiert an. Ich kann mich als Erster aus dieser seltsamen Erstarrung lösen. »Sind Sie sicher?«, frage ich.

Auch Mattias Bartosz ist nun näher getreten. Er schaut den Jungen an. Schüttelt den Kopf.

»Das ist ein anderes Kind«, sagt er leise.

Ich trete dicht an ihn heran.

»Ich danke Ihnen, dass Sie so schnell kommen konnten. Mir ist klar, dass Sie voller Hoffnung hierher geeilt sind … Umso trauriger ist es, wenn sich diese Hoffnungen dann nicht erfüllen.«

Bartosz nickt kurz. Legt Tamara seine Hand auf die Schulter. Für Sekunden scheint es, als würde sie das Kind in ihren Armen nicht mehr hergeben wollen. Sie schaut mit mütterlicher Liebe auf den Jungen, als wollte sie ihn in einer Art Tausch für sich behalten und mitnehmen. Mattias Bartosz, der die Situation offenbar ähnlich einschätzt, greift ein. Er nimmt Tamara das Kind ab und gibt es dem Polizisten zurück. Die Geste ist konsequent, ja sogar hart. Es sieht einen Augenblick lang so aus, als würde Tamara Widerstand leisten. Dann aber gibt sie nach.

Ich bedanke mich nochmals. Sage den beiden, dass wir sie auf dem Laufenden halten. Frage nach, ob sie inzwischen weiter an ihren Songs arbeiten konnten. Manchmal könne Arbeit ja auch ablenken. Mattias sagt, dass er es probiert habe. Sie verabschieden sich und gehen.

Ich habe wieder das Gefühl, dass mit den beiden irgendetwas nicht stimmt. Wieso ist Tamara sofort auf dieses fremde Kind zugegangen? Hat es genommen, als wäre es das ihre? Warum wollte sie es nicht wieder hergeben? Und wieso ist dieser Mattias Bartosz so kühl, so ruhig und überlegt angesichts der Situation? In mir taucht wieder die schreckliche Vermutung auf, dass die Suche nach Tomasz sinnlos ist. Dass das Kind längst tot ist. Und dass die Mutter etwas mit dem Tod des Kindes zu tun hat. Mir fällt die Wohnung des Paares ein. Diese dunklen Räume, in denen Platz für hundert Instrumente ist, aber nicht für ein kleines Kind.

Man kann hören, dass erneut Menschen die Treppe heraufkommen: zwei Frauen, die sich als Mitarbeiterinnen des Kindernotdienstes vorstellen. Sie haben frische Kleidung für das Kind mitgebracht und beginnen behutsam, den Jungen auszuziehen. Der Kollege von der Spurensicherung verpackt die getragene Kleidung, die Decken und Tücher in Plastik. Er nickt mir zu.

»Hier finden wir ganz sicher einige verwertbare Spuren.«

Die Frauen vom Notdienst wirken professionell und freundlich zugleich. Das Einzige, was mich irritiert, sind die Latexhandschuhe, die sie sich überziehen, bevor sie mit dem Kind in Kontakt kommen.

»Erst muss das Kind untersucht werden. HIV, Hepatitis und so weiter«, erklärt mir eine der beiden, als sie meinen verwunderten Blick bemerkt. Und im gleichen Augenblick bin ich geneigt, mich für diesen Blick zu entschuldigen. Natürlich, die Frauen haben recht. Und sie werden Erfahrungen haben.

Nun sind auch Franz und Sina da. Franz zuckt entschuldigend mit den Schultern und erkundigt sich bei mir, was die Sache hier gebracht hat.

Sina widmet sich dem Kind und den Frauen vom Notdienst. Sina ist schnell, wenn es um Kontaktaufnahme geht. Sie erklärt den beiden ungefragt, dass sie den Kindernotdienst ziemlich genau kennt, sie habe immer wieder mal ein Kind von dort abgeholt und in die Heimgruppe gebracht, gemeinsam mit ihrer Erzieherin. Die Frauen schauen fragend.

»Ich bin, was man ein Heimkind nennt«, sagt Sina freundlich, »und wenn Sie nichts dagegen haben, dann begleite ich mal diesen Würmling hier und schaue, ob er gut bei Ihnen ankommt.«

Die Frauen wissen einen Augenblick lang nicht so recht, wie sie mit dieser Idee umgehen sollen. Sina schaut zu mir, holt sich sozusagen Auftrag und Genehmigung in einem.

Es liegt nahe, dass es etwas mit ihr persönlich zu tun hat, dass sie das Kind begleiten will, und es spricht nichts dagegen. Die Kolleginnen vom Kindernotdienst sind einverstanden. Wahrscheinlich verstehen sie Sina, so wie ich sie verstehe. Oder wie ich jedenfalls glaube, Sina zu verstehen.

Ich schaue mich in der Wohnung um. Es gibt ein Badezimmer, ein enger Schlauch mit einer zersprungenen, uralten

Wanne. Der Badeofen, ein röhrenförmiges Ding, das mit Kohle beheizt werden muss, und ein kaputtes Klobecken voller Fäkalien. Es hat sich niemand mehr die Mühe gemacht, es zu reinigen. Das dritte Zimmer ist beinahe leer. Die Türen eines Schrankes stehen weit offen, darin teils zerrissene Mülltüten. Offenbar hatte jemand nachgesehen, was der Inhalt war, und davon abgelassen, als klar wurde, dass es sich um modrige, alte Kleidung handelt. In dem Zimmer hängen Plakate, die sich teils von der Wand gelöst haben und halb herunterhängen oder sich aufrollen. Es sind Wahlkampfplakate einer rechtsextremen Partei; dazu passt ein gemaltes Hitlerporträt. Jemand hat offenbar ein an die Wand geworfenes Bild kopiert.

Ich trete an das Fenster. Gegenüber steht ein schmuckes Mietshaus. Frisch renoviert, ein wiederhergestelltes Berliner Bürgerhaus. Ich kann direkt in die Fenster sehen. Manche Räume sind hell ausgeleuchtet. Ich erkenne einen Kronleuchter und so etwas wie Biedermeiermöbel. Parkettfußboden. Und da ist ein Klavier. Jemand sitzt dort und spielt. Eine Frau. Und nun höre ich sogar die Musik. Sie dringt herüber, weil da drüben das Fenster nur angelehnt ist und dieses hier nur eine Glasscheibe hat. Direkt neben dem Klavierzimmer ist eine Küche. Hellgraues, blitzendes Metall, steril, kalt. Ich muss an die Wohnung der Neumanns denken. Aber eigentlich frage ich mich, ob sich dort das Empfangsgerät dieses Babyphones befindet. Da drüben in einer dieser modernen, teuren Wohnungen? Wahrscheinlich nicht. Man muss in diesem Haus hier mit der Suche nach dem Empfangsgerät beginnen. Und wir brauchen einen Experten, der sich auskennt mit solcher Technik. Es muss doch möglich sein, das Gegenüber des Gerätes zu orten oder jedenfalls seinen möglichen Standort festzustellen.

Doch zunächst klingele ich an der Tür jener Frau aus dem Nebenhaus, die der Polizei den Hinweis auf das weinende Kind gegeben hat. Am Schild steht Doris Dombrowski. Durch die geschlossene Tür werde ich gefragt, wer denn da sei. Ich gebe mich als Kriminalpolizist zu erkennen und die Tür wird einen Spalt weit geöffnet. Ich soll zunächst meinen Ausweis zeigen. Schließlich werde ich mit immer noch misstrauischem Blick eingelassen. Die ältere, schlanke Frau bittet mich umständlich in die Küche, einen kleinen, hell erleuchteten Raum. Auf meine Frage gibt sie das zu Protokoll, was ich schon weiß. Hat sie irgendetwas sonst beobachtet?

Sie schüttelt den Kopf. Dann sagt sie: »Ich will nichts mit der Polizei zu tun haben. Und auch sonst will ich mich in nichts einmischen. Man weiß ja nie, was alles kommt, womit das alles zusammenhängt, und die Polizei ist ja meistens auch korrupt und hängt mit drin.«

Ich weiß nicht, ob ich mich über das Gerede ärgern soll. »Vielleicht sollten Sie die immer mehr werdenden Krimis im Fernsehen nicht für das halten, was man das wahre Leben nennt«, versuche ich auf sie einzugehen. Aber ich bin mir sicher, dass das nichts bringen wird. »Sie haben also nichts Besonderes bemerkt, nur dass da ein Kind weint?«

»Na ja, hier weint ja immer mal ein Kind. Aber dieses Weinen hörte nicht auf, also mit kleinen Unterbrechungen vielleicht. Und es klang irgendwie anders ... Bis ich begriff, dass es sozusagen von nebenan kommt. Von der Wohnung auf dieser Seite. Also von da, wo niemand mehr wohnt, schon seit drei Jahren nicht. Es hat ja immer mal Geräusche gegeben. Irgendwelches Gesindel ist eingestiegen in das Haus. Aber meistens war es still.«

»Und haben Sie auch Stimmen gehört? Stimmen aus einem Lautsprecher, technisch klingende Stimmen?«

Die Frau überlegt kurz. Fast scheint es, als würde sie sich tatsächlich erinnern. Aber dann schüttelt sie den Kopf.

Ich ziehe das Foto eines der alten Opel aus der Tasche.

»Ist Ihnen solch ein Auto aufgefallen? Hat so ein Opel in letzter Zeit öfter vor dem Haus geparkt?«

Die Frau setzt sich eine Brille auf. Schaut sich das Foto genau an. Dann fällt ihr Blick auf mich.

»Sehen Sie«, sagt sie, »genau das meine ich. Ich melde, dass da ein Kind schreit, und schon bin ich in irgendeine kriminalistische Ermittlung hineingezogen. Ich kenne das Fahrzeug nicht und fertig. Ich bin ja nicht dafür da, die Straße zu beobachten. Und jetzt ist Schluss!«

Sie weist in Richtung Tür. So viel Konsequenz hätte ich der Frau dann doch nicht zugetraut.

In der Dienststelle fordere ich die aktuelle Vermisstenliste an. Schnell ist klar, dass es außer Tomasz kein einziges Kleinkind gibt, das gesucht wird. Jedenfalls nicht in Berlin. Dagegen werden in Hamburg drei kleine Kinder vermisst. Im Ruhrgebiet zwei. Aber kann man annehmen, dass jemand von dort hierher gekommen ist, ein Kind einer derartig problematischen Situation wie in der verwahrlosten Wohnung aussetzt und sich dann nicht einmal meldet, wenn klar ist, dass die Polizei es gefunden und in Obhut genommen hat? Diese Sache wirft genauso viele Fragen auf wie der Tod von Marc und die Entführung von Tomasz.

Mein Telefon klingelt. Eine Männerstimme meldet sich.

»Mein Name ist Doktor Drews. Ich bin leitender Arzt der Psychiatrie der Klinik Hamburg-Eppendorf. Spreche ich mit Herrn Martaler, Max Martaler?«

Ich bestätige ihm seine Annahme und habe sofort das Gefühl, als würde sich ein kaltes Tuch auf meine Haut legen. Ein kaltes, nasses Tuch, von dem ich mich so schnell nicht mehr werde befreien können.

»Sie kennen mich nicht«, redet der Mann mit harter, abgehackter Stimme weiter. »Aber Sie kennen Sabrina Zielinski. Auf jeden Fall werden Sie sich wohl an sie erinnern.«

»Hören Sie«, falle ich ihm ins Wort, »wir ermitteln hier in einer sehr dringenden Sache. Da geht es auch um Zeit. Es ist mir jetzt einfach nicht möglich, mich mit Ihnen zu unterhalten.«

»Ich weiß, Sie suchen nach einem entführten Kind. Ich lese Zeitung! Aber ehrlich gesagt sollen Sie sich gar mit mir unterhalten. Sie sollen herkommen. Was heißt sollen, es wäre einfach großartig, wenn Sie das täten, und es würde meiner Patientin wirklich helfen.«

»Sabrina, ich meine, Frau Zielinski ist also Ihre Patientin.«

»Wie ich schon sagte. Frau Zielinski ist manchmal auf einem guten Weg und dann wieder bricht sie völlig zusammen. Nicht untypisch für ihr Krankheitsbild. Ich komme jedenfalls nicht weiter, verstehen Sie? Und nun würde ich gerne so etwas wie systemische Paartherapie probieren.«

»Paartherapie? Wieso? Was hat das mit mir zu tun?«

»Herr Martaler, ich verrate Ihnen sicher kein Geheimnis, wenn ich Ihnen sage, dass Sabrina Zielinski Ihnen noch immer sehr verbunden ist. Oder, um es anders auszudrücken: Sie liebt Sie. Und sie hat niemanden sonst.«

Einen Augenblick lang bleibt mir die Luft weg. Ist das nicht wieder irgend so ein Spiel von Sabrina? Sie hat mich damals fast verrückt gemacht, ihretwegen habe ich Kerstin betrogen, und am Ende stellte sich heraus, dass sie nicht nur für den Staatsschutz arbeitet, sondern dass sie mich, ihren Kollegen, der in dem Fall gemeinsam mit ihr ermittelt hat, ihren Geliebten, ausgeforscht hat, weil es da ihrer Meinung nach einen Anfangsverdacht gab. Zwar hatte ich später gehört, dass mit ihr irgendetwas nicht in Ordnung war, aber damit hatte ich nichts mehr zu tun. Sollte dieser Arzt doch beim Staatsschutz nachfragen. Wahrscheinlich ist der Laden dafür verantwortlich, dass die Leute, die dort arbeiteten, irgendwann durchknallen.

»Hören Sie«, sage ich schließlich, »ich habe weder Zeit noch Bedarf, mich in irgendeine Therapie einbinden zu lassen. Vergessen Sie's. Und ich denke, das reicht jetzt auch. Einen schönen Tag!« Ich lege einfach auf. Tue also etwas, was sonst ganz sicher nicht meine Art ist.

Doch kaum liegt das Telefon vor mir, habe ich das dumpfe Gefühl, dass ich so einfach aus dieser Sache nicht herauskommen werde. Und da ist noch etwas. Woher weiß ich eigentlich, dass das eben wirklich ein Arzt oder Psychologe war? Ich könnte im Internet nachsehen, ob es in der Psychiatrie in Eppendorf wirklich einen Doktor Drews gibt. Aber selbst wenn, jemand anderes könnte seine Identität benutzen.

Ich schüttle den Kopf und fahre mir mit der Linken über das Gesicht. Wahrscheinlich verbinde ich mit Sabrina immer irgendwelche geheimen, verschwörerischen Gedanken. Wahrscheinlich ist sie wirklich krank. Sie hatte mir einiges aus ihrem Leben erzählt, was sich später als erfunden herausstellte. Sie war schon als ich sie kennenlernte verwirrt, konnte Realität und Fantasie nicht auseinanderhalten. Aber sie war auch eine bezaubernde Frau. Jemand, der mich ganz und gar gefangen nahm. Eine Frau, die so einnehmend lächeln konnte, so charmant und geheimnisvoll war.

Zum Glück kommt Sina herein und setzt sich zu mir.

»Ich hab den Jungen noch ins Bett gebracht«, sagt sie. In ihren Augen liegt ruhige Selbstgewissheit. »Er ist gleich eingeschlafen. Aber wo gehört er hin? Vermisst ihn denn niemand?«

Erst jetzt scheint sie zu bemerken, dass ich mich erst wieder konzentrieren muss.

»Ist was mit Ihnen?«, fragt sie mit ehrlicher Besorgnis. »Sie sehen so blass aus.«

Ich winke ab. »Alles in Ordnung.« Um Sina von ihrer Sorge abzulenken, ergänze ich: »Es gibt jedenfalls kein Kind diesen Alters, das in Berlin als vermisst gemeldet wurde.«

»Dann suchen wir jetzt ein Kind, diesen Tomasz, und die Eltern des anderen Kindes. Verrückt.« Sie springt auf, geht zu ihrem Schreibtisch hinüber. »Ich habe inzwischen schon mal die Listen mit den Autohaltern angesehen. Aber ehrlich gesagt, ich weiß nicht, wie wir vorgehen wollen. Haben denn die anderen Abteilungen schon zurückgemeldet, ob sie unter den Namen irgendwelche polizeibekannte Pädophile oder Menschenhändler gefunden haben?«

Ich bin Sina dankbar für die Frage. »Weißt du was«, sage ich erleichtert, »wir können uns ja aufteilen. Ich suche vor allem nach Tomasz und du nach den Eltern des aufgefundenen Kindes.«

Sina überlegt, ihr Blick ist etwas skeptisch, ganz so, als würde sie prüfen, ob mein Angebot wirklich ernst zu nehmen ist und ob es angemessene Aufgaben für sie enthält.

»Wissen Sie was«, sagt sie schließlich, »wir sind ein Team und von mir aus übernehme ich auch den Schwerpunkt Elternsuche. Wahrscheinlich bin ich sogar so etwas wie eine Expertin darin, denn mir sind meine Eltern ja auch abhanden gekommen. Aber ich gehe davon aus, dass dieser Fall vielleicht doch etwas mit dem Fall Tomasz oder sogar mit dem Fall Marc zu tun hat. Ich werde mich mit allen drei Fallgeschichten beschäftigen müssen.« Sie vertieft sich in ihre Recherchen.

Ich gehe hinüber ins Lagezentrum. Hier herrscht reges Treiben. Franz hat die inzwischen von den Kollegen übermittelten Namen von Opel-Haltern ausgedruckt und an die Pinnwand gehängt.

»Wir haben drei Personen herausgefiltert, die irgendwann mit dem Thema Übergriffe auf Kinder in Zusammenhang standen. Und immerhin fünf Personen, die im kriminellen Milieu unterwegs sind und möglicherweise auch etwas mit Menschenhandel zu tun haben könnten. Bleibt die Frage, was tun? Wenn wir die direkt angehen, besteht die Gefahr, dass man den möglichen Täter in die Enge treibt und er das Kind beseitigt. Das wäre dann das Ding mit der Spree.«

»Bei acht Personen könnte man sicher die nötigen Leute für eine Observation zusammenkriegen«, sage ich. »Du hast jedenfalls recht damit, dass wir sehr vorsichtig sein müssen.«

Franz trinkt einen großen Schluck Wasser. Dann grinst er mich an.

»Willst du mal was sehen?«

So eine Frage hat mir Franz noch nie gestellt. Ich schaue mich sogar um und prüfe, ob uns jemand beobachtet. Franz holt ein blütenweißes Kuvert aus seiner Jackentasche, öffnet es und zieht ein Foto heraus. Dann hält er es mir direkt vors

Gesicht. Ich erkenen in seinen Augen Stolz und Erwartung, so als hätte er mir etwas mitgebracht, das er eine Ewigkeit ausgesucht und schließlich in ganz wunderschönes Papier eingehüllt hat, und das ich jetzt zerreiße, damit ich endlich sehen kann, was für ein großartiges Geschenk ich da bekommen habe.

Es ist so etwas wie ein Foto. Zwei schwarzgraue Flügel sind darauf, graue Silhouetten. Etwas Verschwommenes. Ich weiß nicht, was er mir damit sagen will. Aber Franz strahlt mich an. Und da dämmert es mir. Mit einem Schlag wird mir klar, um was es sich hier handelt. Ich reiße mich zusammen, verziehe mein Gesicht zu einem breiten Lächeln und sage: »Mann, Franz, das ist ja ganz wunderbar! Das ist es also und schon so … groß!«

Franz dreht das Foto zu sich. Er nickt.

»Schon vierzehn Millimeter«, sagt er andächtig, »und es wächst jeden Tag. Tja, das ist mein Kind.«

Ich schlage Franz auf die Schulter. »Vierzehn Millimeter!« Aber länger halte ich dieses Schauspiel nicht aus. Mehr kann Franz einfach nicht von mir erwarten. Und er ist diszipliniert genug, das Foto wieder sorgfältig in den Briefumschlag zu stecken und ihn dann mit einer ruhigen, selbstbewussten Bewegung in seiner Jackentasche verschwinden zu lassen.

Für Sekunden kommt mir in den Sinn, was Kiesewetter sagen würde, wenn Franz ihm mit gleicher Geste wie eben das Bild mit dem Flattergespenst vor die Nase hielte, auf dem geübte Augen angeblich so etwas wie ein Kind erkennen können oder jedenfalls etwas, das allmählich zu einem Kind heranwachsen wird. Aber vielleicht unterschätze ich Kiesewetter auch und er kennt solche Abbildungen. Immerhin ist er bereits zweifacher Großvater. Vielleicht ist ausgerechnet er sogar in der Lage, diese vierzehn Millimeter große Figur zu erkennen, die ich nicht einmal in Ansätzen entdecken konnte.

Wir besprechen die Observierung der ausgewählten Personen. Auf jeden Fall sollen Fotos von allen besorgt werden, damit sie sowohl Frau Neumann als auch Tamara Schmund und Mattias Bartosz gezeigt werden können. Vielleicht sind die ja einer der Personen schon einmal begegnet. Außerdem sollten wir die Figur auf dem von Marc gemalten Bild mit den Fotos vergleichen. Vielleicht können Ähnlichkeiten festgestellt werden.

Franz ruft die Leute zusammen, Aufgaben werden verteilt.

Ich setze mich ans Telefon und rufe in der Polizeizentrale an. Es muss ein Fotograf eingesetzt werden, der die acht Personen so schnell wie möglich verdeckt aufnimmt. Doch wie es in der Behörde meistens ist, keiner kann mir sagen, wer dafür der richtige Ansprechpartner ist. Und die wenigen Leute, die davon Ahnung haben, müssen von ganz oben angefordert werden. Ich versuche zu erklären, verweise auf den Zeitdruck, den wir in diesem Fall haben, und bringe schließlich noch an, dass der Innensenator selbst an dem Fall ganz direkt dran ist. Schließlich werde ich mit einer Abteilung verbunden, in der man bereit ist, meine Wünsche anzuhören. Die Frau am anderen Ende scheint mich zu verstehen, sie weiß auch über Marc und Tomasz Bescheid. Sie und ein Kollege würden sich sofort aufmachen und zu uns kommen. Gemeinsam mit unseren Einsatzkräften, die die Personen observieren, wollen sie rausgehen und die Fotos machen.

Als ich auflege, bin ich einerseits froh, andererseits habe ich das Gefühl, dass ich für alles viel zu lange brauche, dass zu viel Zeit vergeht. Zeit, die uns bei der Suche nach Tomasz am Ende fehlen wird.

Kiesewetter kommt herein. Er teilt uns mit, dass die Staatsanwaltschaft fragt, ob wir etwas dagegen haben, wenn die Leiche von Marc freigegeben wird. Ich habe sofort ein ungutes Gefühl. Wir haben in Sachen Marc längst nicht alles unternommen, was wir eigentlich hätten unternehmen müssen. Die Druckstellen an seinen Armen. Das Bild, das er gemalt hat. Ich nehme mir fest vor, den Vater und die Mutter noch einmal ganz genau zu befragen. Aber deshalb die Freigabe der Leiche verweigern? Ich sage Kiesewetter, dass wir eigentlich keine Wahl haben. Er zögert, zuckt mit den Schultern. Dann verlässt er wieder den Raum.

Der Leiter der Hundertschaft, die noch immer in Friedrichshain unterwegs ist, ist über den Schreibtisch gebeugt eingeschlafen. All das Reden und die Geschäftigkeit im Raum wecken ihn nicht auf.

Ich versuche, eine Adresse von Mattias Bartosz' Eltern herauszufinden. Sina hilft mir dabei. Wenig später wissen wir: Marius Bartosz ist Fleischermeister. Er hatte ein Geschäft in der Nähe des S–Bahnhofs Frankfurter Allee, war früher mal Angestellter auf dem vor rund zwanzig Jahren geschlossenen zentralen Viehhof an der Storkower Straße, in dem jeden Tag hunderte Rinder und tausende Schweine mit Viehwaggons angeliefert und geschlachtet, zerteilt und in die gesamte Stadt, Ost wie West, geliefert wurden. Nach der Wende, als besagter Schlachthof geschlossen wurde und Bartosz arbeitslos auf der Straße stand, hatte er gemeinsam mit seiner Frau in der Frankfurter eine Fleischerei mit Imbiss eröffnet. Bartosz spezialisierte sich auf die Wurstproduktion. Die Rezepte stammten noch aus der Zeit nach dem Krieg, als sein Vater nach Deutschland kam. Das alles hat Sina im Internet herausgefunden. Sie druckt die Seiten aus und überreicht sie mir wie nebenbei. Dabei verraten ihre Blicke, dass sie stolz darauf ist, mir so rasch behilflich sein zu können.

Ich staune mal wieder, was über einzelne Menschen alles per Knopfdruck in Erfahrung gebracht werden kann. In dem Fall ist es die Geschichte des kleinen Fleischergeschäfts, die der alte Bartosz im Rahmen eines Internetauftritts ins Netz gestellt hat. Offenbar wollte er mit seiner Geschichte werben, denn es finden sich auch Hinweise auf sein Sortiment, zusätzliche Angebote, einen Haus- und einen Lieferservice für Betriebsfeiern und ähnliche Anlässe. Was als freundliche Information gedacht ist, enthält dann eben doch vieles über den Menschen selbst, der hier schreibt. Und der Umstand, dass diese Hinweise schon über zehn Jahre alt sind und noch immer problemlos abrufbar, belegt, dass Informationen eben nicht einfach verschwinden, sich im Nichts auflösen, sondern im Zugriff bleiben.

Keine zwanzig Minuten später stehe ich vor besagtem Geschäft, doch zu meiner Überraschung ist es geschlossen. Ein im Schaufenster hängendes Plakat verkündet, dass hier in Kürze ein Döner-Imbiss eröffnen wird. Natürlich muss ich grinsen. Zum einen, weil es so ganz und gar typisch ist, dass auf die Betriebsschließung einer Fleischerei ein Döner-Imbiss oder bestenfalls ein Gemüseladen folgt, zum anderen, dass ich so gutgläubig war, den Angaben des Internets zu glauben. Vielleicht ist dies ja ein Beispiel dafür, dass die Informationen im Netz auch zu Verwirrungen und Fehlinformationen führen. Vielleicht tut die Zeit dann doch das ihre. Denn wenn Informationen nicht stimmen oder nicht mehr stimmen und auf deren Grundlage Entscheidungen getroffen werden und neue Informationen aufbauen, dann entstehen in logischer Folge Netzwerke von falschen Informationen. Und niemand wird mehr herausfinden, was der Anfang der Fehlerkette ist und welche Wirkungen dieser Fehler ausgelöst hat. Vielleicht ist das irgendwann der Anfang vom Ende der Informationsgier. Und möglicherweise werden inzwischen bereits Entscheidungen auf höchster Ebene getroffen, die auf Fehlinformationen und Halbwahrheiten basieren.

Ich jedenfalls stehe vor einem Fleischerladen, der keiner mehr ist, und muss mir die Wohnadresse über die Dateien des Einwohnermeldeamtes heraussuchen lassen. Zum Glück dauert dieser Vorgang nur einige Minuten.

Das alte Ehepaar Bartosz wohnt zu meiner Überraschung unweit jener Straße, in der Tomasz entführt wurde. Auch diese Ecke Friedrichshains ist fein renoviert. Die Fassaden der Häuser sind mit ihren ursprünglichen Schmuckelementen wieder hergestellt. Ihre hellen Farben leuchten in freundlichem Taubenblau, ins beigefarbene spielendem Orange, zartem Ocker. Vor den Häusern auf der Straße stehen schicke Autos, größere Wagen und sportliche Zweisitzer. Hier ist das Friedrichshain, das ich noch nicht kenne, das sich mir noch nicht erschlossen hat. Friedrichshain, das ist für mich noch immer das alte Proletenviertel mit seinen drei, vier Hinterhöfen, den dazwischengeklemmten kleinen Fabriken, den Kohlehandlungen und Backstuben. Das sind die grauen, kaputten Fassaden, von denen jahrzehntelang der Putz gebröckelt ist, sodass die Ziegel, die schon im Begriff waren, zu zerfallen und mit ihren Salpeterausdünstungen den Geruch von Moder und scharfem Salz verströmten, in blassem Rot hervortreten. Da und dort hatte es vor über fünfundzwanzig Jahren noch Gerüste gegeben, die meist über Jahre standen, bis auch sie drohten zusammenzubrechen wie die Fassaden dahinter. Manchmal konnte man kaum noch erkennen, was eigentlich was stützte, das Gerüst das Haus oder das Haus das Gerüst. Die Leute, die hier wohnten, zogen entweder weg in die Neubausiedlungen nach Hohenschönhausen oder Marzahn oder noch weiter nach Buch, oder aber sie blieben da und wurden so wie die Häuser, in denen sie aushielten, knurrig und grau und freudlos. Oder aber sie wurden kreativ und munter und erlangten darüber eine Art Freiheit, wie man sie nach der Wende nie wieder erlangen konnte. Gemeinschaft wurde zu einer Voraussetzung des Überdauerns und setzte Energien frei, die zuvor politisch zwar beschworen, aber nicht wirklich erzeugt werden konnten. Improvisation wurde zum dauerhaften Begleiter der Menschen in ihren Wohnungen, in der Art zu feiern, in den Möglichkeiten, sich zu versorgen. Und diese Umstände, so verdrossen sie einen bisweilen auch machen konnten, führten zu einem Klima, in dem Künstler leben, in dem der Einzelne zum Künstler werden konnte. Freie, kreative Menschen, die sich nicht unterkriegen ließen und in jedem Geschehen etwas Interessantes entdeckten, in jeder Begegnung ein neues Potenzial vermuteten. Vielleicht, so denke ich bisweilen, gab es hier viel mehr Freiheit, als die Menschen im Westen je hatten und je haben werden – in dieser zwar offenen, aber auch so geordneten Welt, die es schafft, einen original »Nürnberger Bäcker« nach Berlin Friedrichhain zu transferieren, und in der die Verkäuferinnen tatsächlich die dazugehörige Tracht tragen. Eine Nürnberger Bäckerei direkt neben jener Kirche, in der sich '89 die Demonstranten gesammelt haben, in der gemeinsame Friedensgebete gehalten und nicht ungefährliche Aktionen beschlossen wurden. Hier ist Friedrichshain ein Einwanderungsgebiet für Besserverdienende ohne Quotenregelung und ohne Passkontrolle. Das Lampedusa für Leute aus dem tiefen Westen.

Frau Bartosz, eine kräftige, munter und zugleich nachdenklich wirkende Frau lässt mich ohne zu zögern ein. Sie fragt sofort, ob es irgendetwas Neues gibt, was Tomasz betrifft, und nickt nur still, als ich verneine. Marius Bartosz reicht mir die Hand, als ich das Wohnzimmer betrete. Seine Hand ist groß und sehr kräftig, so wie man es von einem Metzger erwarten würde. Er nennt mich Herr Kriminalkommissar und bedankt sich für den Besuch.

Das Zimmer macht den Eindruck einer Puppenstube. Alles hat seinen Platz. Die Vitrinen haben blank geputzte Scheiben, drinnen steht feines Porzellan. Meißner in blauweiß, Tänzerinnen, Paare, sich umarmend, Zuckerdosen mit Deckeln aus geformten Blüten oder Früchten, Pferde, weiß und glänzend, Pinguine, grazile Flamingos und Antilopen. Der große Tisch aus Nussbaumholz poliert, darüber eine schwere Lampe mit mehreren Lüstern. Grün gepolsterte Stühle. Und ein karminroter Teppich mit feinem Muster: Lilien in grün und gelb.

Das Ehepaar Bartosz lässt mich für Sekunden allein in diesem warm anmutenden Raum, in dem man das Gefühl hat, sich nicht bewegen zu dürfen. Ich trete zum Fenster. Es gehört zu jenen Ritualen, die ich mir als Kriminalpolizist angeeignet habe und über die ich nicht mehr nachdenke: Ich fotografiere die Orte des Geschehens, ich mache mir ein Bild von dem, was nicht unmittelbar mit dem Geschehen zu tun hat. Ein Bild im wahrsten Sinne des Wortes. Auch weil diese

Bilder nach späterer Sichtung immer auch Informationen zutage fördern, die am Ende, wenn alles zusammengefügt wird, hilfreich sind, ja die oft sogar im Gesamtbild erst die entscheidenden Rückschlüsse ermöglichen. Ich schaue also aus dem Fenster auf die Häuserfront gegenüber. Die erleuchteten Fenster strahlen Ruhe aus. Ich kann Menschen sehen, die beim Essen sitzen. Eine Familie. Ein Mann hat einer Frau Blumen mitgebracht und gibt sie ihr. Ich sehe Kinder, die miteinander spielen. Ein Mann, der in der Küche am Herd steht und emsig dabei ist, irgendetwas zu kochen. Alles strahlt eine erstaunliche Ruhe aus. Hier wohnen augenscheinlich Menschen, denen es gut geht. Die Besserverdienenden. Die zumindest zu Hause zur Ruhe kommen und genießen. Wer diese Bilder sieht und nicht zu diesen Menschen gehört, kann sich leicht ausgeschlossen fühlen. Einsamer noch als sonst.

Wir setzen uns an den Tisch. Marius Bartosz legt seine gefalteten Hände auf die Nussbaumplatte und schaut mich mit müden, aber aufmerksamen Augen an. Seine Frau bleibt beim Fenster stehen. Sie fragt: »Wollen Sie einen Kaffee oder einen Tee? Ich habe eben frischen Tee gemacht, er steht in der Küche, ich hole ihn. Sie mögen doch Tee?« Sie schaut kurz in meine Richtung, erwartet, dass ich ihr Angebot annehme.

»Gerne«, sage ich, auch weil mir keine Wahl bleibt. »Ja, bitte Tee, das wäre sehr freundlich.«

Es ist die alte Geschichte, dass die Umgebung in aller Regel das eigene Verhalten beeinflusst. In diesem Raum wird man ruhig, hier ist man höflich und ein wenig vornehm. Ein Ort, den Kinder nicht unbedingt gern haben werden. Hier wird man sich mit seinen Rennautos vorsehen müssen und mit den Puppen, die gefüttert werden. Hier sind Schimpfworte untersagt und auf eine Frage wird eine Antwort erwartet.

»Was ist passiert?«, fragt Marius Bartosz und meint wohl, dass ich ihm meine Version von der Entführung und mögliche Erklärungen liefern soll. »Bitte, sagen Sie es mir. Es sind ja zwei Tage vergangen.« Seine Hände liegen bewegungslos auf dem Tisch.

»Leider wissen wir nicht viel mehr als am Morgen der Entführung.«

»Das ist beunruhigend.«

»Ja. Ich bin hergekommen, um Sie und Ihre Frau einige Dinge zu fragen.«

Frau Bartosz tritt ins Zimmer. Sie trägt ein Tablett und stellt es auf dem Tisch ab, gießt Tee in eine ganz sicher wertvolle Porzellantasse, die so zart gearbeitet ist, dass man den Eindruck hat, man würde sie bei der ersten Berührung zerdrücken. »Sie nehmen sich bitte Zucker und Milch, wie Sie belieben.«

Ich versuche mir vorzustellen, wie die beiden einen Fleischerimbiss geführt haben oder wie der Mann in einem Schlachthof hat arbeiten können. Ihre kultivierte Art scheint so gar nicht dazu zu passen. Irgendwie scheint es ihnen gelungen zu sein, ihr berufliches Leben von diesem hier zu trennen. Vielleicht hatten sie immer die Sehnsucht, ein gutes bürgerliches, vornehmes Leben zu führen. Und sicher hatten sie die Hoffnung, irgendwohin zu gehören, an einen bestimmten Ort, in ein soziales Milieu. Hier haben sie sich diesen Ort geschaffen und inzwischen ist auch um sie herum alles so geworden, wie sie es sich erhofft hatten.

»Wie schätzen Sie die Beziehung zwischen Ihrem Sohn und Ihrer, nun ja, Beinahe-Schwiegertochter ein?«

Die beiden haben diese Frage offenbar erwartet. Ihre Blicke begegnen sich. Die Frau setzt sich zu uns an den Tisch.

»Ich weiß zwar nicht, was diese Frage mit dem Verschwinden unseres Enkels zu tun hat«, sagt der Mann ruhig, dabei merkt man jedoch seiner Stimme an, dass er das durchaus weiß, »aber ich würde mal so sagen: Die beiden sind seit Tamaras Schwangerschaft zusammen. Das ist, nun ja, anständig. Und heutzutage sind die Menschen zusammen, weil sie sich lieben. Und das tun die beiden. Sie sind ein Paar. Meinten Sie das?«

Er schaut zu seiner Frau, die diese Darstellung offenbar richtig findet, denn sie sieht nun zu mir, als erwarte sie meine Reaktion.

»Ja, das war meine Frage. Und wie gehen die beiden mit Ihrem Enkelsohn um? Ich nehme an, liebevoll und fürsorglich.«

Erneut schauen die beiden sich in die Augen. Ich vermute, dass sie sehr genau wissen, was der andere denkt, wie er oder sie die Dinge sieht. Da passt kein Blatt Papier dazwischen und die wechselseitigen Blicke reichen, um sich abzustimmen. Wortlos und dennoch präzise. So etwas können nur Ehepaare, die sich lange vertrauen. Doch dieser Blick hat auch etwas Bedenkliches. Warum müssen sich die beiden abstimmen? Warum hängt von der Beantwortung der Frage offensichtlich etwas ab, das es abzuwägen gilt?

Die Frau schaut mich an. »Es ist nicht richtig, dass Eltern ihren Kindern Vorwürfe machen, wenn es um die Erziehung der Enkel geht. Aber wir sind ja in einer besonderen Situation, nicht wahr? Wir hatten immer das Gefühl, dass sich unser Sohn nicht genug Zeit nimmt. Für ihn gibt es nur die Musik. Musik, Musik! Und Tomasz ...«

»Der stört etwas?«, falle ich ihr ins Wort.

Ihr Blick verrät mir, dass sie mein Verhalten nicht akzeptiert. »Nein. Stören wäre zu viel gesagt. Er steht ein wenig hinten an. Und manchmal ist Tomasz auch herumgereicht worden. Mal hat die Freundin ihn genommen, mal ein Freund. Und auch mal wir.«

»Aber das«, redet der Mann weiter, »ist nicht so sehr unser Problem. Viel mehr Sorgen machen wir uns um Tamara. Sie hat sich um Tomasz gekümmert. Aber sie liebt ihr Kind nicht. Jedenfalls nicht so, wie man es eigentlich von einer Mutter erwarten könnte.«

Frau Bartosz beugt sich herüber. »Verstehen Sie das nicht falsch, Herr Kommissar, wir haben uns wirklich große Mühe gegeben. Wir beurteilen das nicht einfach so. Oder weil wir die gekränkten Großeltern sind. Darum geht es nicht. Wir haben uns gefragt, übertreiben wir da nicht ein wenig? Aber der Eindruck blieb. Manchmal hat sie das Kind kaum berührt.«

»Das sind wichtige Einschätzungen«, sage ich und lehne mich zurück. »Und ich muss Ihnen sagen, dass ich auch so ein Gefühl hatte. Also, nicht dass Tamara ihr Kind nicht berühren würde oder dass sie das Kind nicht liebt. Ich hatte das Gefühl, es hat keinen Platz im Leben der beiden.«

Marius Bartosz nickt langsam. Er blickt zu seiner Frau, weil er sich offenbar von mir bestätigt fühlt. »Und wie begründen Sie dieses Gefühl?«

»Die Wohnung. Da ist schon räumlich kein Platz für ein Kind. Und wie Tamara Schmund redet. Wie sie sich verhält. Ich kann es gar nicht genau sagen.«

»Ja«, sagt Frau Bartosz, »ja, so ist es. Und was heißt das für Sie?«

»Nichts«, antworte ich schnell. »Aber es ist wichtig, dass wir diese Zusammenhänge bedenken. Vielleicht kann das ein Schlüssel dafür sein, herauszufinden, wo sich Tomasz aufhält. Ich habe noch eine Frage, die ich Ihnen stellen muss. Ein Musikerkollege von Mattias hat darüber gesprochen, dass Sie Ihrem Sohn Geld geliehen hätten, auch um die Musikaufnahmen zu finanzieren. Trifft das zu?«

Marius Bartosz zieht die Luft in seine Lungen. »Ja, das trifft zu.«

»Um wie viel Geld geht es dabei?«

»Dreißigtausend Euro.«

»Das ist eine stattliche Summe.«

»Ja. Es ist ein beträchtlicher Teil vom Verkauf unseres Fleischerladens.« Die Frau gießt mir Tee nach, ihr Mann redet weiter. »Mattias hat gesagt, er würde damit endlich seinen Traum wahr machen und eine CD auf den Markt bringen. Wir haben uns seine Musik angehört. Und wir dachten: Das klingt gut. Das klingt sogar sehr gut. Aber wir können nicht einschätzen, ob man damit wirklich Geld verdienen kann. Haben Sie mal gehört, was seine Band spielt?«

»Nur ein Lied. Das klang wirklich gut, keine Frage. Aber ob das zum Geldverdienen reicht, davon habe ich keine Ahnung. Heißt das, Sie warten darauf, dass Mattias das Geld zurückzahlen wird?«

»Ja!«, sagt Marius Bartosz fest. »Ja, natürlich. Es geht um eine Reise, die wir, meine Frau und ich, machen wollen. Ich habe Mattias gesagt: Du musst das Geld zurückzahlen und zwar bis ...«

»Bis?« Ich habe den Eindruck, dass der Mann mir mehr gesagt hat, als er wollte. Ist da wirklich dieser Druck hinter dem Darlehen? Aber deshalb werden die beiden Alten doch nicht ihren Enkel entführen.

»Er hat noch Zeit«, lenkt die Frau ein. »Wir haben gesagt, ein, zwei Jahre, nicht wahr, Marius.«

Der Mann nickt. Aber man sieht ihm an, dass er nicht so richtig daran glaubt.

Irgendwie werde ich den Gedanken nicht los, dass es hier um etwas anderes als das Geld geht. Was, wenn die beiden sich sicher sind, dass Tamara ihr Kind nicht liebt und Mattias keine Zeit aufbringt, um sich um sein Kind zu kümmern? Wenn sie deswegen immer wieder das Gespräch mit den beiden gesucht haben und abgeblitzt sind? Würde das ausreichen für eine Entführung? Haben sie Tomasz mitgenommen?

Ich weiß es nicht. Ich kenne diese Leute nicht. Ich sehe ein besorgtes, alt gewordenes Ehepaar in einer Wohnung, die voll gestellt ist mit Symbolen der Biederkeit, die eigentlich signalisiert, dass hier nichts Unerlaubtes geschieht. Und doch besteht die Möglichkeit, dass die Alten das Enkelkind an sich und damit in vermeintliche Sicherheit gebracht haben. Vielleicht in einer Kurzschlusshandlung, vielleicht war das Fass aus irgendeinem Grund übergelaufen. Und man handelte eben. Und erst später wurde klar, dass es falsch war, aber nun kann man nicht mehr zurück. Vielleicht haben sie den Jungen mitgenommen und ihn vorerst in der Familie in Polen untergebracht. Oder wo auch immer.

Doch würden die beiden dann so ruhig vor mir sitzen? Dieses brave Ehepaar, das sicher nicht dazu neigt, Gesetze zu übertreten? Aber manchmal trügt der Schein. Manchmal ist alles ganz anders, als alle denken.

Ich frage nach möglichen Beobachtungen und Hinweisen. Haben sie irgendetwas bemerkt, was eine Spur sein könnte?

»Nur dass Tamara vorher einen anderen Freund in der Musikszene hatte«, sagt Frau Bartosz zögernd, »einen jungen Mann genau in ihrem Alter. Tamara ist ja noch sehr jung, wissen Sie. Möglich, dass dieser Mann denkt, Tomasz ist sein Kind. Ich bin mir nicht sicher, aber er heißt, glaube ich, Fabian.«

»Fabian Zierkow?«

»Ja, das kann sein.«

»Er spielt in der Band, die mit Warschauer die Proberäume teilt«, erkläre ich. »Das wäre immerhin ein Aspekt, dem wir nachgehen können.«

Marius Bartosz steht auf und reicht mir die Hand. Er scheint erleichtert, dass ich endlich aufbrechen will. Aber dann sagt er: »Wenn wir etwas tun können, sagen Sie uns bitte Bescheid, ja?«

Das klingt ehrlich. Aber mein ungutes Gefühl bleibt. »Melden Sie sich«, antworte ich, »wann immer Ihnen etwas einfällt oder Ihnen aktuell etwas auffällt. Das heißt ...« Ich hole meine Fotos von den Opeln heraus und lege sie auf den Tisch. »Haben Sie eins von diesen Autos irgendwann mal irgendwo bemerkt? Bei Mattias und Tamara zum Beispiel, vor dem Haus?«

Die beiden beugen sich über die Bilder. »Keine Ahnung«, murmelt der Mann, »die gibt's doch überall. Das heißt, inzwischen sind sie deutlich weniger geworden. Sie sind alt, nicht wahr?«

Ich packe die Fotos wieder ein und verabschiede mich. Die Frau bringt mich zur Tür.

Als ich wieder auf der Straße bin, ist der Verkehr deutlich ruhiger geworden. Ich schaue auf meine Armbanduhr und stelle fest, dass es bereits nach zehn ist. Die Straße liegt im Schein der Laternen. Die Pflastersteine glänzen feucht. Ohne dass ich es wirklich vorgehabt hätte, biege ich in die Straße ein, in der Tomasz entführt wurde. Gehe noch einmal bis zu jener Stelle, wo das Auto stand. Das seltsame, weitgehend verrottete Gelände gegenüber liegt im Dunkel. Es hat eine geradezu magische Anziehungskraft auf mich. Ich gehe hinüber, betrete den Hof. Ganz hinten sehe ich das Licht einer Taschenlampe. Irgendwer macht sich an einer der Garagen zu schaffen. Vor der Garage steht ein Auto, die Heckklappe ist weit geöffnet, im Kofferraum leuchtet ein mattes Licht. Ich sehe die Silhouette eines kräftig gebauten Mannes. Er ist eben aus dem Dunkel der Garage getreten und trägt schwer an einem Gegenstand, den er offenbar im Kofferraum verschwinden lassen will. Ich mache einen Schritt in seine Richtung.

»Polizei!«, sage ich laut, fasse nach meiner Pistole und öffne das Halfter. »Bleiben Sie stehen, wo Sie sind, und legen Sie die Hände auf die Heckklappe.« Der Mann erstarrt. Er scheint zu überlegen, ob er meinem Befehl Folge leisten soll oder nicht. Langsam dreht er sich zu mir um. Er schaut herüber, als wollte er taxieren, ob ich allein bin und was von mir zu erwarten ist.

Im selben Augenblick spüre ich einen harten Schlag im Genick. Vor meinen Augen springen Funken auf, ich merke, dass mir die Beine versagen. Ich denke noch, dass ich meine Waffe behalten, dass ich sie verteidigen und notfalls auch nutzen muss. Dann falle ich in ein bodenloses schwarzes Loch.

Als ich wieder wach werde, habe ich stechende Schmerzen im Nacken und in den Schultern. Eisige Kälte zieht mir den Brustkorb zusammen. Ich bemerke, dass ich mit dem Oberkörper in einer Pfütze liege. Meine Rechte hält noch immer die Pistole. Mir kommt in den Sinn, dass es wohl eine der größten Niederlagen für einen Polizisten ist, wenn er seine

Waffe an einen Kriminellen verliert. Und ich erinnere mich sehr genau daran, dass mir das vor mehr als zwanzig Jahren einmal passiert ist. Wir hatten eine Bande von Einbrechern gestellt, Wohnungseinbrüche. Bei einem der Brüche hatte es eine schwer verletzte Frau gegeben: eine junge Frau, die versucht hatte, sich zu wehren. Die Männer stürzten sich auf sie und vergewaltigten sie. Die Frau war nach Hause gekommen, hatte die Tür aufgebrochen vorgefunden und war dennoch in die Wohnung gegangen. Ein schwerer Fehler. Vier Tage später hatten wir eine heiße Spur, vierundzwanzig Stunden danach hatten wir die Täter umstellt. Wir waren vier Polizisten, sie waren zu acht und sehr professionell. Einer ging auf mich los; er hatte eine Eisenstange und schlug sofort zu. Ein Schlag traf meine Hand. Ich verlor die Waffe. Einer der acht nahm sie an sich, drohte mir damit und verschwand. Die Pistole tauchte nie wieder auf.

Plötzlich merke ich, dass mein Handy klingelt. Es ist Franz. Er sagt, dass er jetzt erst mal Schluss mache und wo ich eigentlich sei. Ich schaue auf die Uhr und stelle fest, dass ich höchstens zehn, zwölf Minuten hier gelegen haben kann. Ich schildere Franz meine Lage. Er ist entsetzt. »Wie kannst du in einer solchen Situation alleine vorgehen?!« Er mag es sehr, sich um mich zu sorgen und mir Vorwürfe zu machen. Da wird er plötzlich ganz väterlich. Ich sage ihm, dass er jetzt nicht rumquatschen soll, ich brauche ein paar Leute, die die Sache hier unter die Lupe nehmen. »Schick die Kollegen von der Spurensicherung. Und wir brauchen Licht! Licht, verstehst du, und dann kannst du nach Hause gehen!«

Ich schalte mein Handy aus und versuche aufzustehen. Die Schmerzen lassen noch einmal Sternchen vor meinen Augen tanzen. Aber dann stehe ich und kann die ersten Schritte tun. Das spärliche Licht reicht aus, um zu erkennen: Das Auto ist verschwunden, die Tür zur Garage verschlossen. Ein dickes Vorhängeschloss ist angebracht. Ich zweifle kurz, ob das überhaupt die richtige Tür ist, ob da wirklich ein Auto gestanden hat. Aber dann sehe ich Spuren des Fahrzeugs und die Abdrücke derber Schuhe oder Stiefel im Schlamm.

Wenige Minuten später biegt das erste Polizeifahrzeug mit Blaulicht in den Hof ein. Ihm folgt ein Krankenwagen, obwohl ich gar keinen angefordert habe. Wahrscheinlich war Franz so frei und dachte, es gehöre zu seinen fürsorglichen Pflichten, einen zu schicken. Zum Glück ist unter den Kollegen auch Gottlieb Bernsen von der Spurensicherung. Er schüttelt mir die Hand, worauf mir ein zuckender Schmerz in den Hals jagt.

»Kannst du erklären, was du genau wissen willst?«, fragt Bernsen und ist schon dabei, seine Koffer auszupacken. Ich beschreibe ihm die Situation, in die ich vor gut einer halben Stunde geraten bin. Er begreift wie immer schnell und macht sich ans Werk. Ein Bolzenschneider knackt das Schloss. Inzwischen sind die ersten Scheinwerfer aufgebaut. Ich leuchte in die offene Garage. Ein Autohänger steht da und schrottreife Fahrräder. Ganz hinten diverse Rollen Dachpappe und ein Stapel Zementsäcke. Bernsen fotografiert und legt Bänder aus, um seine Untersuchungsbereiche abzustecken, die für uns verboten sind. Vorsichtig betrete ich den muffig riechenden Raum. Meine Lampe erfasst eine rasche Bewegung. Wahrscheinlich eine Ratte, die das Weite sucht. Immer mehr Licht zeigt den Raum in seiner ganzen Hässlichkeit. Die Kollegen bleiben ein wenig auf Distanz aus Respekt vor der Spurensicherung.

Ich gehe langsam durch die Garage. Hier scheint nichts von Bedeutung zu sein. Eine alte Garage eben, ohne Geheimnisse. Wahrscheinlich hatten die Männer nur ihr Diebesgut hier deponiert, um es zu geeigneter Zeit abzuholen, und ich habe sie dabei überrascht. Ich merke, dass sich Enttäuschung in mir breitmacht. Das war die Sache nicht wert, denke ich und fasse mich in den noch immer schmerzenden Nacken. Ich will schon umkehren, als ich die Luke entdecke, die in der linken hinteren Ecke im Boden eingelassen ist. Langsam gehe ich näher heran. Es ist eine runde Luke aus

Metall, rostbraun und eingedellt. Ich winke die Kollegen zu mir. Zeige ohne zu sprechen darauf. Sie haben verstanden und gehen in Position. Ihre Waffen zeigen in Richtung Luke. Mit einer raschen Bewegung hebe ich die eiserne Klappe hoch und gehe sofort in Deckung. Nichts rührt sich.

Einen Augenblick lang überlege ich, ob es sein muss, aber dann entscheide ich mich doch dafür, auch auf die Gefahr hin, mich lächerlich zu machen.

»Polizei, kommen Sie raus da!«

Nichts passiert. Ich suche nach einem geeigneten Gegenstand, finde eine verrostete Schraube und werfe sie in das dunkle Loch. Man kann hören, dass sie beim Fallen gegen Eisen schlägt und dann auf harten Untergrund, wahrscheinlich Beton, fällt, tief genug, dass man in dem Schacht wird stehen können. Möglicherweise ist da eine Leiter. Es hilft nichts, denke ich und mache mich bereit für den Einstieg. Doch nun kommt mir ein Kollege zuvor. Er hat sich eine schusssichere Weste angelegt und schraubt sich eine Minikamera an seinen Helm. »Mein Job«, sagt er bestimmt, »für so was hatten wir gerade eine Weiterbildung.« Ich muss grinsen und bin angesichts der Schmerzen dankbar, dass mir jemand die Aufgabe abnimmt. Der Kollege nähert sich vorsichtig dem Schacht und leuchtet hinein. »Also noch mal, Polizei! Ich komme jetzt runter. Sie befinden sich in einer ausweglosen Lage, also seien Sie vernünftig.« Er wiederholt das Ganze noch mal auf Englisch und dann auf Türkisch. Er hatte offenbar eine ganz ausgezeichnete Weiterbildung. Nur sein Russisch, das er noch nachschiebt, ist schlecht. Vorsichtig steigt der Kollege nach unten. Ein zweiter folgt ihm.

Die beiden sind über Funk und Kamera mit uns verbunden. Der Bildschirm, auf dem wir den Weg der beiden verfolgen können, ist klein, aber die Bilder sind gestochen scharf. Wir sehen Regale an den Wänden und aufgestapelte Kisten. An der Seite sind diverse Geräte aufgebaut, bei denen es scheinbar um irgendwelche chemischen Versuche oder Produktionsprozesse geht. So richtig klar ist nicht, um was für ein Lager oder eine Unterkunft es sich handelt. Doch das ändert sich schlagartig, als einer der Kollegen eine Zeltbahn hochhebt und darunter ein Maschinengewehr zum Vorschein kommt. Mir fallen die verrotteten Militärfahrzeuge ein, die ich bei meinem ersten Besuch auf dem Hof bemerkt habe, und mir wird verständlich, warum die beiden Männer so rabiat gegen mich vorgegangen sind. Wir haben ein Waffenlager gefunden. Das Bündel, das der massige Mann aus der Garage getragen hat, ist kein Kind gewesen, sondern irgendeine schwere Waffe. Mir steigen Tränen in die Augen. Ich habe Mühe, mich auf den Beinen zu halten. Ich suche ein Kind, verdammt noch mal, und nicht so ein Dreckszeug, an dem sich irgendwelche Idioten aufgeilen!

Der Krankenwagen fährt ruhig durch die Straßen. Sie haben mich überredet, mich untersuchen zu lassen. Viel Energie brauchten die Kollegen dafür nicht, denn ich fühle mich müde und ohne Kraft und Mut. Dabei ist es weniger der fehlende Schlaf, der mir zu schaffen macht, als die Hoffnungslosigkeit. Wir alle wissen, dass die Chancen auf ein gutes Ende immer geringer werden, je länger ein Kind verschwunden ist. In den Händen irgendeines Verrückten, eines Pädophilen oder Erpressers, eines Menschenhändlers oder was auch immer. Das Kind könnte inzwischen krank geworden sein, es ist möglicherweise unversorgt. Jeder weiß, dass achtundvierzig Stunden ausreichen und ein so kleines Kind wird ohne Flüssigkeitsaufnahme verdurstet sein. In meinem Kopf tauchen Bilder auf. Bilder von dunklen Räumen, in denen Tomasz liegt. Verzweifelt, allein, ängstlich, ohne Hoffnung. Und wir stochern nach wie vor im Nebel. Nichts haben wir, nichts! Nicht die geringste Spur, der wir nachgehen können.

Es dauert nicht lange, bis wir im Krankenhaus Friedrichshain ankommen. Das Fahrzeug nimmt die Einfahrt zur Unfallstelle.

XI.

Ich laufe über die Treppe vor den U-Bahngleisen im hell beleuchteten Bahnhof Warschauer Straße runter auf den Warschauer Platz, dem Entree zum Rudolfkiez. Rechts im Bahnviadukt sind sehr unterschiedliche Clubs untergebracht, in denen gerade die Bässe wummern: Da sind zum Beispiel das Matrix für den Mainstream oder die Busche für die Schwulen und Lesben. Diejenigen, die in Berlin aufgewachsen sind, erzählen gern vom RockIt, eine Veranstaltung, die früher im Matrix stattfand. Dort trafen sich die Schüler der ganzen Stadt, um zu feiern. Zweimal in der Woche gab es Disko für zehn Mark, für die man einen Gutschein für drei halbe Liter Holsten erhielt. Draußen kiffen und quatschen, drinnen tanzen und trinken und die kleine Schwester reinschummeln, weil sie einem so ähnlich sieht, dass der Schülerausweis für beide reicht. Das muss lustig gewesen sein.

Im Münsterland gab es so etwas auch. Hieß Schützenfest oder Zeltdisko und endete damit, dass die Jungs, die um einen herumschwänzelten, irgendwann neben einem saßen, unvermittelt die Köpfe zwischen die Hände nahmen und auf den Boden kotzten. Was gab es sonst? Eine Durchfahrtsstraße mit einer Supermarktfiliale, einem Autohändler, einer Grillbude und einer Bushaltestelle. Außerdem einen neu angelegten Marktplatz mit historischem Brunnen und zwei verkehrsberuhigten Straßen, in denen fast nie ein Mensch zu sehen war. Wenn es dunkel wurde, gab es einfach gar nichts mehr. Eine leere Welt ohne Geist und Schönheit. Wäre nicht ab und zu ein Hundebellen zu hören oder das Flackern eines Fernsehers hinter den Gardinen eines der todsanierten Häuser sichtbar gewesen, hätte man meinen können, ganz allein zu sein. Trotzdem wusste das ganze Dorf Dinge über einen, die niemanden etwas angingen. Trotzdem wurde man auf Schritt und Tritt beobachtet, aus irgendeinem Klofenster heraus, über die akkurat geschnittenen Zierpflanzen in den

Vorgärten hinweg, beobachtet dabei, wie man heimlich die erste Zigarette auf dem Spielplatz rauchte oder betrunken nach Hause torkelte. Trotzdem hatte man einen Ruf zu verlieren und das Bedürfnis, sich hübsch aufgeräumt zu präsentieren, sich und seine Kinder, die da gefälligst reinzupassen hatten in diesen Traum vom Eigenheim, in diese überschaubare Bungalowsiedlung, in der man gesunde Straßenbäume fällt, weil die Anwohner sich im Herbst vom Laub belästigt fühlen.

Meine beste Freundin und ich, wir taten das, was uns hier übrig blieb: Wir rauchten, schauten Fernsehserien, langweilten uns mal in ihrem, mal in meinem Zimmer, mal an der Bushaltestelle, mal im nahen Wald und meistens in den eigenen Betten, in denen wir noch am ehesten zu Hause waren. Wir stahlen kleine Dinge, einen Kajal oder Lippenstift, um für etwas Aufregung zu sorgen, fuhren manchmal am Samstag nach Münster, um uns Second-Hand-Sachen oder irgendwas Schlichtes zu kaufen, ohne die dämlichen Aufdrucke und protzigen Markenlogos, mit denen die anderen sich aufzuwerten versuchten. Irgendwas, mit dem wir uns absetzen konnten von unserer Umgebung, und es war nicht schwer, so etwas zu finden. Wir schmissen den Sportverein, aber ich blieb beim Klavierunterricht, weil es das einzige Zwangshobby war, das mir mit der Zeit angefangen hatte, Spaß zu machen. Wir fuhren Bus und Regionalbahn, lasen gute Bücher, hörten schon sehr bald die beste Musik und warteten darauf, diesen Ort, an den wir immer wieder zurückkehren mussten, so schnell wie irgend möglich ohne Rückfahrtticket zu verlassen, um endlich anzufangen zu leben. An einem Ort wie diesem.

Ich gehe an der alten Wagenhalle vorbei, in die acht Gleise einlaufen. Gerade sehe ich noch die Rücklichter eines Autos, das an der nächsten Querstraße abbiegt, dann liegt die Rudolfstraße menschenleer im matten Licht der Straßenlaternen vor mir. Parterre sind eine Lidl-Filiale, der Großhändler Unielektro, eine Druckerei und ein Billard-Salon untergebracht. Hinter dem Gebäude erhebt sich die backsteinerne Lampenstadt, der man in den Neunzigern den peinlichen Namen Oberbaum City verpasst hat. Ich biege um die Ecke und laufe durch das Tor in der Ehrenbergstraße in den Hinterhof der Wagenhalle. Links ragt der NARVA-Turm in die Nacht. Das war das erste Hochhaus in Berlin, erbaut um die Jahrhundertwende von der Deutschen Gasglühlicht AG. Dann übernahmen OSRAM und nach '45 das volkseigene Kombinat NARVA den Industriepalast. In den neunziger Jahren hat BASF den Turm saniert und einen fünfgeschossigen Bürowürfel obendrauf gesetzt, der jetzt hell im Nachthimmel strahlt. Und vis-à-vis liegt unser Proberaum, im Keller der alten Wagenhalle für die erste Hochbahnlinie Berlins, die heutige U1. Ein geschichtsträchtiger Ort, das hat mir gleich imponiert. Den anderen ist so etwas egal. Mir aber nicht. Kein anderer Ort in der Stadt wäre mir lieber gewesen als dieser hier in unmittelbarer Nähe der Warschauer Straße.

Der Raum ist klein, aber es reicht aus zum Proben und es passt sogar noch ein olles Sofa rein, was will man mehr? Den kleinen Lagerraum auf dem RAW-Gelände, in dem wir zuerst auch geprobt hatten, haben wir zwangsläufig behalten müssen, um das Tour- und Zusatz-Equipment unterzubringen. Proben wäre da aber auf Dauer schwierig geworden, weil es laut Mietvertrag eben nur ein Lagerraum ist, und auf so was müssen selbst die Leute vom RAW achten, allein wegen Brandschutz und all diesen Dingen. Außerdem ist der Raum nicht gedämmt und viel zu hellhörig für einen Proberaum. Man will ja nicht das ganze Außengelände mit seinen unausgegorenen Ideen beschallen.

Vor dem Hintereingang von Unielektro geht's in einem der kleinen Treppenhäuser runter, ein paar Meter durch den schmalen Flur und rechts ab zu den Proberäumen. Die Amps für Bass-, Gitarre- und Keyboards sind zum Schlagzeug hin ausgerichtet, die Gesangsboxen in den äußeren Raumecken aufgehängt, und am Boden vor dem kleinen Podest, auf dem das Drumset steht, gibt's noch eine zusätzliche Monitorbox für Gesang und Basedrum. Aber nicht nur die Base, alles ist mikrofoniert, um Ideen festzuhalten. Das Problem ist ja nicht, dass man sich die Tonfolgen nicht merken könnte, aber ohne Aufnahmen fällt es schwer, sich an den genauen Klang zu erinnern, daran, mit welchem Anschlag die Saiten gezupft wurden, in welchem Tempo das Schlagzeug den Takt geschlagen hat, an den richtigen Groove, in dem das Ganze plötzlich so gut klang, irgendwann völlig unvorbereitet, nachts um halb zwei.

Die leeren und halb vollen Wasser-, Mate- und Bierflaschen stecke ich in eine mitgebrachte Plastiktüte, hole noch eine zweite, kleine und knistrig dünne Tüte aus meiner Tasche und leere darin den gläsernen Aschenbecher mit dem roten Gauloises-Aufdruck aus. Der Staub der Zigarettenasche schlägt mir ins Gesicht, als ich die Tüte zubinden will. Egal, denke ich, auch das muss gemacht werden. Auch das gehört dazu. Eine Aufgabe, die nicht weniger wichtig ist als andere.

Auf den Knien ziehe ich den Staubsauger unter dem Sofa hervor, schließe ihn an und beginne, den schwarzen Teppich abzusaugen, in den sich Tabakkrümel, Asche und Dreck eingerieben haben. Danach nehme ich mir die Polster des Sofas vor, sauge jedes der vier Kissen auf der Sitzfläche und jedes der vier an der Lehne von beiden Seiten und an den Rändern ab. Zwischen zwei Sitzpolstern finde ich ein Haargummi in neongrün. Ich stecke es in die Hosentasche und sauge weiter. Unter der Rückenlehne liegt wieder mal ein Lippenstift von Tamara. Den roten von letzter Woche habe ich noch. Dieser hier ist pink. Ich stecke ihn auch ein. Als ich fertig mit dem Saugen bin und nachdem ich noch den Staub auf dem Schlagzeug und den Oberflächen der Verstärker gewischt habe, ist da schon wieder der Gedanke, dass ich getrödelt haben und es zu spät geworden sein könnte. Ein dummer Gedanke. Ich schaue auf die Uhr. Kein Problem, ich bin erst eine Viertelstunde hier. Wieso fühle ich mich so getrieben? Es hat bisher immer geklappt. Es besteht gar kein Anlass, sich Sorgen zu machen. Ich bin doch schon unterwegs, ich bin doch gleich zurück.

In den frühen Morgenstunden liege ich hellwach neben ihm im Bett. Ich kann nicht wieder einschlafen, aber mir fehlt der Schlaf, ich merke das. Ich habe einen solchen Druck auf den Ohren von seinem Schreien und Weinen. Ein ständiges Rauschen. Ich stehe auf, schließe die Tür hinter mir und trete auf den dunklen Flur, schalte das Licht ein. Auf dem Weg ins Badezimmer bleibe ich vor dem großen Spiegel stehen und sehe mich an. Ich erschrecke mich fast, wie ich da vor mir stehe, ausgelaugt und matt mit zerzaustem, sprödem Haar und tiefen Augenrändern. Dasselbe Bild im Spiegel vor dem Waschbecken.

Kaltes Wasser läuft über mein Gesicht. Ich befeuchte und glätte meine Haare. Auf den Handtüchern liegt Tamaras blaues Bühnenkleid aus der Requisitenkiste. Ich ziehe es über, der Samt gleitet weich über meine Haut. Ich blicke wieder zum Spiegel und trage ihren pinkfarbenen Lippenstift, Make-up und Mascara auf, übertünche die Blässe auf den Wangen mit Rouge. Auf der Ablage vor dem Spiegel liegt ihr neongrünes Haargummi. Ich fasse meine Haare zusammen, binde einen Zopf und strecke mir im Spiegelbild die Zunge entgegen. Dann ziehe ich das Haargummi wieder ab, weil es nicht gut aussieht. Während ich mich ansehe wie eine Fremde, beginne ich mein Haar seitlich zu flechten und binde den Zopf am Ende mit dem Haargummi ab. Mit den pinkfarbenen Lippen forme ich einen Kussmund. Aber ich betrachte mich mit Skepsis, wie eine Frau, die man besser nicht aus den Augen lässt, weil ihr nicht zu trauen ist. Minutenlang stehe ich bewegungslos vor dem Spiegel und starre mich an.

Immer wieder sehe ich im Spiegel sie. Jeden Morgen, wenn wir uns hier gegenüberstehen, den Schlaf aus den Augen reiben und sie über die Müdigkeit in meinem Gesicht lacht. Am Nachmittag gehen wir manchmal zusammen Schuhe kaufen, wir haben beide einen Schuhtick. Abends dann ziehen wir alleine los. Ich sitze in Lokalen und rede über sie, nur Gutes, weil ich weiß, dass sie zuhören könnte. Unter meiner Kleidung, wo sie niemand vermuten würde, versteckt sie sich dann. Wenn sie doch einmal ins Gespräch eingreift, übertöne ich sie mit einer Stimme, die keine Ähnlichkeit mit ihrer hat. Ich gebe ihr einen Text, der nicht zu den Bewegungen ihrer Lippen passt. Erst nachts sind wir wieder zusammen, sie in ihrem blauen Kleid und ich mit meinen Gedanken.

Ich nehme das Smartphone, das auf der Waschmaschine liegt, stecke die Ohrstöpsel ein und suche einen bestimmten Song. Schon höre ich den Takt und Tamara beginnt mit ihrer schönen Stimme zu singen. Ich stehe in ihrem blauen Kleid, mit ihrem pinkfarbenen Lippenstift und ihrem neongrünen Haargummi vor dem Spiegel, betrachte mich und forme die Worte mit dem Mund, tonlos, wie bei einem Playback-Auftritt.

All deine Wege vermerkt
All deine Stopps gescannt
All deine Kontakte verzeichnet
All deine Schritte gezählt

Deine Stadt, sie kennt dich besser als du selbst
Sie weiß alles, alles über dich

Da ist das Blau
Da ist das Gelb
Da ist das Rot
Da sind dreiundzwanzig Augen, die dich sehen
und da ist die Straße nach Warschau, mitten durch Berlin

All deine Ziele geortet
All deine Routen erstellt
All deine Fluchten gekannt
All deine Pfade gewählt

Deine Stadt, sie kennt dich besser als du selbst
Sie weiß alles, alles über dich

Da ist das Blau
Da ist das Gelb
Da ist das Rot
Da ist die Tür, vor der zwei Wächter stehen
und da ist die Straße nach Warschau, mitten durch Berlin

XII.

Es ist kurz vor fünf, als man mich aus dem Krankenhaus nach Hause bringt. Die Kollegen fahren mich in einem Streifenwagen. Man hat mir eine dieser Halskrausen verpasst. Ich fühle mich wie in einem Korsett und bin mir sicher, dass alle Menschen, denen ich begegne, über mein Aussehen lachen werden.

Die Straßen sind schon wieder voller Autos. Für uns bedeutet das Schritttempo und ewiges Warten vor roten Ampeln. Ich frage die Kollegen, ob es irgendetwas Neues gibt. Sie murren nur. Nichts! Sie sind müde und irgendwie auch mies gelaunt. »Wie lange soll das noch gehen mit diesem Kind«, sagt der eine, »jede Nacht sind wir draußen. Fahren die Spree ab, beobachten Leute, die sich rumtreiben, und dann noch vier Stunden drauf. Immer wieder gibt's irgendwelche Fehlalarme. Wenn irgendwo ein Kind verschwunden ist, rücken wir mit allen verfügbaren Leuten an, egal ob man mal für paar Stunden frei hat! Und wenn alle am Ort des Geschehens ankommen, dann ist das Kind wieder da. Hat sich nur versteckt, die Kleine. Na so was. Das hatten wir gestern vier Mal!«

Die Stimme des Mannes klingt, als würde sie durch Schaumstoff zu mir dringen. Ich kann seinen Frust verstehen.

Als wir in die Petersburger biegen, bemerke ich zwei Männer, die nebeneinander hergehen und in ein Gespräch vertieft sind. Sie scheinen gute Laune zu haben, sie klopfen sich gegenseitig auf die Schulter. Das Polizeiauto fährt langsam genug, dass ich genauer hinschauen kann. Normalerweise wären mir die beiden gar nicht aufgefallen, aber ich habe sofort das Gefühl, dass ich zumindest einen der beiden kenne. Es ist Mattias Bartosz. Kein Zweifel. Aber was macht der hier und wieso ist er so ausgelassen? Ich überlege, ob ich die Kollegen bitte, anzuhalten, um Bartosz anzusprechen. Aber ich zögere. Besser wäre, ich könnte sehen, wohin er geht. Wir fahren in die nächste Querstraße, parken den Wagen hinter einem anderen Fahrzeug. Wenig später tauchen die beiden auf. Ihre Stimmen dringen bis zu mir herüber. Sie reden offenbar über eine gelungene Aufnahme der Band, die sie im Kasten haben. Heißt das, sie arbeiten an ihrem Album, obwohl Bartosz' Kind verschwunden ist?

Ich folge den beiden. Aber dann fällt mir ein, dass Mattias Bartosz und Tamara Schmund ja in der Richard-Sorge-Straße wohnen, und genau in die Richtung gehen die zwei.

Wenig später verschwindet Bartosz im Hauseingang zu seiner Wohnung. Der andere geht rasch die Straße hinauf in Richtung Pfingstkirche. Ich eile ihm hinterher; als ich ihn anspreche, bleibt er unwillig stehen. In seinem Gesicht kann man Erschöpfung und Unwillen erkennen. Der Mann muss die ganze Nacht intensiv gearbeitet haben.

»Sie sind eben mit Mattias Bartosz zusammen gewesen. Wo kamen Sie her?«

»Wieso?«

»Das ist doch eine ganz einfache Frage.«

»Mag ja sein, aber ich verstehe nicht, was das irgendwen angeht.«

Er zündet sich eine Zigarette an. Bläst mir den Rauch mehr oder weniger direkt ins Gesicht. Dann aber nimmt er das Polizeiauto wahr, das langsam heranrollt. Die beiden Kollegen steigen aus und kommen langsam näher.

Ich versuche, dem Mann auf die Sprünge zu helfen.

»Haben Sie Musikaufnahmen gemacht?«

»Ja. Wir haben im Aufnahmestudio gearbeitet.« Der Auftritt der Polizisten zeigt offenbar Wirkung. Der Mann stellt sich als Gernot Teichmann vor, Tonmeister, Aufnahmetechniker. »Man muss so ein Tonstudio mieten, manchmal Wochen vorher, und dann hat man das genau für die vorgesehene Zeit. Was da nicht fertig wird, wird nicht fertig«, sagt er und wirkt nun geradezu redselig.

»Aber Sie wissen davon, dass wir noch immer Bartosz' Kind suchen.«

»Ja.«

»Fällt Ihnen dazu etwas ein?«

»Ehrlich gesagt, das geht mich nichts an. Ich bin nicht Mitglied der Band. Ich mache für alle möglichen Gruppen die Aufnahmen. Na ja, was mir schon länger aufgefallen ist ... So ein besonders inniges Verhältnis hat weder Mattias noch Tamara zu dem Kind. Aber das muss ja nichts heißen.«

»Und warum sagen Sie es dann?«

»Keine Ahnung. Sie haben mich gefragt!«

»Die Bandmitglieder insgesamt, wie ist deren Verhältnis untereinander?«

»Na wie gesagt, so gut kenne ich die nicht. Eigentlich ist es wie in jeder Muckegruppe. Sie lieben sich und sie hassen sich.«

»Der Hass ist das, was mich interessiert. Ist in der letzten Zeit etwas vorgefallen?«

»Also, das Einzige, was mir da einfällt, ist Mattias' Verhältnis zu dem ehemaligen Manager. Das ist böse ausgegangen. Da fehlte am Ende 'ne Menge Geld, und das war doppelt blöd, weil das Geld zum Teil von Mattias' Vater stammt, und der besteht auf Rückzahlung, was ich persönlich verstehen kann.«

»Sie meinen Torsten Harms?«

»Richtig. Harms hat Mattias beschuldigt, geplante Konzerte nicht realisiert zu haben. Da waren Räume gebucht,

Veranstalter waren in Vorleistungen gegangen. Und die Truppe reiste nicht an, weil sich die Bandmitglieder untereinander zerstritten. Am Ende blieben gut zwanzigtausend Miese und Harms machte Mattias verantwortlich und der Harms. Das war die Lage und einig geworden sind sich die beiden nicht.«

»Wissen Sie, wo sich Torsten Harms aufhält?«

Teichmann wirft seine Kippe auf den Boden und tritt sie umständlich aus. Ist das jetzt eine Verlegenheitsgeste? Irgendwie reagiert er auf diese Frage anders.

»Nein«, sagt er, aber ich spüre, dass das nicht die Wahrheit ist.

Ich gebe ihm meine Karte und sage, dass er sich melden soll, wenn ihm noch was einfällt. Er nickt. Als er sich schon zum Gehen wendet, zögert er einen Augenblick. Dann aber entscheidet er sich und geht schnell davon.

Wenig später komme ich nach Hause und meine Müdigkeit ist wie weggewischt. Ich brühe mir einen Kaffee auf und stelle mich mit der Tasse ans Fenster. Es hat keinen Sinn, sich jetzt hinzulegen. Langsam trinke ich von dem heißen Kaffee, als sich mit einem Mal eine Beobachtung in mein Bewusstsein drängt. Der Anrufbeantworter. Hatte der nicht geblinkt, als ich den Flur betrat? Es muss eine Ewigkeit her sein, dass mich jemand auf diesem Apparat angerufen und dann auch noch auf den AB gesprochen hat. Ich mache kehrt und stelle fest, dass das kleine grüne LED tatsächlich blinkt. Ich drücke die Abhörtaste. Es dauert den Bruchteil einer Sekunde, bis ich die Stimme als die von Kerstin erkenne. Ich beuge mich rasch hinunter, direkt vor das Gerät, um nur ja keine Silbe von dem zu verpassen, was sie mir mitteilt.

»Hallo, Max«, sagt sie und schweigt dann. Wahrscheinlich überlegt sie sehr genau, was sie sagen will. »Ich hab gehört, dass Sina bei der Polizei eine Ausbildung macht. Vielleicht triffst du sie ja mal.« Wieder höre ich nur ihren Atem. Aber ganz unabhängig davon bemerke ich, dass in mir so etwas wie warme Freude aufsteigt. Es geht nicht um Sina. Es geht darum, dass Kerstin mich angerufen hat, dass ich ihre Stimme höre und dass das so unglaublich gut tut. »Ich war ganz überrascht, als ich dich letztens traf. Also ... wir sind ja erwachsene Leute und vielleicht willst du ja wissen, wie es mir inzwischen ergangen ist. Und was passiert ist, sonst so in der Familie. Deswegen rufe ich an. Vielleicht meldest du dich mal und wir reden einfach.« Dann ein Knacken. Ende. Ich schalte den AB erneut an und höre die Nachricht noch einmal und noch einmal. Ich muss mich setzen. Eigentlich würde ich gerne einen Freudentanz machen, aber ich kann nicht. Mir ist, als sei ich nach einer unendlich langen Wanderung endlich am Ziel angekommen. Ich weiß natürlich, dass das, was ich gehört habe, gar nichts bedeuten muss, jedenfalls nicht, dass Kerstin und ich wieder zusammenkommen. Ich weiß, dass es sich vielleicht wirklich nur um ein Gespräch handeln kann. Und doch habe ich das Gefühl, ich bin Kerstin endlich wieder nahe.

Schon halte ich den Telefonhörer in der Hand. Lege wieder auf. Ich muss erst einmal überlegen, was ich ihr sagen will. Jedes Wort muss genau gewählt sein. Ich kann jetzt unmöglich anrufen. Ich bin viel zu aufgeregt.

Ich gehe durch die Wohnung, die plötzlich wieder etwas Farbe bekommen hat und wärmer ist als sonst.

Ich brauche Zeit, denke ich. Ich muss erst mal zu mir kommen.

Als ich die Dienststelle betrete und auf unser Lagezentrum zusteuere, kommt Sina aus unserem Büro und winkt mir. Ich soll kommen, schnell.

Sie schiebt einen zweiten Stuhl vor ihren Bildschirm und fordert mich auf, Platz zu nehmen.

»Gut, dass Sie da sind«, sagt sie geradezu atemlos, »ich hab's vor 'ner guten Stunde gefunden. Dieser Uwe Neumann hatte es ja angekündigt, und nun ist es ins Internet gestellt worden. Noch ganz neu. Passen Sie auf!«

Auf dem Bildschirm taucht Herr Neumann auf. Er sitzt an einem Tisch und hat vor sich ein Mikrofon. Die Kamera schwenkt und erfasst eine Gruppe von vielleicht fünfzehn Personen. Die einen haben Fotoapparate dabei, andere Aufnahmegeräte. Es handelt sich ganz offensichtlich um eine Art Pressekonferenz. Neumann rückt sich das Mikrofon zurecht. Im selben Augenblick nimmt ein Herr im dunklen Anzug neben ihm Platz.

»Meine Damen und Herren«, fängt Neumann an, »ich habe zu dieser Pressekonferenz geladen, weil ich Ihnen über die schlampige, verantwortungslose Arbeit der Polizei und über eine von mir und meinem Rechtsanwalt aufgedeckte Bande von Menschenhändlern berichten möchte. Wie Sie den Unterlagen entnehmen können, die ich Ihnen zur Verfügung gestellt habe, hat die Polizei von Anfang an kein nennenswertes Interesse an der Auffindung meines Sohnes Marc gehabt. Die Suche nach ihm verlief, gelinde gesagt, unprofessionell.«

Der Mann gefällt sich sichtbar in der Rolle eines Anklägers. Aber natürlich findet er Interesse. Die Journalisten hören gespannt zu. Nicht, weil sie etwas über die vergebliche Suche nach dem Kind wissen wollen, sondern weil ihnen dieser Mann gefällt, weil ihnen gefällt, wie er hier um Gerechtigkeit kämpft. Um sein Recht und darum, dass nicht noch weitere Kinder das Schicksal Marcs teilen mögen. Das gibt gute Schlagzeilen. Dann berichtet Neumann von seinen eigenen Recherchen. Er habe Leute getroffen, aus der Szene, wie er es nennt, und die hätten ihm erzählt, es gebe da einen Menschenhändlerring, der es besonders auf Kinder abgesehen hat. In unserer Stadt, und keiner kümmert sich darum. Neumann ist sich sicher, dass sein Sohn Marc von diesem Ring entführt wurde, der ihn weitervermitteln, also verkaufen wollte. Seiner Meinung nach ist es dann aber zu einem Unfall gekommen und Marc ist in der Obhut dieser Verbrecher gestorben. Warum er gestorben ist, sei ein Rätsel, und auch hier arbeite die Polizei nicht offen. Das Obduktionsergebnis sage, das Kind sei ertrunken. Aber ist das tatsächlich so? Neumann hat Zweifel. Vielleicht ist Marc krank geworden, ohne ärztlichen Beistand gestorben und erst danach ins Wasser geworfen worden. Oder man hat versucht, ihn mit Medikamenten ruhigzustellen, und er ist an diesen Medikamenten gestorben. Leider hätten die den Fall untersuchenden Stellen keine ausreichende Blutuntersuchung vorgenommen.

Fakt ist, so Neumann weiter, dass die besagte Bande in Berlin tätig ist und ihre Zentrale in Friedrichshain hat. Das aktuell entführte Kind, so sagt er, sei nach seinen Erkenntnissen längst ins Ausland, wahrscheinlich in die Niederlande, gebracht worden. Auch in diesem Fall versage die Polizei kläglich. Neumann endet damit, dass Marcs Leiche endlich seinen Eltern übergeben wurde und dass man ihn nun beerdigen wird. Im engsten Familienkreis.

Sina beobachtet mich. Auf ihrem Gesicht zeichnen sich Wut und Empörung ab; wahrscheinlich wundert sie sich, dass ich Neumann so ruhig zuhören kann. Dabei bin ich nur äußerlich ruhig. Ich bin nicht sauer darüber, was der Mann über die Polizei sagt, so etwas bekommt man laufend zu hören und zu lesen. Was mich aufregt, ist, dass dieser Neumann vielleicht wirklich Hinweise hat, die uns möglicherweise weiterhelfen können. Das ist die Schweinerei.

Sina zieht den Obduktionsbericht aus der Fallakte und tippt auf die entscheidenden Stellen. »Ich hab gleich nachgesehen. Alle Untersuchungen wurden durch die Kollegin ordnungsgemäß durchgeführt. Es gibt keine Hinweise auf Beruhigungsmittel oder andere Medikamente und krank war das Kind auch nicht! Warum erzählt der solchen Blödsinn!?«

»Keine Ahnung. Er hat den Bericht ja auch. Aber wir müssen diesen Neumann befragen, was er tatsächlich zu irgendwelchen kriminellen Gruppen weiß. Wenn er was weiß!«, sage ich rasch, als Sina den Computer herunterfährt. »Guck doch mal, ob du ihn erreichst. Er soll herkommen oder wir fahren hin.«

Sina greift sofort zum Telefon.

Franz erwartet mich im Lagezentrum.

»Wir sind da auf interessante Dinge gestoßen«, sagt er, und wie immer, wenn er mir in etwas voraus ist, macht er es spannend. Er hat unsere neueste Errungenschaft angeworfen, ein multimediales Gerät, das, wie Franz sagt, »eigentlich alles kann«, was natürlich Unsinn ist. Es ist eine bessere Version eines Beamers, bei dem man Bilder mittels eines Stifts verschieben, überdecken und verändern kann. Ein schönes Spielzeug, das Franz sofort für sich entdeckt hat. Er lässt Fotos erscheinen, schiebt Namen darunter und hängt kurze Texte daneben.

»Das ist Benno Treiber, achtundfünfzig«, beginnt er wichtig, »vor zehn Jahren verurteilt wegen Menschenraub und Menschenhandel. Prostitution. Mädchen aus dem Kosovo und Bosnien. Hat sechs Jahre gesessen, jetzt ist er wieder raus. Wir haben ihn beobachtet. Fakt ist, er ist ein echter Nachtschwärmer. Verließ um dreiundzwanzig Uhr das Haus und kam heute am Morgen um sieben Uhr zurück. Ob er wieder im Geschäft ist, wissen wir noch nicht. Aber die Kollegen sind dran.«

Franz drückt auf die Taste. Eine weitere Person erscheint auf der Leinwand. »Frieder Stark, neunundfünfzig. Auch im Rotlichtmilieu unterwegs. Kleinere Sachen. Zweimal eine Haftzeit von unter einem Jahr. Mal als Zuhälter dabei, mal als Barbetreiber. Die Straftaten waren aber eher Körperverletzung, also Schlägereien. Ich glaube nicht, dass der in Betracht kommt.«

Das nächste Foto zeigt einen noch relativ jungen Mann. Er hat ein schmales Gesicht und helle, blaue Augen. Eigentlich sympathisch.

»Das ist Gernot Brassler, einunddreißig. Neu in der Kartei bei den Kollegen. Er wurde verdächtigt, in einem Verein, der sich um Kinder kümmert, die Kontakte zu Jüngeren dazu zu nutzen, seinen sexuellen Neigungen nachzugehen. Was immer das bedeuten mag. Die gerichtliche Untersuchung platzte, weil die drei Kinder sich unabhängig voneinander an nichts mehr erinnern konnten. Erklärbar war das nicht. Man geht davon aus, dass Brassler die Eltern jeweils mit Geld und guten Worten bestochen hat, oder aber dass die Vorwürfe irgendwelche Erfindungen von Kolleginnen in dem Verein waren. Herausbekommen hat das bisher niemand. Brassler ist jedenfalls immer zur Stelle, wenn es einem Jungen oder Mädchen schlecht geht. Deshalb hat es schon mehrfach Hinweise bei der Polizei gegeben. Man weiß nicht, was sein Verhalten bedeutet. Eigentlich ist es ja anders herum schlimm, dass jemand angezeigt wird, weil er anderen hilft. Aber gut.«

»Und die fahren alle diese alten grauen Opel?«, entfährt es mir.

»Ja, das haben die Recherchen ergeben«, sagt Franz, als müsste er sich dafür entschuldigen.

Das nächste Foto. Mir fällt sofort der massige Körper des Mannes auf. Er hat einen beinahe kahlen Schädel und trägt eine dunkelgrüne Kutte. Damit sieht er aus wie ein Militär.

Franz schiebt den Namen des Mannes unter das Bild.

»Normen Klinkmüller«, sagt er betont sachlich. »Missbrauch. Hat Kinder auf Spielplätzen angesprochen und mit sich gelockt. Zweimal in Haft. Jetzt angeblich völlig geheilt.«

»Und woher wissen wir das?«

»Ich hab die forensische Abteilung angerufen, die Kollegin war so nett, mir Auskunft zu geben. Für ihn lege sie die Hand ins Feuer. Er war am Abend und die Nacht über jedenfalls zu Hause. Wohnt in einer Art Gartenlaube in der Nähe vom alten Eisspeicher, also da, wo er mal gestanden hat, direkt neben dem Rummelsburger See.«

Unwillkürlich fällt mir Marcs Zeichnung ein. Der große Mann, der dem Kind irgendwelche Süßigkeiten gibt.

»Der wohnt also in der Nähe der Stelle, an der man Marcs Leiche gefunden hat. Das ist entweder ein wirklich interessanter Zufall oder eine heiße Spur. Wo ist er jetzt, sind Kollegen vor Ort?«

Franz macht ein Ich-weiß-was-Gesicht. »Wir hatten die Observation auf achtundvierzig Stunden festgelegt. Zwei

Kollegen in Zivil halten sich in der Bootsbauerstraße und im Fischzug auf.«

»Gut, wir fahren da hin. Beordere noch vier Leute nach Alt-Stralau, aber ohne Signal und auf Abstand! Wir treffen uns in fünf Minuten.«

Auf meinem Weg in den Hof der Dienststelle ruft mir Sina zu, dass sie Neumann erreicht hat und dass er in zwei Stunden hier sein wird. Ich hebe anerkennend den Daumen. Sie grinst.

Es ist neun Uhr, als wir uns gemeinsam der Parzelle nähern. Acht Leute. Ich habe die Gartenlaube direkt im Blick. Alles ist ganz ruhig. Über die niedrigen Lauben, die trostlos und unbelebt zwischen den nahezu kahlen Bäumen stehen, ziehen zerrissene graue Wolken. Der Wind weht mir direkt ins Gesicht.

Wir müssen rasch zugreifen. Wenn dieser Klinkmüller tatsächlich das gesuchte Kind in seiner Gewalt hat, wird er es mit einiger Wahrscheinlichkeit auch als Geisel benutzen. Er hat nicht viel zu verlieren. Aber noch immer genug, um die Hoffnung, hier irgendwie rauszukommen, nicht gänzlich aufzugeben. Und niemand kann einschätzen, wie der Mann reagieren wird, wenn er sich bedroht fühlt.

Wir rücken langsam vor. Kein leichtes Unterfangen. Die Möglichkeiten, Deckung zu finden, sind nicht üppig. Franz stellt sich mal wieder besonders ungeschickt an. Er hat einfach keine Körperbeherrschung, alle Bewegungen bei ihm sehen aus, als würde er sie bewusst ausführen. Er strengt sich jetzt an, besonders geschmeidig zu sein, aber eigentlich erzeugt er damit genau das Gegenteil. Er stakst wie ein Storch und hoppelt wie ein Känguru. Ich habe es schon oft bereut, ihn mitgenommen zu haben. Auch weil er sich selbst mit seinen seltsamen Bewegungen bisweilen in Gefahr bringt.

Schließlich ist die Laube umstellt. Auf mein Zeichen hin dringen wir ein. Ein Tritt und die Tür kippt zersplittert nach innen und fällt krachend auf den Boden. In derselben Sekunde bin ich mit gezogener Waffe drinnen. Muffiger Geruch schlägt mir entgegen. Ich brauche ein bisschen, ehe sich meine Augen an den Dämmer im Haus gewöhnt haben. Aber noch bevor es so weit ist, weiß ich, dass hier niemand ist. Ich spüre keine Regung, höre nur meinen eigenen Atem. Die Luft im Raum ist kalt und nass, nichts deutet darauf hin, dass hier jemand etwas gegen die Novemberkälte getan hat.

Ich sehe mich um. Ich stehe in einer winzigen Stube. An der Seite ein Bett mit diversen Decken und Kissen, alles wild durcheinander. Der Tisch daneben steht voller Flaschen, Schnaps, Bier und Wein. Ein verschimmelter Brotlaib. Überall hängen Kleidungsstücke, teils an Nägeln, teils auf Bügeln, Frauenkleider, Kindersachen, Mäntel, Jacken. In zwei deckenhohen Regalen liegen Stapel davon, wie in einem Warenlager oder einem Kramladen.

In der hinteren Ecke ist eine Plane über etwas ausgebreitet, was ich nicht zuordnen kann. Ich hebe die Plane vorsichtig hoch. Zwei Kinderwagen kommen zum Vorschein. Einen Augenblick lang bleibe ich wie erstarrt stehen. Dann trete ich dichter heran und schaue hinein. Beide Wagen sind leer. Ich sehe mir die Kinderwagen genauer an und stelle fest, dass sie gebraucht sind. Und es scheinen besonders teure Modelle zu sein.

Inzwischen ist auch Franz im Raum. Er stößt die Tür zu der winzigen Toilette auf und zieht einen Vorhang beiseite, hinter dem sich eine ebenso winzige Küche befindet. Eine Gartenlaube eben.

Wieso hat Klinkmüller hier Wohnrecht? Weil er sonst keine Bleibe findet mit seiner Vergangenheit?

»Das sieht aus wie Kleidungscontainer ausräumen«, sagt Franz, »auch 'ne Möglichkeit, sich über Wasser zu halten.«

Ich deute auf die Kinderwagen. Franz stutzt. Wahrscheinlich denkt er das Gleiche wie ich vorhin, als ich sie entdeckt habe. Dann nickt er.

»Die bekannte Masche«, sagt er, »aus irgendwelchen Kindergärten mitgenommen. Dieser Klinkmüller muss wirklich ein ziemlich armes Schwein sein. Wer macht denn so was?«

»Und wo ist er?«, frage ich sauer. Angeblich soll Klinkmüller ja hier gewesen sein, die ganze Nacht. »Nennt man das observieren?«

Die beiden Kollegen draußen zucken mit den Schultern. Sie können sich das nicht erklären. Vielleicht gibt es eine Möglichkeit, hinten über das Wasser die Kleingartensiedlung zu verlassen. Mit einem Kahn oder so.

Denkbar ist das natürlich. Aber fährt wirklich jemand mit einem Kahn über den Rummelsburger See? Nachts vielleicht? Drüben liegt das sogenannte Bolle-Ufer. Es sind vielleicht vierhundert Meter bis zur anderen Seite. Aber warum sollte dieser Klinkmüller dorthin flüchten? Hatte er etwa bemerkt, dass wir ihn beobachten? Das allerdings wäre verheerend, wenn er tatsächlich das Kind in seinem Gewahrsam hat.

»Wir müssen sofort die Spurensicherung hier ranholen«, sage ich zu Franz, der gleich sein Telefon zückt. »Und wir schauen uns in der Hütte um. Wir suchen nach irgendeinem Hinweis, ob hier ein jüngeres Kind gewesen ist.«

Die beiden Kollegen haben verstanden und beginnen mit der Durchsuchung.

In der Laube finden wir keinen einzigen Hinweis darauf, dass Tomasz hier gewesen sein könnte, sieht man von den großen Mengen Kinderbekleidung ab, die in dem Wohnraum gesammelt worden sind. Aber es gibt keine Speisereste, keine Windeln oder irgendetwas Vergleichbares, keine Wegwerftücher, nichts.

Als Gottlieb Bernsen eintrifft, kann ich ihm nur mit ratlosem Schulterzucken begegnen. »Wir haben nichts. Sieh du nach, ob du vielleicht Haare eines Kleinstkindes findest oder irgendein Zeichen.«

Bernsen schaut mich fragend an. »Macht es wirklich Sinn, dass ich meinen Kram auspacke?«

»Ich weiß es nicht«, gebe ich zurück. »Aber versuch es, wir tappen nach wie vor im Dunkeln. Wir brauchen dieses Haar. Es wäre der Strohhalm, an den wir uns klammern könnten.«

Bernsen kennt solche Situationen. Er gehört zu den Leuten, die immer das Glas halb voll sehen. Und er findet tatsächlich oft Hinweise, die alle anderen übersehen oder eben nicht wahrgenommen haben.

Ich stehe am Ufer des Rummelsburger Sees. Gegenüber liegt der Stadtbezirk Lichtenberg, rechts das Bolle- und links das Paul-und-Paula-Ufer, benannt nach dem berühmten Liebespaar. Eine Geschichte von Plenzdorf, lange vor der Wende veröffentlicht, die von zwei Menschen handelt, die sich gegen alle Konventionen lieben. Ich habe die Erstausgabe zu Hause, und als ich sie vor wenigen Jahren noch einmal las, konnte ich kaum glauben, dass es einen solch DDR-kritischen Roman in diesem Land gegeben hat. Frei erhältlich in jeder Buchhandlung, wenn er nicht gerade mal wieder vergriffen war.

Über das Wasser fegt der Wind. Ich ziehe den Reißverschluss meiner Jacke hoch und binde den Schal fester. Drüben sehe ich die neu verputzten Häuser und uralte Gemäuer. Das war hier nie eine feine Gegend, obwohl es das Wasser gab. Hier war es nie wie in Zehlendorf, hier war Industrie. Das Glaswerk, eine richtige Glashütte. Flaschen und Gläser für Bier und Obst und Gemüse, Massenproduktion. Vor den Fabrikhallen Berge von Glas. Die Schmelzöfen wurden beheizt mit Kohle, Schlote mit dickem, schwarzem Rauch. Unweit davon war eines der Berliner Eislager. Im Winter brachen die Männer das gefrorene Eis aus dem See, zogen es über Bahnen heran und lagerten es hier ein für den Sommer. Die Leute kamen und kauften es, damit verderbliche Lebensmittel länger haltbar blieben. Als ich noch ein ganz kleines Kind war, gab es sie noch, die Eismänner. Ihre Lkw brachten dicke Stangen aus Eis. Je nachdem, wie viel man kaufen wollte, wurde mit Eishacken abgetrennt. Die Hacken krachten in das Eis, kleine Splitter klatschten gegen die Gummischürzen der Männer und hoch in die Luft. Der abgetrennte Eisblock fiel in die mitgebrachte Tasche, wurde nach Hause getragen und entweder im Keller eingelagert oder in einen eigens angeschafften Eisschrank gelegt, Lebensmittel darauf. Ein Eisblock hielt, je nach Größe, bis zu einer Woche, aber in den Eislagern hielten die Blöcke monatelang. Dicht beieinander und geschützt vor den Außentemperaturen von bis zu fünfzehn Zentimeter dickem Kork an den Wänden der starken Backsteinmauern, herrschte in den Eishallen immer bittere Kälte. Ganz alte Leute, die hier schon Ewigkeiten wohnen, sagen, dass man sie manchmal hören konnte, die Eishauer, im Winter, bei bitterer Kälte und mit ihren funzligen Lampen da draußen. Man hörte sie schlagen und schreien und hörte das Knirschen und Krachen des Eises.

Der Speicher wurde vor ein paar Jahren gesprengt. Musste Platz machen für teuere Wohnungen, die inzwischen das Bild prägen.

Sina ruft mich an. Herr Neumann sei auf dem Weg. Er warte ungern, habe er gesagt. Ich breche auf, während die Kollegen noch immer die Hütte durchsuchen.

Als ich um halb elf zurück in der Dienststelle bin, kommt mir Kiesewetter entgegen.

»Dieser Neumann ist da«, zischt er mir noch im Gang zu, als wollte er mir die Besetzung der Polizeistation durch die Taliban mitteilen. »Und er hat einen Rechtsanwalt dabei. Wo bleiben Sie denn!«

»Ich habe ihn hergebeten«, sage ich betont ruhig, »er hat tatsächlich wieder so was wie eine Pressekonferenz ins Internet gestellt.« Kiesewetter schaut mich irritiert an. Für ihn ist das Netz zwar nicht Teufelszeug, aber er mag es nicht, wahrscheinlich, weil er Sorge hat, dass irgendwo sein Name auftauchen könnte oder dass man irgendetwas Unangenehmes über ihn veröffentlicht und er anschließend keine Möglichkeit hat, dagegen vorzugehen. Deshalb beschäftigt er sich nicht mit dem Netz. Ihm genügt, dass er am Computer Berichte verfassen, Dienstpläne schreiben und ab und an eine Mitteilung verschicken kann. Alles andere ist ihm suspekt. Er steckt den Kopf einfach in den Sand und fertig.

Kiesewetter tätschelt mir den Arm. »Schon gut, schon gut, um elf Uhr machen wir Lagebesprechung. Da müssen alle Fakten auf den Tisch. Ein Mitarbeiter des Innensenators wird auch dabei sein. Die von oben werden wir offenbar nicht mehr so schnell los. Also bis nachher und setzen Sie diesen Neumann vor die Tür!«

Uwe Neumann sitzt in meinem Büro, als wäre er mein Chef. Neben ihm steht der Rechtsanwalt, den ich schon vom Auftritt aus dem Netz kenne. Ein schlanker, drahtiger Mann, beinahe ganz in Schwarz. Nur das Hemd ist hellgrau. Wüsste ich nicht, dass es Neumanns Rechtsanwalt ist, ich würde mit Sicherheit davon ausgehen, dass es sich um einen Bestatter handelt. Sina hockt etwas eingeschüchtert an ihrem Schreibtisch und ist froh, dass ich auftauche.

Neumann steht rasch auf.

»Sie wollten mich sprechen, das sagte jedenfalls Ihre junge Sekretärin. Worum geht es?«

»Das ist eine Kollegin in der Ausbildung zum Polizeidienst«, entgegne ich ruhig, »aber behalten Sie doch Platz.«

Neumann wirft einen abfälligen Blick in Richtung Sina. Ich kann diesen Mann wirklich nicht leiden, am liebsten würde ich ihn achtkantig aus meinem Büro werfen. Aber ich tue es nicht.

»Und wer sind Sie?«, frage ich stattdessen den Mann in Schwarz.

Uwe Neumann lässt ihn nicht zu Wort kommen. »Mein Rechtsbeistand, Rechtsanwalt Donner, Experte für Straf- und Zivilrecht.«

»Und Mietrecht«, fügt der Rechtsanwalt mit dem klangvollen Namen hinzu, der so gar nicht zu ihm passen will. Mir ist klar, dass Donner offenbar ein Wald-und-Wiesen-Anwalt ist. Dass er angesichts der Situation, in der wir uns befinden, betont, er sei Experte für Mietrecht, zeigt, dass er entweder nicht zu den Hellsten gehört, oder aber, dass er mir damit etwas sagen will. Nämlich dass ihm die Rolle, die er hier im Auftrag von Neumann übernommen hat und nun spielen muss, selbst nicht passt. Da im selben Augenblick, als er auf das Mietrecht hinweist, ein flüchtiges Grinsen über sein Gesicht huscht, entscheide ich mich für Variante zwei, was die Lage entschieden vereinfacht.

»Herr Neumann«, sage ich nachdenklich, »Sie haben da so etwas wie den Mitschnitt einer Pressekonferenz ins Netz gestellt. Dazu hätte ich einige Fragen.«

»Ach, haben Sie das gesehen, ja?« Neumann kann nicht anders, er zeigt seinen Stolz so offen, dass man lachen könnte. »Nun, der kleine Mann tut, was ihm möglich ist. Ich will daran arbeiten, dass nicht noch mehr Kinder verschwinden und dann entweder tot auftauchen oder auf immer verschwunden sind. Wahrscheinlich kennen Sie die Zahlen der vermissten Menschen in Deutschland.«

Ich gehe nicht darauf ein. Ich mag es absolut nicht, wenn Leute mit Statistiken kommen, die sie dann als Beleg für genau ihren Fall oder ihre Meinung heranziehen. Beinahe alle vermissten Menschen sind Jugendliche oder Erwachsene und die meisten verschwinden aus eigenem Antrieb. Das wird bei einer Argumentation, wie sie Neumann meint, natürlich verschwiegen. Gerade bei Statistiken, die die Arbeit der Polizei betreffen, kann man sich buchstäblich auf nichts verlassen. Kürzlich haben wir Zahlen bekommen, nach denen die Fahrraddiebstähle in Friedrichshain innerhalb von fünf Jahren um vierzig Prozent gestiegen sind. Ungeachtet dessen, dass die Anzahl von Fahrrädern im gleichen Zeitraum um über einhundertfünfzig Prozent gestiegen ist, ist der Anstieg der geklauten Zweiräder enorm. Bezieht man allerdings die gestiegene Anzahl mit in die Rechnung ein, sind prozentual weniger Räder gestohlen worden. Aber das ist keine Schlagzeile.

»Sie haben da von einer Gruppe gesprochen, die sich auf Menschenhandel spezialisiert haben soll. Darüber hätte ich gerne mehr gewusst.«

Neumann nickt mit großem Ernst. »Sie wollen also von meinen Nachforschungen profitieren?«

»Herr Neumann, Sie haben davon gesprochen, dass Sie Personen getroffen haben, die Ihnen Hinweise gegeben haben.«

»Ja, das ist richtig.«

Noch ist er ganz stolz und sicher. Er glaubt, dass ich ihn bitten werde, uns zu helfen und die Namen der vermeintlichen Mittelsmänner zu nennen.

»Dann sagen Sie mir doch bitte die Namen und wo ich diese Personen finden kann.«

»Das kann ich nicht. Ich habe diesen Leuten versprochen, dass ich vertraulich arbeite.«

»Herr Neumann, ich glaube, da sitzen Sie einem Irrtum auf. Wenn Sie Kenntnis von derlei Straftaten haben, so müssen Sie dies zur Anzeige bringen. Es handelt sich bei Menschenraub oder Menschenhandel nicht um den Diebstahl von Fahrrädern oder um den illegalen Verkauf von nachgedruckten Fahrscheinen. Es handelt sich um Verbrechen. Sie können nicht entscheiden, ob Sie mit uns zusammenarbeiten möchten oder nicht. Oder, anders formuliert, wenn Sie nicht mit mir reden wollen, dann machen Sie sich strafbar. Und in dem Fall würde ich dann gerne mit einem Staatsanwalt telefonieren, wenn Sie erlauben, und ich denke, Ihr Rechtsbeistand Donner wird das ähnlich sehen. Im Übrigen würde ich Ihnen nicht dazu raten, eigene Ermittlungen anzustellen.«

Neumann schaut mich mit ernster Miene an. Er schaut nicht hinüber zu seinem Rechtsanwalt, denn er hat längst begriffen, dass ich recht habe. Neumann hat sich, das sieht man ihm an, die Situation hier etwas anders vorgestellt. Er räuspert sich, faltet die Hände. »Was heißt denn Ermittlungen? Ich habe einfach in der Szene nachgefragt. Das ist überhaupt kein Problem. Und das ist es ja gerade, was ich Ihnen vorwerfe: Wenn es mir als normalem Bürger möglich ist, solche Dinge zu erfragen, warum tun Sie das dann nicht!? Aber gut, was wollen Sie wissen?«

»Das sagte ich bereits. Namen, Orte, Zusammenhänge. Im Übrigen ist diese seltsame Pressekonferenz, mit Verlaub, das Dümmste, was Sie machen konnten. Denn wenn es wirklich einen solchen Menschenhändlerring in Berlin oder direkt hier im Friedrichshain gibt, dann sind die Leute jetzt gewarnt. Und nur wenn man Ihnen unterstellt, dass Sie im guten Glauben gehandelt und das nicht bedacht haben, wird man Ihnen zubilligen können, hier nicht gegen geltendes Recht verstoßen zu haben.«

Jetzt schaut Neumann doch zu seinem Rechtsbeistand. Dessen Gesicht bleibt regungslos. Aber man kann erkennen, dass ihn das einige Anstrengung kostet.

Uwe Neumann schließt kurz die Augen. »Es handelt sich um einen gewissen Dämmeritz. Er ist im Rotlichtmilieu unterwegs. Bei ihm geht es wohl um Mädchen, also um Prostitution. Und der soll Leute kennen, die sich um Kinder aus Bulgarien und Rumänien kümmern. Aber sie interessieren sich angeblich auch für Kinder aus Berlin. Streunende Kinder, heißt es.«

Eigentlich hatte ich es mir gedacht. Neumann hat keine wirkliche Spur zu Tomasz und auch keinen neuen Hinweis zum Tod seines Kindes. Er ist nicht der Erste, der seinen Schmerz über den Verlust mit wilden Aktionen zu lindern, zu verdrängen versucht, und der Aktionismus wird umso intensiver, je größer die eigene Schuld ist, die sich ihren Weg in das Bewusstsein und die Seele der betroffenen Menschen sucht. Ich kann mich gut daran erinnern, dass wir schon ähnliche Fälle hatten. Einmal haben die Eltern eines Jugendlichen noch Suchplakate geklebt, obwohl sie die Leiche ihres Sohnes bereits identifiziert hatten. Der Jugendliche war mit Freunden auf einen Eisenbahnwaggon geklettert und hatte einen Stromschlag bekommen. Die anderen liefen weg, ließen den toten Kumpel auf dem Dach des Waggons liegen. Die Suche nach dem vermisst gemeldeten Jungen lief über eine Woche. Schließlich entdeckten Eisenbahner den Toten. Aber die Eltern blieben noch Tage dabei, dass ihr Junge verschwunden sei und wieder auftauchen würde.

»Gut«, sage ich ruhig, »ich habe mir schon so etwas gedacht. Herr Neumann …« Ich atme tief ein. »Bislang gehen wir noch immer davon aus, dass es sich bei dem Tod von Marc um einen Unfall handelt. Aber es gibt ein paar merkwürdige Dinge, die daran zweifeln lassen. Zum Beispiel wissen wir noch immer nicht, ob Marc wirklich auf diesem Spielplatz war, wie Sie und Ihre Frau behaupten.

»Was soll das heißen?!«

»Nun, das soll heißen, dass es auch eine ganz andere Geschichte geben könnte. Wir müssen herausfinden, ob es wirklich ein Unfall war oder nicht.«

»Sie wollen uns also unterstellen, dass wir lügen?! Dass wir vielleicht sogar selbst …?! Das ist infam!«

Nun meldet sich auch der Wald-und-Wiesen-Jurist zu Wort. »Soll das eine Art Retourkutsche sein, weil mein Mandant sich über die Arbeit der Polizei beschwert? Das wäre dann aber sehr billig!«

»Ich gehe nur allen erdenklichen Möglichkeiten nach. Das ist meine Aufgabe. Und sollten Sie diesbezüglich etwas beitragen können, dann würde ich mich freuen.«

»Das war es dann wohl«, sagt Neumann und steht auf.

»Wir sind noch nicht fertig.« Meine Stimme klingt scharf und das zeigt Wirkung. Uwe Neumann schaut mich fast schon erschrocken an.

Ich gebe ihm ein Zeichen, dass er sich wieder setzen soll. »Wir haben noch immer keine wirkliche Erklärung für die Druckstellen, die wir am Leichnam ihres Jungen festgestellt haben.«

»Aber das ist es doch, was ich meine!«, fährt Neumann mich an. »Diese Typen, die ihn verschleppt haben …«

»Nein. Ich meine etwas anderes. Es gibt Hinweise, dass Sie sehr streng zu dem Jungen waren. Wissen Sie, wir haben immer wieder mal ein totes Kind, bei dem uns die Eltern erzählen, es sei zu einem Unfall gekommen. Aber in Wirklichkeit war es eine Misshandlung, die im Nachhinein vertuscht werden sollte.«

Neumann hat meine Worte nur mit Mühe ertragen. »Das muss ich mir nicht antun! So ein Schwachsinn!«

Seine aggressive Reaktion könnte ein Zeichen dafür sein, dass ich nicht unbedingt verkehrt liege mit meinem Verdacht, dass er möglicherweise selbst Schuld am Tod seines Kindes trägt und deshalb daran arbeiten muss, die Spuren, die zu ihm führen, zu verwischen.

»Jedenfalls werden wir in Ihrem Umfeld weitere Personen zu Ihrem Verhältnis zu Marc befragen.«

»Wenn Sie nichts Besseres zu tun haben!« Noch einmal macht er sich auf, zu gehen. Er ist schon an der Tür, als ich ihn bitte, noch zu warten. Er tut es unwillig.

Ich nehme Marcs Zeichnung von der Pinnwand. »Ihre Frau bat darum, diese Zeichnung zurückzubekommen. Würden Sie sie bitte mitnehmen.«

Neumann nimmt das Blatt. Ich reiche ihm noch eine Hülle und beobachte ihn dabei. Er schaut auf das Bild. Er wirkt unsicher. Ist er erschrocken?

»Das hat Marc gemalt?«, sagt er.

»Ich habe es aus der Kindertagesstätte mitgenommen. Mich haben diese beiden Figuren interessiert. Können Sie sich vorstellen, wer der große, kräftige Mann auf dem Bild ist?«

Neumann schaut noch einmal hin. Zuckt mit den Schultern.

»Soll ich das sein?«

»Ich weiß es nicht«, sage ich. »Es könnte sein. Oder erkennen Sie darin jemanden, der zu Marc in irgendeiner Beziehung steht und den er deshalb in dieser Art und Weise gemalt haben könnte?«

»Nein.« Neumann macht kehrt und geht erneut zur Tür.

Ich sage noch: »Herr Neumann, eines sollten Sie auf jeden Fall unterlassen: in der Öffentlichkeit Unwahrheiten zu unserer Arbeit zu verbreiten. Bei allem Verständnis für Ihren Schmerz, Sie kennen die Ergebnisse der Obduktion. Behaupten Sie also nicht, wir hätten hier nicht ordnungsgemäß untersucht. Das kann Sie unter Umständen teuer zu stehen kommen. Ich sage Ihnen das in aller Deutlichkeit und erwarte, dass Sie sich daran halten.«

Neumann murmelt etwas und ist schon draußen. Rechtsanwalt Donner trippelt hinter ihm her.

Die beiden sind kaum zur Tür hinaus, als mein Telefon klingelt. Erst kann ich nicht verstehen, wer da anruft, und verlasse das Büro. Aber dann stelle ich fest, dass es Sabrina ist. Wieso ruft sie mich an! Was will sie von mir? Kann sie mich nicht endlich in Ruhe lassen?!

»Ich möchte kurz mit dir sprechen«, sagt sie, »hier in Hamburg, in der psychiatrischen Klinik. Ich will es dir nur erklären und dann soll es genug sein.«

Ich kann nichts sagen; wir schweigen. Dann höre ich eine Stimme. Jemand redet mit Sabrina. Schließlich ist der Arzt am Telefon.

»Entschuldigen Sie, Herr Martaler, ich hatte Frau Zielinski gebeten, Sie anzurufen. Ihr geht es nicht gut, auch wenn es vielleicht nicht so klingt. Sie hat lange gebraucht, um sich zu entschließen, mit Ihnen Kontakt aufzunehmen. Und ich denke, es wäre wirklich gut, wenn Sie herkommen könnten, und sei es für eine Stunde. Mit dem ICE brauchen Sie neunzig Minuten nach Hamburg, Sie nehmen ein Taxi und sind in zwanzig Minuten hier. Die Klinik übernimmt die Kosten und ... Hallo ...?«

Ich muss mich sammeln. Brauche Zeit. Atme tief ein und aus.

»Ja, ich bin noch dran. Wissen Sie, was Sie da von mir verlangen? Ich war damals, als Sabrina verschwand, kein

Mensch mehr, nach allem, was passiert war. Ich hatte alles aufgegeben, was mir lieb und teuer war. Meine Frau, mein ganzes Leben. Und sie hatte mich nur dafür benutzt, ihre Ermittlungen voranzubringen. Sie hatte mich im Visier! Mich! Den, der ihr am nächsten war, der mit ihr ermittelt und mit ihr geschlafen hat. Begreifen Sie das?! Diese angebliche Liebe, das war nur Mittel zum Zweck. Und ich habe sie wirklich geliebt. Ich Idiot!«

»Genau darum geht es doch! Deshalb will diese Frau doch mit Ihnen reden!«

»Aber ich will nicht. Ich kann nicht und ich will nicht.«

»Hören Sie, wir müssen das aus der Welt bringen. Bei ihr und auch bei Ihnen. Sonst schleppen Sie das immer weiter mit sich herum. Und glauben Sie mir, Herr Martaler, auch an Ihnen ist die Geschichte nicht einfach vorbeigegangen, so wie Sie das ja auch selbst beschreiben. Auch Ihnen würde ein klärendes Gespräch gut tun. Überdenken Sie meinen Vorschlag und ich rufe Sie morgen früh noch einmal an. Danke, das war es erst einmal.«

Er wartet nicht ab, ob ich noch etwas sagen will, er beendet einfach das Gespräch. Ich stehe da und fühle mich total bescheuert. Aber andererseits wächst in mir auch Wut und Empörung. Nein, ich will dieses Gespräch nicht. Ich will endlich meine Ruhe haben.

Als ich wieder ins Büro trete, schaut mich Sina an und fragt: »Was ist denn mit Ihnen passiert?« Aber sie bedrängt mich nicht. Zum Glück. Ich setze mich und atme kräftig ein und aus. Ich muss das verdrängen, denke ich, ich muss das jetzt ausschalten. Das hier ist wichtig. Nur das! Aber ich weiß, dass das nicht stimmt. Denn da ist auch Kerstin, da ist mein ausstehender Anruf bei ihr, und der Anruf von Sabrina. Beinahe fühle ich mich wieder wie vor einem Jahr. Als mich diese plötzliche Beziehung zu Sabrina beinahe zerrissen hätte.

Sina ist mit ihren Gedanken noch bei dem Besuch von Uwe Neumann.

»Was ist das bloß für ein Mensch«, sagt sie.

Ich versuche mich zu konzentrieren. »Ich weiß nicht«, entgegne ich, »irgendwas sagt mir, der weiß etwas, das dem Fall Marc eine Wende geben kann. Aber vielleicht ist es auch seine Frau. Vielleicht will er sie schützen. Trotzdem müssen wir erst mal die Kollegen einbeziehen, die sich um Menschenhandel kümmern. Sei so gut, frag nach, ob die einen gewissen Dämmeritz kennen. Und ob die aktuell besondere Aktivitäten feststellen, was Kinder aus Bulgarien und Rumänien anbelangt. Die sollen uns mal sagen, ob überhaupt irgendwas von dem zutrifft, was dieser Neumann behauptet. Ach, und noch was, wenn irgendwann Zeit zwischendurch ist, dann muss ich die Schwester von Karen Neumann sprechen. Sie heißt Carola Neff. Kannst du mir die Adresse raussuchen?«

»Mach ich«, sagt Sina. Sie sucht im Telefonverzeichnis die entsprechenden Nummern und Namen der Kollegen. Während sie damit beschäftigt ist, erzählt sie: »Wir hatten in unserer Heimgruppe mal zwei Jungen, so um die zehn Jahre. Genau weiß ich das nicht mehr. Die hatten einen Mann kennengelernt in einem dieser großen Elektronikmärkte, in der Spielabteilung. Der gab ihnen für irgendwelche Sexspiele Geld. Die beiden fanden das cool. Sie gaben in der Gruppe damit an, mit dem Geld und dass sie nun einen großen Freund hätten, der sie aus allem raushauen würde. Auch aus dem Heim. Es dauerte nicht lange und die Erzieher bekamen Wind davon. Sie versuchten rauszubekommen, um was es genau ging und wer der Mann war. Sie wandten sich auch an die Polizei, aber bevor das richtig ins Rollen kam, waren die beiden Jungen verschwunden. Es hieß, sie seien in einen Mercedes gestiegen, der gar nicht weit von unserer Wohnung auf sie gewartet hat. Ich weiß nicht, ob das stimmt, aber es wurde erzählt. Ich war damals sieben oder so, ist eine Ewigkeit her. Aber von den beiden Jungen habe ich nie wieder was gehört. Das heißt, stimmt nicht, es gab mal eine Weihnachtskarte von einem an seine Mutter, zwei oder drei Jahre nach seinem Verschwinden. Darin schrieb er, es gehe ihm gut. Das haben jedenfalls die Erzieher erzählt.«

Sie ist fertig mit ihrer Suche und tippt die erste Telefonnummer ein. Ich höre noch, wie sie sich meldet und dem Kollegen am anderen Ende zu erklären versucht, um was es geht.

Im Lagezentrum hat Franz die Ergebnisse der Spurensuche in der Wohnung von Klinkmüller auf das Witheboard geschrieben.

»Da war kein kleines Kind«, sagt er bestimmt, »außer in den beiden Kinderwagen natürlich. Also, da haben mal Kinder dringelegen. Ansonsten sind wir auf nichts gestoßen, was mit dem gesuchten Tomasz oder mit dem Fall Marc Neumann im Zusammenhang stünde. Wäre ja auch zu schön gewesen, wenn wir endlich eine Spur hätten.«

Aber Franz hat doch etwas gefunden. Er macht es wie immer besonders wichtig. Auf dem Tisch liegt eine Rolle. Wahrscheinlich ein Plakat.

»Ich hab es zufällig entdeckt«, sagt er und fängt an, das Papier zu entrollen. Natürlich soll ich noch ein wenig auf die Folter gespannt werden. Endlich kann ich erkennen, um was es geht. Es ist tatsächlich ein Plakat, Franz pinnt es mit sechs weißen Magneten an die Wand. Das Plakat kündigt den Auftritt der Band Warschauer an. Abgebildet sind Mattias Bartosz, Tamara Schmund und die drei weiteren Mitglieder der Gruppe.

»Also, ich hab die frisch geklebten Plakate gesehen und bin dann einem der Plakatierer hinterher, um ihn um eins zu bitten. Er hat mir sofort eins überlassen, als ich ihm erzählt habe, wer ich bin und dass wir in der Sache Tomasz unterwegs sind. Was mich wundert, ist der Umstand …«

»… dass die jetzt für ein Konzert Werbung machen«, ergänze ich. »Das ist in der Tat interessant.«

Franz zuckt mit den Schultern. »Nun könnte man meinen, das Leben geht weiter, aber das Kind ist ganze drei Tage verschwunden. Und die Chance, dass wir es finden, wächst nicht gerade.«

Ich kann Franz nur recht geben. In mir kommt wieder dieses unsichere Gefühl hoch, das ich immer spüre, wenn ich an Tamara und Mattias denke. Sind sie nicht vielleicht wirklich ganz froh, dass Tomasz verschwunden ist? War er ihnen eine Last? Und wenn ich angesichts dieser Fragen tief in mich hineinhöre, kommt da noch etwas anderes hoch, ein Gedanke, den ich am liebsten nicht zulassen würde, der aber doch da ist …, nämlich ob die beiden Tomasz möglicherweise beseitigt haben.

»Ich werde sie fragen, was das bedeutet«, sage ich. »Wahrscheinlich ist es ein Konzert, das schon lange feststeht und das jetzt einfach gegeben werden muss. Und die beiden können vielleicht gar nichts dagegen machen.«

Franz schaut abrupt auf seine Armbanduhr.

»Ich muss … ich muss für eine oder anderthalb Stunden weg.« Als ich ihn fragend anschaue, sagt er mit großem Ernst: »Ich bin in einer Ich-werde-Vater-Gruppe, und heute geht's um die Frage, dabei sein bei der Geburt oder lieber nicht.«

»Aha.« Ich stelle mir Franz vor, wie er seiner Frau zur Seite stehen will, während sie das Kind auf die Welt bringt, und ich habe absolut keine Ahnung, wie er das anstellen will. Natürlich wird er nicht ohnmächtig, das sicher nicht, aber was soll er tun? Und wie wird es ihm gehen angesichts des Blutes und des Fruchtwassers und schmierigen Talks auf dem Körper des Neugeborenen und der Nachgeburt und dem Stöhnen und Schreien? Ich weiß es nicht.

»Und willst du denn dabei sein?«

Franz nimmt Haltung an. Gerade so, als hätte ich ihn in der U-Bahn gefragt, ob ich mal seinen Fahrschein sehen kann, und er hat keinen. Er ringt um Fassung. Und dann presst er ein »Natürlich« heraus. Ich glaube ihm nicht.

»Und da gehst du zu einer Ich-werde-Vater-Männerrunde? Komisch.«

»Was ist daran komisch?«

Natürlich ist aus seiner Sicht daran nichts Komisches. Ich winke ab und sage nur: »Nichts, nein, nichts.« Aber vermutlich weiß er, dass ich das anders sehe. Wahrscheinlich, weil ich altmodisch oder konservativ oder einfach stoffelig bin. Wieso müssen zu allen möglichen Dingen immer Gruppen gebildet werden? Ich weiß, dass ich mit meiner Skepsis nicht alleine bin. Es gibt bekanntlich die lustigsten Filme über derlei Männerrunden, in denen sich verlassene, dicke, dünne, Kochen lernende Männer oder Frauen treffen, um über ihr Schicksal zu sprechen und irgendwelche Strategien zu entwickeln, wie man aus dem vermeintlichen Schlamassel rauskommen kann. Doch obwohl sich die halbe Welt wahnsinnig lustig macht über solche Rettungsvereinigungen wie »Dir geht's doch auch schlecht, nicht wahr?«, werden die Gruppen und die Themen scheinbar nicht weniger, sondern mehr. Und warum nutzen selbst an sich ernst zu nehmende Menschen solche Angebote? Sicher, manche tun es heimlich, vor allem, wenn es um eher peinliche oder auch problematische Themen geht, also frühzeitiger Samenerguss oder Alkoholismus, aber selbst die bekennenden Gruppenteilnehmer mit den schwierigsten Themen werden zahlreicher. Kaum mehr ein Treffen von Männern oder Frauen, bei dem es nicht um Selbsthilfegruppen, oder wie immer sie sich auch nennen mögen, geht.

Franz packt seine noch halb volle Flasche Wasser ein. Er ist mental schon ganz und gar bei seiner Ich-werde-Vater-Gruppe und verschwindet, als würde er schweben.

Ich schaue mir noch einmal das Plakat an. Grelle Farben, Rot und Gelb und Blau. Bizarre Pfeile und Linien. Die Schrift wie Leuchtreklame. »Warschauer – Wo der Wunsch zu Werke geht« und darunter »Warschauer macht Wunder – Kultband mitten in Berlin – Mit Songs vom neuen Album«. Veranstaltungsort ist das Astra Kulturhaus nicht weit von hier an der Revaler Straße auf dem ehemaligen RAW-Gelände. Klein darunter ist auch der Name der anderen Band vermerkt: Stoppzeit, die das Vorprogramm bestreiten wird.

»Sieht gut aus«, höre ich Sina sagen. »Das ist ein toller Ort, da passen gut tausend Leute rein und es ist immer super Stimmung und nicht zu teuer.« Sina ist eine Fachfrau für Dinge, die mir so fremd sind wie die Schattenseite des Mondes. Hinter mir haben sich Kollegen versammelt. Einer sagt: »Das lassen die doch sowieso ausfallen.« Ein anderer: »Ich hab die schon mal erlebt, macht ziemlich Betrieb, die Truppe, nicht übel.«

Sina hat die Kollegen vom LKA erreicht. »Es gibt eine Zunahme an Aktivitäten bei Banden, die Kinder zum Klauen und Betteln trainieren. Aber es gibt noch eine andere Szene. Davon berichten die vom LKA 132, sexuelle Delikte, Kinder und Jugendliche betreffend. Neben Einzeltätern wird auch in Richtung Banden und Vernetzungen ermittelt. Und es sind auch schon mal Kinder verschwunden. Allerdings eher Zehn- bis Achtzehnjährige. Die werden manchmal in irgendwelchen Wohnungen aufgefunden, zufällig oder wenn es gezielte Hinweise gibt. Manchmal sind Sozialarbeiter dran. Die von den ›Berliner Jungs‹ oder ›Gangway‹ zum Beispiel. Das sind Spezialisten für die Aufdeckung und Abwehr von Pädophilen. Arbeiten aber auch präventiv. Die machen Kinder fit, wenn es die Eltern nicht hinkriegen. Ich kenne die, die machen auch so Streitschlichterausbildung.«

»Was du so alles weißt«, sage ich anerkennend. »Es ist wirklich gut, wenn Leute wie du bei uns anfangen, die 'ne Menge eigene Einblicke haben, was so los ist in der Welt.«

»Eben, eben«, grinst Sina und legt mir die Adresse von Carola Neff auf den Tisch. Ich stecke den Zettel in meine Jackentasche.

Um halb zwölf versammeln sich die Kolleginnen und Kollegen im Lagezentrum. Der Mitarbeiter des Innensenators ist eben eingetroffen und hat den stellvertretenden Polizeipräsidenten im Schlepptau.

Neben mir sitzen Gunnar Scholz und sein nerviger Mitarbeiter Stefan Karsten. Kiesewetter hat sich brav neben den

Stellvertreter gesetzt und schiebt ihm nun eigens für ihn und den Menschen vom Senat angefertigte Unterlagen zu. Kerner kommt noch herein und winkt mir kurz, der Chef der Hundertschaft und sein Stellvertreter sind auch da. Franz' Platz ist leer. Dafür nimmt ein Kollege vom LKA teil. Er hat sich kurz vorgestellt: Lars Winkler, zuständig für Menschenhandel und Prostitution. Sina trägt noch einen Stuhl herein und schaut fragend zu mir herüber. Ich bedeute ihr, sie soll bleiben, und sehe ein dankbares Lächeln über ihr Gesicht huschen. Sie rückt ihren Stuhl ganz an die Seite und nimmt Platz.

»Sind wir komplett?«, fragt Kiesewetter und schaut in die Runde. Er bemerkt Franz' leeren Stuhl und schaut fragend zu mir herüber.

»Der Kollege ist in einer dringenden Angelegenheit unterwegs, er wird jeden Augenblick zu uns stoßen«, erkläre ich rasch. Das beruhigt Kiesewetter.

»Gut, dann fangen wir an.« Ich staune, bislang hat ihn sein obligater Schluckauf noch nicht erwischt. Aber ich bin mir sicher, dass das nur eine Frage der Zeit ist. Kiesewetter nickt mir zu.

»Also gut«, beginne ich. »Wir sind, was die Suche nach dem sechs Monate alten Tomasz betrifft, keinen einzigen Schritt weiter.«

Kiesewetter zieht die Stirn in Falten. Das ist aus seiner Sicht ein ganz schlechter Anfang. Ginge es nach ihm, würde man zunächst von Erfolgen reden, selbst dann, wenn keine vorzuweisen sind. Da ist er ganz und gar Pädagoge. Man lobt die Zeichnung eines Kindes, und zwar auch dann, wenn klar ist, dass sich das Kind keine Mühe gegeben hat.

»Ich gehe die einzelnen Stränge durch, zu denen wir ermitteln«, sage ich, ohne mich weiter um meinen Vorgesetzten zu kümmern. »Fakt eins. Es gibt den Hinweis auf dieses imaginäre Auto, das wahrscheinlich in der Nähe des Proberaums der Band Warschauer gestanden hat.« Ich sehe, wie sich die meisten Blicke dem Plakat zuwenden. »Zweitens:

Die Kollegen haben ganze Arbeit geleistet und vier potenzielle Verdächtige unter den über tausend Besitzern derartiger Fahrzeuge herausgefiltert. Einer davon, Normen Klinkmüller ...« – ich zeige auf das Foto des Mannes an der Wand – »scheint von besonderem Interesse, weil er die Statur eines Mannes hat, die auf einer Zeichnung von Marc Neumann, dem tot aufgefundenen Kind, dargestellt wurde. Diesem Klinkmüller haben wir heute Morgen einen Besuch abgestattet. Der Verdächtige war verschwunden, er wird derzeit gesucht. Leider haben wir in seiner Wohnung keine verwertbaren Beweise gefunden, die belegen würden, dass das gesuchte Kleinkind dort gewesen ist. Es bleibt also unklar, ob Klinkmüller etwas mit der Entführung von Marc oder Tomasz zu tun hat. Die anderen drei Verdächtigen werden derzeit observiert. Wir werden uns alle drei der Reihe nach vornehmen.« Ich lasse meine Darlegungen einen kurzen Moment wirken, dann fahre ich fort: »Fakt Nummer drei, die Eltern von Tomasz. Bekanntlich sind beide Musiker. Mein Eindruck ist, und der wurde mir sowohl von den Eltern des Mattias Bartosz als auch von einem Tontechniker bzw. Aufnahmeleiter bestätigt, dass weder Tamara Schmund noch der Vater von Tomasz ein besonders herzliches Verhältnis zu dem Kind hatten bzw. haben. Ja, es könnte sogar sein, dass beide gar nicht traurig darüber sind, jetzt wieder mehr Zeit für ihre Musik zu haben. Das klingt hart, aber es ist nicht auszuschließen. Es gibt sogar den Verdacht, dass Tomasz' Großeltern deshalb den Jungen an sich genommen und an einem, aus ihrer Sicht sicheren Ort gebracht haben, was aber noch nicht untersucht wurde.«

»Das ist eine ziemlich starke Nummer«, meldet sich der Vertreter des Senats zu Wort. »Sie meinen, die nehmen Tomasz aus dem Auto, verstecken ihn irgendwo, um ihn so was wie besseren Eltern zu übergeben?«

»Möglich, ja.« Ich schaue in die Runde. Nachdenkliche, zweifelnde Gesichter, nur Sina nickt. »Vielleicht war es zunächst eine Kurzschlussreaktion. Vielleicht wollten die

Großeltern ihren Sohn nur auf das Problem hinweisen. Dann gab es die Polizeiaktion und die Sache musste geheim bleiben. Man konnte nicht mehr zurück. Ich gebe zu, das klingt etwas gewagt, aber ich würde es auf keinen Fall ausschließen.

Fakt vier, die Band und das Umfeld. Da sind zunächst die anderen Musiker, aber da ist auch ein ehemaliger Manager der Band, Torsten Harms. Bartosz und Harms beschuldigen sich gegenseitig, verantwortlich für den Bankrott der Band im letzten Jahr und für Schulden zu sein. Zwischen Bartosz und Harms gibt es erhebliche Konflikte, auch deshalb, weil Bartosz Geld, das ihm sein Vater geliehen hat, eingebracht hat. Das Geld wird der Vater zurückfordern. Und es gibt ein ehemaliges Mitglied der Band, Zara Bellheim, Bassgitarre. Es ist noch nicht klar, was zum Ausscheiden der Frau bei Warschauer geführt hat. Vielleicht eine Liebesgeschichte. Was hinsichtlich der Entführung von Tomasz vielleicht von Bedeutung sein könnte.

Fakt fünf und letzter Punkt von meiner Seite: Uwe Neumann, der Vater des toten Marc Neumann, hat in einer, wie er es nennt, Pressekonferenz darüber gesprochen, dass er Kontakt zu einem Menschenhändlerring aufnehmen konnte, von dem er glaubt, er würde die Schuld am Tod seines Jungen und an der Entführung von Tomasz tragen. Wir wissen nicht genau, um was es gehen könnte, um sexuelle Ausbeutung oder aber darum, wie unser Kollege Kerner kürzlich meinte, auf diese Weise Adoptionen zu ermöglichen. Vieles ist denkbar. Aber darüber könnte vielleicht der Kollege vom LKA etwas sagen. Ich danke schon mal, dass du oder Sie hergekommen sind.« Ich nicke dem Kollegen zu. »Ach so«, schiebe ich noch hinterher, »wir können auch eine Erpressung nicht ausschließen, aber es gibt darauf bislang keine Hinweise. Danke!«

Kiesewetter schaut in die Runde. Ich weiß, dass ihm solche knappen, klaren Vorträge gefallen. Auch weil er selbst Mühe hat, die Dinge sachlich und schnell zusammenzuführen. Er lächelt mir dankbar zu.

Gunnar Scholz meldet sich als Nächster. »Wir haben uns dazu entschlossen, alle Meldungen, bei denen es darum geht, dass Kinder von fremden Personen angesprochen oder aufgefordert wurden, mitzugehen, beziehungsweise alle Vermisstenmeldungen, Kinder betreffend, zu sammeln und sie mit Angaben aus den letzten sechs Monaten zu vergleichen. Außerdem haben wir in neun Fällen, in denen derlei Vorkommnisse bekannt geworden sind, sofortige intensive Fahndungen eingeleitet. Drei Fälle, die im Stadtbezirk Friedrichshain registriert wurden, erschienen uns von besonderer Bedeutung.« Er tritt an die Friedrichshain-Karte und tippt nacheinander auf die Orte, die er meint. »Am Comeniusplatz, also ganz in der Nähe, wurde ein Mädchen aufgefordert, einen Mann zu begleiten. Ein Ehepaar bemerkte diese Situation und sprach seinerseits das Mädchen an. Die Person entfernte sich daraufhin rasch. Ein weiterer Vorfall ereignete sich in unmittelbarer Nähe des Märchenbrunnens. Hier wurde ein Mann beobachtet, der an Kinder Süßigkeiten und Spielzeug verteilte und davon sprach, weitere tolle Sachen zu Hause zu haben. Wenn man so will: der Klassiker. Aber die Kinder, eine Gruppe von sechs Sieben- bis Neunjährigen, lehnten ab und sprachen einen Kollegen an, der mit dem Streifenwagen auf der Friedensstraße stand. Also ziemlich clevere Kinder. Der dritte Fall wurde am Boxhagener gemeldet. Eine Mutter hatte ihren Kinderwagen nur einen Augenblick lang vor einem Stoffladen abgestellt, als sie bemerkte, dass sich eine Frau daran zu schaffen machte. Als sie aus dem Laden trat, lief die Frau davon. Wir haben ein Phantombild von ihr anfertigen lassen.« Das Bild wird von einem Beamer an die Wand geworfen. »Es handelt sich um eine etwa fünfunddreißigjährige, sportlich wirkende Frau mit braunem, kurz geschnittenem Haar und einer kleinen, spitzen Nase. Leider trug sie eine Sportsonnenbrille. Wir haben diese Person wie die beiden anderen in unsere aktuelle Fahndungsliste aufgenommen. Ehrlich gesagt finde ich die Geschichte von der Frau, die sich da an dem Kinderwagen zu schaffen macht, am interessantesten.« Er schaut in die Runde. Ich versuche mir vorzustellen, was Beweggründe sein könnten, warum eine Frau einer anderen das Kind aus dem Wagen nehmen will. Scholz scheint meine Überlegungen erraten zu haben.

»Warum hat jemand Interesse daran, einem anderen das Kind wegzunehmen?«

Kerner meldet sich.

»Ein unerfüllter Kinderwunsch. Überzogenes Gerechtigkeitsempfinden: Warum sollen immer die anderen Glück haben und ich nicht? Oder der Verlust natürlich. Jemand hat sein eigenes Kind verloren und verschafft sich so Ersatz. Da gibt es viele Motive. Allerdings gebe ich zu, dass die genannten Vorkommnisse dennoch sehr selten sind. Die häufigste Motivation in diesem Zusammenhang ist bekanntlich eine vorgetäuschte Schwangerschaft. Jemand behauptet, von jemandem schwanger zu sein, und muss am Ende sozusagen den Beweis für die Behauptung erbringen. Und dann bleibt noch, jemand gibt ein Kind zur Adoption frei und bereut es hinterher. Die Mutter fängt an, nach dem Kind zu suchen, und greift schließlich zu.« Wenn Kerner ins Reden kommt, dann hört er so rasch auch nicht auf, denke ich. Aber natürlich sind seine Beiträge immer interessant, zumal ich weiß, dass er zu jedem seiner Motive auch eine reale Geschichte zu erzählen hätte. Geschichten, die er entweder selbst erlebt oder die ihm einer seiner Kollegen berichtet hat.

»Richtig«, sagt Scholz, »Motive gibt es viele. Ich will mit meinen Hinweisen ja auch nur sagen, dass wir das Geschehen um mögliche Entführungen von Kindern oder in diesem Zusammenhang stehende mögliche Straftaten genau im Blick haben. Wenn sich in dieser Richtung etwas ergibt, werden wir sofort informieren.«

Der junge Mann vom LKA meldet sich zu Wort.

»Lars Winkler«, sagt er mit kratziger, aber nicht unsympathischer Stimme. »Also, wir haben uns diese Fragen natürlich bereits unmittelbar nach Bekanntwerden der Entführung gestellt. Könnte es sein, dass derzeit Kinder im Fokus irgendwelcher Banden oder Einzelpersonen stehen? Das ist grundsätzlich und eindeutig zu bejahen. In den letzten Jahren war es in Berlin in dieser Hinsicht ruhig geworden, dafür haben entsprechende Vorkommnisse in anderen Großstädten zugenommen und es ist nicht auszuschließen, dass es jetzt auch hier wieder vermehrt zu solchen Übergriffen kommen kann. Wir haben Ihnen ja bereits bei der Ermittlung der Opel-Besitzer im Zusammenhang mit entsprechenden Tatzusammenhängen die nötigen Daten geliefert. Und wir werden uns weiter damit beschäftigen. Natürlich neben der Opel-Liste, die Sie aufgestellt haben. Wir sind gegenwärtig dabei, einschlägige Täter, die es insbesondere auf jüngere Kinder abgesehen haben, in den Blick zu nehmen. Ich werde Ihnen, Herr Martaler, die aktuelle Namensliste zukommen lassen, also von Personen, bei denen wir einen Verdacht nicht ausschließen können. Unsere Leute sind dran. Es kann nicht schaden, wenn ihr wisst, um wen es sich handelt. Inzwischen reicht die durchsuchte Fläche von der Eldenaer Straße über die Frankfurter hinweg bis zur Mühlenstraße beziehungsweise Stralauer Allee und von hier bis zur Lichtenberger Straße und Neuen Bahnhofstraße bis Möllendorffstraße. Wir können davon ausgehen, dass es in den hier zugänglichen Bereichen keine Spuren oder verwertbaren Hinweise bezüglich des gesuchten Kindes gibt. Wir haben uns auch die Kanalisationen und die Dachböden vorgenommen. Wenn sich das gesuchte Kind noch im Bezirk Friedrichshain befindet, dann müssen wir davon ausgehen, entweder in Kellerbereichen oder, und das ist am wahrscheinlichsten, in einer von zehntausenden Wohnungen, zu denen wir ohne nachweisbaren Verdacht und Gefahr im Verzug keinen Zugang erhalten. In der gesamten Region sind seit heute morgen Suchplakate angebracht. Wir müssen jetzt auf die Mithilfe der Bevölkerung hoffen.«

»Es ist eine Hotline geschaltet«, sagt Kiesewetter etwas unbeholfen, »eigentlich wollte die Kollegin, die für diese

Aktion zuständig ist, hier auch anwesend sein. Sie heißt Karoline Hartz und hat das hintere Büro bezogen. Ich vermute mal, dass sie noch mit dem Einrichten der technischen Dinge beschäftigt ist.«

Das sogenannte »hintere Büro« ist eine Art Abstellkammer und dient uns eigentlich als Lagerraum für Papier, Druckerpatronen, Briefkuvertkisten und ausgediente Möbel. Wir haben es während meiner gesamten Zeit in dieser Dienststelle nur zweimal als Büro genutzt. Ich habe gar nicht bemerkt, dass da jetzt jemand eingezogen ist.

Kiesewetter schaut in die Runde. Er sieht müde aus, noch müder als sonst. Ich weiß, dass diese Sitzung ganz und gar nicht in seinem Sinne verlaufen ist. Plötzlich sehe ich Sinas Arm. Sie meldet sich wie eine Schülerin.

»Darf ich?«, fragt sie. Sie sitzt mit hoch aufgerichtetem Oberkörper da. Sie will nicht besserwisserisch wirken und doch hat sie eine gewisse Strenge in ihrer Stimme. »Wir haben bekanntlich nicht nur nach einem Kind gesucht, wir haben auch ein Kind gefunden. Das sollten wir nicht ganz vergessen. Ein Kind, das ohne die Aufmerksamkeit einer Nachbarin und unsere schnelle Reaktion wahrscheinlich gestorben wäre. Wir wissen noch nicht genau, was in diesem Fall eigentlich passiert ist, aber egal, wir haben also auch einen Erfolg zu verbuchen.«

Die Blicke der Kollegen in der Runde richten sich auf Sina. Stimmt, denke ich, das haben wir völlig aus den Augen verloren. Wie konnte ich das nur vergessen! Und was ist eigentlich mit dem Babyphone und der Gegensprecheinrichtung? Wie weit sind wir mit der Suche nach der Mutter des Kindes?

Doch ich halte mich zurück mit diesen Fragen, weil ich sehe, dass Kiesewetter einen frohen Schimmer in den Augen hat. »Richtig«, sagt er. »Danke für den Hinweis! Und es muss natürlich geprüft werden, inwieweit dieses Geschehen mit unseren Fällen zusammenhängt. Aber das ist ja wirklich erst mal ein Grund, sich zu freuen, nicht wahr.«

Einen Augenblick lang scheint es fast so, als würde Kiesewetter mit dieser vermeintlich frohen Botschaft die Lagebesprechung beenden. Doch dann meldet sich der Kollege vom Senat noch einmal zu Wort.

»Vielen Dank für die geleistete Arbeit. Ich brauche aber wohl nicht darauf zu verweisen, dass der Zwischenstand nicht unbedingt als befriedigend bezeichnet werden kann. Wir glauben nicht, dass das Ehepaar Neumann mit seinem Druck auf die Ermittlungen irgendetwas bewirken kann, aber andererseits stehen wir vor der Frage …« Er erhebt sich und geht vor der Projektionsfläche, auf der noch immer der Stadtbezirk Friedrichshain abgebildet ist, auf und ab. Immer wenn er in die Projektion hineinläuft, bekommen sein Gesicht und seine Kleidung bunte Flecken. »Was ist, wenn es eine weitere Entführung gibt? Wir haben jetzt zwei. Die letzte liegt drei Tage zurück. Was, wenn morgen die nächste stattfindet? Können Sie sich vorstellen, was dann in der Stadt passiert? Nicht nur, dass man der Polizei vorwerfen wird, dass sie offenbar nicht in der Lage ist, die Bürgerinnen und Bürger ausreichend zu schützen, es wird darum gehen, welches Kind ist das nächste? Und genau das darf auf keinen Fall passieren!«

Wichtigtuerei, denke ich. Der Mann muss sich doch im Klaren darüber sein, dass wir uns das beschriebene Szenario auch schon ausgemalt haben, und das nicht nur einmal, sondern jeden Tag mehrfach. Dass jeder hier die meiste Angst davor hat, dass es weitere Entführungen geben könnte. Was soll also dieses Gehabe?

Kiesewetter hat seine Hände auf dem Tisch gefaltet. Sein Blick ruht auf ihnen.

Manchmal kann ich mich in solchen Situationen nicht beherrschen. Ich sage: »Haben Sie irgendeine Idee? Ich meine, vielleicht können Sie bei der Abwendung der von Ihnen beschriebenen Gefahren in irgendeiner Weise behilflich sein?« Das hat gesessen. Ich sehe, dass sich Lars Winkler ein Grinsen nicht verkneifen kann.

Der Mitarbeiter des Innensenators kneift den Mund zusammen. Ich kann absolut nicht verstehen, wieso Leute in solch einer Position sich derartig angreifbar machen und dann auch noch eingeschnappt sind, wenn man sie darauf hinweist. Dieser Mann trägt seine Gefühle noch dazu derart offen zur Schau. Könnte er jetzt nicht ein wenig nachdenklich schauen oder intelligent lächeln? Nein. Er zeigt einen verkniffenen Mund und sagt damit: »Ihr seid gemein zu mir!«

Es dauert einige Sekunden, ehe er sich gesammelt hat. Und dann sagt er doch noch etwas, was ihn irgendwie rausreißt.

»Ich darf Ihnen jedenfalls mitteilen, dass Sie jederzeit zusätzliches Personal anfordern können. Der Senator sprach sogar davon, dass Mannschaften aus anderen Bundesländern zum Einsatz kommen können, wann immer Sie das vor Ort als notwendig erachten.«

Das macht sogar auf Kiesewetter Eindruck, denn ein solches Angebot gibt es in aller Regel nur zum ersten Mai und wenn hochkarätige Fußballspiele anstehen und man sich nicht sicher ist, ob irgendwelche Fanatiker aufeinander loszugehen beabsichtigen.

»Danke«, sagt Kiesewetter, und er meint das sogar so, wie er es sagt.

Der Senatsmitarbeiter greift rasch nach seinem Mantel. »Ich muss dann wieder ...«, sagt er knapp und ist verschwunden.

Kiesewetter schaut in die Runde. »Was halten Sie von dem Angebot?«

Der Chef der Hundertschaft zuckt mit den Schultern. »Natürlich können wir Leute gebrauchen. Dann können unsere einfach mal einen Tag frei machen. Aber ehrlich gesagt, noch mehr Präsens wird meines Erachtens nicht dazu führen, dass wir eine weitere Entführung verhindern, weil wir niemals überall sein können, selbst wenn wir tausend Leute einsetzen. Es ist zu befürchten, dass die Menschen dadurch noch mehr verunsichert werden. Und Angst und Panikmache haben noch nie jemandem geholfen, auch uns nicht.«

Ich nicke. Kiesewetter bemerkt meine Zustimmung, er schlägt mit den flachen Händen auf die Tischplatte. »Also, dann gehen wir wieder an die Arbeit. Und hoffen wir darauf, dass die Bevölkerung uns sachdienliche Hinweise gibt. Danke, meine Herren, und danke, junge Kollegin!« Er lächelt in Richtung Sina. Erstaunlich charmant.

Kaum ist die Runde dabei, sich aufzulösen, betritt Franz den Raum. Er hat ein rotes Gesicht, seine Haare stehen zu Berge, wahrscheinlich, weil er sich eben erst den Fahrradhelm vom Kopf gerissen hat, und er strahlt. Ich hoffe, dass er jetzt nicht anfängt, davon zu erzählen, wo er herkommt und dass er sich entschieden hat, bei der Geburt seines Kindes dabei oder auch nicht dabei sein zu wollen. Das wäre zum einen unpassend und zum anderen würde es meine banale Entschuldigung für ihn stark in Frage stellen. Deshalb nehme ich ihn kurzerhand am Arm und ziehe ihn mit in Richtung Büro. Gleichzeitig bitte ich Lars Winkler um ein kurzes Gespräch.

Ich erkläre Franz in knappen Worten, dass wir uns die Lagebesprechung hätten sparen können.

Winkler nickt nur. Für einen so jungen Kollegen hat er eine erstaunliche Gelassenheit. Er unterstreicht das, indem er sagt: »Ich habe mir eure Untersuchungsergebnisse in Sachen Marc Neumann angesehen. Im Prinzip deutet ja nichts darauf hin, dass das Kind Opfer eines Sexualstraftäters geworden ist. Das Einzige ist die Art seines Verschwindens. Das wiederum ist typisch: Jemand spricht ihn an, Marc geht mit der Person mit und so weiter. Das ist bei Tomasz ganz anders. Jemand muss ja das Auto oder die Fahrerin beobachtet haben. Unwahrscheinlich hingegen ist, dass ein Täter die Straße langgeht, zufällig bemerkt, dass da ein Kind im Auto ist, und es dann mitnimmt. Das wäre ein enormer Zufall. Und noch unwahrscheinlicher ist, dass dieser Täter auch der im Fall von Marc ist. Das sind zwei völlig verschiedene Tatabläufe.«

»Na ja«, meldet sich Franz, nachdenklich geworden, »das würde zwar, wie Sie schon meinen, für zwei unterschiedliche Täter sprechen, aber dann auch wieder für eine Bande. Also für eine Gruppe, deren Ziel es ist, Kinder an sich zu bringen, für welche Zwecke auch immer.«

»Ja, das stimmt«, sagt Winkler. »Ich habe mir heute früh ähnliche Fälle aus den letzten fünfzehn Jahren angesehen. Und siehe da, es hat vor knapp zehn Jahren eine ähnliche Geschichte gegeben. Ein Kind wurde aus einem Auto entführt, ein kleines Kind in einer Tragetasche. Der Fall landete bei uns, weil man einen Täter im Sexualmilieu vermutete. Das Kind wurde nie gefunden.«

»Und du gehst davon aus, dass das Kind noch lebt?«, frage ich.

»Es ist zumindest denkbar. Es müsste heute um die zehn Jahre alt sein.«

»Und was haben die Ermittlungen ergeben?«

»Wir haben alle einschlägig bekannten Personen beobachtet, haben gezielt gesucht. Nichts. Wahrscheinlich ist dieses Kind unmittelbar nach seiner Entführung zumindest außerhalb der Stadt untergebracht worden. Irgendwohin, wo es nicht auffällt, dass da plötzlich ein Kind ist.«

»So weit waren wir auch schon«, unterbricht ihn Franz.

»Ja, natürlich. Ich frage mich aber, ob es sich hier um einen Wiederholungstäter handeln könnte?«

Mit dieser Bemerkung verblüfft Winkler nicht nur mich. »Wie meinen Sie das?«

»Das kleine Kind ist groß. Es ist nicht einmal mehr ein Kind, sondern fast schon jugendlich. Der Täter braucht aber ein kleines Kind, um seine wie auch immer gearteten Bedürfnisse zu befriedigen.«

»Phh«, entfährt es Sina, »das hört sich ziemlich schräg an. Aber unmöglich ist es nicht. Oder?« Sie schaut mir fragend ins Gesicht.

»Es wäre sicher eine weitere Möglichkeit, in diese Richtung zu ermitteln«, entgegne ich. »Wir sollten das Geschehen von damals und das bei der Entführung von Tomasz jedenfalls vergleichen. Ort, Tatzeit, vielleicht auch die Kinder.«

»Das übernehme ich«, sagt Winkler, »und wie gesagt, ich lasse euch die Liste der aktuell bekannten Sexualtäter zukommen. Wenn ihr irgendwelche diesbezüglichen Erkenntnisse habt, meldet euch bei mir. Ich werde meinen Kollegen auch wegen möglicher Aktivitäten zu Menschenhandel auf die Nerven gehen.«

»Es geht doch nichts über vernünftige Netzwerkarbeit«, sagt Franz, als Winkler gegangen ist. Ich weiß, dass dies das derzeitige Zauberwort in der Polizeiweiterbildung ist, und winke ab. Natürlich ist daran nicht zu zweifeln, aber wie so oft wird eine Binsenweisheit plötzlich als der Stein der Weisen gepriesen. Es ist wie mit den Verwaltungsreformen, mit denen man uns in der Regel alle zwei Jahre auf die Nerven geht. Mal soll die Polizei stärker in die Regionen, mal soll sie sich mehr zentralisieren. Mal sollen alle auf die Straße und dann wieder liegt der Kern der Ermittlung in der Erstellung von Vergleichsdateien. Alles soll erfasst und zugänglich gemacht werden, überall sitzen Kollegen vor den Bildschirmen und legen Vergleichsprofile an. Dann wieder soll hart durchgegriffen werden, jeder Rasenlatscher bekommt ein Strafverfahren, und wenn das wirklich anfängt, irgendwelche Wirkungen zu zeigen, sollen die Polizisten doch lieber wieder die braven Bürger in Uniform sein und den Leuten dabei helfen, mehr Eigenverantwortung zu übernehmen. All diese Vorgaben, Reformen und Neuordnungen gehen an uns, der Mordkommission, zwar weitestgehend vorbei, aber mittelbar sind wir doch betroffen. Und produzieren eigene Verwirrungen. Eine davon ist die Netzwerkarbeit. Fängt man die an, meldet sich mit Sicherheit irgendeine andere Stelle und fragt nach dem Datenschutz, nach den konkreten Verantwortungsbereichen oder nach den Zurechnungsgrößen für das Personal, das dann doch wieder für ganz konkrete

Aufgaben berechnet wird. Von daher hat das Wort Netzwerk für mich nur den einen realen Sinn, nämlich dass es gut ist, wenn man sich kennt und vertrauensvoll über Bande spielt. Ohne Vorgesetzte, ohne auf Verantwortungsbereiche zu achten. Man braucht ein Gespür dafür: Zu wem kann ich Vertrauen haben und zu wem nicht. Wie weit kann ich gehen und wann muss man Halt sagen.

Franz spricht von Netzwerkarbeit, wie man es in den derzeitigen Weiterbildungen lehrt. Es hat keinen Sinn, dieses Thema mit ihm zu diskutieren. Zum Glück machen die Leute am Ende doch, was sie für richtig halten, und das ist fast immer auch das Beste, was man tun kann.

Interessanter erscheint mir die Frage, was es im Hinblick auf das aufgefundene Kind für Neuigkeiten gibt. Sina ruft beim Kindernotdienst an und fragt, ob sich inzwischen die Mutter gemeldet hat. Sie stellt den Lautsprecher des Telefons an. Wir hören die Stimme des Leiters des Notdienstes und spüren, dass der Kollege unter hoher Anspannung steht. Die Einrichtung, so erklärt er uns, sei wie immer hoffnungslos überbelegt. Man habe erneut Kinderbettchen kaufen müssen und wisse einfach nicht mehr, wo man anfangen und wo man aufhören solle. Vor allem kleine Kinder müssten immer wieder in Obhut genommen werden.

Offenbar braucht der Mann diese Zeit, um seinem Frust Luft zu machen.

»Und was ist mit dem kleinen Jungen, den wir Ihnen gestern gebracht haben?«, versucht Sina die Sache auf den Punkt zu bringen.

»Nichts«, sagt der Mann, »wir wissen noch nichts. Zuständig ist das Jugendamt Friedrichshain, weil das Kind in diesem Bezirk gefunden wurde. Aber glauben Sie mir, es ist beileibe nicht das einzige, das aus einer verkommenen Wohnung geholt wurde.«

Als Sina auflegt, habe ich das Gefühl, dass diese Geschichte wahrscheinlich nichts mit Tomasz zu tun hat. Dass uns dieses Kind nicht weiterbringt.

»Man muss ’ne Pflegefamilie finden.« Sina reißt mich aus meinen Gedanken. »Und das ist in Berlin ein riesiges Problem.«

Ich sehe sie fragend an.

»Es gibt einfach viel zu wenige. Wir hatten immer mal ein jüngeres Kind in der Gruppe, und die blieben und blieben, weil sich niemand gefunden hat. Manchmal ein Jahr lang, manchmal länger. Die hatten dann gar keine Lust mehr, zu Pflegeeltern zu gehen, weil sie sich in der Gruppe eingelebt hatten und das inzwischen ihr Zuhause geworden war. Und wir anderen Kinder wollten die auch gar nicht mehr rausrücken.«

Ich frage mich, was wohl im Kopf und im Herzen dieser jungen Frau passiert, wenn sie mit einem solchen Fall konfrontiert wird. Und ob es wirklich richtig ist, dass sie ausgerechnet hier ihre ersten Erfahrungen mit unserer Arbeit macht und dass sie überhaupt bei der Polizei arbeiten wird.

»Sie schauen mich an. Was denken Sie?«, fragt Sina, ohne aufzublicken. Ich fühle mich ertappt und erkläre umständlich, dass ich es gut finde, dass sie hier ist, und dass sie sich schnell eingearbeitet hat. Nun schaut sie doch hoch und über ihr Gesicht huscht ein ausgesprochen charmantes Lächeln.

XIII.

Die Sonne scheint durch die Glasscheibe auf meinen Rücken. Kinder wuseln durchs Café, laufen nach hinten in den Spielraum, wo sie rutschen und klettern können, liegen bäuchlings neben ihren Müttern und Vätern. Das Baby sitzt auf meinem Schoß, wo es aufgeregt seine Rassel schwingt. Von überall hört man Kinderlaute, aber nur selten ein lautes

Kreischen oder Schreien. Ich sitze auf einem bunten Kissen auf der Fensterbank der Kinderwirtschaft in der Schreinerstraße. Ich weiß, dass es ein Fehler ist, hier herzukommen, aber als wir eben hier vorbeigegangen sind, hat es mich hineingezogen. Vielleicht war es der Wunsch nach ein bisschen Normalität. Das Wetter ist ausnahmsweise gut, die Sonne scheint, warum nicht anhalten und einen Tee trinken?

Ich halte die Getränkekarte in der Hand und schaue darauf, aber ich lese sie nicht. In Gedanken bin ich bei Mattias. Ich bin schon einmal hier gewesen. Mit ihm. Ich sehe uns hier zusammensitzen, Mattias, das Baby und mich. Ich sehe in sein schönes Gesicht, in diese Augen, die mich anstrahlen, während er das Kind im Arm hält. Ein Junge krabbelt über den Boden auf uns zu und beginnt sich an der Wand aufzurichten. Dann steht er auf wackligen Beinen neben uns, grinst mich an und führt, als sei er verlegen, seine Hand zum Mund. Die Mutter lächelt mir freundlich zu und ich lächele zurück. Als die Bedienung kommt, um meine Bestellung aufzunehmen, schaut der Kleine mich und das Kind auf meinem Schoß weiter neugierig an.

Das lenkt mich ab. Es stört mich auch. Mir schwirrt der Begriff Soja-Chai-Latte durch den Kopf, aber stand so was in der Karte? Ich bestelle einen schwarzen Kaffee mit einem Glas Leitungswasser und einem Croissant. Hatte nicht auch Mattias damals Kaffee und ein Croissant bestellt?

Aus dem Augenwinkel sehe ich, dass der Junge uns noch immer anstarrt. Das ist mir jetzt einfach zu viel, ich habe keine Energie für eine Kontaktaufnahme und erwidere seinen Blick nicht. Mir fehlt der Schlaf, mir fehlt die Ruhe. Ich habe Angst, dass die Kopfschmerzen wieder einsetzen, dass es wieder in meinen Ohren rauscht wie bei einer Flugzeuglandung. Ich setze die große dunkle Sonnenbrille auf. Der Kaffee und das Croissant werden gebracht und ich nehme die Tasse, greife nach dem Croissant. Mit dem ersten Schluck hole ich die Erinnerung an Mattias zurück, hole ihn ganz nah an mich heran. Ich tunke das Croissant in den Kaffee, genauso wie er es getan hat. Das aufgeweichte Ende schmeckt bitter, aber es schmeckt nach ihm.

XIV.

Gegen Mittag gehe ich die Straße hinauf in Richtung Berghain, dem Club, von dem nur die Touristen aus dem letzten Dorf in Oberbayern nicht wissen, dass sich die Bezeichnung aus den Namen der Stadtbezirke Kreuzberg und Friedrichshain zusammensetzt. Ehemals wohl vor allem ein Schwulentreff, inzwischen aber offen für alle, die Musik und Club-Atmosphäre mögen. Es gibt ein paar Geschichten, die man über diesen riesigen Betonkoloss erzählt, wobei nicht klar ist, ob es sich dabei um gezielt gestreute Gerüchte oder um Aufschneiderei handelt oder um die Wirklichkeit. So soll es hier den angeblich bekanntesten Türsteher Europas geben, einen Mann, der im Gesicht tätowiert und eigentlich Fotograf ist. Dabei ist es wohl verboten, im Berghain zu fotografieren. Auch soll es keine Spiegel geben, in den Kellergewölben aber noch immer einen Schwulentreff, in dem es Berichten zufolge sehr freizügig zugeht. Das Gebäude sieht aus wie ein Bunker aus der Nazizeit, wie es sie noch an einigen Stellen in Berlin zu sehen gibt. Aber dieser Betonklotz war einmal ein Heizkraftwerk und ist jünger als vermutet. Anfang der Fünfziger ist das Kraftwerk gebaut worden. Heute sind die riesigen Hallen und Gänge eine gigantische Veranstaltungsmaschine, vor der an den Öffnungstagen Tausende anstehen, um eingelassen zu werden, was angeblich nicht ganz leicht sein soll, weil die Türsteher nach einem undurchschaubaren System Menschen zurückweisen.

Das Seltsame ist, dass ich mich immer dann, wenn ich hier vorbeikomme, unwohl fühle. Ich kann nicht sagen, warum das so ist. Vielleicht erinnert mich der Bau unwillkürlich an die Zeit vor '45? Vielleicht ist es aber auch der Eingang, dem so viele Menschen zustreben, um sich in diesem Club einer Verführung, einer totalen Manipulation hinzugeben. Oder aber es ist die enorme Anzahl von Menschen, die hier zusammenkommen, die vielen jungen Leute, die so gierig sind, so gierig nach Vergnügen, nach Lärm, nach Verführung, nach Lust. Natürlich weiß ich, dass das vor allem ein Generationsproblem ist und dass man als über Vierzigjähriger verwundert vor dem steht, was die tun, in deren Alter man zwanzig Jahre zuvor selbst war. Und doch ist da etwas, was auch rational Angst vermittelt, und das ist die absolute Kritiklosigkeit, mit der diese Kulturkommerzmaschine mit all ihrer zur Verfügung stehenden Verführungsmacht genutzt und akzeptiert wird. Der Gedanke daran lässt mich schaudern, wenn ich über den graubraunen Hof gehe, vorbei an den graubraunen Betonwänden und den mächtigen Stahltüren, den metallenen Zäunen und den unzähligen Hinweisschildern und Plakaten

Unter diesen Plakaten sind zwei, die mir ins Auge fallen. Da ist die Ankündigung des Konzerts der Band Warschauer und kurioserweise fünf Meter entfernt davon das schwarzweiße A3-Plakat, auf welchem die Bevölkerung um Hilfe bei der Suche nach Tomasz gebeten wird. Beinahe schon makaber. Wahrscheinlich wissen diejenigen, die die Plakate geklebt haben, nichts von dem Zusammenhang.

Mir fällt ein, dass es vor allem für Tomasz' Eltern ein Problem sein wird, wenn sie die Plakate sehen. Man muss sie irgendwie warnen, denke ich, und nehme mir vor, das zu tun, weil ich die beiden ohnehin aufsuchen muss. Ich will Bartosz noch einmal zu seinem Verhältnis zu seinen Eltern befragen. Und ich muss mit diesem Fabian Zierkow sprechen, dem ehemaligen Freund von Tamara. Plötzlich wird mir klar, warum ich diesen Weg eingeschlagen habe, warum ich überhaupt hier unterwegs bin. Es waren nicht die Plakate oder das Berghain oder sonst irgendetwas, das mit dem Fall zu tun haben könnte – es war Kerstin, die ich anrufen will und muss. Ich bin auf dem Weg zu ihrer Schule.

Ich schaue auf die Uhr und stelle fest, dass mein Unterbewusstsein mich recht gut steuert. Es ist große Pause. Die Schülerinnen und Schüler sind auf dem Schulhof oder sonstwo in der Gegend unterwegs. Sie stehen in kleinen Gruppen zusammen und rauchen oder trinken einen preiswerten Kaffee oder essen einen Döner. Früher, wenn ich Kerstin über Mittag treffen wollte, erkannten mich manche der Schüler. Dann grinsten sie herüber oder sie gingen in Deckung oder taten so, als kennten sie mich nicht, was besonders auffallend war. Entscheidend war dann der Augenblick, wenn Kerstin, ihre Lehrerin, und ich uns trafen. Wenn wir uns kurz umarmten und einen flüchtigen Kuss tauschten. Dann richteten sich alle Blicke auf uns. Jedenfalls glaubte ich das und meist war es wohl auch so. Kerstin war beliebt. Die Schüler mochten sie, dass merkte man schon daran, wie sie über die Jugendlichen sprach. Aber auch daran, wie die Schülerinnen und Schüler auf sie und noch mehr, wie sie auf mich reagierten. Bei den Begegnungen bemerkte ich immer wieder respektvolle Distanziertheit und Neid oder sogar ernsthafte Eifersucht. Manchmal hatte ich den Eindruck, man wolle mich davonjagen und dann wieder ging man mir regelrecht aus dem Weg.

Aber was würde heute passieren, wenn ich Kerstin träfe? Ihre Klasse hat die Schule nach dem Abitur verlassen. Und da wir uns schon so lange nicht mehr gesehen haben, weiß ich nichts darüber, was Kerstin jetzt tut. Ob sie eine neue Klasse übernommen hat, wie ihr Verhältnis zu den Jugendlichen ist und wie zu den Lehrerinnen und Lehrern, was inzwischen geschehen ist. Nichts weiß ich. Und während mir das noch einmal bewusst wird, merke ich, dass ich traurig werde angesichts dieser Tatsache, dass es mir die Brust zusammenzieht.

Mir wird klar, dass ich jetzt unmöglich auf den Schulhof gehen und nach ihr fragen kann. Ich werde das Schulgebäude nicht einfach betreten können in der Hoffnung, dass mir Kerstin über den leeren Flur entgegenkommen und mich in die Arme nehmen wird. Wieso denn auch.

Ich nehme mein Handy aus der Tasche und wiege es in der Hand. Die Nummer ist eingegeben. Logisch. Ich brauche nur ihren Namen zu suchen, die entsprechende Taste zu drücken und schon geht der Ruf hinaus zu ihr. Ich fühle mich wie ein Vierzehnjähriger, der zum ersten Mal vor der Aufgabe steht, ein Telefonat mit einem Mädchen zu führen, in das er unsäglich verliebt ist und das leider absolut keine Ahnung davon hat. Verdammt noch mal, sage ich zu mir selber, das kann nicht wahr sein, dass das so elend schwerfällt.

Ich lege mir Worte zurecht. Verwerfe sie wieder. Suche nach neuen. Dann entscheide ich mich. Ich muss nur die Nerven behalten und ganz kühl bleiben.

Ich drücke die entscheidende Taste. Der Rufton in meinem Ohr hat etwas von einem Warnsignal. Aber wovor sollte er mich warnen?

»Kerstin Martaler«, höre ich ihre Stimme und bin froh und aufgeregt zugleich.

»Ich bin's«, sage ich. Keines meiner eben noch zurechtgelegten Worte ist mehr da. Mein Hirn ist ohne einen sinnvollen Gedanken, ohne einen Satz, der ernsthaft in die Welt geraten sollte. Ich war mir bisher sicher, dass ich eine solche Situation, in der ich das Gefühl habe, der Boden tut sich unter mir auf, in der mir heiß und kalt zugleich sein würde oder in der ich mich allein auf einem Schulhof stehen sehe, allein mit einem Mädchen, in das ich so verliebt bin, das nun auf mich zukommt, fragend und stolz und so schön, dass ich eine solche Situation nie wieder erleben würde, wenn ich das dreißigste Lebensjahr hinter mir gelassen habe, geschweige denn das vierzigste. Aber dieses Gefühl gibt es offenbar immer noch. Als habe es tief in mir darauf gewartet, wie der Geist aus der Flasche, um nach den vielen Jahren der Ruhe wieder aufzusteigen und seine ganze Kraft und Macht zu entfalten.

»Ja, das höre ich«, sagt Kerstin nach einer schieren Unendlichkeit, »gut, dass du dich meldest. Wir müssten etwas besprechen.«

Die klare Ansage lässt mich wieder Kontakt zu realen Welt aufnehmen. Ich spüre, wie Enttäuschung in mir wach wird.

»Ja, wir können uns gern mal treffen. Ich bin gerade hier an deiner Schule, zufällig. Und wenn du jetzt Pause hast ...«

»Ich weiß, dass du hier bist«, sagt sie ruhig.

Und noch bevor sie den Satz zu Ende gesprochen hat, sehe ich Kerstin. Sie steht im Schulgebäude in einem der langen Flure und schaut durch ein Fenster zu mir herüber. Ich winke ihr kurz zu. Sie erwidert die Geste. Aber es bleibt bei einer knappen Bewegung. So grüßt man einen Bekannten, einen Nachbarn, mit dem man sonst nicht viel zu tun hat. Jetzt fällt die Enttäuschung tatsächlich über mich her. Aber was hatte ich denn erwartet? Ich sage mir, dass ich nicht albern sein darf. Es braucht Zeit. Es braucht Behutsamkeit.

»Also«, sage ich nun doch etwas forscher, »wie ist es, hast du Zeit oder wollen wir uns später sehen?«

»Ich habe sogar viel Zeit«, antwortet Kerstin. »Ich habe jetzt frei.«

In meinem Telefon knackt es. Kerstin hat das Gespräch beendet.

Als sie aus dem Schultor tritt, bleibt mir für einen Augenblick die Luft weg. Kerstin ist genauso schön wie immer. Ihr Körper schlank, das Haar etwas kürzer, aber noch immer lang genug, dass es bis zu den Schultern reicht. Vielleicht hat es etwas an Farbe verloren. Ihre Haut braun und zart. Mir fällt ein, dass ihr ganzer Körper diese Farbe, diesen silbrigen Glanz hat. Unter ihrem Mantel trägt sie ein helles Kleid. Sie mag solche Kleider. Einerseits sehr figurbetont, andererseits weit und luftig.

Sie kommt mit raschen Schritten auf mich zu. Und plötzlich stellt sich die Frage, wie wir uns begrüßen werden. Sollen wir uns die Hand geben, wie alte, aber distanzierte Kollegen, oder reicht es für eine knappe Umarmung? Oder werden wir uns gar nicht berühren? Doch noch ehe ich zu einer Entscheidung gekommen bin, ist Kerstin heran und legt einfach ihre Arme um meinen Hals. Nur zwei oder drei Sekunden. Ich rieche ihre Haut und den Duft ihres Parfüms, das immer noch eines von denen ist, die sie schon ewig liebt. Ich umfasse ihren Körper. Auch nur für einen kurzen Moment. Aber er reicht aus, dass ich ein wirkliches Glücksgefühl verspüre und zugleich Trauer und Wut. Wie konnte ich nur so lange ohne eine solche Umarmung auskommen.

»Also gehen wir«, sagt Kerstin, »sonst werden wir zum Gesprächsstoff für meine Schüler und für die Kollegen.«

Wir schlagen die Richtung zu einem unserer früheren Lieblingscafés ein, überqueren die Frankfurter Allee und gehen die Mainzer Straße hinauf.

Unterwegs reden wir. Fragen den anderen, wie es ihm geht. Was so los ist in der Schule und wie weit ich mit dem Fall bin und ob das Kind wohl noch gefunden wird.

Die beiden Betreiberinnen des Cafés, die, wie wir wissen, aus den Niederlanden stammen, schauen uns fragend an. Wahrscheinlich überlegen sie, ob sie uns kennen und wenn ja, warum wir so lange nicht mehr hier waren. Oder ob wir zusammengehören. Oder ob etwas mit uns nicht stimmt. Wir setzen uns in eine der Nischen. Bestellen Kaffee. Schweigen eine ganze Weile, so als hätten wir uns nicht wirklich etwas zu sagen. Oder auch wie ein altes Ehepaar, das nicht immerzu reden muss, sondern auch schweigend das Miteinander genießen kann.

Schließlich fällt mir das Foto ein, das mir der Journalist hat zukommen lassen. Kerstin und ich, bei dieser kurzen, seltsamen Begegnung am Tatort. Ich ziehe es aus der Tasche und schiebe es ihr hinüber. Sie schaut darauf. Lächelt. Und gibt es zurück.

»Weißt du, weshalb ich dich sprechen wollte?«, sagt sie dann ruhig. »Als mein Vater vor einem guten Jahr gestorben ist, da wusste ich es noch nicht, und das Testament habe ich erst vor zwei Monaten gefunden, zufällig. Dabei hatte er es ganz sorgsam bei einem Notar hinterlegt. Auf dessen Adresse bin ich gestoßen und habe dann irgendwann nachgefragt. Um es kurz zu machen, er hat uns beiden etwas hinterlassen, und darüber müssen wir reden. Es ist eine Wohnung, hier im Friedrichshain. Er hat sie selber geerbt von einem entfernten Verwandten, über den wir nie gesprochen haben. Er hat nie etwas davon erzählt, dass er die Wohnung besitzt. Wahrscheinlich, weil es ihm nicht besonders wichtig war. Auf jeden Fall hab ich sie von einem Gutachter schätzen lassen: Sie ist heute zweihundertzwanzigtausend wert. Es ist eine sehr schöne Wohnung, man schaut direkt auf den Boxhagener Platz. Samstag ist Markt, das ist wunderschön und erinnert mich irgendwie an Paris. Bislang war sie vermietet, doch die Mieter, ein älteres Ehepaar, wollen zu ihren Kindern und Enkeln nach Thüringen ziehen. Es wäre also eine sehr günstige Situation, die Wohnung zu verkaufen.«

Ich kann nicht glauben, was mir Kerstin erzählt. Ihr Vater hatte immer in sehr bescheidenen Verhältnissen gelebt und seit seine Frau ihn verlassen hatte und jahrelang nichts mehr von sich hören ließ, bis uns schließlich die Nachricht erreichte, dass sie verstorben sei, kaum mehr einen glücklichen Moment für sich zugelassen. Außer wenn er seine Tochter und mich traf. Und dieser ständig müde wirkende, in sich gekehrte Mensch hat also ein kleines Vermögen besessen und es uns still und ohne Worte darüber zu verlieren vermacht.

»Willst du die Wohnung denn verkaufen?«, frage ich. »So wie du sie beschreibst, findest du sie doch sehr schön.«

»Max, er hat sie uns beiden vererbt. Es bleibt gar nichts anderes übrig, als dass wir sie verkaufen. Wir können sie ja nicht zerteilen und jeder hat dann eine halbe Wohnung am gleichen Ort.«

»Aber warum verkaufen? Du kannst sie doch nehmen. Ich brauche das Geld nicht. Wenn du darin wohnen würdest, wäre das doch wunderbar.«

Kerstin schüttelt den Kopf. Sie trinkt von ihrem Kaffee.

»Weißt du was«, sage ich rasch, »ansehen würde ich mir sie schon gern einmal. Wäre das möglich?«

»Klar. Wir können hinlaufen und uns das Haus ansehen. Vielleicht sind die beiden alten Leutchen ja da und lassen uns ein.«

»Ist schon seltsam mit deinem Vater.« Ich schaue durch die großen Fensterscheiben nach draußen. Das Wetter ist umgeschlagen. Sonnenstrahlen lassen das Pflaster aufblitzen. Die Leute gehen langsamer als sonst, als würden sie die unverhoffte Milde genießen. »Das hätte ich einfach nicht erwartet.«

»Nein, ganz sicher nicht. Und ich weiß auch gar nicht, was er uns damit eigentlich sagen wollte. Er hinterlässt uns seine Erbschaft, ohne jemals darüber gesprochen zu haben. Das ist wirklich seltsam ... Aber irgendwie passt es eben doch zu ihm. Er wollte nicht, dass wir uns um ihn kümmern, nur weil wir irgendwas erben wollen. Das wäre ihm zuwider gewesen, dann hätte er unsere Zuwendung nie akzeptieren können. Er hasste Unehrlichkeit und das noch mehr, seit ihn meine Mutter auf diese unglaublich kalte Art und Weise verlassen hat. Lieber wäre er gänzlich allein gewesen, als das Gefühl zu haben, die Nähe von Menschen sei erkauft. Und ehrlich gesagt habe ich im Nachhinein auch ein viel besseres Gefühl. Im Grunde habe ich Glück gehabt mit ihm.«

Wenig später brechen wir auf. Der Weg ist nicht weit. Ich erzähle Kerstin, dass Sina bei uns eine Art Ausbildungspraktikum macht. Die Nachricht macht Eindruck, Kerstin freut sich. »Hat sie es also tatsächlich geschafft?!«

»Heißt das, du wusstest davon?«

»Ich wusste, dass sie damals, als ihr an der Schule gegen einige Jugendliche ermittelt habt, tief beeindruckt war von dir.«

»Von mir?!« Ich schüttle ungläubig den Kopf.

»Ja, von dir. Sie hatte plötzlich die Idee, Polizistin zu werden. Sie hat nicht darüber geredet, sie hat es mir ganz im Vertrauen gesagt. Und sie war entsetzt, als sie gehört hat, dass wir nicht mehr zusammen sind. Von dir sprach sie nur positiv. Natürlich habe ich ihr nichts weiter erzählt. Ich wollte ihr nicht das tolle Bild nehmen, das sie von dir hat. Vielleicht warst du für sie eine Art Vater, den sie sich gewünscht hat. Ihren wirklichen Vater hat sie ja nie kennengelernt und von ihrer Mutter hält sie absolut nichts. Sie hatte immer nur das Heim und die Erzieherinnen und die anderen Kinder. Vielleicht hat sie dich sozusagen adoptiert, nur eben umgekehrt.«

»Mich?!« Ich bin wirklich fassungslos.

»Na ja, vielleicht übertreibe ich ein wenig. Aber jedenfalls hat sie immer mal wieder über dich geredet. Darüber, dass du so ruhig bist und dass du die Dinge so genau siehst und nicht bereit bist, aufzugeben. Dass du fair bist. Sie hatte damals wirklich Angst, dass es wegen der Aktion auf der O2-World richtig Ärger geben könnte. Aber dass die Betreiber die Aktion dann sogar für Werbezwecke genutzt haben, dass man da so erfindungsreich war, rechnet Sina dir hoch an.«

»Ich kann das gar nicht glauben«, sage ich noch mal und bin echt gerührt.

»Ja, das kann ich mir vorstellen. Aber weißt du, so ganz richtig finde ich das auch wieder nicht, dass sie jetzt wirklich bei dir eingestiegen ist. Sie muss ja ihren eigenen Weg finden. Und ob es da gut ist, wenn sie dich einerseits als einen Vater begreift, andererseits du aber ihr Anleiter und Vorgesetzter bist? Bitte geh behutsam mit ihr um, gerade jetzt, wo du weißt, wie wichtig du für sie bist. Enttäusch sie nicht!«

Das hat gesessen. Ich kann nur nicken und versuchen, meine Mimik im Griff zu behalten, um keine traurige Figur abzugeben.

»Ich werde es schon nicht vermasseln«, sage ich schließlich. »Außerdem ist sie wirklich klasse und ich habe den Eindruck, dass sie sehr selbstständig ist. Sie hat uns einiges erklärt, worauf die Kollegen von sich aus nicht gekommen sind. Dafür hat sie in den wenigen Tagen schon einiges an Anerkennung bekommen.«

Wir sind auf dem Boxhagener Platz angelangt. In seiner Mitte spielen Kinder. Mütter und Väter sitzen auf den Bänken oder stehen ihren Sprösslingen zur Seite.

Kerstin zeigt mir das Haus. Die Fassade ist frisch angestrichen. Ich kann mich erinnern, dass es eines der wenigen Häuser am Platz war, das auch früher schon durch seinen gepflegten Zustand auffiel. Über einem Café im Erdgeschoss sind Balkons bis zur vierten Etage hinauf. Schöne Balkons mit eisernen Ziergeflechten. Es ist nicht schwer, sich vorzustellen, was für einen Blick man von dort oben auf den Platz mit seinen hohen, schönen Bäumen hat, die auch jetzt noch buntes Laub tragen. Kerstin klingelt. Doch niemand meldet sich. Anscheinend sind die alten Leute nicht zu Hause.

Noch einmal stehen wir auf der anderen Straßenseite und schauen hinauf zu der Wohnung, die nunmehr uns gehört und die doch so unerreichbar scheint.

Ich nehme all meinen Mut zusammen. »Ich denke jeden Tag an dich. Und du kannst dir nicht vorstellen, wie einsam ich mich fühle. Ich würde gerne die Zeit zurückdrehen, aber ich weiß natürlich, dass das nicht geht. Ich würde wirklich alles tun, damit wir da oben in dieser Wohnung zusammenleben können.«

Klar, solche Sätze klingen irgendwie dumm und simpel. Aber ich muss sie sagen, bevor Kerstin wieder verschwindet und ich sie nicht ausgesprochen habe. Sie müssen raus und Kerstin muss sie hören, bevor sie denkt, es wäre alles ganz anders. Doch bevor ich den Mut aufbringen kann, Kerstin anzuschauen, klingelt mein Handy. Ich will nicht rangehen, ich will das Klingeln einfach ignorieren. Aber Kerstin sagt: »Du hast einen wichtigen Fall, Max, es geht um das Kind.«

Natürlich hat sie recht. Ich drücke die Taste. Es ist Franz. Er wirkt aufgeregt, hat Mühe, sich zu artikulieren.

»Max, man hat eine tote Frau gefunden. Und es gibt einen ganz entscheidenden Fund bei dieser Frau. Wo bist du gerade? Ich hab einen Funkstreifenwagen, der holt dich sofort ab.«

»Boxhagener«, sage ich, und noch ehe ich nachfragen kann, ist die Verbindung unterbrochen.

Ich schaue mich um. Kerstin ist gegangen. Gleich wird sie um die Ecke biegen. Ich weiß nicht, ob ich ihr nachlaufen soll. Ich würde es gern. Aber ich habe das Gefühl, dass ich sie jetzt gehen lassen muss.

Keine zwei Minuten später ist der Funkstreifenwagen da und bringt mich in die Straße, in der wir das Kind in dem verkommenen Gebäude gefunden haben. Diesmal steigen wir die Treppen im gegenüberliegenden Haus bis ganz nach oben.

Wir betreten einen Dachboden. Graue, staubige Dielen. Durch die Fensterluken fällt spärliches Licht, gedämpft noch vom Schmutz auf dem Glas. Ganz hinten, unter der Dachschräge, sind drei Scheinwerfer aufgestellt. Wir steuern darauf zu.

Franz ist da und Bernsen von der Spurensicherung. Auch die junge Frau, Jule Kretschky, die ich beim Auffinden der Leiche von Marc getroffen habe. Wir nicken uns kurz zu. Alle sind an der Arbeit.

Auf einer Art Sofa liegt eine tote Frau. Ihr seltsam verkrampfter Körper lässt darauf schließen, dass es offenbar einen Todeskampf gegeben hat, der vermutlich auf Ersticken hindeutet.

»Unklarer Todeszeitpunkt«, erklärt Franz. »Wahrscheinlich Überdosis von irgendeiner Droge. Das werden wir sehen. Aber was ich dir vor allem zeigen will, ist das hier!«

Er beugt sich unter das Sofa, ich mache es ihm nach. Und sehe das Empfangsgerät eines Babyphones. Die Leuchtdiode ist aus. Wahrscheinlich ist die Batterie leer, denn das Gerät ist nicht mit einer Steckdose verbunden. Franz zieht einen Latexhandschuh über und ergreift das Gerät vorsichtig, als wäre es eine Bombe. Es ist eindeutig das Gegenstück zu dem, das wir bei dem abgelegten Kind gefunden haben.

»Wer hat sie entdeckt?«, frage ich.

»Ein Mieter. Er sagt, er sei heute Morgen hier auf den Dachboden gekommen, weil er irgendeinen abgestellten Karton holen wollte. Da habe er die Tote gefunden. Er meint, dass hier öfter mal irgendwelche Leute übernachten, weil im Haus unten die Kneipe ist, in der sie sich mit Drogen versorgen. Und wenn die Kneipe zumacht, gehen die letzten Gäste manchmal hier rauf. Das sei der Polizei bekannt, aber es kümmere sich niemand darum.«

»Wissen wir, wer die Frau ist?«

Bernsen hält eine durchsichtige Plastiktüte hoch, »Wir haben ihren Ausweis. Es dürfte sich um Jacqueline Beiersdorf handeln. Ich hab schon eine Anfrage in der Drogenabteilung gestellt, ob sie dort registriert ist.«

Jule Kretschky schaut zu uns herüber. »Das wird ganz sicher der Fall sein, sehen Sie hier.« Sie hebt den Arm der Toten und zeigt auf die Armbeuge. »Das sind unzählige Einstiche. Gleiches Bild an anderen Stellen. Die Person war mit sehr hoher Wahrscheinlichkeit schwer drogenabhängig. Und nach Augenschein haben wir es mit einer Überdosis zu tun, die zum Tod geführt hat.«

Franz sieht nachdenklich aus. »Klare Sache«, sagt er, »was allerdings unklar ist, ist die Frage, ob sie allein war, als sie gestorben ist. Ob möglicherweise noch jemand dabei war. Wie sie überhaupt hierher kam und warum das Kind nicht bei ihr war. Ist alles völlig ungeklärt.«

»Wir wissen ja noch gar nicht, ob es sich wirklich um die Mutter des Kindes handelt. Aber die Details sollen die Kollegen ermitteln«, sage ich und merke, dass mich eine tiefe Müdigkeit erreicht. »Wir suchen Tomasz Schmund.«

»Aber wir müssen doch wissen, ob es sich bei der Frau um die Mutter des aufgefundenen Kindes handelt! Wir müssen dem Kindernotdienst Bescheid geben. Außerdem ist nach wie vor unklar, ob es nicht doch einen Zusammenhang zwischen der Entführung von Tomasz und diesem Vorgang hier gibt!«

»Informier von mir aus den Kindernotdienst. Logisch wäre es am besten, wir hätten irgendwelche Zeugen, die uns erklären, was hier eigentlich los ist. Warum das Kind im Haus gegenüber liegt und sich hier jemand bewusst oder unbewusst das Leben nimmt. Aber vor allem, Franz, suchen wir das Kind, Tomasz. Und ich glaube, ehrlich gesagt, nicht, dass uns diese Sache hier weiterbringt. Was ist mit diesen Opel-Fahrern? Wie weit sind wir damit?! Wir kommen nicht voran, Franz! Keinen einzigen Schritt. Stattdessen stehen wir hier und beschäftigen uns mit einer depressiven, drogenabhängigen Mutter, die nicht bereit oder von mir aus auch nicht in der Lage war, für ihr Kind zu sorgen!«

Franz nickt. Er wirkt niedergeschlagen. Kein Wunder, denn unsere Ermittlungen und die Suche nach Tomasz laufen inzwischen mehr als drei Tage und noch immer haben wir keinen einzigen brauchbaren Hinweis. Was liegt in solcher Situation näher, als sich an irgendwas zu klammern, was sich dann eben doch nur als Strohhalm erweist.

Natürlich würde auch ich gern wissen, was hier eigentlich passiert ist. Vielleicht hat Kerner recht mit einer seiner seltsamen Annahmen: Eine Mutter legt ihr Kind irgendwo ab, in der Hoffnung, dass es gefunden wird. Sie hat nicht die Kraft, es aus freien Stücken wegzugeben, weil sie keine Rabenmutter sein will. Sie legt sich hin, um zu sterben, und will doch mit ihrem Kind verbunden sein. Vielleicht hat sie noch gehört, dass ihr Kind gefunden wurde, vielleicht hat sie unsere Stimmen gehört. Und erst dann hat sie sich getötet mit dem Stoff, den sie so sehr brauchte, dass sie die Verantwortung für sich und ihr Kind nicht mehr tragen konnte. Weil sie allein war und ihr Drogen jede reale Beziehung zur Welt genommen hatten, ihr das Leben sinnlos erschien und die Dinge zusammenhanglos um sie zu schweben schienen – ohne den Kitt, den wir Emotionen nennen. Gefühle für etwas und für die Menschen um uns, ohne die es auch keine Gefühle für einen selbst mehr gibt.

Als ich gegen drei zurück in die Dienststelle komme, erwartet mich Sina mit müdem Gesicht.

»Der Kindernotdienst hat vorhin angerufen«, sagt sie mit kratziger Stimme, »sie haben das aufgefundene Kind ärztlich untersuchen lassen und dabei festgestellt, dass es eine latente Drogenabhängigkeit hat. Es ist durch einen kalten Entzug gegangen. Und deshalb gibt es deutliche Anzeichen von schwierigen körperlichen, sensorischen und motorischen Entwicklungen.«

»Das hast du dir alles merken können?«

»Das sind alles Begriffe, die ich hoch und runter kenne. Bei jedem Kind von uns wurden zig Untersuchungen angestellt. Immer wieder neue. Das wirklich Lustige war, dass es im Prinzip immer die gleichen Empfehlungen gab am Ende der Untersuchungen: Das betreffende Kind sollte künftig in einer kleinen Einrichtung, am besten in einer Pflegefamilie betreut werden. Aber wie gesagt, es gab nur selten Pflegefamilien und manche Kinder aus meiner Gruppe kamen eben da her. Aber egal. Unser Kind ist also das Kind einer drogensüchtigen Mutter.«

»Ich weiß«, sage ich.

Sina schaut mich an. »Wir haben sie schon gefunden?«

»Ja, wahrscheinlich. Auf jeden Fall ist die Tote, die wir gefunden haben, drogenabhängig gewesen.«

»Ich dachte mir das schon, ich habe es gefühlt«, sagt Sina nachdenklich. »Das hat zwar in der Kriminalistik keine Bedeutung, aber es ist ja trotzdem da.«

»Du redest wie eine Alte«, sage ich und plötzlich springt mir ein Satz aus dem Mund, der hier auch nicht hingehört und der auch nichts mit Kriminalistik zu tun hat. »Ich habe heute deine ehemalige Lehrerin getroffen.«

Sina schaut mich grinsend an. »Das hatte ich auch im Gefühl«, sagt sie mit einem gewissen Triumph in der Stimme.

Und schiebt dann noch hinterher, dass sie sich darüber freut. Kiesewetter kommt herein. »Hab schon gehört von der Toten«, sagt er, »aber bringt uns das was?«

»Ich glaube nicht. Ich hab sogar den Eindruck, wir vertun nur Zeit.«

Kiesewetter nickt missmutig. »Man drängt mich, Martaler, man drängt mich. Wir sollen endlich Bescheid geben, ob wir zusätzliche Kräfte brauchen.«

»Das klingt wie ein Witz. Wie oft haben wir wegen Personalproblemen Zusatzkräfte angefordert und jetzt will man uns welche aufdrängen. Wenn ich wüsste, wo wir sie einsetzen sollen, gerne. Aber wir können nicht Hundertschaften anfordern und sie dann durch Berlin schicken.«

»Na ja«, sagt Kiesewetter nachdenklich, »in weniger als achtundvierzig Stunden sind sechs Tage um, seit Tomasz entführt worden ist. Sechs Tage zuvor war Marc verschwunden. Vielleicht schlägt der Täter in einem Rhythmus zu?«

So viel Scharfsinn hätte ich Kiesewetter nicht zugetraut. Allerdings hatte er schon immer einen Hang zur Mystik und er liebt Verschwörungstheorien, mit denen er uns allerdings weitestgehend verschont. Denn wenn wir anfangen würden, hinter jeder Tat auch ein Mysterium zu vermuten, dann könnten wir mit unseren Ermittlungen gleich aufgeben. Wir sammeln Fakten, konkrete Tathergänge, Spuren, Aussagen, Beweise. Das Gegenteil von Mystik. Aber natürlich hat Kiesewetter in diesem Fall recht: Es ist zumindest möglich, dass wir es mit einem Serientäter zu tun haben, auch wenn die bisher zusammengetragenen Fakten nicht unbedingt dafür sprechen. Um Kiesewetter zufriedenzustellen, schlage ich vor, dass wir die Streifen in zwei Tagen verstärken sollten. Vielleicht können wir sogar die angebotenen Kräfte dazu anfordern. Kiesewetter nickt. Dann rückt er mit seinem eigentlichen Anliegen heraus.

»Kollege Martaler, wir müssen morgen früh erneut eine Pressekonferenz geben. Da hilft nichts. Kommt von oben. Wir werden sicher etwas zu der tot aufgefundenen Frau sagen können, oder? Und dann wäre es natürlich gut, wenn wir die eine oder andere Spur von diesem Tomasz hätten, nicht wahr.« Er schaut mich erwartungsvoll an, obwohl er sehr genau weiß, dass wir nicht wirklich etwas haben.

Ich nicke ihm zu. »Das kriegen wir hin, Chef.«

Er verschwindet in seinem Büro. Wahrscheinlich wird er jetzt mit dem Mitarbeiter des Polizeipräsidenten telefonieren.

Als ich in meine Jackentasche fasse, bemerke ich den Zettel, der da noch immer ist. Und ich fasse den Entschluss, jetzt endlich das zu tun, was ich schon die ganze Zeit machen wollte. Ich fahre zu dieser Carola Neff, zur Schwester von Marcs Mutter.

Die Frau, die mir die Tür zu ihrer Wohnung öffnet, ist hoch gewachsen und hat einen strengen Gesichtsausdruck, der aber nicht unsympathisch wirkt. Unzweifelhaft ähnelt sie ihrer Schwester Karen Neumann. Sie schaut mich an, als glaube sie, einen Vertreter für Staubsauger vor sich zu haben. Daran ändert sich auch nichts, als ich ihr meine Dienstmarke zeige. Immerhin lässt sie mich ein. Wir setzen uns in ein geräumiges Wohnzimmer, in dessen Mitte eine Möbelgruppe aus mit weißem Leder bezogenen Sesseln steht. Die Atmosphäre erinnert an einen Therapieraum. »Was führt Sie zu mir?«, fragt sie steif und mit bemühter Freundlichkeit in der Stimme.

»Es geht um Ihre Schwester. Und deren Familie. Es geht um den Tod von Marc.«

»Ja, das ist furchtbar.«

»Ich würde Ihnen gerne ein paar Fragen stellen.«

»Glauben Sie ja nicht«, sagt sie nachdrücklich, »dass das, was Uwe, also Marcs Vater, da herumposaunt, dass da irgendetwas dran ist. Banden ... Sexualstraftäter ... die schlampige Arbeit der Polizei ... alles Unsinn!

»Aha. Was würden Sie denn sagen?«

»Ich glaube, dass es das ist, was ich von Anfang an geglaubt habe, ein Unfall!«

»Davon gehe ich auch aus. Aber es hilft nichts, wir müssen die genauen Hintergründe ermitteln. Was ich Sie fragen möchte, ist: Wie schätzen Sie das Verhältnis von Marc zu seinem Vater ein? Marc galt als sehr aufgeweckt, sehr aktiv.«

»Das kann man so sagen. Aber ehrlich gesagt, so gut kannte ich den Jungen nicht. Ich habe ihn nicht oft gesehen, eigentlich nur, wenn Karen keine Zeit hatte und mich bat, Marc aus der Kita abzuholen. Man hat ihn von mir ferngehalten.«

»Wer hat ihn ferngehalten?«

»Die beiden.«

»Sagen Sie, hat Marcs Vater den Jungen öfter grob angefasst?«

»Grob angefasst? Marc hat gern rumgetobt. Und sein Vater, ja, also zimperlich war der nicht. Aber worauf wollen Sie hinaus?

»Es gibt Fälle, da enden Misshandlungen tragisch.«

»Nein, das ist Unsinn. Marc hatte immer mal blaue Flecken. Nein, das mit der Misshandlung, das können Sie vergessen.«

»Und das Paar, also Marcs Eltern?«

»Was soll ich sagen, meine Schwester und Uwe, das war von Anfang an keine gute Beziehung. Er immer jähzornig, rechthaberisch, egoistisch. Und meine Schwester spielt gern die Unverstandene, das Opfer, wenn Sie verstehen, was ich meine.«

»Und was hat das mit dem Tod von Marc zu tun?«

»Nichts. Sie haben gefragt, ich habe Ihnen geantwortet.«

»Heißt das, die Beziehung war zerrüttet?«

»Zerrüttet? Ja, das klingt gut. Jedenfalls hatte Karen mehrere Beziehungen zu anderen Männern. Jetzt wieder, seit einem halben Jahr. Sie treffen sich mehr oder weniger heimlich.«

»Moment. Karen Neumann trifft sich heimlich mit einem anderen Mann? Einer Art Liebhaber, könnte man das so nennen?«

»Nennen Sie es, wie Sie wollen. Sie geht fremd und fertig. Und machen wir uns nichts vor, Uwe hat das längst bemerkt, wenn er nicht völlig hohl im Kopf ist.«

Könnte dieses Verhältnis der Mutter eine wichtige Rolle spielen beim Tod des Jungen? Ich frage: »Wie oft hat sich Karen mit dem Freund getroffen? Traf sie ihn auch an dem Tag, als Marc verschwand?«

»Das weiß ich nicht. Fragen Sie sie. Aber es ist zumindest denkbar, oder?«

»Ja. Halten Sie es für vorstellbar, dass Marc diesen Mann kennengelernt hat?«

»Karen hat davon erzählt. Er wollte den Jungen angeblich sehen und sie hat ihn als einen Arbeitskollegen vorgestellt. Aber Kinder spüren ja so Geheimnisse.«

»Danke«, sage ich und füge das übliche »Sie haben uns sehr geholfen« an. Was in diesem Fall tatsächlich zutrifft.

Carola Neff begleitet mich zur Tür. Sie drückt mir die Hand. Fest und kühl, als würde sie sich von einem Handwerker verabschieden. Rasch schließt sich hinter mir die Eingangstür. Ich stelle fest, dass mich diese Begegnung einerseits verwirrt, andererseits doch wahrscheinlich weitergebracht hat. Und ich frage mich, was das für eine Familie ist, in der so kalt und rational über den Tod eines Kindes gesprochen wird.

Am liebsten würde ich jetzt sofort zu Karen Neumann fahren. Aber noch bevor ich mich entscheiden kann, ruft mich Franz an und teilt mir mit, dass man diesen Klinkmüller gefasst hat. Und dass der ein ziemlich sicheres Alibi hat. Franz will wissen, ob ich ihn befragen will. Ich zögere einen Augenblick, aber angesichts dessen, was ich eben erfahren habe, erscheint mir die Idee, Klinkmüller als potenziellen Entführer des Kindes zu verfolgen, unsinnig. »Er soll sich zur Verfügung halten«, sage ich. »Ich glaube nicht mehr an diese Opel-Geschichte. Wahrscheinlich ist das alles nur erfunden, und dass da auf dem NARVA-Gelände ein solches Fahrzeug gestanden hat, das wir mit dem Phantom dieser

Frau Neumann in Zusammenhang gebracht haben, war einfach ein Zufall.«

»Na ja, so sicher wäre ich mir da nicht«, erwidert Franz. »Wir haben hier auch noch einen anderen Kandidaten. Kommst du rein?«

In unserem Lagezentrum sitzen drei Kollegen und gehen die eingehenden Hinweise aus der Bevölkerung durch. Eine der Polizistinnen winkt mich heran. »Jemand will unmittelbar vor dem Verschwinden von Tomasz eine Frau in der Nähe des Autos gesehen haben, in dem das Kind war.« Sie reicht mir die Karteikarte, auf der sie den Anruf notiert hat.

»Und wieso wissen wir das erst jetzt? Haben wir nicht alle Leute in der Straße befragt?«

»Es ist der Fahrer eines Pkw, der zur fraglichen Zeit in entgegengesetzter Richtung durch die Straße gefahren ist. Und er hat sich eben erst gemeldet.«

Ich schaue auf die Adresse. Der Mann wohnt in der Colbestraße, also auch im Friedrichshain. »Rufen Sie den noch mal an und fragen Sie ihn, ob er auf einen Sprung vorbeikommen kann.« Die Kollegin nickt.

Ich sehe in einem Nebenraum zwei Kollegen mit einem Mann sprechen. Man erklärt mir, dass es sich um einen der Opel-Fahrer, einen Mann namens Benno Treiber handelt. Treiber hat mehrere Jahre wegen Menschenhandel in Haft verbracht. Bislang leugnet er, in irgendwelche Geschäfte dieser Art verwickelt zu sein. Die Lockerheit, mit der der Kollege das sagt, nervt mich. Sind die Leute nur noch müde oder erkennen sie nicht, in welch vertrackter Situation wir stecken?

»Hat er ein Alibi?« frage ich nur.

»Das prüfen wir gerade, aber was ist bei so einem schon ein Alibi.«

Ich könnte jetzt wütend werden, denn ein solcher Satz gehört nicht zu ordentlicher Polizeiarbeit. Entweder jemand hat ein Alibi oder er hat keins und es ist unsere verdammte

Aufgabe, das herauszufinden. »Prüfen Sie's!« sage ich mit unterdrücktem Zorn.

Der Kollege bemerkt meinen Ärger. Er lenkt ein und sagt ruhig: »In Ordnung.« Dann öffnet er die Tür und geht in den Raum, in dem dieser Benno Treiber sitzt.

Ich sehe Franz mit seinem Elektrofahrrad auf den Hof fahren. Jetzt tut es mir fast schon leid, dass ich vorhin so unfreundlich war. Eigentlich ist es eine verdammte Scheiße, dass wir uns ausgerechnet jetzt mit toten und entführten Kindern beschäftigen müssen, wo doch Franz ganz sicher viel lieber bei seiner Frau wäre. Jetzt, wo er Vater wird. Auf jeden Fall wird das Geschehen nicht spurlos an ihm vorbeigehen. Niemanden lässt es unbeeindruckt, wenn ein Kind zu Tode kommt oder verschwindet, schon gar nicht eine werdende Mutter oder einen werdenden Vater. Dafür, dass unsere Ermittlungen mit Sicherheit ihre Wirkungen auf Franz haben, ist er erstaunlich intensiv bei der Sache. Ich weiß nicht, ob ich ihm das bei einer passenden Gelegenheit einmal sagen soll, denn eigentlich reden wir über solche Dinge nicht und sprechen auch keine Anerkennungen füreinander aus. Vielleicht ist das ein Fehler. Ich weiß es nicht.

Sina hat in unserem Büro ein Plakat von Warschauer aufgehängt und daneben A4-Blätter gepinnt. Darauf sind Texte ausgedruckt. »Das sind Liedtexte von denen«, sagt sie. »Die sind wirklich schön. Ich hab sie zum Teil im Internet gefunden, zum Teil habe ich sie auf der CD gehört und aufgeschrieben.«

Ich stehe vor den Blättern. »Sind die nicht alle ein bisschen traurig?«, frage ich und lese zwei Zeilen vor:

Häuser, Straßen ziehen vorbei
Tauben stürzen sich von Brücken

»Ja, die sind traurig«, sagt Sina, steht auf und stellt sich neben mich.

Sie liest:

Du lehnst dich in die Wolken
streckst die Hände aus zum Regen
Wenn der Himmel weint
bist du der Brand, den er löscht

Bei ihr klingen die Worte noch dramatischer, noch stärker.

»Wenn die ihre Songs singen, dann ist das was anderes. Dann zieht es einen richtig mit rein. Man versinkt. Wahrscheinlich fühlt man sich eng verbunden mit den anderen, die beim Konzert sind. Und das ist es doch, oder?«

Ich glaube, dass ich verstehe, was sie meint.

»Also«, sagt sie schließlich und es klingt, als wollte sie mir ein Geheimnis verraten, »ich hab das auch schon probiert, so Texte schreiben. Hab sogar mal zwei Lieder ins Internet gestellt und es gab über tausend Zugriffe. Das ist 'ne Menge. Aber ich hab keine Ahnung, ob das, was ich geschrieben habe, wirklich gut ist. Ihrer Frau hätte ich das gezeigt, aber ich habe nicht den Mut, zu ihr in die Schule zu gehen. Wenn man raus ist, ist man raus.«

Ich muss lächeln. »Vielleicht kann ich dir da helfen«, sage ich.

Sie lächelt zurück. Sie weiß genau, was sie tut. Ich grinse immer noch.

»Vielleicht«, sage ich noch mal.

»Na ja, wäre sehr nett. Mich würde die Meinung Ihrer Frau wirklich interessieren.«

Ich lenke ab und frage, ob es möglich wäre, die Probetermine aller Bands in besagtem Proberaum herauszubekommen. Sina sucht in einem Stapel Papier auf dem Schreibtisch und zieht eine Liste heraus. »Schon passiert«, sagt sie und reicht sie mir. Ich habe Glück, die Band Stoppzeit, in der Fabian Zierkow spielt, hat ihre Probe in genau dreißig Minuten. Genug Zeit, mich noch einmal mit Franz zu verständigen. Und ich bitte Sina, Frau Neumann herzubestellen.

Im Lagezentrum herrscht geschäftiges Treiben. Franz hat eine Flasche Wasser vor sich und nimmt kleine Schlucke daraus.

»Du hast recht«, sagt er, als er mich bemerkt. »Ich werde mir als Nächstes die eingegangenen Hinweise vornehmen, bei denen es um ungewöhnliche Kontaktaufnahmen zu Kindern geht. Das Phantombild von dieser Frau, die sich am Kinderwagen zu schaffen gemacht hat, bringt uns vielleicht sogar weiter. Denn es gab einen zweiten, ganz ähnlichen Vorfall, haben die Kollegen gemeldet. Auch wieder diese Frau. Jedenfalls passt die Beschreibung: Sportsonnenbrille, schlanke Gestalt. Diesmal wurde eine Frau angesprochen, die ihren Kinderwagen mit auf den Spielplatz genommen hat und außerdem noch zwei Kinder dabei hatte, die auf dem Klettergerüst spielten. Als sich eins der Kinder beim Herumtoben verletzte, hat die Sonnenbrillenfrau der anderen gesagt, dass sie sich ruhig um ihren Sprössling kümmern könne, sie würde auf den Kinderwagen achtgeben. Kurze Zeit später sei die Frau mit der Sonnenbrille dann mit dem Kinderwagen in Richtung Spielplatzausgang gelaufen. Die Mutter der Kinder reagierte sofort und stellte die andere zur Rede. Angeblich wollte die das inzwischen weinende Kind nur beruhigen und ist eben ein wenig herumgegangen.«

»Das ist in der Tat seltsam. Aber vielleicht reagieren die Leute inzwischen auch seltsam. Sie haben die Aufrufe gelesen, wissen ja auch von der Entführung und sehen in jeder noch so harmlosen Handlung sofort ein Problem.«

»Kann schon sein«, nuschelt Franz, »alles möglich. Allerdings würde ich auch Wunder was denken, wenn eine Frau sich mit meinem Kinderwagen davonmacht. Auch wenn sie hinterher bestreitet, dass sie das vorgehabt hat.«

»Die Frage ist, ob wir die Stimmung weiter anheizen und die Hinweise auf die Frau gleich mit an die Bevölkerung geben, oder aber, ob wir das vorerst nur unter uns als Fahndung laufen lassen. Wofür ich ehrlich gesagt bin.«

Franz nickt. »Wir geben diese neue Information an alle Kollegen. Sie sollen die Augen offen halten.«

»Gut«, sage ich, »und ich brauche noch etwas. Ich will wissen, wo die Familienangehörigen des Ehepaars Bartosz in oder um Warschau herum leben. Das Ganze muss so abgefragt werden, dass das Ehepaar keinen Wind davon bekommt. Wenn sich die Familie nämlich des Kindes angenommen hat, weil sie überzeugt davon ist, dass es Tomasz bei den Eltern nicht gut geht, dann müssen wir unsere polnischen Kollegen bitten, mit aller Vorsicht nachzuschauen, damit man die Anwesenheit des Kindes nicht vertuscht.«

»He«, sagt Franz, »das ist ja mal ’ne ganz neue Idee. Ich kümmere mich drum.«

Als ich die Dienststelle verlasse, spüre ich wieder die stechenden Schmerzen im Nacken. Der Schlag dieser Waffendealer wirkt noch immer nach, und manchmal muss ich mich an etwas festhalten, weil mir schwindlig wird.

Ich bemerke Philipp Esche, der an der Straßenecke steht, als erwarte er mich. Es ist der Mann, der mir vor Kurzem das Foto mit Kerstin geschenkt hat. Er schaut mir grinsend entgegen.

»Martaler«, sagt er aufgeräumt, »Sie haben Schmerzen. Hat man die Leute von diesem Waffenlager schon geschnappt? So ein Lager, mitten in Berlin, das muss man sich mal reinziehen! Kann ich Sie ein Stück begleiten?« Er wartet nicht auf eine Reaktion, sondern läuft einfach neben mir her.

Ich kann Esche im Prinzip leiden. Jeder macht seinen Job, und dass er ein wirklich gewiefter Journalist ist und gern über Polizeiarbeit schreibt, macht ihn noch nicht zu einem Gegner. Jedenfalls hat er sich noch nie abfällig oder hinterhältig über mich oder einen anderen Kollegen geäußert. Wenn er kritisch in seiner Berichterstattung war, dann leider oft zu Recht. Das eigentliche Problem ist der Handel zwischen uns. Er will Informationen und ich darf sie ihm nicht geben. Aber ich gebe sie ihm, wenn ich ebenfalls welche bekomme, die uns weiterhelfen. Manchmal, nicht sehr oft, werden wir uns handelseinig. In diesem Fall aber bin ich der falsche Gesprächspartner.

»Das ist nicht mein Ressort. Waffen, das ist ziemlich speziell, da müssen Sie sich an die entsprechende Abteilung beim LKA wenden«, sage ich knapp, »und das wissen Sie.«

»Ihr habt da eine tote Frau entdeckt. Können Sie mir dazu etwas sagen?«, fragt er ruhig

»Natürlich nicht«, entgegne ich.

»Nein, natürlich nicht. Dachte ich mir schon.« Er zieht ein Foto aus der Tasche. Eine Sekunde lang kommt mir in den Sinn, dass er noch weitere von mir und Kerstin gemacht hat und nun glaubt, über diese Schiene an Informationen zu gelangen. Ich schaue mir das Foto an. Es zeigt die Straße, in der Tomasz aus dem Auto heraus entführt wurde. Ganz im Vordergrund das Schild mit dem Straßennamen, als hätte es der Fotograf ganz genau auf dieses Schild abgesehen. Auf dem Bild ist auch ein Auto zu sehen, das auf den Fotografen zu rollt. Und das Auto von Tamara Schmund, geparkt auf der rechten Seite. Und ganz hinten, auf dem Fußweg, an dem das Fahrzeug steht, ist eine Person zu erkennen. Es ist unklar, ob es sich um eine Frau oder ein Kind oder einen Jugendlichen handelt. Aber eher kein Mann, jedenfalls kein kräftiger.

»Es ist die Aufnahme eines Touristen. Eigentlich fotografiert er Graffiti. Und um die Standorte der Bilder zu markieren, nimmt er auch immer die Straßenschilder mit auf. Es war ein Zufall, dass ich auf den gestoßen bin. Die Nadel im Heuhaufen, ohne dass man sie wirklich sucht. So was gibt's ja. Interessant ist vor allem die Person hier hinten. Ich habe es schon mit Vergrößern versucht, aber es wird leider nicht so, dass man was damit anfangen kann. Aber vielleicht reicht es ja schon, dass Sie wissen, es ist eine Person dort gewesen. Wahrscheinlich eine Frau.«

»Das wissen wir bereits«, sage ich, »wir haben sogar einen Zeugen.«

Nun zeichnet sich in Esches Gesicht doch Enttäuschung ab. Der Informationshandel, auf den er gehofft hat, kommt nicht zustande, muss er denken. Aber er irrt sich, denn ich will das Foto haben. Ich könnte es jetzt einfach als Beweismittel einziehen, dagegen hätte Esche keine Chance. Aber ich will ihn nicht vor den Kopf stoßen.

»Wir werden es eh öffentlich machen müssen«, sage ich, »morgen früh wird es eine Pressekonferenz geben. Und wenn Sie mir versprechen, dass es nicht eher an die große Glocke kommt, dann sind Sie der Erste, der davon erfährt. Fakt ist, dass es sich um eine Drogensüchtige handelt und bei dem Kind, das wir vor zwei Tagen aufgefunden haben, mit hoher Wahrscheinlichkeit um ihr Kind. Mehr kann ich bisher nicht sagen. Das Foto nehme ich gerne als Beleg für unsere gute Zusammenarbeit.«

Obwohl wir jetzt eigentlich fertig sind mit unseren geschäftlichen Beziehungen, bleibt Esche an meiner Seite. Und plötzlich sagt er: »Verstehen Sie das? Ich meine diese Frau, die ihr Kind ablegt und damit in erhebliche Gefahr bringt?«

»Nein. Das versteht wahrscheinlich niemand.«

Esche nickt mir kurz zu. Dann ist er verschwunden.

Als ich mich wenig später dem Proberaum nähere, spüre ich wieder das Vibrieren unter den Füßen. Ich steige die schmale Treppe hinunter. Immer lauter höre ich die Musik und den Gesang. Die Band, die jetzt probt, spielt eine andere Musik als Warschauer, viel härter, geradezu aggressiv. Der Text ist englisch, obwohl ich inzwischen weiß, dass Stoppzeit auch deutsche Songs hat. Der Raum ist stickig, es riecht nach Schweiß und Bier und kaltem Fett. Licht fällt nur auf die improvisierte kleine Bühne. Einige Sekunden verharre ich im Dunkel. Schaue mir die Menschen an, die da miteinander musizieren. Aber offenbar ist mein Erscheinen doch wahrgenommen worden, denn plötzlich bricht die Gitarre ihren Rhythmus ab. Auch der Drummer hält inne.

»Was wollen Sie hier?«, sagt die Frau, die die Bassgitarre spielt. »Das ist kein öffentlicher Raum!«

»Ich möchte mit Ihnen reden«, erwidere ich schnell.

»Aber wir nicht mit Ihnen. Und nun machen Sie, dass Sie hier raus kommen.«

Plötzlich flackert helles Licht auf. Ich stehe inmitten von Stühlen, Lautsprechern, Bierkisten, Wasserflaschen.

»Ich bin nicht zum Spaß hier. Mein Name ist Martaler, Kriminalkommissar.« Die vier Personen, drei Männer und eine Frau, schauen sich an.

»Warum sagen Sie das nicht gleich!«, schnauzt einer der Männer. »Aber wir sagen Ihnen gleich, wir haben keine Zeit.«

»Ich weiß, Sie proben für Ihr Konzert gemeinsam mit Warschauer und Ihre Zeiten hier im Proberaum sind knapp bemessen. Wer von Ihnen ist Fabian Zierkow?«

Einer der Männer hebt kurz die Hand. Er ist noch recht jung, vielleicht fünfundzwanzig. Er hat langes, welliges Haar. Ganz bestimmt ist er so was wie ein Frauenschwarm.

»Kann ich Sie kurz sprechen?«

»Das geht nicht! Unser Mietvertrag sieht vor, dass wir hier in zwei Stunden wieder raus sein müssen, weil dann die nächste Band kommt, begreifen Sie das nicht!«, meldet sich die Frau wieder zu Wort.

»Und Ihr Name ist Zara Bellheim«, sage ich ruhig. »Sie hätte ich auch gern gesprochen. Danach.«

Aber die junge Frau mit ihrem drahtigen, durchtrainierten Körper und ihrem zerbrechlich feinen Gesicht lässt sich nicht so ohne Weiteres beeindrucken. »Wir haben noch Probe, danach können Sie Ihre Fragen stellen, und jetzt ist Schluss hier!«

»Passen Sie auf«, sage ich ruhig, »entweder wir können jetzt hier kurz reden oder ich nehme Sie allesamt mit auf die Wache, und dann lassen wir uns ganz, ganz viel Zeit und fangen damit an, Ihre Personalien festzustellen.«

Das zeigt Wirkung. Die junge Frau stößt halblaut »fuck« aus und beginnt auf ihrer Gitarre zu spielen.

Fabian Zierkow wirkt außerhalb des Proberaums wie ein ganz normaler junger Mann. Ein wenig unbeholfen, sogar etwas verschüchtert.

Wir gehen über den Hof. Ich frage ihn nach seiner Beziehung zu Tamara Schmund. Er ist vorsichtig.

»Was meinen Sie damit? Ja, wir waren zusammen. Das ist eine Weile her.«

»Und wie waren Sie zusammen?«, muss ich nachhaken.

Er braucht eine Weile, bis er antwortet. »Na, wie man eben so zusammen ist. Aber warum wollen Sie das wissen?«

»Das heißt, Sie haben miteinander geschlafen.«

Er zuckt mit den Schultern, was wohl so viel bedeutet wie Ja.

»Könnte es sein, dass Tomasz Ihr Kind ist?«

Zierkow starrt mich mit weit aufgerissenen Augen an. Aber ich kann erkennen, dass ihm diese Frage nicht ganz neu ist. Wahrscheinlich hat er sie sich schon oft selbst gestellt.

»Ich glaube nicht«, sagt er dann leise. »Ich hatte Streit mit Tamara. Dann begann das mit Mattias.«

»Was bedeutet das, Sie hatten Streit mit Tamara?«

»Eigentlich kann das nicht sein. Es ist das Kind von Mattias. Wir waren schon lange nicht mehr zusammen, Tamara und ich, auch wenn es alle noch dachten. Ich hab so getan, als wenn alles noch in Ordnung wäre, aber das war es nicht. Tamara kann sehr kalt sein. Und sehr berechnend. Verstehen, Sie?«

»Nein, verstehe ich nicht. Aber meine Frage ist, ob Tomasz Ihr Kind ist, oder ob Sie glauben, dass es Ihr Kind ist.«

»Ach«, er schlägt sich mit der flachen Hand gegen die Stirn, »Sie meinen, ob ich Tomasz sozusagen zu mir genommen habe, weil ich denke, es sei mein Kind? Das ist völliger Unsinn. Selbst wenn ich das glauben würde, ich hätte keine Ahnung … Ich meine, das ist doch überhaupt nicht mein Ding. Wenn ich ein Kind haben will, dann mit jemandem zusammen. So richtig mit Familie und so und dafür ist doch absolut keine Zeit.«

»Gut. Wo waren Sie zu dem Zeitpunkt, als Tomasz entführt wurde?«

Nochmals reißt Fabian Zierkow die Augen auf. Dann sagt er mit echtem Erstaunen in der Stimme: »Dass mich so was mal ein Kommissar fragen würde! Aber ehrlich gesagt, ich weiß es nicht. Wahrscheinlich hab ich geschlafen oder gefrühstückt oder ich war in der Autowerkstatt, wo ich meinem Vater helfe.«

Ich habe das Gefühl, dass der junge Mann tatsächlich die Wahrheit sagt und dass er wahrscheinlich gar nicht in der Lage wäre, so etwas wie diese Tat zu begehen. Ein Kind zu entführen. »Bleibt die Frage, was Sie vorhin meinten, Tamara betreffend. Sie ist kalt und berechnend – wie kommen Sie darauf? Hat sie für ihr Kind nicht ausreichend gesorgt?«

»Quatsch! Darum geht es doch gar nicht. Sie hat sehr gut für ihr Kind gesorgt. Sie hat es oft mitgebracht, hierher zu den Proben. Da konnte man das ja sehen. Und Mattias ist ganz sicher ein guter Vater. Aber andererseits haben die beiden viel zu tun. Deshalb haben sich die Leute aus seiner Band auch immer mal um Tomasz gekümmert. Das war normal.«

»Ist Ihnen irgendetwas aufgefallen an Mattias oder an Tamara, ich meine, bevor ihr Kind verschwand? Haben sie sich anders verhalten als sonst? Haben sie oder einer von beiden etwas gesagt, was Ihnen im Nachhinein seltsam vorkommt?«

»Nein. Na ja, Mattias steht die letzte Zeit sehr unter Stress, das neue Album muss endlich was werden. Es geht um 'ne Menge Geld. Er hat alles in die Band gesteckt. Wenn die neuen Aufnahmen ein Flop werden, wenn Warschauer nicht an Radiosender verkauft oder größere Auftritte bekommt, dann sieht es schlecht aus. Meinten Sie so was?«

»Und, haben Sie das Gefühl, dass es was wird mit Warschauer?«

Zierkow zuckt mit den Schultern. »Ich will es mal hoffen.« Das klingt wenig zuversichtlich, fast schon ein wenig depressiv.

»Und was ist mit Zara Bellheim?«

»Was soll mit ihr sein?«

»Die war mal bei Warschauer. Ist es richtig, dass sie eine Beziehung zu Mattias hatte?«

»Zu Mattias? Fragen Sie den doch selbst. Mattias finden viele Frau toll.«

»Und warum ist Zara aus der Band rausgeflogen?«

»Sie ist nicht rausgeflogen. Zara ist selbst ausgestiegen. Das ist ganz einfach, es kann keine zwei Leute in ’ner Band geben, die das Sagen haben wollen. Und Zara macht gerne die Ansagen.«

»Das habe ich bemerkt.«

»Eben. Jedenfalls sind das beides tolle Musiker, Mattias und Zara, und eigentlich auch tolle Menschen. Aber zusammen geht es nicht.«

»Wie war das denn nun, als Zara ging?«

»Na, ziemlich krass. Kann man sich doch vorstellen. Zara hat klare Vorstellungen von guter Musik, die Mattias so nicht immer teilt. Und Zara glaubt nicht an deutsche Texte.«

»Wieso nicht?«

»Weil die international nicht wahrgenommen werden. Es gibt einige wenige Leute, die da mitmischen, also Rammstein, Kraftwerk, so die Garde, aber junge Bands haben keine Chance.«

»Aber Sie spielen doch deutsche Titel.«

»Einige wenige. Die hatten wir schon im Programm, als Zara noch nicht bei uns war. Die sind von der Texterin, die auch für Warschauer arbeitet. Die ist wirklich gut. Schreibt auch für bekannte Gruppen.«

»Die Texte sind traurig«, sage ich.

»Sie kennen welche?«

»Ja, ich kenne welche. Von Tauben, die sich von Brücken stürzen.«

Zierkow grinst anerkennend. »Dann kommen Sie doch zum Konzert.«

»Finden Sie es nicht seltsam, dass Tamara und Mattias ein Konzert geben, obwohl ihr Sohn verschwunden ist?«

»Im Prinzip schon. Aber sie werden den Auftritt dazu

nutzen, die Leute aufzufordern, ihnen bei der Suche nach Tomasz zu helfen.«

»Das haben wir auch getan.«

»Ja, sicher, aber es ist noch mal was anderes.«

»Allerdings laufen die beiden auch Gefahr, dass man ihnen vorwirft, dass sie das Konzert deshalb geben, weil sie mit viel Zuspruch und Neugier rechnen können. Man könnte ihnen sogar vorwerfen, sie nutzen das Verschwinden ihres Kindes, um mehr Aufmerksamkeit zu bekommen.«

Zierkow nickt. »Das könnte passieren«, sagt er nachdenklich.

»Was, dass sie die Aufmerksamkeit bekommen oder dass sie das planen?«

Zierkow zögert. »Wissen Sie was«, sagt er dann schnell, »ich glaube, wir sind fertig jetzt.«

Das Ganze ist ihm offenbar zu heiß. Bleibt die Frage, was es bedeutet, wenn die Möglichkeit, dass die Eltern von Tomasz dies alles tatsächlich geplant haben, zutrifft. Ich verwerfe den Gedanken, weil ich mir nicht vorstellen will, dass die Entführung ein Trick gewesen sein könnte.

Wenig später bin ich mit Zara Bellheim auf dem Hof. Die junge Frau wirkt jetzt freundlich, beinahe schon charmant. Sie beantwortet meine Fragen rasch und ohne Umschweife.

»Ich bin damals aus der Band«, sagt sie mit ruhiger Stimme, »weil mir das Klima nicht mehr gefiel. Es ging um Erfolg und nur noch um Erfolg. Vom Spaß am Musizieren war nicht mehr viel geblieben. Und dann war Tamara schwanger. Das machte Mattias nur noch zielorientierter. Die Proben wurden zu einer Art hartem Training. Tamara war immer dabei. Alle mussten spuren. Es gab keine Ausnahme und kein Pardon. Mattias lebt nur für die Band und ihren Erfolg.«

»Man sagt Ihnen nach, dass auch Sie unerbittlich seien.«

»In manchen Punkten ja. Zum Beispiel, wenn es um Kreativität geht. Wir sollten kein Zeug spielen oder singen, das andere vor uns schon gespielt haben. Wir müssen etwas erfinden, was die anderen nicht haben und nicht können. Ich hasse es, wenn jemand mit abgekupferten Sachen kommt.«

»Darüber haben Sie sich mit Mattias Bartosz gestritten?«

»Nein. Jedenfalls nicht vordergründig. Er setzt mehr auf Musik, die hier ankommt. Er hofft auf den Massenerfolg. Wenn du das willst, dann musst du den Massengeschmack treffen. Und der ist bieder.«

»Ich habe keine Ahnung von diesen Dingen. Ich hab ein paar Texte gelesen, die Warschauer bringt. Die fand ich nicht uninteressant.«

Zara Bellheim verdreht die Augen. »Die finden Sie gut? Ah ja, das meine ich doch. Über Geschmack lässt sich streiten. Die Texterin hat ein Faible für Mattias. Und sie hält Tamara für eine gute Sängerin. Keine Ahnung, warum. Vielleicht, weil sie über Tamara mit ihren Texten Mattias nahe ist. Aber mich geht das nichts an. Ich plädiere für englische Songs.«

»Und Ihr Verhältnis zu Mattias?«

»Da war mal was.«

»Und da kam Tamara dazwischen?«

»Nein. Tamara kam nicht dazwischen. Mattias und ich, das wäre nie was geworden. Wir sind zu verschieden.«

»Irgendwie finden alle diesen Mattias großartig. Woran liegt das Ihrer Meinung nach?«

»Ganz einfach: Mattias will was, will was erreichen. Das finden Frauen meiner Ansicht nach im Prinzip anziehend, auch wenn das offiziell nicht mehr so gesagt wird.«

»Aber jetzt hat er sein Kind verloren.«

»Wie meinen Sie das? Es war doch Tamara, die nicht aufgepasst hat!«

Die letzte Bemerkung ist der jungen Frau einfach herausgerutscht. Ein interessanter Hinweis: Es gibt eine Schuldfrage. Daran habe ich noch gar nicht gedacht, obwohl es ja eigentlich auf der Hand liegt. Tamara trägt die Schuld. Tomasz war in ihrer Obhut, als er verschwand. Könnte das etwas mit einem möglichen Motiv zu tun haben?

Ich frage Zara Bellheim noch nach ihrem Alibi. Jetzt lächelt sie sogar. »Ich habe gewusst, dass Sie mich das fragen werden«, sagt sie, »haben Sie keine Nachforschungen angestellt? Ich studiere. Sie werden es nicht glauben: Musikwissenschaft. Und um die fragliche Zeit war ich in einer Vorlesung. Warten Sie, es war ein Vortrag über …« Sie denkt einen Augenblick lang nach oder tut zumindest so. »… Verdi, die Opern von Verdi. Mögen Sie etwa Verdi?!«

Ich habe das Gefühl, dass Zara Bellheim mich auf den Arm nimmt. Sie ahnt wahrscheinlich, dass ich keine Ahnung von Verdi habe oder von Opern überhaupt. Das heißt, ganz so ist es nun auch wieder nicht. Kerstin hat mich im Laufe der Jahre mindestens zehnmal in ein Konzerthaus oder eine Oper geschleppt. Und sicher war darunter auch mal eine von Verdi.

»Ja«, sage ich schnell und frage noch nach irgendwelchen Auffälligkeiten. Sie denkt nach. Schüttelt dann den Kopf.

Ich will mich schon verabschieden, da kommt mir in den Sinn, diese Frau mit einer Frage zu konfrontieren, die sie vielleicht doch aus der Fassung bringen wird.

»Könnten Sie sich vorstellen«, sage ich ruhig, »dass Tamara und Mattias gemeinsam beschlossen haben, Tomasz aus der Welt zu schaffen?«

Entgegen meiner Erwartung bleibt Zara Bellheim ruhig. Sie schaut mich mit ihren klaren hellgrauen Augen an. Und dann nickt sie. Es ist nur ein kleines, angedeutetes Nicken. Und ich sehe in ihrem Gesicht einen Anflug von Traurigkeit. Wahrscheinlich deshalb, weil die Frage und ihr Nicken ihre wirklichen Gefühle berührt haben. Das Gefühl der Angst. Der Angst, dass so etwas Schreckliches möglich sein könnte.

»Ich weiß es nicht«, sagt sie leise, »ich weiß es nicht.«

Die Reaktion von Zara Bellheim lässt mich nicht mehr los. Wahrscheinlich deshalb, weil ich selbst diese Idee die ganze Zeit mit mir herumtrage und einfach nicht akzeptieren will, dass es diese Möglichkeit gibt.

XV.

Mattias könnte ihn nicht verleugnen, denke ich und betrachte den Jungen, der in seinem Schlafsack neben mir im Bett liegt, die Arme ausgestreckt, die Lider geschlossen: seine schöne kleine Nase, seine klare, samtige Haut und die roten Pausbäckchen, seine zarten, hellen Haare und das Wölben des Bauches bei den kurzen Atemzügen. Wenn er beginnt, sich unruhig zu wenden und zu stöhnen, lege ich meine Hand auf seinen Bauch, atme ruhig und gleichmäßig neben ihm weiter. Manchmal beruhigt er sich dann, aber diesmal fängt er an zu weinen. Ich nehme das Kind hoch, schließe es in meine Arme und summe eine Melodie. Es hebt den Kopf, der schon ganz rot vom Schreien ist, und spannt den Körper an. Als ich mit ihm aufstehen will, stoße ich ungeschickt mit dem Schienbein gegen das Bett, was einen kurzen, starken Schmerz auslöst. Ich drehe das Baby in den Fliegergriff und gehe mit ihm auf dem Flur auf und ab, während es sich windet und schreit. Um meine Runde zu erweitern, öffne ich die Tür zum Wohnzimmer, laufe um die Couch, dann wieder auf den Flur und zurück ins Schlafzimmer, wo ich eine Schleife am Bett vorbei mache, um die nächste Runde zu gehen.

Ich merke, wie das Rauschen in den Ohren zurückkommt und sich unter das Geschrei mischt. Nach einigen Runden verwandelt sich das Schreien in ein mürrisches Grummeln. Der kleine Körper entspannt sich nach und nach, bis er still auf meinem Arm liegt. Ich gehe weiter, bis auch seine Ärmchen langsam runtersacken und schließlich widerstandslos baumeln. Die Vorhänge sind zugezogen, in der Wohnung ist es dunkel, nur das Steckdosenlicht im Schlafzimmer leuchtet. Die Stille ist zurückgehrt. Das Baby liegt wie weiches Blei auf meinem Arm. Das Rauschen im Ohr ist noch da und verursacht einen leichten Kopfschmerz. Ein paar Runden noch, denke ich, dann versuche ich es noch einmal hinzulegen.

Der Schlafentzug ist das Schlimmste. Das kann ich dir nicht zumuten. Du hast zu viel zu tun, gerade jetzt. Du musst jetzt voll und ganz präsent sein, du darfst deine eigentliche Aufgabe nicht vergessen. Und du weißt genau, dass ich dir den Rücken freihalte. Du weißt, du würdest jede Unterstützung von mir bekommen, die du brauchst. Ich würde alles für dich tun. Immer.

Ich steige ins Bett und lege das Kind sanft ab, aber sobald ich den Arm unter ihm wegziehe, wacht es auf und fängt an zu schreien. Es hat keinen Sinn. Ich nehme es wieder hoch und drücke es sacht an mich, um es zu beruhigen. Im Kühlschrank steht noch eine vorbereitete Flasche und ich gehe mit dem Baby auf dem Arm in die Küche, erwärme die Milch auf dem Herd im Wasserbad. Vielleicht hilft trinken. Mit der warmen Flasche und dem Kind auf dem Arm gehe ich ins Wohnzimmer und setze mich in den Sessel. Es zappelt, als es die Flasche sieht, und saugt so stark, dass es sich verschluckt. Ich richte es auf und lasse es husten. Dann lege ich es mir wieder in den Arm und gebe ihm die Flasche erneut. Es trinkt die erste Hälfte in schnellen Zügen, später nuckelt es nur noch müde und es fallen ihm langsam die Augen zu.

Auch ich bin müde, meine Beine und Arme sind schwer, meine Füße kalt. Nach einer Weile traue ich mich, die Flasche abzusetzen. Das Baby schläft weiter. Ich drehe es wieder um und trage es auf Unterarm und Handfläche zurück ins Schlafzimmer. Als ich mich über das Bett beuge, um es hineinzulegen, schaut es mich mit wachen Augen an und lächelt.

Was soll ich tun? Ich merke, dass das Rauschen zurückkommt und ich mich überfordert fühle. Gehen hilft, frische Luft hilft, also raus in die Kälte. Vorher die ganze Prozedur: Erst wickele ich das Baby, stupse das Mobile an, damit es abgelenkt wird. Als ich ihm den dicken Winteranzug überziehe, fängt es wieder an zu weinen. Es schreit und dreht den Kopf hin und her, während ich ihm die Wollmütze umbinde. Mir ist, als würde mir jeden Moment der Kopf platzen. Ich muss hier raus, denke ich, und mir wird ganz heiß, weil mir einfällt, dass ich es falsch gemacht habe, dass ich zuerst mich anziehen muss, damit das Baby nicht so lange daliegt und schreit.

Ich lege es auf die Spieldecke am Boden, gehe zur Garderobe und suche meine neuen veganen Stiefel in dem kleinen Schuhschrank. Ich steige in die Stiefel, binde einen großen Schal um und setze meine Skimütze auf. Danach lege ich die Bauchschnalle des Tragegurtes um und gehe zurück zu dem Baby, das mit weit aufgerissenem Mund und hochrotem Kopf schreiend auf der Decke zappelt. Während ich es mir auf Bauch und Brust schnalle, streckt es sich und schreit mir direkt ins Ohr. Mein Kopf droht zu zerspringen. Das Baby rutscht in die richtige Position und wird durch die Schultergurte an meinen Oberkörper gepresst. Ich ziehe mir den weiten Mantel über und greife nach dem Schlüsselbund. Nachdem ich beide Schlösser geöffnet habe, verlasse ich eilig die Wohnung. Das Kind schluchzt.

Als wir aus dem Haus sind und zwischen den Baracken und Garagen im Hof herumlaufen, hinter denen die alten Militärfahrzeuge vor sich hin rosten, pfeift uns ein kalter Wind entgegen. Ich schlage den Mantel fest um das Baby, das beim Schluchzen stockend Luft holt, und lege meine Arme schützend um es. Auf der Rigaer überquere ich die Straße und laufe an der Discounterfiliale vorbei. Vielleicht auch, um mich von der unerwartet strengen Kälte der Nacht abzulenken, singe ich dem Jungen ein Sommerlied von Warschauer vor.

Häuser, Straßen ziehen vorbei
Tauben stürzen sich von Brücken
Menschentrauben vor den Ampeln
auf der Scheibe tote Mücken

Einkaufszentren, Hochhausblöcke
Schallschutzmauern, die verebben

Schrebergärten, Teiche, Wälder
Backsteinhäuser, alte Hecken

Heute suchen wir die Stille
wir sind heute so entspannt
wir fahren raus ins Hinterland

Heute suchen wir das Weite
wir sind heute so entspannt
wir fahren raus ins Hinterland

Schon auf der Pettenkofer ist er eingeschlafen. Ich laufe runter zur Frankfurter Allee, die im Licht der ausladenden Straßenleuchten liegt, vorbei am scheußlichen Ring-Center und dem ebenso scheußlichen gegenüberliegenden Plattenbau. Die Autos rollen in Kolonnen, es ist ein steter Fluss, durch den ich uns hindurchmanövriere. Ich laufe die Jessner hoch und überquere die Scharnweber Straße, gehe am Supamolly vorbei. Kurz kommt es mir so vor, als dringe dröhnend Musik zusammen mit dem Rauch unzähliger Zigaretten auf die Straße, als könnte ich hineinsehen, auf den langen Tresen am Eingang. Aber da ist nichts. Die Tür ist geschlossen und man kann nicht erkennen, ob drinnen Menschen sind oder nicht. Weiter geht's am Traveplatz vorbei, bis zur Weserstraße. Das Baby hängt schlaff in der Trage. Ich senke den Kopf und kann es atmen hören, laufe einfach immer weiter, die nächste Straße hoch.

Ich bin wie in Trance. Das Ziehen in der Schulter, das Druckgefühl, das der Gurt auf dem Becken auslöst, ich spüre kaum noch etwas davon. Ich halte das Kind umschlungen und setze einen Fuß vor den anderen. Im Blickfeld nur ein Ausschnitt des Gehwegs vor mir. Hier und jetzt, das Kind und ich im Nirgendwo. Erst auf der Warschauer nehme ich die Umgebung und die Menschen um mich herum wieder wahr. Betrunkene Jugendliche stehen an der Ampel. Sie lachen, rufen sich irgendwas zu.

Ich laufe die Grünbergerstraße hinab, vorbei am Attac-Büro, vorbei an der Jägerklause mit dem Hirschgeweih über dem Eingang, weiter in die Wedekindstraße, wo das Berghain residiert. In der Kurve stehen mehrere Taxen, eins kommt soeben angefahren. In ein paar Stunden kann man auf der anderen Seite des riesigen Gebäudes die Menschenschlangen vor der Clubtür besichtigen.

Neben mir schlägt ein Fahrgast die Tür des Taxis zu und ich merke, wie das Baby zusammenzuckt. Ich gehe schnell an den Taxen vorbei, zurück in Richtung Warschauer. Der Druck in meinen Ohren nimmt zu. Ein schrilles Fiepen schwillt an und wieder ab, bis es nur noch ein Rauschen ist. Das Kind hängt schlaff und schwer auf meinem Bauch, drückt den Kopf gegen meine Brust. Ich spüre wieder das Ziehen in der Schulter und den Druck, den der Gurt auf das Becken ausübt. Meine Füße sind noch immer eiskalt, meine Glieder schwer. Die Müdigkeit ist plötzlich grenzenlos. Aber ich laufe weiter, versuche mich wieder auf den Takt meiner Schritte zu konzentrieren, Schritt für Schritt, einen Fuß vor den anderen.

Ich kann nicht mehr, möchte ich am liebsten schreien. Ich kann nicht mehr. Mir wird schwindelig und ich muss mich setzen. Das Kind reckt sich, ich spüre, wie der Kopf sich bewegt, und dann setzt das Weinen wieder ein. Wie betäubt bleibe ich auf den kalten Stufen des Hauseingangs sitzen. Das Kind bewegt sich immer stärker, aber ich sehe nicht hin, starre über das Gleisbett auf den Metro-Großmarkt. Oben auf der Warschauer Brücke sehe ich die Menschenströme im Laternenlicht. Gleich, denke ich, während das Baby weiter schreit und in dem engen Tragegurt strampelt, gleich, ich brauche noch einen Augenblick.

XVI.

Franz gibt mir Zeichen, Tomasz' Eltern befinden sich in unserem Vernehmungsraum. Als ich das Zimmer betrete, lehnt Mattias an der hinteren Wand, Tamara ihm gegenüber. Sie schauen sich an.

Ich gebe beiden die Hand. »Es tut mir leid«, sage ich, »wir können nichts daran ändern, dass Ihre Konzertvorbereitungen und die Entführung Ihres Kindes in so bedenklicher Weise zusammentreffen.«

»Was wollen Sie von uns?«, sagt Mattias und es ist ihm anzumerken, dass er Mühe hat, seinen Zorn zu unterdrücken.

»Es gibt Hinweise, die wir mit Ihnen besprechen müssen.«

»So, gibt es die?«

Ich ziehe das Foto, das mir der Journalist überlassen hat, aus der Tasche und lege es auf den Tisch. »Diese leider sehr ungenaue Aufnahme zeigt eine Person, die sich Ihrem Auto nähert, Frau Schmund. Es kann natürlich ein Zufall sein. Ein harmloser Passant. Jemand, der eben zufällig an diesem Ort war oder einfach nur vorbeiging. Leider sind alle Versuche, die Person so zu vergrößern, dass man sie erkennen könnte, bislang misslungen. Aber manchmal gibt es ja winzige Anhaltspunkte, eine ganz bestimmte Körperhaltung, irgendetwas, das einem doch bekannt vorkommt.«

Die beiden kommen heran. Schauen auf die Fotografie. Matthias schüttelt den Kopf. »Da ist absolut nichts zu erkennen. Vielleicht, dass es eine Frau ist oder ein größeres Kind.«

Tamara zögert. Sie schaut noch mal und noch mal auf das Bild. Warum zögert sie? Hat sie eine Idee? Oder drückt sich darin nur ihre Verzweiflung aus.

»Frau Schmund?«

Sie schaut mich an. Schüttelt den Kopf.

»Also gut. Es gibt noch einen Zeugen, der diese Person gesehen haben will. Vielleicht bringt uns das weiter.«

»Ist das alles?«, fragt Tamara leise.

»Im Prinzip schon.«

Mattias geht zur Tür. »Deshalb holen Sie uns von der letzten Probe, ja?«

»Ich war bei Ihren Eltern, Herr Bartosz.«

Er dreht sich um. In seinen Augen blitzt Unsicherheit auf und auch Wut.

Ich lasse meine Worte noch einen Augenblick nachwirken. »Ihre Eltern waren sehr betroffen, aber sie waren auch, nun, wie soll ich das sagen ... traurig wegen Ihnen.«

»Was soll das?«, fährt Bartosz auf.

»Sie haben von Ihrem Verhältnis zu Tomasz gesprochen. Sie waren der Meinung, dass Sie beide wenig Zeit haben für den Jungen. Sie sagten, dass sie den Eindruck hatten, er würde eher stören.«

»Das ist völliger Schwachsinn! Hat Ihnen mein Vater auch die Sache mit dem Geld erzählt? Das ist das Einzige, was ihn wirklich interessiert. Er hat mir Geld geborgt und nun wartet er auf die Rückzahlung. Das ist das Problem!« Bartosz fängt plötzlich an zu lachen. Ein bitteres, zynisches Lachen.

»Wissen Sie, ich bin nicht dazu da, Ihnen etwas über Ihr Verhältnis zu Ihrem Kind zu erzählen. Und es liegt mir nichts ferner, als Sie zu kritisieren. Aber es verwundert natürlich, dass Ihre Eltern so etwas sagen angesichts der Lage, in der Sie sich befinden. Und ehrlich gesagt staune ich auch darüber, dass Sie jetzt ein Konzert geben wollen.«

»Ach, da staunen Sie also?« Bartosz schaut mir wütend ins Gesicht. Tamara Schmund wirkt wieder beinahe teilnahmslos. »Wir sind finanziell am Ende, falls es Sie interessiert, und wir wollen das Konzert dazu nutzen, unsere Fans um Unterstützung zu bitten.«

»Und was sollen die Ihrer Meinung nach tun? Tomasz suchen gehen?«

»Viele Ohren hören viel und viele Augen sehen viel.«

»Frau Schmund, ich möchte von Ihnen wissen, was Sie an diesem Morgen, bevor Sie zu dem Stoffladen fuhren, getan haben.«

Tamara Schmund blickt zu mir herüber, als erwache sie aus einem Traum. »Wie bitte?«

»Wie war dieser Morgen? Wie ist er verlaufen?«

Bartosz stöhnt auf, aber er beherrscht sich.

»Der Morgen … es war kalt. Wir hatten lange geschlafen. Wir hatten geprobt. Sind die neuen Texte durchgegangen. Haben sie abgestimmt. Ich war spät dran. Wir haben rasch gefrühstückt …«

»War Herr Bartosz dabei?«

»Nein. Mattias war im Proberaum geblieben. Hatte noch zu tun. Er hat dort geschlafen. Das macht er manchmal, wenn es eng wird.«

»Gut, und weiter?«

»Ich habe Tomasz eingepackt. Er war nicht gut drauf an dem Morgen. Er ist morgens oft nicht so gut gelaunt. Keine Ahnung, warum. Ich hab ihn zum Auto gebracht und dann sind wir losgefahren.«

»Und waren Sie sicher, dass der Junge zu dem Zeitpunkt, als Sie losfuhren, wirklich im Auto war?«

»Ja. Er hat noch eine ganze Weile geschrien.«

»Er hat geschrien?«

»Ja.«

Bartosz tritt zu seiner Frau und legt ihr seine Hände auf die Schultern. »Das sind wir doch alles schon einmal gefragt worden. Was wollen Sie denn nun genau wissen?«

»Das Kind hat geweint und Sie sind gefahren. Und als Sie schließlich an Ihrem Ziel ankamen – da war es still, das Kind?«

Tamara schaut kurz auf. »Ja. Er ist wohl eingeschlafen.«

»Heißt das, Sie haben nicht noch einmal nach Tomasz geschaut, als Sie ausgestiegen sind?«

Die Frau schweigt eine ganze Weile. Bartosz wird immer unruhiger.

»Nein«, sagt sie dann, »nein, ich habe nicht noch einmal nach ihm geschaut. Ich war ja froh, dass er eingeschlafen war.«

»Und als das Kind während der Fahrt geschrien hat, waren Sie da sehr wütend, genervt, aufgebracht?«

Bartosz schüttelt empört den Kopf. »Sie haben wirklich nicht alle sieben Sachen beieinander«, entfährt es ihm.

Diese Bemerkung ist eine Steilvorlage. Klar ist, dass sich Bartosz kaum mehr unter Kontrolle hat, und das ist ein Zustand, in dem oft eine Öffnung hin zu neuen Informationen und Erkenntnissen hergestellt werden kann. Ich muss also genau an diesem Punkt weitermachen und die Fragen verschärfen.

»Wie meinen Sie das? Ich will lediglich wissen, wie sich Ihre Frau gefühlt hat. Und ich möchte außerdem wissen, ob es Zeugen dafür gibt, dass an diesem Morgen die Babytasche wirklich in das Auto gelangte und dass sich darin das Kind befand, nach dem wir jetzt suchen.«

Meine Frage hat genau das Gegenteil von dem zur Folge, worauf ich gehofft habe. Bartosz explodiert nicht, er wird ruhiger. »Sie glauben also wirklich, dass wir unser Kind beiseite geschafft haben? Vielleicht sogar, dass wir Tomasz umgebracht haben?«

»Um glauben geht es nicht. Wir wissen, dass es zu Situationen kommen kann, die niemand wollte, die keiner vorhersehen konnte. Jemand gerät völlig außer sich, verliert die Kontrolle. Und dann stehen alle vor einem Scherbenhaufen und man kann die Zeit nicht zurückdrehen. Ich möchte von Ihnen wissen, ob Tomasz wirklich in diesem Auto war, als es abgestellt wurde.«

Bartosz setzt sich neben seine Frau. »Ich war an dem Morgen nicht dabei. Aber ich glaube Tamara. Ich habe keinen Grund, daran zu zweifeln, dass das, was sie sagt, die Wahrheit ist.«

»Also keine Zeugen?«

Tamara schüttelt den Kopf. »Ich war allein. Eigentlich hatte jemand von der Gruppe noch mitfahren wollen. Es ging um die Kostüme, die wir für das Konzert anfertigen wollten. Aber ich fuhr allein.«

»Moment. Das heißt, es wussten noch andere Personen, dass Sie an diesem Tag mit Ihrem Auto vor dem Geschäft stehen würden?«

»Ja. Alle von unserer Gruppe wussten das. Aber das hat doch nichts zu sagen.«

Es wundert mich, dass mir diese Frage nicht früher in den Sinn gekommen ist. Wer hatte Kenntnis davon, dass das Auto dort stehen würde? Dass die Bandmitglieder davon wussten, könnte bedeuten, dass es vielleicht kein Zufall war, dass das Kind in genau dieser Situation entführt wurde. Irgendjemand legt sich auf die Lauer und passt einen Zeitpunkt ab, an dem Tomasz unbeobachtet ist und ein Zugriff relativ gefahrlos vonstatten gehen kann. Und dieser Jemand ist in unmittelbarer Nähe der Eltern zu suchen. Ich hatte an die Großeltern gedacht, an mögliche Mithelfer. Oder auch an die Leute von der anderen Band, von Stoppzeit, und natürlich an die Eltern selbst. Aber nun rückt jemand in den Mittelpunkt meiner Überlegungen, der mit den beiden in direktem Zusammenhang steht, und ich frage mich, warum ich nicht längst schon stärker in diese Richtung gedacht und ermittelt habe. Mir fällt der tote Marc ein und die vage Vermutung, die beiden Fälle hätten etwas miteinander zu tun. Genau das wäre dann aber nahezu ausgeschlossen.

»Also gut«, sage ich, »gehen wir alle Leute durch, die von diesem Einkauf in dem Stoffladen wussten.«

Tamara Schmund und Mattias Bartosz zählen auf: die Mitglieder von Warschauer, von Stoppzeit, der Chef des Aufnahmestudios, die Texterin, der Verantwortliche für die Konzertplanung, die Managerin Margarete Engelhart. Ingesamt stehen zwölf Namen auf meinem Notizblock. Ich mache mir Kreuze an diejenigen, die ich bislang noch nicht gesprochen habe. Margarete Engelhart werde ich mir so schnell wie möglich vornehmen.

Als die beiden gegangen sind, fühle ich mich erleichtert. Für mich hat sich der Eindruck verstärkt, dass Tomasz' Eltern sich ihres Jungen nicht entledigt haben. Ich weiß noch nicht genau, wieso ich davon ausgehe, aber es ist ein starker Gefühlsimpuls. Vielleicht, weil Bartosz sich plötzlich beruhigen konnte und mir dann eben doch so nahe war. Auch weil ich denke, dass es vielleicht wirklich eine Entlastung für die beiden sein könnte, wenn sie ihr Konzert durchziehen und ihre Fans teilhaben lassen an ihrem Schmerz und ihrer Angst. Vielleicht glauben Künstler daran, dass man sein Leid mit den Fans teilen kann. Und dass die einem beistehen, wenn man Hilfe braucht.

Im Lagezentrum hocken die meisten Verantwortlichen zusammen. Franz berichtet eben davon, was bei der Vernehmung von Klinkmüller herausgekommen ist. Sein Fazit ist, Klinkmüller räumt tatsächlich Kleidungscontainer vom Roten Kreuz und anderen Organisationen aus, durchwühlt alles und hat sich insbesondere auf Kinderkleidung spezialisiert, die er dann auf den diversen Flohmärkten in der Stadt verkauft. Franz hat sogar gecheckt, ob es in letzter Zeit Übergriffe auf Sammelbehälter gegeben hat. Das hat es. Berichtet wurde ihm, dass die Täter professionell vorgegangen sind. Die Behälter wurden seitlich geöffnet.

Franz sagt, dass es auch bei den anderen Verdächtigen, die Fahrer besagter Opel-Marke sind, bislang keine Hinweise auf irgendeinen Zusammenhang mit der Entführung von Tomasz gibt. Benno Treiber hat ein lückenloses Alibi sowohl für den Tag, an dem Marc verschwand, als auch für den, an dem Tomasz entführt wurde. Franz schlägt vor, diesen Strang der Ermittlungen abzubrechen. Kiesewetter schaut nachdenklich zu mir herüber. Wahrscheinlich will er keine noch so geringe Chance ungenutzt lassen.

Ich schüttle den Kopf und frage, ob die Nachforschungen nach jener Frau, die sich an Kinderwagen zu schaffen macht, etwas gebracht haben.

Franz und der Einsatzleiter verneinen.

Die Kollegin, die die eingehenden Hinweise bezüglich fragwürdiger Annäherungen an Kinder bearbeitet, pinnt neu hereingekommene Berichte an die Wand. Ich überfliege sie. Ein etwa fünfunddreißig Jahre alter Mann hat Kinder vor einer Schule angesprochen und ist dann, als sich eine Lehrerin näherte, rasch davongegangen. Auf einem anderen Blatt steht, dass ein etwa sechzehnjähriger Jugendlicher zwei Jungen auf der Straße angeboten hat, ihnen das Fahrradfahren beizubringen. Sie sollten ihm folgen, was sie aber ablehnten. Die Eltern haben sich bei der Polizei gemeldet. Auch weil sie die Aushänge betreffs Tomasz gelesen haben.

Ich frage mich, was wir tun sollen. All diesen Hinweisen nachgehen? Und mir kommt in den Sinn, dass es irgendwie verrückt ist, dass wir in jeder Kontaktaufnahme ein gefährliches Ansinnen vermuten. Ein Jugendlicher will jemandem das Fahrradfahren beibringen. Was ist daran verdächtig? Kennen sich die Kinder und der Jugendliche? War der Kontakt spontan? Was richten wir an, wenn wir jetzt diesen Jugendlichen befragen? Wird er jemals wieder jemandem seine Hilfe anbieten?

Ich sage der Kollegin, dass es sicher gut wäre, wir würden jeweils noch genauer nach den Hintergründen dieser Hinweise fragen. Hat der Mann vor der Schule sich vielleicht nach dem Weg erkundigen wollen oder nach seiner Tochter, die vielleicht diese Schule besucht, oder wollte er einfach nur nett sein? Hat er einen Scherz machen wollen und die Kinder wussten damit nichts anzufangen? Und was bedeutet es, wenn jemand schnell weitergeht? Ist der Mann geflüchtet oder ging er einfach weiter und die Lehrerin hat dieses Gehen als schnell gedeutet?

Die Kollegin zieht die Stirn kraus. »Was glauben Sie, was ich die ganze Zeit versuche?«, gibt sie genervt zurück. »Die Leute sind zurzeit ein wenig übermotiviert, was man ja verstehen kann. Aber glauben Sie mir, ich frage nach und notiere alles, was man mir sagt. Aber leider kann ich weder was für irgendwelche Ausdeutungen noch für Gedächtnislücken.«

Ich bereue es, die Kollegin angesprochen zu haben. Nicke nur und ziehe mich zurück. Inzwischen sind alle ziemlich ausgepowert und die Nerven liegen blank. Es hat keinen Sinn, noch mehr zu verlangen.

Der Mann im Nebenraum macht einen unruhigen, beinahe fahrigen Eindruck. Er trägt einen hellgrauen Anzug und ein hellgrünes Hemd mit weit geöffnetem Kragen. Sein Haar ist wellig, er fährt ab und zu mit den Fingern hindurch. Er wirkt wie einer dieser jungen, dynamischen Geschäftsleute, die neuerdings immer häufiger in den schickeren Ecken Friedrichshains anzutreffen sind. Vom Typ »Ich bin in Eile, sprechen Sie mich nicht an, ich bin wichtig«. Als ich in den Raum komme, steht er rasch auf und reicht mir mit langem Arm die Hand.

»Ah, der leitende Kommissar«, sagt er mit einer hellen und lauten Stimme. »Ich grüße Sie, geht es Ihnen den Umständen entsprechend gut?«

Ich habe etwas übrig für solche Leute, denn sie spielen ein Theaterstück, und wenn ich Lust dazu habe, spiele ich mit. Nun ist das hier kein vermeintlicher Täter oder ein sonst irgendwie Verdächtiger, sondern ein Zeuge, der sich offenbar zu einer aus seiner Sicht harmlosen Beobachtung äußern will. Also sage ich nur: »Gut, gut, nehmen Sie doch Platz, wie war noch mal Ihr Name?«

»Silvio, wie dieser Superheld aus Italien, also Berlusconi, nee, war'n Scherz, Silvio Berger. Also, was wollen Sie genau wissen?«

»Sie haben eine Frau gesehen in der Nähe des Autos, aus dem später das Kind entführt wurde. Ist das richtig?«

»Na, was heißt gesehen. Wissen Sie, ich bin mit meinem Wagen da lang gefahren und da waren Leute auf den Fußwegen und ich bilde mir ein, dass ich da eine Frau wahrgenommen habe. Wissen Sie, ich kann mich überhaupt nur deshalb daran erinnern, weil ich ihr Verhalten irgendwie auffällig fand. Sie ging auf dem Fußweg. Kam aus dem Nichts. Wollte über die Straße, zögerte, ging zurück. Und ich habe von ihrem Gesicht nur die große dunkle Brille wahrgenommen.

Weil sie eine Kapuze auf hatte. Die Kapuze einer Jacke, so einer Sportjacke, die sie offenbar unter ihrem Mantel trug.«

»Aha. Das ist mehr, als ich erwartet habe.«

»Ja, ich bin gut, ich bin echt gut. Ich könnte bei euch anfangen, aber ihr verdient mir zu wenig. Na, Scherz beiseite, soll ich die Frau mal zeichnen. So figurmäßig?«

Ich schiebe ihm einen Block und einen Stift hinüber. Der Mann wirft mit wenigen Strichen eine Zeichnung aufs Papier. Das sieht gut aus, beinahe wie von einem Künstler oder einem Modedesigner. Er schiebt mir den Block zurück.

»So ungefähr. Glaubt ihr denn, die könnte das Kind geklaut haben?«

»Wir gehen jeder Spur nach. Unser Problem ist die Zeit.«

»Verstehe.« Berger ist nun doch ernst geworden. »Das ist wirklich ein Problem, wenn ihr zu spät kommt.« Er schaut mit einer raschen Bewegung auf seine Armbanduhr. »So, ich muss auch wieder, hat mich gefreut!« Er reicht mir wieder seine Hand und hat keinerlei Bedenken, sich zu verabschieden, als sei er hier zu einer Unterredung über die Planung von Blumenrabatten oder einer Geburtstagstorte erschienen.

Ich sehe mir die Zeichnung genauer an. Eine schlanke Frauenfigur. Geschmeidig, zart, aber auch kraftvoll. Wie alt wird diese Frau sein? Dreißig? Etwas jünger, etwas älter? Sehe ich hier den Körper von Zara Bellheim? Nein, diese Frau auf dem Papier erscheint kleiner. Ist es vielleicht doch Tamara? Hat der Zeuge ganz einfach Tamara selbst wahrgenommen und damit rein gar nichts zu den Ermittlungen beigetragen? Wenn diese locker hingeworfenen Striche auf dem Papier Tamara darstellen, muss die sich in besonderer Weise bewegt haben. Also doch ein Hinweis darauf, dass etwas an dem Auto passiert ist, das nicht alltäglich war? Aber vielleicht gibt es eine ganz einfache Erklärung. Silvio Berger, unser Zeuge, hat Tamara just in der Situation wahrgenommen, als sie entdeckte, dass Tomasz verschwunden war. Doch dann hätte Tamara in dieser Situation in Panik geraten müssen.

Und natürlich ist nicht auszuschließen, dass es sich bei der Skizze um jemand ganz anderen handelt.

Ich bitte Sina, herauszubekommen, wo sich Margarete Engelhart, die Managerin von Warschauer, derzeit aufhält, und wo Zara Bellheim. Sina nickt und greift nach dem Telefon.

In unserer Zentrale herrscht angespannte Ruhe, wie ich das bisher noch selten wahrgenommen habe. Ich trete vor die Pinnwand, an der auch die Personenbeschreibung jener Frau ausgehängt ist, die uns zweimal im Zusammenhang mit Annäherungen an Kinderwagen gemeldet wurde. Karoline Hartz, unsere Mitarbeiterin, hat notiert, dass diese Frau schlank, sportlich, jüngeren oder mittleren Alters ist. Auffällig die Kapuze und die verdunkelte Brille.

»Gibt es etwas Neues zu der gesuchten Person?«, frage ich laut. Die Kollegen schauen hoch. Einige schütteln den Kopf.

»Das heißt«, sagt Gunnar Scholz rasch, »es gibt ein paar Überlegungen und Hinweise oder umgekehrt. Wir haben drei Rückmeldungen von Leuten, die vorgeben, die Frau gesehen zu haben, rings um den Comeniusplatz, also gar nicht weit von hier. Und zwar zu verschiedenen Zeiten. Wenn das stimmen sollte, dann besteht Grund zu der Annahme, dass die Frau in dieser Gegend wohnt oder arbeitet.« Er tritt an die Karte und kreist den Kiez ein. »Wir sind dabei, Leute vor Ort zu befragen.«

»Gut, halt mich auf dem Laufenden«, sage ich und lege die Zeichnung von Silvio Berger auf den Kopierer. »Möglicherweise haben wir hier einen weiteren Hinweis auf diese Person.« Ich reiche Scholz die Kopie.

Sina kommt herein und drückt mir einen Zettel in die Hand. Astra Kulturhaus, lese ich.

»Das ist der Auftrittsort von Stoppzeit und Warschauer morgen Abend. Die richten sich dort ein und bereiten vor. Da kann man die beiden antreffen, hat man mir gesagt.«

Es ist bereits später Abend, als ich mich zu dem Kulturhaus aufmache. Ich weiß inzwischen, dass es auf dem ehemaligen RAW-Gelände liegt, jenem Ort, der nach der Aufgabe des Industriestandortes als Ausbesserungswerk für die ostdeutsche Reichsbahn eine ganze Weile lang eine Art rechtsfreier Raum war, eine Gegend anarchischer Kunstidylle, wo jeder machen konnte, was immer er oder sie wollte. Hier entstanden um die Jahrtausendwende Modelabel und verschwanden wieder, hier wurden neue Musikrichtungen ausprobiert, hier ließen sich kreative Bildhauer nieder, hier gab es wilde Kneipen und witzige Märkte. Inzwischen ist das RAW-Gelände zwar immer noch Touristenmagnet und Treffpunkt für unzählige kreative Menschen, aber die schräge Kultur hat Strukturen bekommen.

Der Flachbau mit seinen verwitterten Klinkermauern liegt an der Revaler Straße. Ich betrete ihn durch eine kleine Tür und stehe in einem weiten Saal. Rechts und links wird das Hallendach von Säulen gestützt. Aber der Blick geht direkt in Richtung Bühne, die vorn in einem blauen Licht leuchtet. Die Säulen hingegen werden gelb und rot angestrahlt. So hat der Raum eine erstaunliche Weite und Höhe; geschätzt werden hier etwa tausend Leute hineinpassen. Ich habe sofort das Gefühl, ich würde gern laut schreien. Aus Lust und weil ich neugierig bin, wie das wohl klingen würde. Aber ich beherrsche mich.

Erst jetzt sehe ich die Leute vorn auf der Bühne und höre verhaltenes Reden und das Scharren von hin und her geschobenen Gegenständen. Hier wird aufgebaut.

Als ich nahe genug heran bin, kann ich auch die Personen erkennen, die sich auf der Bühne zu schaffen machen. Die Bandmitglieder sind versammelt, auch Tamara Schmund und Mattias Bartosz sind da. Drei der jungen Männer und Frauen kenne ich nicht. Wahrscheinlich sind es Techniker, die lediglich helfen. Und ich sehe eine Frau, die mit einem aufgeklappten Tablet dasteht und abwechselnd auf den Bildschirm und dann wieder auf die Bühnenaufbauten schaut und mit klarer Stimme Anweisungen gibt. Sie ist die Einzige, die sich sichtlich genervt an mich wendet.

»Hören Sie«, fährt sie mich an, »so kann man nicht arbeiten! Die E-Anschlüsse sind abgeschaltet, wir wissen nicht, wo die Sicherungen sind, wir haben keine Schlüssel für das hintere Tor und man hatte uns zugesichert, dass hier Getränke bereit stünden.« Das alles schleudert sie heraus, als habe sie nur darauf gewartet, dass ich hier erscheine und sie all ihren Frust rauslassen kann. Wahrscheinlich hält sie mich für den Vermieter oder einen Hausmeister.

Ich sehe, dass Mattias Bartosz grinsen muss. Noch ehe mir etwas Originelles einfällt, was ich der Managerin entgegnen könnte, sagt er: »Herr Kommissar, was wollen Sie?«

Die junge Frau schaut einen Augenblick etwas irritiert, dann schaltet sie und herrscht mich im gleichem Ton wie eben an: »Wir haben keine Zeit, dass das mal klar ist, und wir können derzeit auch keine sachdienlichen Hinweise geben, also fassen Sie sich kurz, bitte.«

»Ich hätte Sie gerne gesprochen«, sage ich ungerührt.

»Mich? Wieso? Wozu denn?« Offenbar hat sie mit einem solchen Ansinnen absolut nicht gerechnet. Mich wundert, dass man diese Frau so schnell aus dem Konzept bringen kann.

»Sie sind doch die Managerin, oder?«

»Das ist richtig, aber Sie sehen ja ... morgen ist hier der Auftritt.«

Inzwischen haben die anderen ihre Arbeit eingestellt und sehen zu uns herüber.

»Es dauert nicht lange. Kommen Sie, lassen Sie uns ein paar Schritte gehen. Sie sind in zehn Minuten wieder hier.«

Margarete Engelhart zögert, blickt nun geradezu Hilfe suchend in die Runde. Dann stellt sie ihren Computer vorsichtig auf einen der großen Lautsprecher und steigt von der Bühne herab.

»Was denken Sie über das Verschwinden des Jungen?«, frage ich sie, während wir durch die Halle auf den Ausgang zugehen.

»Was ich darüber denke? Was ist das denn für eine Frage?! Es ist entsetzlich!«

»Ich meine eigentlich mehr, ob Sie es sich erklären können. Oder anders, was fällt Ihnen dazu ein?«

»Keine Ahnung. Nichts! Mir fällt nichts ein.«

»Aber irgendwas müssen Sie doch denken. Da wird das Kind zweier Ihrer Musiker am helllichten Tag aus dem Wagen entführt. Sie kennen die Eltern, arbeiten mit den beiden eng zusammen. Was für ein Motiv könnte derjenige haben, der das tut?« Als ich mich der Frau direkt zuwende, habe ich das Gefühl, dass mir ihre Gestalt, so wie sie da vor mir steht, irgendwie bekannt vorkommt. Ich brauche nicht lange zu überlegen: Es ist die Zeichnung von diesem Silvio Berger. Die Konturen dieser Figur. Könnte er tatsächlich diese Frau gesehen und gezeichnet haben?

»Ich verstehe nicht, was Sie von mir wollen. Wenn ich dazu etwas zu sagen hätte, dann hätte ich es doch bereits getan! Ich weiß nur, dass die beiden, also Mattias und Tamara, engagierte, gute, sehr gute Musiker sind. Sie sind auf dem besten Weg, zu einer der besonderen Musikgruppen in Berlin und vielleicht sogar in Deutschland zu werden. Dabei unterstütze ich sie. Von diesem Konzert hängt viel ab. Morgen werden Vertreter einer großen Vertriebsfirma hier sein und diverse Presseleute, die berichten werden. So oder so.«

»Ja, und da kommt der Aufmacher ›Wir suchen nach unserem Kind‹ nicht schlecht. Das wird in allen Zeitungen stehen und das wird die Leute interessieren.«

»Sie wird auch interessieren, ob hier gute Musik gespielt wurde.«

»Wo waren Sie an dem Morgen, als Tomasz verschwand?«

»Wissen Sie, in meinem Job fängt man in der Regel erst abends an zu arbeiten. Nachts knüpft man Kontakte, schaut sich Auftritte an, trifft Geschäftspartner. Deshalb … ist man oft erst morgens zu Hause. Und um es klar heraus zu sagen: Ich habe geschlafen. Ganz einfach.«

»Zeugen?«

»Tom. Mein Kater. Er wird Ihnen das bestätigen.«

»Also waren Sie zu dem Zeitpunkt nicht in der Rigaer Straße, nein?«

»Nein.«

»Das Problem ist, dass man Sie dort gesehen hat. Und zwar sogar in der Nähe des Fahrzeugs von Frau Schmund. Es gibt es einen Zeugen und der ist kein Kater.«

»Aha, ich bin also gesehen worden? Wie kann das sein, wenn ich nicht dort gewesen bin?«

»Das weiß ich nicht. Ich frage mich, was für ein Motiv Sie haben könnten, Tomasz aus dem Auto zu nehmen und verschwinden zu lassen.«

»Ich habe kein Motiv! Das ist doch alles albern!«

»Ach wissen Sie, mit solchen Worten wäre ich angesichts der Situation, in der wir uns und vor allem der kleine Junge sich befinden, vorsichtig. Wenn Sie kein Motiv haben, wer hätte denn sonst eins?« Ich ziehe die Zeichnung Bergers aus der Tasche und zeige sie der Frau. Sie schaut zunächst genervt, dann nachdenklich angestrengt auf die Skizze.

»Ach, soll ich das sein, ja?«

»Nun ja, es gibt da Ähnlichkeiten, finden Sie nicht?«

»Ja, die gibt es tatsächlich. Aber ich würde trotzdem sagen, da hat jemand eine schlanke, gut angezogene Frau skizziert, mehr nicht. Und das bedeutet, er kann einige tausend in der Stadt meinen.«

»Vielleicht. Aber beantworten Sie meine Frage, wer hätte Ihrer Meinung nach ein Motiv?«

»Ich weiß es nicht!«, sagt sie mit aggressiver Stimme, beruhigt sich dann aber wieder und fährt fort: »Also gut. Wie ich hörte, haben Sie ja auch Fabian und Zara bereits befragt. Fabian war mit Tamara zusammen. Sie haben sich oft gestritten, sie waren, wie man so sagt, ein Paar, das einfach nicht zusammen passt. Aber als Tamara dann Schluss machte, brach dennoch eine Welt für Fabian zusammen. Ganz sicher liebte er sie mehr, als er es wahrhaben wollte. Und als sich Tamara mit Mattias zusammentat, konnte er das kaum aushalten. Es ist eigentlich seltsam, dass er geblieben ist. Dass er nicht verschwunden ist.«

»Wollen Sie damit etwas Bestimmtes sagen?«

»Nein. Ich erzähle Ihnen etwas, was Sie damit machen, ist Ihre Sache. Jedenfalls ist da umgekehrt ja auch noch Zara im Spiel. Sie hatte es immer auf Mattias abgesehen. Das wussten alle. Und ein paar Mal schien es so, als würde daraus etwas werden. Aber dann eben doch nicht. Zara ging auf Distanz, was mit erheblichem Zoff verbunden war und in letzter Konsequenz bedeutete, dass sie die Band wechselte. Ich weiß nicht, wie ich das sagen soll, aber als Tamara und Mattias das Kind bekamen, da war das, als wäre ein Riss durch die Band gegangen. So als hätten die beiden das verraten, was die Gruppe zusammenhält, also die Musik. Nichts war mehr wie früher. Damals standen wir alle vor einer Zerreißprobe. Aber Mattias hat nicht lockergelassen. Wegen ihm sind alle noch da. Doch ich weiß genau, wenn wir jetzt nicht erfolgreich sind, dann war alles umsonst, dann wird es in wenigen Wochen Warschauer nicht mehr geben. Das ist sicher.«

»Haben Sie noch mehr solcher Geschichten? Liebes- oder Hassgeschichten? Was ist mit den anderen?«

»Dies und das.«

»Und Sie? Wie ist Ihr Verhältnis zu den beiden?«

Wir stehen auf dem gepflasterten Platz vor der Halle. Kalter Wind faucht um die Ecken der nahen Gebäude. Eine Lampe hängt schräg über uns und schaukelt hin und her. Wir suchen eine Nische in einem der Eingänge.

»Mein Verhältnis zu Mattias und Tamara habe ich eben beschrieben. Ich arbeite daran, dass Warschauer erfolgreich ist. Denn erstens finde ich ihre Musik toll und zweitens geht es um meinen Job. Ich manage noch zwei weitere Gruppen, allerdings nicht hier in dieser Gegend, das würde nicht gehen. Warschauer ist mein liebstes Kind. Da haben wir's wieder. Das Kind, meine ich.«

»Ja, und das ist Motiv genug, finde ich.«

»Wie meinen Sie das?«

»Nehmen wir an, Warschauer steht kurz vor einem Durchbruch. Die Gruppe macht keinen besonders soliden Eindruck. Was schweißt die Menschen besser zusammen als Erfolg oder Leid? Sie sorgen für beides. Sie arbeiten daran, dass die Band Erfolg hat, und Sie sichern das Ganze ab, indem alle leiden. Das Kind ist verschwunden. Niemand weiß, wo es ist. Niemand weiß, ob es noch am Leben ist. Und nun das Konzert. Der Auftritt verbunden mit dem Aufruf: Findet unseren kleinen Jungen! Das sichert die absolute Aufmerksamkeit der Presse. Und selbst wenn es den Aufruf nicht gäbe, alle wissen ja, was los ist. So wird der Auftritt von vornherein zu einem Erfolg. Und wenn alles vorbei ist, taucht das Kind eben wieder auf.«

»Sie sind ja irre!«

»Wissen Sie, was das Problem ist? Nicht so sehr, dass unsere Arbeit vielleicht umsonst ist. Sondern dass irgendjemand für diese Aktion büßen wird. Und noch viel mehr, weil etwas schiefgehen kann. Etwas, womit niemand rechnet. Verstehen Sie? Das ist kein harmloses Spiel. Das ist sehr, sehr heikel.«

»Wollen Sie mir unterstellen …«

»Ich unterstelle nicht. Ich versuche herauszufinden, wo Tomasz ist, und ich muss verhindern, dass ihm etwas passiert. Das ist alles, was ich tue, und ich werde das tun, bis ich erreicht habe, was ich erreichen kann. Und jetzt sagen Sie mir, wo Sie gewesen sind an diesem Morgen!«

»Ich würde mich wiederholen.«

»Also gut. Aber eins versichere ich Ihnen: Wenn sich am Ende doch ein Zusammenhang zwischen dem Erfolg, dem Auftritt der Band und Tomasz' Verschwinden ergeben sollte, dann werde ich alles daran setzen, dass diejenigen, die das getan haben, zur Rechenschaft gezogen werden.«

Ich lasse die Frau stehen und gehe zurück in die Halle. Die anderen sind wieder oder immer noch auf der Bühne mit dem Aufbau beschäftigt. Eine weitere Frau ist hinzugekommen; ich vermute, dass es die Texterin ist, die die Songs für die Band schreibt. Sie steht am Rand der Bühne und redet mit Mattias Bartosz. Sie haben Papierbögen in den Händen und gehen offenbar noch einmal Texte durch.

Ich trete auf die beiden zu. »Entschuldigen Sie«, sage ich zu der Frau, die ganz vertieft ist in das Gespräch mit Bartosz. »Frau Dellbrück, ich würde Ihnen auch ein paar Fragen stellen wollen.«

Bartosz berührt sie am Arm. Sie schrickt regelrecht auf. »Wie bitte?«

»Können wir kurz reden? Ich bin Kommissar Martaler und ermittle im Fall Tomasz.«

Die Frau schaut kurz zu Bartosz, der nur mit den Schultern zuckt.

»Ja, ja natürlich«, sagt sie.

Wir gehen ein paar Schritte. Dann steht die Frau vor mir, die Augen zu schmalen Schlitzen zusammengezogen. Eigentlich hat sie ein schönes Gesicht, eines jener Gesichter, die man erst beim zweiten Blick als schön erkennt. Aber sie sieht müde aus und abgekämpft, als hätte sie Tag und Nacht an diesen Texten gearbeitet. Sie rollt die Papiere zusammen. Schiebt sie von einer Hand in die andere, wartet. Sie fragt nicht, was ich von ihr will.

»Vielleicht ist Ihnen ja etwas aufgefallen, was das Verschwinden von Tomasz betrifft.«

»Das ist wirklich furchtbar. Der kleine Junge.«

»Ist Ihnen etwas aufgefallen?«

»Nein. Wie meinen Sie das denn?«

»Nun, manchmal stellt man doch im Nachhinein etwas fest, was vielleicht einen Zusammenhang ergibt.«

»Ich verstehe, ehrlich gesagt, nicht, was Sie meinen. Wissen Sie, ich schreibe Songtexte. Das ist meine Aufgabe. Texte für Mattias und die Band.«

»Ich weiß. Und warum, glauben Sie, hat man Tomasz entführt?«

»Warum? Ich kann es Ihnen nicht sagen. Es tut mir leid. Man kann nur hoffen, dass es dem Jungen gut geht.«

»Ich muss Sie dennoch fragen, wo waren Sie zu dem Zeitpunkt, als Tomasz verschwunden ist?«

»Ich weiß es nicht mehr. Wahrscheinlich zu Hause. Ich schreibe. Dabei vergesse ich die Zeit. Ich denke, ich war zu Hause.«

Ich habe das Gefühl, dass die Frau sehr unsicher ist. Aber ich kann nicht sagen, woran das liegt. Vielleicht ist sie ein hochsensibler Mensch, der ganz und gar in seiner Welt lebt und jede Frage, die ihn direkt betrifft, als eine Art Bedrohung erlebt.

»Keine Zeugen?«

»Ich lebe allein. Wenn Sie das meinen. Kann ich jetzt zurück, es müssen noch ein paar Änderungen gemacht werden.«

Ich nicke. Sie geht still und ein wenig gebeugt davon.

Ein paar Sekunden lang bleibe ich noch im Hof vor dem Gebäude stehen. Schaue mich um. Die wenigen Leute, die um diese Zeit hier herumlaufen, sind auf dem Weg zu irgendeiner Veranstaltung oder nach Hause. Bei dem Wetter lässt sich niemand Zeit. Hastige, stille Bewegungen. Die Figuren huschen regelrecht vorbei, tauchen ab und verschwinden, als wären sie gar nicht wirklich hier, sondern schon dort, wo sie hingelangen wollen.

XVII.

Da ist die Stille, da ist das gedämmte Licht des Deckenstrahlers, der Duft des grünen Tees, der aus der Tasse in meinen Händen aufsteigt. Und du bist da. In meinen Gedanken sind wir vereint. Ich kauere in dem blauen Bühnenkleid auf dem Sofa und nippe am heißen Tee. Ein Moment der Ruhe und Besinnung, bevor es wieder losgeht, bevor das Kind wieder aufwacht. Ich atme tief ein und wieder aus, versuche diese kurzen Momente ganz bewusst zu genießen und den Gedanken keine Chance zu lassen. Obwohl mir das schwerfällt ohne Sicherheit, ohne ein Zeichen von dir.

Den Tee stelle ich beiseite, setze mich in den Schneidersitz und strecke den Oberkörper, lege die Handrücken locker auf die Knie. Daumen und Zeigefinger berühren sich leicht. Ich schließe die Augen und gehe in mich. Ich nehme ein helles Licht wahr. Aufmerksam und gelassen betrachte ich dieses Licht und ziehe die Luftröhre leicht zusammen, sodass beim Atmen ein Hauchgeräusch entsteht.

Ich weiß nicht, wie lange ich allein mit meinem Atem war, als ich plötzlich das Baby höre. Das Babyphone auf der Sessellehne. Das Kind schreit und ich will gerade aufstehen, als eine tiefe Männerstimme zu vernehmen ist, die sanft und leise spricht.

»Ist gut, ist ja gut. Ich bin ja bei dir.«

Mattias? Bist du hier? Wie kann es sein, dass ich nicht gehört habe, wie du hereingekommen bist? Mein Herz rast. Ich springe vom Sofa auf, will zu dir, dir in die Arme fallen. Als ich schon in der Tür des Wohnzimmers stehe, höre ich eine Frau. Ich bleibe wie erstarrt stehen.

»Hey du, Kleiner«, sagt die Frau heiter in das Schreien hinein, »hey du, hey du, hey du.« Sie scheinen beide mit dem Kind zu sprechen. Ich kann mir vorstellen, wie Tamara ihm auf die Nase stupst beim Hey-du-Sagen. Mir stockt der Atem. Wie sind die hier reingekommen? Was soll ich jetzt tun? Ich fühle mich ertappt, die Scham überwältigt mich. Das Baby schluchzt und die Männerstimme sagt etwas Beruhigendes. Aber das ist gar nicht deine Stimme. Jetzt erkenne ich es. Das bist nicht du und es ist auch nicht Tamaras Stimme gewesen. Aber wer ist dann bei dem Kind, drüben im Schlafzimmer, ein paar Schritte über den Flur?

Ich schleiche in die Küche und hole das große Küchenmesser aus der Schublade. Mit dem Messer in der Hand gehe ich über den Flur auf die Schlafzimmertür zu. Das Babyphone im Wohnzimmer ist auf einmal still. Ich verharre in der Bewegung. Die Tür zum Schlafzimmer ist einen Spalt geöffnet, aber es ist nichts zu hören. Ich hebe die Hand mit dem Messer, die Klinge nach unten. Mit dem Fuß stoße ich die Tür auf, springe in den Raum. Aber da ist niemand. Ich stehe mit dem Messer in der Hand vor dem Bett. Das Baby liegt ganz ruhig da. Mein Puls rast, meine Körperhaltung ist die eines bedrohten Tieres. Ich ziehe ruckartig die Gardine vor. Ich schaue in den Schrank, aber hier ist niemand und hier war auch niemand. Die Fenster sind geschlossen, das Kind schläft. Wen habe ich da eben sprechen gehört? Ich bin verwirrt, gehe zurück ins Wohnzimmer.

Da springt das Babyphone erneut an. Es gibt ein Geräusch wider, das wie das Zufallen einer Tür klingt, rauscht noch etwas und verstummt wieder. Jetzt verstehe ich. Irgendwo in den benachbarten Wohnungen wird ein Babyphone auf derselben Frequenz benutzt, die ich eingestellt habe. Auf dem kleinen Display wähle ich eine andere und stelle das Gerät zurück auf die Sessellehne.

Wenn ich diese Leute hören kann, wie wahrscheinlich es ist dann, dass andere mich und das Baby hören können? Und wie wahrscheinlich ist es, dass sie es ganz gezielt tun, jetzt, in diesem Augenblick? Ich schalte das Babyphone sofort ab. Ein helles Fiepen steigt in meinen Ohren auf. Ich wische mir den kalten Schweiß von der Stirn. Der Kommissar heute … vielleicht hat er meine Unsicherheit bemerkt? Vielleicht ist er schon viel eher auf mich gekommen?

Was, wenn sie mich entdeckt haben? Wenn sie sich zwischen uns stellen wollen? Plötzlich kommt mir alles ganz einfach und klar vor: Wir sind auf der Flucht. Ich packe die nötigsten Dinge zusammen, ein paar Windeln, Feuchttücher und eine kleine Plastikdose mit Karottenbrei aus dem Kühlschrank. Sie werden uns nicht finden. Niemand wird das Baby finden.

Ich lasse das Kleid an, ziehe eine Jeans und einen Kapuzenpullover über, steige in die Stiefel und nehme meinen

Mantel von der Garderobe. Etwas Blau guckt unter dem Mantel hervor, das Kleid fällt über die Jeans. Ich hebe das schlafende Kind aus dem Bett und drücke es fest an mich. Es wacht auf. Fang jetzt nicht an zu schreien, denke ich, und dann merke ich, wie stark ich es an mich drücke. Es weint. Während ich es wickle, beruhigt es sich ein bisschen, dann ziehe ich ihm den Filzanzug an, setze ihm das Mützchen auf und schnalle es in den Tragegurt. Ich schließe beide Schlösser hinter mir ab und laufe durchs Treppenhaus auf den Hof. Niemand da. Trotzdem fühle ich mich beobachtet, sogar von den toten Augen des grimmigen Mannes, den sie mit einer Schablone an die Wand gesprüht haben.

Es ist Nacht, es ist kalt. Ich muss hier weg und weiß nicht, wohin.

Ich irre mit dem Kind durch die Straßen, solange es schläft. Als es sich regt, lasse ich es aus der Trage schauen, und es begnügt sich eine Weile damit. Wohin kann ich mit ihm gehen?

Auf der Warschauer fängt es wieder an zu weinen. Ich sehe die Tram kommen und laufe über die Straße zur Haltestelle. Die Türen öffnen sich, ich steige ein. Das Kind ist kurz abgelenkt und hört auf zu schreien. Ganz hinten bleibe ich stehen und halte mich mit einer Hand an einer Stange fest, als die Tram anfährt. Ich weiß nicht, warum ich eingestiegen bin. Ich habe kein Ziel vor Augen. Ich wollte einfach nur raus aus dieser Situation auf der Straße mit dem schreienden Baby. Aber was jetzt? Wohin fahren wir? Das Kind fängt wieder an zu weinen. Ich schaukle es hin und her. Die Leute blicken sich zu uns um, weil es immer lauter schreit. Eine Frau weiter vorne hat uns fest im Visier. Ich weiß nicht, kenne ich die vielleicht? Wer könnte das sein? Ich drehe ihr den Rücken zu, traue mich nicht mehr, mich umzudrehen. Das Baby schreit weiter und es kommt mir so vor, als würden uns alle anstarren. Aus dem Augenwinkel sehe ich, wie ein Mann in Lederjacke, der auf dem Einzelsitz neben mir Platz genommen hat, etwas in sein Smartphone tippt. Ich bin aufgeflogen, denke ich, man hat uns erkannt. Dann hält die Tram wieder, die Türen öffnen sich und ich steige eilig aus. Auf dem Mittelstreifen laufe ich zurück und versuche mich zu konzentrieren. Ich muss das Kind irgendwo füttern, sonst wird es sich nicht beruhigen. Aber wo?

Ich versuche angestrengt nachzudenken, während das Baby brüllt und sich windet, als würde ich ihm wehtun. Schrei doch, denke ich verzweifelt. Trotzdem hast du es bei mir noch immer besser als bei deiner Mutter. Ich schaue es an: So weinend und schreiend sieht es gar nicht mehr wie Mattias aus, ich sehe nur noch sie in seinem Gesicht. Ich mag dieses Kind nicht, denke ich plötzlich. Aber ich muss es beruhigen, ich muss mich um dieses Kind kümmern, wenigstens noch solange die Promotion für das neue Album läuft, solange, bis Mattias wieder Zeit hat. Und dann weiß ich plötzlich, wohin ich gehen kann: in den Lagerraum für das Tour-Equipment.

Auf der Revaler halte ich mich auf der linken Seite, damit ich mich nicht durch den Menschenauflauf vor dem Haupteingang des RAW-Geländes drängen muss. An der Ecke Simon-Dach-Straße überquere ich die Revaler und laufe an dem kleinen Kiosk vorbei auf das Gelände. Gleich rechts liegt das ehemalige Stoff- und Gerätelager. Hier fing es an damals, die ersten Proben und Zusammenkünfte, beschützt von den beiden großen Wächtern an der Außenfassade, Graffitis von vieläugigen Halbwesen zwischen Gott und Tier. Die Tür, die in den Lagerraum führt, liegt direkt zwischen ihnen. Von diesem Ort aus wollten wir die Welt erobern.

Ich versuche, das Baby zu füttern, aber es spuckt den Brei nur aus und steigert sich immer weiter in einen Schreikrampf hinein. Ich will ihm Milch geben, aber ich habe die Flasche vergessen. Es gibt nicht einmal abgekochtes Wasser hier und das Baby schreit so laut, dass man sicher gleich auf uns aufmerksam wird. Das Schreien steigert das Fiepen und Rauschen in meinen Ohren zu einem schrillen Ton. Ich lege die

Handflächen auf die Ohren, drücke mit den kleinen Fingern in die Hörkanäle. Aber der Ton wird immer lauter. Ich halte dem Baby den Mund zu. Es verschluckt sich. Ich bekomme Angst, richte es auf und drücke es an meine Brust. Es stößt sich mit den Armen ab.

Das schreiende Kind im Arm, halte ich kurz inne und versuche nachzudenken. Ich muss es ablegen, nur für einen Moment, sonst kann ich mich nicht konzentrieren. Auf dem Boden steht der große Koffer mit den Bühnenoutfits. Ich öffne ihn, lege die Babydecke über die darin befindlichen Kleider und das Kind darauf. Es schreit und windet sich. Ich schalte das alte Radio ein, das im Regal an der Wand steht, suche einen Musiksender und drehe die Lautstärke auf Maximum. Das Weinen und Schreien verschwindet hinter der Musik und auch das Fiepen im Ohr nehme ich weniger stark wahr. Ich kann wieder einen klaren Gedanken fassen: Ich muss das Fläschchen holen. Ich muss noch einmal zurück nach Hause.

Ich sage: »Ich bin gleich wieder bei dir. Ich komme gleich zurück.«

Dann bin ich schon aus der Tür. Ich muss das Fläschchen holen, das geht ganz schnell. Gleich bin ich wieder bei ihm.

Es hat angefangen zu regnen. In meinem Kopf beginnt alles durcheinanderzufliegen. Gedanken an Mattias, an Tamara, an das Kind, irgendwelche Wortschnipsel aus den Songtexten. Im Licht der Straßenlaternen sieht man den Regen mit Wucht auf die Straße prasseln. Das Wasser dringt in die Maschen des Schals ein, legt sich schwer auf meinen Mantel und die Kapuze. Das Fiepen im Ohr ist verschwunden, da ist nur noch ein leichtes Rauschen und ein Druckgefühl. Einzelne Gedanken steigen wahllos in mir auf. Ich denke darüber nach, wieso du dich nicht konzentriert hast. Du hattest doch schon ein Kind. Das Projekt, die Band. Man darf niemals seine eigentliche Aufgabe vergessen, das weißt du doch … Aber ich nehme es dir nicht übel. Wir schaffen auch das.

Hast du nicht gesehen, was Tamara mit dem Kind gemacht hat? Sie liebt es nicht. Siehst du das nicht? Sie liebt niemanden. Aber das macht nichts. Wir brauchen sie nicht. Sie ist nur eine hübsche leere Hülle, die ich mit Leben gefüllt habe. Sie ist austauschbar. Für die Sätze, die sie singt, ist sie nicht wichtig. Und um die Sätze geht es doch, nicht um den Mund, der sie aufsagt. Dieser schöne Mund, der uns alle abgelenkt hat, der dich vollkommen aus der Bahn geworfen hat. Du musst dich konzentrieren. Ich helfe dir dabei.

Das nasse Kopfsteinpflaster glänzt im Licht der Laternen, als ich die kleine Straße überquere. Ich weiß nicht mehr, wo ich bin, wo ich eigentlich hinlaufe. Aber ich trotte tapfer weiter durch den Regen. Mir fällt das Konzert ein, ich sehe Win und Régine von Arcade Fire auf der Bühne, von den warmen Farben ihrer Aura umleuchtet. Win kommt an den Bühnenrand, ich schaue zu ihm auf und er schüttet Bier in mein Gesicht.

Widrigkeiten, Widerstand
zuwider gehandelt und wiedererlangt
wieder einmal wiederholt
abgezogen und neu besohlt

Ich forme die Worte erst spitz und dann ganz stumpf in meinem Mund, ziehe sie lang und spreche sie abgehackt und schnell. Die nächste Strophe zieht durch meinen Kopf wie ein Text auf einem Teleprompter. Ich spreche ihn nach, exakt und mit der sachlichen Stimme einer unbeteiligten Person.

Widerfahren, widerlegt
wieder geboren und abgelebt
abgetragen, neues Leben
eingelaufen oder bleibst du kleben?

Die Strophen mischen sich, sind im nächsten Moment nur noch zusammenhanglose Sätze und schließlich ein einziges langes Wort. Jede Silbe ein Schritt, durch die Pfützen auf den Gehwegen, vorbei an Menschen, die sich unter Schirmen verbergen, über den Asphalt einer mehrspurigen Straße. Scheinwerferlicht. Hupen. Weiter auf den schiefen Platten des Gehwegs die Steigung hinauf. Silbe für Silbe. Schritt für Schritt. Ein einstudierter Weg, ein routinierter Gang nach .... Wohin? Erst nach rechts, dann nach links und gleich an der nächsten Kreuzung wieder rechts.

Vor der Hofeinfahrt erkenne ich einen Wagen, in dem jemand sitzt. Was macht der hier? Könnte es jemand von der Polizei sein? Von einem Impuls gesteuert, laufe ich an der Hofeinfahrt vorbei, laufe weiter bis zur nächsten Ecke und warte in einem Hauseingang eine Weile ab. Der Regen wird noch stärker. Irgendwann schleiche ich mich im Rücken der Person in dem Auto dicht an der Hauswand zur Hofeinfahrt vor, bis in den dunklen Hof, wo es ruhig ist und menschenleer.

Im Treppenhaus muss ich wieder an den Kommissar denken. Und wenn er jetzt in meiner Wohnung ist, auf dem Sofa sitzt und auf mich wartet? Vielleicht waren sie schon hier, kurz nachdem ich losgerannt bin. Vielleicht hatte ich allen Grund zur Eile.

Mein Herz schlägt wie verrückt. Ich zögere und gehe dann vorsichtig an meiner Wohnung vorbei, versuche, keine Geräusche zu verursachen. Ist da was an der Tür? Hat sich da jemand zu schaffen gemacht? Mir wird heiß, mir wird kalt. Es ist vorbei, denke ich, man hat mich entdeckt, und laufe hoch ins oberste Geschoss.

Die Vorrichtung, mit der die kleine rostige Leiter an der Dachluke festgemacht ist, klemmt. Ich springe hoch und hänge mich mit meinem ganzen Gewicht an die Leiter, bis sie aus der Befestigung kracht und ich sie ausziehen kann. Ich steige schnell hinauf und stoße die Luke auf, die mit blechernem Klang auf dem Dach aufschlägt. Regen weht ins Treppenhaus.

Ich klettere hinaus. Luft. Freiheit. Der Regen klatscht, vom Wind gepeitscht, in mein Gesicht. Ich ziehe Schal und

Mantel aus, nehme die Kapuze ab und meine Haare wehen im Wind. Der Wind fegt durch den blauen Samt des Kleides, dessen Saum durchnässt auf meiner Jeans liegt. Die Feuchtigkeit ist auch durch die Stiefel gedrungen, die Socken haben sich vollgesogen. Aber ich friere nicht. Alles ist wie auf den Kopf gestellt. Der Regen fühlt sich warm an, wie im Sommer. Der Wind geht stark, aber ich finde es schön. Ich möchte ihn spüren, wie am ersten Urlaubstag, wenn man nach Stunden aus dem Auto steigt, um erst einmal zum Meer zu laufen. Die Zeit ist stehen geblieben. Die Lichter der Stadt strahlen den schwarzen Himmel an. Ich laufe die Hausdächer ab und es kommt mir vor wie ein Spaziergang am Strand einer Insel. Durch die dunklen Wolken hindurch sehe ich ein schwaches Licht schimmern. Das Licht wird heller wie bei einer Meditation und mich erfasst ein Gefühl der Erleichterung.

Die Flut trägt uns hinaus. So stelle ich mir das vor, als etwas, das uns in ein fremdes Element versetzt, das uns von dem, wie wir denken und leben, entfernt, und wenn wir erwachen, befinden wir uns in absoluter Weite ... die Liebe. Boote verschwinden am Horizont und tauchen plötzlich wieder auf, so klein, dass wir sie kaum erkennen können. Wie alles, was wir sehen. Die sanfte Bergkette auf dem Festland, ein paar Möwen am Himmel. Alles ist winzig klein, weil es so weit entfernt ist. Nur die Sonne ist riesig und der Horizont ist weit wie das Meer, auf dem wir treiben. Dann sehe ich uns aus der Vogelperspektive und auch wir sind nur Stecknadelköpfe im Ozean. Ich kann nichts Genaues erkennen: keine Farbe, keine Form, nicht einmal, ob wir das überhaupt sind, ob ich das noch bin – nur zwei Punkte, die sich im Wasser umkreisen.

Unter mir liegt die stille Straße.

Der Augenblick, bevor das Schwindelgefühl einsetzt und der Körper zu schwanken beginnt. Niemand ist zu sehen, kein Mensch, kein Auto, nichts. Ich werfe den Kopf zurück und lasse den Regen auf mein Gesicht prasseln. Meine Arme breite ich aus. Der Regen fällt auf meine Handflächen. Ich schließe die Augen und fange an zu sprechen, ohne einen Ton zu formen. Die Worte sind nur in meinem Kopf.

Du lehnst dich in die Wolken
streckst die Hände aus zum Regen
Wenn der Himmel weint
bist du der Brand, den er löscht

Keiner weiß, warum er dich so mag
niemand kann sagen, was er an dir hat
Du öffnest einfach nur die Tür –
was kann der Himmel schon dafür?

Und in dem Moment, in dem das Schwindelgefühl übermächtig zu werden scheint, ist da plötzlich wieder der Gedanke an das Kind. Er breitet sich in meinem Kopf aus wie ein Ballon, den man zu schnell aufbläst und der zu platzen droht. Was tue ich hier? Ich wollte doch nur das Fläschchen holen. Wie wird es sich jetzt fühlen, allein im Lagerraum? Wird es noch schreien vor Durst und vor Sehnsucht nach Zuwendung? Strampelt es in dem alten Koffer und versucht verzweifelt, sich zu befreien aus den glatten Stoffen der Bühnenkleider? Droht es zu ersticken? Mir wird wieder schwindelig, Übelkeit überkommt mich. Wo waren diese Gedanken, wo waren sie die ganze Zeit?

XVIII.

Zum ersten Mal, seit Kerstin ausgezogen ist, habe ich sechs Stunden lang traumlos und fest in unserer Wohnung geschlafen. Ich wache auf, weil mein Handy klingelt. Es ist sieben

Uhr. Mir fällt ein: Es ist der sechste Tag seit der Entführung von Tomasz und der zwölfte, seit Marc vermisst gemeldet wurde. Also jener Tag, vor dem wir uns fürchten.

Am Telefon ist Kiesewetter, der mich einfach nur daran erinnern will, dass wir heute eine gemeinsame Pressekonferenz haben, auf die wir uns noch vorbereiten müssen. Ich wisse schon, wegen dem Polizeipräsidenten und dem Senator und überhaupt. Ich versuche Kiesewetter zu beruhigen. Wir können immerhin nachweisen, dass wir ermitteln, es gibt Zeugen und die Frau am Auto, und vielleicht lässt sich sogar das Konzert als eine gemeinsame Aktion im Sinne der Sache verkaufen. Kiesewetter hört in diesen Dingen auf mich. Was bleibt ihm auch übrig. Würde er jetzt den Vorgesetzen raushängen lassen und unsere Ermittlungen irgendwie in Frage stellen, wäre er selbst in der Kritik. Kiesewetter sagt noch, dass diesmal die Presse sogar in unser Lagezentrum eingeladen sei. Man habe Stühle gerückt und alle datenschutzrelevanten Texte abgenommen. Im Übrigen sei sogar das lokale Fernsehen da. Das ist, sagt Kiesewetter, nun doch eine besondere Situation.

Offenbar wollen die Verantwortlichen aus dem Innensenat und die Polizeioberen mit dieser Aktion so etwas wie »Wir sind ganz direkt dran« inszenieren. Ich kann das verstehen. Die Situation ist auch für sie nicht leicht. Es geht nicht nur um das Ehepaar Neumann, das sein Kind verloren hat. Es geht um Mattias Bartosz und Tamara Schmund, deren Kind seit sechs Tagen verschwunden ist. Und es geht darum, dass die Öffentlichkeit aufgeschreckt ist und Angst umgeht in der Stadt, Angst in den Familien um die eigenen Kinder.

Natürlich weiß ich, dass es ein seltsames Verhältnis zwischen der gefühlten Sicherheit und der realen gibt. Ich weiß, dass die Zahl der wirklich von Verbrechen betroffenen Kinder und der angenommenen Anzahl dramatisch auseinander geht. Aber es hat keinen Sinn, darüber zu spekulieren. Man macht die Polizei verantwortlich, und wir sind es ja auch.

Ich, ich bin es. Ich bin Polizist und ich übernehme die Verantwortung. Das habe ich mir mal geschworen und daran halte ich mich auch.

Ich koche mir einen Kaffee und stelle fest, dass sämtliche Essensvorräte aufgebraucht sind. Kein Zwieback, keine Kekse, kein Müsli, nichts. Geschweige denn Brot oder Schrippen. Auch im Kühlschrank gähnende Leere. Weshalb bin ich eigentlich hierher gegangen? Nur um zu schlafen? Das hätte ich auch im Büro auf dem Campingbett können. Oder ist es die blasser werdende Erinnerung an alte Zeiten, als Kerstin noch morgens frisch geduscht und vor sich hin summend vom Bad ins Schlafzimmer und von dort in die Küche und dann wieder ins Schlafzimmer ging, fragte »Wo sind denn meine Ohrringe nur?«, und das alles nackt oder mit einem rutschenden Badetuch um die Schultern, je nach Temperatur und Lust und Laune. Zeiten, als es noch von Bedeutung war, wie der Kaffee schmeckt und ob die Schrippen wirklich knusprig sind.

Ich nehme mir vor, Kerstin anzurufen. Ich will ihr sagen, dass sie die Wohnung nicht verkaufen darf und dass ich mir nichts sehnlicher wünsche, als dass wir es beide dort noch einmal versuchen. Was kann sie schon sagen? Vielleicht wird sie mich auslachen, vielleicht wird sie sauer. Es ist egal, ich muss es versuchen und ich werde es versuchen. Aber dann denke ich doch, dass ich mich nicht trauen werde, sie einfach anzurufen. Ich nehme mein Handy und schreibe ihr eine Nachricht. Eine SMS. »Ich würde mich freuen, wenn du die Wohnung nicht verkaufst. Wenn Sommer ist, dann schauen wir auf den schönen Platz vorm Fenster mit den vielen Bäumen und im Winter auf das Markttreiben. Das wäre doch schön! Max«

Auf dem Weg zur Dienststelle gehe ich noch einmal die Gespräche des vergangenen Tages durch. Ich bemerke, dass sich in meinem Kopf so etwas wie ein Netz gebildet hat. Ein Netz aus Verbindungen, die diese Band und die andere, Stoppzeit, ausmachen. Was liegt näher, als dass es irgendetwas gibt, was die Ursache sein könnte. Eine unglückliche Liebe, ein Verrat, der nicht ausgesprochen wurde, eine offene Rechnung?

Andererseits ist da noch die große Unbekannte. Die Frau, die sich an Kinderwagen zu schaffen macht.

Als ich das Lagezentrum betrete, ist der ganze Laden vollkommen in Aufruhr. Drei Kamerateams haben Kabel verlegt, sind mit Beleuchtern und Technikern am Werk. Dazwischen junge Frauen, die offenbar vom Ort des Geschehens berichten werden. Sie sehen mich nicht. Ich interessiere sie nicht. Sie interessieren sich vor allem für sich. Damit habe ich kein Problem, gar keins. Aber ich frage mich bisweilen, ob es das, was wir früher im Osten als freien Journalismus bestaunt haben, wirklich gibt. West-Journalisten waren der Strohhalm, an den man sich klammern konnte. Und wenn sich später, auch sehr viel später, herausstellen würde, dass all diese Leute eigentlich auch nur wie Hofberichterstatter gearbeitet haben, dann würde die ganze Sache mit der Wende irgendwie anders dastehen, als es jedenfalls in den Neunzigern den Anschein hatte.

Ich dränge mich vorbei an Leuten, die ich nicht kenne. Als ich an der Tür zu unserem Büro vorbeikomme, ist da plötzlich Sina. Sie sagt, dass sie mich unbedingt mal sprechen müsse, und ich habe das Gefühl, dass ich darauf eingehen sollte. Aber da sind auch Kiesewetter und der Polizeipräsident, die mir unmissverständlich deutlich machen, dass jetzt absolut keine Zeit mehr ist.

Ich frage Sina rasch: »Irgendwas, das die Lage dramatisch ändern würde?«

Sina zuckt mit den Schultern. »Was die Opel-Fahrer betrifft, gibt's nichts Neues. Aber was ganz anderes ... Ich bin da nicht sicher, aber ich hab mir noch mal die Songtexte angesehen. Darüber würde ich gerne reden.«

»Die Songtexte? Hm. Können wir später?«

»Ja klar, ohne diesen Auftrieb hier. So bringt das doch keinem was.«

Ich nicke Sina zu. Ich glaube, dass sie keine Angst hätte, bei der Pressekonferenz dabei zu sein. Sie hat keine Angst, weil sie viel mehr erlebt hat als die, die hier wichtig tun. Wahrscheinlich kann sie die meisten dieser jungen Journalistinnen in die Tasche stecken. Sie berichten über etwas, was sie selbst nie erleben mussten, und tun betroffen, ohne es wirklich zu sein. Aber es wird auch unter ihnen die geben, die es wirklich ehrlich meinen. Die wirklich verstehen wollen, die wirklich berichten, ohne den Zuschauern oder Zuhörern ihre Meinung aufzudrängen.

Wir sitzen in dem völlig überfüllten Lagezentrum. Drei Kameras sind auf mich und die anderen vorn gerichtet. Neben mir sitzt Kiesewetter, auf meiner anderen Seite hat Gunnar Scholz Platz genommen. Es ist beruhigend, den erfahrenen Scholz neben mir zu wissen. Der Kollege ist nicht nur gut in seinem Job als Fahndungsexperte, er hat auch Erfahrungen mit Presseauftritten. Er wirkt ganz ruhig, so als sitze er am Abend vor dem Fernseher und gleich fängt ein netter Spielfilm an oder ein Fußballspiel, bei dem es im Prinzip um nichts weiter geht als den Spaß am Spielen. Eben kommen auch der Polizeipräsident und der Kollege vom LKA herein. Franz sitzt ganz am Rand. Er wird nie begreifen, dass es besser wäre, wir würden nebeneinander sitzen, damit man sich gegebenenfalls noch kurz absprechen oder sich Signale geben kann. Er setzt sich einfach, wo er einen freien Platz sieht, und packt seine Wasserflasche aus.

Unter den Presseleuten sehe ich Philipp Esche. Er nickt mir kurz zu, so als wären wir gute Bekannte oder sogar Verbündete. Er weiß, dass ich sein Foto ins Feld führen werde, wenn es notwendig wird. Und ich weiß, er wird das einfach akzeptieren. Es ist wirklich gut, ihn zu kennen.

Der Polizeipräsident begrüßt mit knappen Worten, entschuldigt den Innensenator, der eine Ausschusssitzung hat, angeblich geht es mal wieder um die Verteilung der Etats. Keine Ahnung, ob das der Wahrheit entspricht, es interessiert mich auch nicht. Kiesewetter ergreift das Wort. Ich warte auf die ersten Anzeichen eines Schluckaufs, ich kann das Rumoren in seinem Körper bereits spüren. Es überträgt sich auf mich. Vielleicht, weil die Energieströme in ihm ganz und gar auf Abwehr dieses Reflexes gerichtet sind und dabei auch seine Umgebung erfassen. Vielleicht aber auch einfach nur deshalb, weil ich Kiesewetter schon so oft in schwierigen Situationen erlebt habe und von daher weiß, was passieren wird. Irgendwann, das ist sicher, wird sich der Schluckauf durchsetzen, und dann wird Kiesewetter ganz in sich zusammensinken und still sein und alles daran setzen, dass niemand merkt, wie das Zucken in ihm hochspringt.

»Wir tun alles, um das Kind zu finden. Wir haben mehrere hundert Leute im Einsatz. Friedrichshain und seine Randbezirke sind mehrfach durchkämmt worden. Wir haben die Bevölkerung aufgefordert, mitzuwirken. Es gibt eine Hotline, jeder Hinweis wird ausgewertet. Ergeben sich Anhaltspunkte, wird sofort reagiert.«

Einer der Presseleute meldet sich. »Heute ist der sechste Tag seit dem Verschwinden des Jungen. Befürchten Sie weitere Entführungen?«

Darauf habe ich gewartet. Man will gar nicht hören, was wir machen, man will hören, wovor wir Angst haben.

Diesmal hat Kiesewetter die Stärke, den Angriff zurückzuweisen. »Vielleicht stellen wir erst einmal den Stand der Ermittlungen vor. Aber um Ihre Frage zu beantworten: Es gibt keine Anzeichen für eine bevorstehende Entführung oder Ähnliches.«

»Und was ist mit diesen sogenannten Opel-Fahrern? Sie haben mehrere Leute in Verdacht? Geht es um einen Ring von Menschenhändlern?«

Franz meldet sich. Kiesewetter nickt ihm zu.

»Dieser Verdacht bestand nie. Wir sind einem Hinweis nachgegangen, nach dem ein bestimmtes Fahrzeug in der Nähe der vermeintlich ersten Entführung und auch im Zusammenhang mit der zweiten eine Rolle gespielt haben könnte. Aber bislang haben sich daraus keine verwertbaren Ergebnisse herausfiltern lassen. Bei den fünf bis sechs Personen, die wir unter die Lupe genommen haben, handelt es sich um einschlägig vorbestrafte oder verurteilte Täter, die in der Vergangenheit etwas mit Menschenhandel oder Ähnlichem zu tun hatten. Aber wie gesagt, es gibt keine Anhaltspunkte. Jedenfalls bis jetzt.« Franz nimmt einen tiefen Schluck von seinem Wasser, das er heute aus einer erstaunlich großen blauen Falsche in sein Glas gegossen hat.

»Also gut«, sagt Kiesewetter, »dann wird Kollege Martaler jetzt den Stand der Dinge erläutern.« Kaum hat er das gesagt, meldet sich der erste Gluckser seines Schluckaufs, und ich bin mir sicher, dass er froh ist, jetzt an mich abzugeben.

»Es sind vor allem zwei Hinweise, denen wir derzeit nachgehen. Zum einen gibt es einen Zeugen, der eine Person direkt am Fahrzeug der Mutter gesehen haben will. Dieser Zeuge hat uns eine Zeichnung gemacht und interessanterweise bildet diese Zeichnung in etwa die Figur ab, die auch auf einem zufällig aufgenommenen Foto der Rigaer Straße zum Zeitpunkt der Entführung, das man uns zur Verfügung gestellt hat, zu sehen ist. Das Foto ist aus großer Entfernung gemacht und die abgebildete Person kann nicht identifiziert werden. Doch die, wie soll man sagen, Umrisse der Person sind sich ähnlich. Das ist das eine. Zum anderen suchen wir nach einer Frau, die sich mehrfach fremden Kinderwagen genähert hat. Diese Frau, wir haben mehrere Beschreibungen und von uns danach angefertigte Phantomzeichnungen, wird derzeit gesucht. Wir gehen davon aus, dass sie hier in Friedrichshain wohnt oder arbeitet.«

»Wieso verdächtigen Sie Frauen?«, fragt eine Journalistin. »Glauben Sie an eine Beziehungstat? Irgendetwas, das mit der Band und den Leuten da zu tun hat?«

Die Journalistin schaut mich mit großen nachdenklichen Augen an und ich habe das Gefühl, dass sie eine der wirklich Klugen in ihrer Profession ist. Ich verwerfe diesen Gedanken, denn er hat auch etwas Überhebliches, und doch bemerke ich, dass ich dieser Frau gegenüber Respekt empfinde. Und kaum habe ich dieses Gefühl in mir bemerkt, wird mir klar, dass sie intuitiv auf der richtigen Spur ist. Natürlich hatte ich diesen Gedanken schon die ganze Zeit über. Aber durch die so klar formulierte Frage hat er an Kontur gewonnen. Es ist sehr wahrscheinlich, dass es sich um eine Beziehungstat handelt. Daran kommen wir nicht mehr vorbei.

In meinem Kopf gehe ich blitzschnell die unterschiedlichen Verbindungen durch, die mir in diesem Zusammenhang einfallen. Und noch während ich das tue, geht die Tür auf und ein Kollege in Uniform kommt herein. Er tritt auf Kiesewetter zu und legt ein zusammengefaltetes A4-Blatt vor ihn auf den Tisch. Kiesewetter tut so, als sei das Routine, und behält seinen ausdruckslosen Gesichtsausdruck bei. Er faltet das Papier auseinander und liest. Augenblicklich verändert sich seine Mimik. Seine Augen werden größer. Im Raum ist Stille eingetreten. Auch der Letzte hat bemerkt, dass etwas passiert sein muss, dass sich die Lage verändert hat. Kiesewetter schaut auf. Blickt zu mir herüber. Dann sagt er: »Ich muss diese Sitzung leider unterbrechen. Wir haben eine weitere Entführung. Ein Kind ist aus einem Kinderwagen genommen worden und verschwunden. Die Kollegen sind bereits vor Ort.«

Zehn Minuten später sind Franz und ich auf dem Spielplatz. Die junge Frau, die zwei Kinder an den Händen hält, ist völlig aufgelöst. Sie habe doch nur mit den beiden größeren Ball gespielt und sie hatte doch den Kinderwagen gut im Blick. Und dann sei sie hierher zurückgekommen und da sei der Säugling weg gewesen. Er habe geschlafen, da sei sie sich sicher.

Die Kollegen haben inzwischen die anderen Mütter und Väter auf dem Platz befragt. Jemand will eine junge Frau gesehen haben, die dicht bei dem Kinderwagen auf einer

Bank gesessen habe. Die Beschreibung erinnert an jene Person, die wir bereits suchen.

Innerhalb weniger Minuten sind hundert Polizisten im Einsatz. Straßen werden abgeriegelt, Personen kontrolliert. Polizeiautos fahren die Gegend ab.

Ich stehe vor der verzweifelten Mutter und versuche sie zu beruhigen. Dabei muss ich mich selbst zur Ruhe zwingen.

Es ist also doch passiert? Eine weitere Entführung? Trifft zu, was manche geunkt hatten und was ich nicht glauben wollte – ein Wiederholungstäter, der in einem weshalb auch immer gewählten Rhythmus zuschlägt? Der vielleicht wirklich vor allem eines will, nämlich Unsicherheit und Angst verbreiten? Der Macht will und sich der Schwächsten bemächtigt, derer, die sich nicht wehren können? Was, wenn die Eltern von Marc recht hatten und wir es mit einem gerissenen Gegner zu tun haben oder gar einer Gruppe von Tätern? Was, wenn wir die Lage die ganze Zeit falsch beurteilt und deshalb das Große, das Gefährliche, das uns bedroht, nicht gesehen haben?

Oder ist alles eben doch nur ein Zufall? Der Fall Marc einfach ein Unfall, die Sache mit Tomasz etwas völlig anderes und das hier die Tat einer geistig verwirrten Frau, die ein Kind an sich bringt und damit verschwindet?

Ich bin ganz in Gedanken versunken, als mein Handy klingelt. Es ist Sina. Sie sagt: »Ich glaube, ich habe die Lösung.«

»Welche Lösung?«

»Kommen Sie her, dann zeige ich sie Ihnen. Na ja, es ist vielleicht nicht die Lösung, aber es ist eine Brücke. Eine Brücke, die uns zur Tat führt und vielleicht auch zu Tomasz.«

Kann ich jetzt einfach hier verschwinden? Ich wende mich an den Einsatzleiter, der der gleiche ist wie am Anfang der Suche nach Tomasz. Bitte Franz, bei der Frau zu bleiben, die noch immer mit ihren beiden Kindern an der Hand neben mir steht und nicht weiß, was sie tun soll. Franz versteht nicht. Aber er verspricht mir, sich zu kümmern.

In der Dienststelle ist es ruhig. Die Presseleute sind verschwunden, nur die vielen Stühle künden davon, dass wir noch vor einer halben Stunde hier zusammengesessen haben.

Sina erwartet mich im Büro.

»Also, ich habe mir die Texte der Band noch mal angesehen«, sagt sie und tritt an die Pinnwand, an der zehn Blätter hängen.

Ernüchterung macht sich in mir breit. Was will Sina mit diesen Texten? Glaubt sie wirklich, dass man in ihnen lesen kann, wie sich der Fall Tomasz lösen lässt?

»Es kommt darauf an, wie man die Texte liest. Wir wissen, Susanne Dellbrück ist die Songschreiberin der Band. Aber nehmen wir mal an, sie schreibt nicht für die Band, sondern für Mattias Bartosz, dann lesen sich die Texte ganz anders. Hier zum Beispiel: »Komm, zeig mir deine Stadt – ein kleiner Kiez-Inspiz – Ich zeig dir meine Stadt – lauf mit mir durch die Nacht«. Oder das hier: »Wo der Wunsch zu Werke geht – deins und meins eins ergibt – und alles andere nicht von Bedeutung ist – kurzum bei alledem – das will ich eingestehen – was nachgewiesen Dummheit ist – wird mein Atem leicht, weil du es bist – Aber nur, weil du es bist – Alles nur, weil du es bist.«

Ich versuche zu begreifen, was Sina mir sagen will. »Ist das nicht ein wenig weit hergeholt?«, frage ich sie.

Sina lächelt. »Sie würde jede Dummheit für ihn tun.«

»Und du meinst …«

»Sie liebt ihn. Und vielleicht geht sie davon aus, dass er eigentlich auch sie liebt.«

Ich versuche mich an mein Gespräch mit Susanne Dellbrück zu erinnern.

Sina sagt: »Ich finde, dass das Liebesgedichte sind. Heimliche, die man erst entschlüsseln muss. Aus irgendeinem Grund kann sie ihm nicht sagen, was sie fühlt. Vielleicht, weil sie Angst davor hat, dass er sie auslacht, dass er mit ihr nichts zu tun haben will. Sie soll schreiben und Schluss.«

»Und dann nimmt sie dem, den sie angeblich liebt, das Kind?«

»Das funktioniert, glaube ich, so: Ich liebe dich, und wenn du meine Liebe nicht erwiderst, dann nehme ich das, was du am meisten liebst. Sozusagen als Ersatz.«

»Das ist ziemlich schräg, findest du nicht?«

»Ja. Aber es wäre eine Erklärung. Und man sollte nicht vergessen, Susanne Dellbrück wohnt ganz in der Nähe der Straße, in der Tomasz entführt wurde. Sie kennt die Gegend. Ich hab mir das mal angesehen.« Sie macht auf dem Computer eine entsprechende Karte auf. »Vom Auto, aus dem das Kind entführt wurde, gelangt man über diese zwei Hinterhöfe in dreißig Sekunden zu ihr nach Hause. Außerdem: Sie kennt das Kind und das Kind kennt sie. Jedenfalls ein wenig. Und noch was.« Sina lädt ein Foto von Susanne Dellbrück hoch. Sie steht nach einem Auftritt der Band dicht neben Mattias Bartosz. Sina schiebt das Foto über die eingescannte Zeichnung jener Frau, die der Zeuge uns skizziert hat. Es mag ein Zufall sein, aber die Konturen stimmen erstaunlich gut überein.

»Das ist ja wirklich ein Ding«, entfährt es mir. Da hat Sina offenbar eine Idee gehabt, die es lohnt, aufgegriffen zu werden.

»Sollten wir nicht die Wohnung Frau Dellbrück observieren?«

»Ja, vielleicht ... Aber wir brauchen für die laufenden Aktionen jeden Mann und jede Frau«, sage ich, obwohl ich davon überzeugt bin, dass es gut wäre, wenn wir diese Susanne Dellbrück jetzt nicht aus den Augen lassen. Wenn wir damit allerdings falsch liegen und mit der Aufklärung der gegenwärtigen Entführung scheitern, wird man uns das mit Sicherheit negativ auslegen. Dennoch, ich werde diese Frau Dellbrück aufsuchen. Es ist nicht weit. Ich muss mir einen Eindruck verschaffen, wie sie wohnt, was ihr Leben ausmacht, ob unsere Vermutung irgendetwas Reales hat.

Als ich die Dienststelle verlasse und zu einem der Einsatzfahrzeuge gehen will, ist da plötzlich Kerstin. Ich gehe auf sie zu. Sie sieht mir entgegen. Der dunkle Mantel steht ihr gut. Er betont ihre sportliche Figur.

Wir stehen uns gegenüber. Sie sagt: »Ich hab jetzt einen Makler. Er glaubt, wir könnten sogar vierhunderttausend bekommen. Stell dir vor, so viel.«

»Du weißt, dass mir das Geld egal ist.«

Wir gehen ein Stück. Ein Kollege steigt aus dem Dienstfahrzeug und schaut verwundert zu uns herüber.

»Wir haben einen neuen Entführungsfall«, versuche ich zu erklären.

»Ich will dich auch gar nicht aufhalten«, sagt sie. »Ich dachte nur, wegen deiner Nachricht. Ich muss irgendwie wissen, wie wichtig dir das ist, was du da schreibst.«

Mir schießen Tränen in die Augen. »Du willst wissen, wie wichtig mir das ist? Es ist mir das Wichtigste, was ich in diesem Leben als wichtig bezeichnen würde.« Das klingt nicht besonders gut, aber es drückt aus, was ich empfinde. »Es ist mir ganz und gar wichtig, wollte ich sagen.«

Kerstin nickt. »Na, jedenfalls können wir morgen rein in die Wohnung. Besichtigung. Die alten Herrschaften wollen uns zum Tee einladen. Sehr nett.«

»Ja«, sage ich. »Zum Tee. Na, wunderbar!«

Kerstin nickt noch einmal. »Sagen wir sechzehn Uhr?«

»Ja, klar.«

»Aber sag Bescheid, wenn es bei dir nicht klappt, ja? Ich will sie nicht warten lassen.« Sie wendet sich ab und ist schon drei Schritte entfernt, dann dreht sie sich doch noch einmal um, kommt zurück. »Sag mal, hast du eigentlich noch einmal etwas von ihr gehört?«

Ich weiß nicht, ob ich mich über diese Frage freuen soll. »Ja, sie wird in einer psychiatrischen Klinik behandelt, in Hamburg. Der Arzt hat mich angerufen. Aber ich will nichts mehr damit zu tun haben.«

Sie schaut mich nachdenklich an. Dann sagt sie leise: »Du hättest besser aufpassen müssen auf dich und auf uns.«

»Ja«, antworte ich. »Ja.«

Sie lächelt mich an. »Also, sei pünktlich.«

Sie geht davon. Ich denke: Es ist vorbei. Endgültig. Der Spuk mit dieser Sabrina. Die Trennung von Kerstin. Dieser endlos lange Albtraum ohne sie. Er ist zu Ende.

Ich will los zur Wohnung von Susanne Dellbrück, doch Sina kommt aus dem Dienstgebäude gerannt. »Frau Neumann ist da! Ich hab vergessen, es Ihnen zu sagen … Ich habe sie ins Vernehmungszimmer geschickt, sie wartet.«

»Mist!« Ich muss zu Susanne Dellbrück, aber ich will auch endlich den hoffentlich letzten Baustein im Fall Marc finden. Ich gebe mir fünfzehn Minuten.

Karen Neumann steht aufrecht inmitten des Raumes. Sie trägt ein dunkelrotes Kostüm und darüber einen grünen, modern geschnittenen Mantel. Sie sieht gut aus, denke ich und reiche ihr die Hand. »Setzen Sie sich doch«, sage ich. Sie nimmt missmutig Platz.

»Haben Sie neue Erkenntnisse?«, fragt sie barsch. Ich habe es nicht anders erwartet.

»Das kann man so sagen. Frau Neumann. Mit wem haben Sie sich getroffen an dem Tag, als Marc von dem Spielplatz verschwunden ist?«

Das hat gesessen. Die Augen der Frau werden groß und größer. Sie versucht, sich zu beherrschen, aber sie muss alle Kraft aufbieten, jetzt nicht zusammenzubrechen oder loszuschreien oder aufzuspringen und wegzulaufen.

»Ich habe mich mit niemandem getroffen!«

»Sie haben einen Liebhaber. Und ich vermute, dass das der Mann auf Marcs Zeichnung ist. Was erklären würde, warum Ihr Ehemann so erschrocken war, als er das Bild sah.«

»Was reden Sie denn?!«

»Sicher hat er Marc kennenlernen wollen und hat ihm Süßigkeiten mitgebracht. Aber Marc sollte nicht wissen, wie Sie zueinander stehen. Deshalb haben Sie sich eher ohne den Jungen getroffen, und wenn das nicht ging, dann haben Sie

Marc auf den Spielplatz geschickt und sich eine Straßenecke weiter verabredet. Richtig?«

»Aber das ist völliger Unsinn!«

»Nein, das ist es nicht. Ich sage Ihnen jetzt, was passiert ist an dem Tag, an dem Marc verschwunden ist. Sie haben Ihr Kind auf dem Spielplatz ...«

»Hören Sie auf, wir haben das alles schon hundertmal besprochen!«

»Ja, aber Sie haben gelogen! Ihre Freundin hat Sie angerufen, aber davor auch Ihr Freund. Sie haben sich verabredet und sich mit ihm getroffen. Haben Marc spielen lassen und sind ein Stück weitergegangen, Marc kannte das schon. Später sind Sie zurück zum Spielplatz. Da war der Junge verschwunden. Marc hat Sie gesucht. Er ist durch die Gegend gelaufen und hat Sie nicht gefunden und auch nicht den Weg zurück zum Spielplatz. Er ist in Richtung des blauen Krans gelaufen und von dort aus hat er versucht, die Gegend zu überblicken, um Sie zu finden. Er ist am Geländer hochgeklettert, abgerutscht und ins Wasser gefallen. Das erklärt auch, warum unsere Leute später in der völlig falschen Richtung gesucht haben. Wir sind von ganz anderen Voraussetzungen ausgegangen, weil Sie behauptet haben, Sie hätten den Jungen nur ein paar Minuten aus den Augen gelassen. In Wirklichkeit war mindestens eine halbe Stunde vergangen oder mehr. Und Sie haben uns mit dem Hinweis, in der Nähe des Spielplatzes hätte ein Opel gestanden, in die Irre geführt.«

Die Frau ist ganz still. Sie sinkt in sich zusammen und ich weiß, dass alles, was ich gesagt habe, die Wahrheit ist. Marcs Tod war ein Unfall. Ein Unfall, an dem seine Mutter direkt oder indirekt Schuld trägt. Und ihr Mann, den sie für ihre Version des Geschehens benutzt hat, hat die ganze Zeit geahnt, dass da irgendetwas nicht stimmt, nicht stimmen kann, aber er wollte nicht wahrhaben, was doch wahr ist. Sein letzter verzweifelter Versuch, seine Ehe zu retten und über den Schmerz des verlorenen Kindes hinwegzukommen, ist der

Angriff nach außen. Vor mir sitzt eine Frau, deren Leben einem Trümmerberg gleicht.

»Das Protokoll wird mein Kollege aufnehmen«, sage ich noch und verlasse den Raum.

Keine Viertelstunde später steige ich die Treppe zu der Wohnung hinauf, in der Susanne Dellbrück lebt. Es ist sehr still im Haus. Nur aus einer Wohnung dringt leise Musik. Klassik, wahrscheinlich eine Oper von Verdi. Kerstin würde wissen, ob ich recht habe, mir kommt die Melodie allenfalls bekannt vor.

Susanne Dellbrück wohnt im dritten Obergeschoss.

Bin ich zu unvorsichtig? Was, wenn diese Frau tatsächlich Tomasz entführt und in ihre Gewalt gebracht hat? Kann sie angesichts meines Auftauchens in Panik geraten? Warum traue ich ihr eher eine andere Reaktion zu? Warum glaube ich, dass etwas anderes passieren würde, als dass sie Tomasz als Geisel nimmt? Ich weiß es nicht. Aber vielleicht habe ich das Gefühl, dass sie eher doch nicht als Täterin in Betracht kommt.

Ich klingle an der Tür. Nichts bewegt sich. Oder war da etwas? Ging da eine Tür? Ich klingle noch mal und noch mal. Lausche. Nichts. Und doch glaube ich, dass da jemand ist. Oder höre ich gar das Weinen eines Kindes? Nein, da ist nichts.

Dennoch sage ich laut: »Frau Dellbrück, ich hätte noch zwei, drei Fragen. Sind Sie zu Hause?«

Keine Reaktion. Aber ich werde das Gefühl nicht los, dass da doch jemand ist. Ich zögere. Warte. Aber ich habe keine Zeit zu warten.

Vor dem Astra Kulturhaus stehen dicht an dicht unterschiedliche Marktstände. Hier werden Kleidungsstücke verkauft aus eigener Produktion und Schallplatten aus vergangenen Zeiten. Jemand bietet Käse an, ein anderer selbst gemalte Bilder. Ich muss den weiten Weg um das gesamte Gebäude gehen, um schließlich durch das hintere Tor in die Halle zu gelangen.

Meine Augen müssen sich einen Augenblick an die Lichtverhältnisse gewöhnen. Die Bühne ist erhellt, sonst liegt die Halle im Dunkel. Stoppzeit stimmt die Instrumente. Ich kann die Musiker inzwischen genau zuordnen, kann an den aufklingenden Melodien erkennen, welche Band gerade spielt.

Warschauer spricht in einer Ecke im Stuhlkreis sitzend die Einsätze durch. Als ich mich nähere, geht ein Raunen durch die Gruppe.

»Ich muss mit Herrn Bartosz sprechen«, sage ich mit fester Stimme. Ich will jetzt keine Diskussion; ich kann sehen, dass ich nicht gerade gelegen komme, das muss mir egal sein und das will ich deutlich machen. Dennoch sagt Bartosz sofort, dass er jetzt keine Zeit hat.

»Sie werden sich die Zeit nehmen, Herr Bartosz, Sie wollen doch heute Ihr Konzert geben. Also kommen Sie, bringen Sie es hinter sich!«

Er steht so abrupt auf, dass der Stuhl krachend nach hinten kippt.

Wir bleiben in der Halle. Ziehen uns in den hintersten Winkel zurück.

»Ich muss Sie etwas fragen, was Susanne Dellbrück betrifft. Wie würden Sie Ihr Verhältnis zu ihr beschreiben?«

»So eine wahnsinnig interessante Frage hätte ich gar nicht von Ihnen erwartet«, sagt er wütend. »Susanne ist unsere Texterin und fertig.«

»Die Texte, hatten Sie jemals das Gefühl, dass die nicht für die Band geschrieben wurden, sondern für Sie, für Sie persönlich?«

Das bringt ihn in Bedrängnis. Er lacht kurz auf. Aber es ist ein gekünsteltes Lachen.

»Für mich? Nee, also … phhh. Ich glaube nicht. Was hätte das auch zu bedeuten?«

»Herr Bartosz, glauben Sie, dass Susanne Dellbrück in Sie verliebt ist? Also nicht offen und direkt, man nennt so was, glaube ich, platonisch. Irgendwie heimlich.«

»Susanne? Keine Ahnung. Sie war manchmal sehr … also, sie versucht mir manchmal sehr nahe zu sein. Beim Texten. Sie sagt immer, dass wir die gleichen Gedanken haben und Bilder und Träume. Dass wir das Gleiche träumen eben und ich deshalb die Metaphern sofort verstehe, was die anderen nicht können. Sie sagte einmal, wir seien Seelenverwandte. Meinen Sie so was?«

»Ja, vielleicht. Sie wohnt in direkter Nähe des Ortes, an dem Tomasz entführt wurde.«

»Ich weiß. Aber, das ist doch …«

»Wusste sie von dem Termin, also dass Tamara da sein würde?«

»Ja. Sie hat manchmal den Kleinen genommen. Er war ganz ruhig bei ihr. Sie hat ihn auf so besondere Weise gehalten. Tamara hat dann gesagt: Du würdest 'ne gute Mutter abgeben, vielleicht 'ne bessere als ich.«

»Dann haben Sie gelacht, stimmt's?«

»Na ja, das war ja nicht ernst gemeint. Aber ich dachte mir schon, dass Tamara irgendwie recht hat. Susanne ist so 'ne Ruhige, Sensible, die ist bestimmt sehr liebevoll …«

»Haben Sie ihr das gesagt, ihr, also Susanne?«

»Ja. Mehrfach. Sie ist ja wirklich 'ne gute Seele. Sie hat es nie leicht gehabt. Muss in einer schrecklichen Familie groß geworden sein. Nie war sie gut genug, diese Nummer. Und sie hatte Pech in Beziehungen. Sie lebt ziemlich eingeigelt. Hatte zwei richtige Abstürze, Drogen und Selbstmordversuch. Sie hat nie darüber gesprochen, was da konkret der Anlass war. Aber man merkt schon, dass sie irgendwie sehr verletzlich ist.«

»Hatten Sie einmal eine Liebesbeziehung zu ihr? Oder haben Sie ihr Hoffnung gemacht?«

»Ich? Nein. Also, jedenfalls nicht, dass ich wüsste. Tamara ist ein paar Mal der Meinung gewesen, dass ich bei ihr aufpassen soll. Aber da war nichts!«

»Was würden Sie sagen, wenn sie Tomasz an sich genommen hat.«

»Ich weiß nicht ... Nein. Susanne war hier ... gestern erst. Das wissen Sie doch. Sie kann doch nicht Tomasz entführen und dann mit uns hier ... Das kriegt doch keiner hin.«

»Nein, wahrscheinlich nicht. Wissen Sie, wo sie jetzt ist?«

»Nein. Aber sie wollte zum Konzert kommen.«

»Gut, dann danke ich Ihnen erst mal.«

»Ja, und jetzt?«

»Sobald wir Frau Dellbrück erreichen, werden wir sie befragen.«

Ich lasse Bartosz stehen und spüre seinen irritierten Blick im Rücken.

Ich versuche Franz zu erreichen. Er soll zwei Leute vor das Haus der Dellbrück stellen. Doch bevor ich ihm mein Anliegen mitteilen kann, ist er schon dabei, mir zu berichten, dass es eine Festnahme gegeben hat. »Man bringt sie her«, sagt er. »Die Frau, sie ist gefasst worden. Gar nicht weit entfernt vom Tatort.« Ich muss mich konzentrieren, verstehe erst gar nicht, aber dann wird klar, von wem Franz spricht. Die Frau, die vor zwei Stunden das Kind aus dem Wagen genommen hat. Der Großeinsatz hat sich also gelohnt. Ich bitte Franz, dass er die Beobachtung des Dellbrück-Hauses organisieren soll. Er bestätigt kurz und ich sage, dass ich schon auf dem Weg bin.

Franz, Kiesewetter und ich sitzen wenig später der Frau gegenüber. Ihre Sonnenbrille hat sie abgesetzt. Das Kind, das sie in ihre Gewalt gebracht hat, ist an die Mutter zurückgegeben worden. Wir haben inzwischen die Angaben der Frau überprüft. Sie heißt Johanna Kolbe, wohnt in Friedrichshain, ist siebenundzwanzig Jahre alt und Verkäuferin in einem Supermarkt. Sie macht einen erstaunlich ruhigen, sachlichen Eindruck. Fast so, als hätte sie mit dem, was sie getan hat, nicht wirklich etwas zu tun. Sie sagt, das Kind habe geweint und niemand habe sich darum gekümmert.

»Und da nehmen Sie einfach das Kind aus dem Wagen und gehen mit ihm davon.«

»Wieso denn davon? Ich hätte es doch zurückgebracht. Ich wollte es nur beruhigen.« Sie schaut uns abwechselnd in die Augen. Und sie wirkt total überzeugt von dem, was sie sagt.

Ich beuge mich weiter vor. »Haben Sie auch das Kind aus dem Auto nur trösten wollen? Hat das auch geweint?«

»Ich verstehe nicht. Ach, Sie meinen diesen Tomasz? Ich hab das in der Zeitung gelesen. Aber wie kommen Sie darauf, mich das zu fragen?«

»Weil Sie mehrfach aufgefallen sind, indem sie sich an Kinderwagen zu schaffen gemacht haben.«

»Blödsinn. Ich habe lediglich Verantwortung gezeigt. Wenn es einem Kind schlecht geht, dann helfe ich!«

»Dem Kind im Auto ist es auch schlecht gegangen. Haben Sie da auch Verantwortung übernommen?«

»Ich war nicht an diesem Auto. Aber Sie haben recht, wenn ich den Eindruck gehabt hätte, dass es dem Jungen in diesem Auto nicht gut geht, dann hätte ich die Scheibe eingeschlagen und ihn rausgeholt.«

»Sie haben Tomasz also nicht an sich genommen, getröstet, versorgt?«

»Nein.«

Das Seltsame ist, dass ich der Frau glaube. Sie antwortet so schnell und sicher, dass es unmöglich scheint, dass sie abwägt, was sie sagt. So etwas tun Täter in aller Regel nicht. Bleibt nur die Sonnenbrille, das Outfit. Johanna Kolbe hat eine ähnliche Figur wie die Frau, die der Zeuge am Auto gesehen haben will. Ein Zufall? Die Beschreibung passt zu dieser Frau wie zu Susanne Dellbrück. Warum sollte es kein Zufall sein?

Sina schaut zur Tür herein, bittet mich, kurz zu ihr zu kommen.

Draußen steht Gottlieb Bernsen von der Spurensicherung. »Wir haben uns schon mal die Wohnung von der Frau Kolbe angesehen. Es gibt keine Hinweise auf Tomasz oder irgendwelche fremden Kinder. Aber wir haben etwas anderes gefunden. Ein Kinderbettchen, einen Schrank voller Kindersachen. Die Frau hatte ein Kind. Und das hier haben wir auch entdeckt.« Er hält mir einen Zeitungsbericht hin. »Sie hatte einen Autounfall und dabei ist ihr Kind ums Leben gekommen. Das war vor gut einem Jahr. Da war das Kind sieben Monate.«

»Also genauso alt wie Tomasz und das Kind, das sie heute mitgenommen hat. Verrückt«, sage ich, »wir ermitteln in zwei Fällen und kriegen immer noch eine andere Geschichte um die Ohren geschlagen. Das hört scheinbar nicht auf!« Ich gehe zurück in den Befragungsraum.

Frau Kolbe schaut mich an, als säße sie in einem Café und ein Gast betritt den Raum. Mir wird klar, dass sie das, was sie getan hat, und das, was sie rational wahrnimmt, voneinander abspaltet. Sie fragt sich wahrscheinlich, was wir überhaupt von ihr wollen.

»Frau Kolbe, Sie haben ihr Kind bei einem Autounfall verloren. Warum sagen Sie uns das nicht?«

Sie starrt mich erschrocken an. Für Sekunden blitzt da in ihrem Gesicht auf, was man als Ohnmacht und Schrecken beschreiben könnte. In diesem Moment wird ihr deutlich sein, was hier geschieht. Aber schon zieht sie die Vorhänge wieder zu. »Ja, ich hatte einen Unfall. Ich trage daran keine Schuld, wenn Sie das meinen.«

»Nein, das meine ich nicht. Ich denke nur, dass es einen Zusammenhang gibt zwischen dem, was Sie heute getan haben, und diesem Verlust.«

»Ich denke nicht. Ich habe lediglich ein weinendes Kind beruhigt. Was ist daran falsch? Als Verkäuferin hat man viel mit Kindern und jungen Müttern zu tun, da hilft man gern. Und manche Mütter sind ja auch so unsicher. Einmal hat mir eine Frau ihr Kind drei Stunden lang überlassen, weil sie rasch nach Haue musste, ihr Geld holen, und dann hat sie vergessen, dass sie ihren Kinderwagen bei mir hatte stehen lassen. Aber vielleicht haben Sie recht, man ist natürlich sehr sensibel, wenn man ein Kind verloren hat.« Sie schaut mich an, als erwarte sie meine umgehende Bestätigung. Sie wirkt so sicher und rational, dass es mir kalt den Rücken hinunterläuft.

Aber genau das wird das Problem sein. Wir werden das der Staatsanwältin erklären müssen. Keine Ahnung, wie sie entscheiden wird. Kann man eine solche Frau in U-Haft nehmen? Ich weiß es nicht.

Als ich erneut vor dem Haus anlange, in dem Susanne Dellbrück wohnt, stehen zwei Polizisten in Zivil davor. Sie erklären mir, dass sich nichts getan hat. Die Frau sei nicht aufgetaucht. Ich steige das Treppenhaus hinauf. Klingle. Nichts. Schließlich rufe ich einen Polizeitechniker an.

Der ist zehn Minuten später vor Ort und öffnet die Wohnungstür. Ich betrete einen nahezu finsteren Korridor. Die Türen zu den Zimmern sind sämtlich geschlossen.

»Frau Dellbrück?«

Langsam taste ich mich vor, finde schließlich einen Schalter, der von einem Mantel verdeckt ist, und mache Licht. Rechts an der Wand sind große Fotos angebracht. Ich erkenne sofort, dass Warschauer darauf abgebildet ist. Und immer in der Mitte stehend ist Matthias Bartosz zu sehen. Singend, mit Gitarre, mit erhobenen Armen, lachend, ernst.

Ich öffne die erste Tür. Die Küche. Alles gut aufgeräumt und sauber. Die nächste Tür, ein Arbeitsraum. Schreibtisch, unzählige Blätter verteilt und angepinnt, Bücher, teils aufgeklappt, teils in hohen Stapeln. An der Seite ein Bett. Auch hier große Fotos, Bartosz beinahe in Lebensgröße. Noch ein Zimmer. Ein Kinderbettchen steht da, Plüschtiere, Spielzeug. Und dann sehe ich es. Es ist beinahe das gleiche wie jenes, das wir bei dem Kind in der verwahrlosten Wohnung gefunden haben und später bei seiner toten Mutter. Ein Babyphone. Eingeschaltet, leichtes Rauschen. Das Gegenstück? Ich sehe in den Zimmern nach. Nichts.

Ich greife rasch zum Telefon und rufe den Leiter der Hundertschaft an.

»Nein, noch kein Feierabend. Bitte, einmal dieses Haus, in dem ich gerade bin, und die Nebenhäuser durchsuchen. Es gibt, man glaubt es nicht, wieder so ein Babyphone.«

Wir müssen das zweite Teil finden, weil wir dann vielleicht auch das Kind finden werden. Und wir brauchen die Spurenexperten. Es muss geklärt werden, ob in der Wohnung tatsächlich Tomasz betreut wurde.

Kurze Zeit später wimmelt es im Haus geradezu von Polizisten. Die Mieter werden befragt, die Höfe durchkämmt, der Keller untersucht. Aber von dem Babyphone oder Frau Dellbrück oder gar dem Kind findet sich keine Spur.

Inzwischen ist es dunkel geworden und hat angefangen zu regnen. Ich schaue auf meine Armbanduhr. In einer Stunde beginnt das Konzert, erst Stoppzeit, dann Warschauer. Mir bleibt keine Wahl. Ich werde einige Leute dorthin beordern und mich selbst auch aufmachen.

Sina ist schon da, sie hat darum gebeten, mitkommen zu dürfen. Ich habe nichts dagegen, immerhin war sie es, die mich auf die heiße Spur gebracht hat. Inzwischen steht für mich fest, dass Susanne Dellbrück das Kind zumindest beherbergt hat. Sehr wahrscheinlich hat sie es auch in ihre Gewalt gebracht, es entführt und in ihrer Wohnung versteckt. Und das alles, weil sie glaubt, damit Mattias Bartosz irgendwie nahe sein zu können. Vielleicht geht sie davon aus, dass sie die bessere Mutter ist und dass sie es ganz im Sinne des Vaters zu sich genommen hat. Und vielleicht glaubt sie fest daran, dass Bartosz zu ihr kommen wird, wenn er erst erkennt, dass sie die bessere Mutter ist. Dass sie ihn liebt und dass er insgeheim auch sie liebt.

Die Halle ist dicht umlagert. Lange Schlangen, das Konzert ist ausverkauft. Einige Leute versuchen, Eintrittskarten für den dreifachen Preis zu verkaufen, und werden sie auch los. Die Stimmung ist positiv angespannt, aber auch irgendwie gedrückt. Die meisten scheinen zu wissen, dass es heute einen Aufruf zur Unterstützung von Tomasz' Eltern geben wird.

Ich habe vierzig Polizisten dabei. Sie stehen zivil gekleidet unter den Konzertbesuchern, an den Eingängen und verdeckt auf der Bühne. Sie sind angewiesen, Susanne Dellbrück sofort festzunehmen, wenn sie hier erscheint.

Inzwischen ist der Saal gut gefüllt, an den Eingängen stehen noch einige hundert Menschen. Ich frage mich allmählich, wie wir einen Zugriff realisieren wollen, ohne dass Panik ausbricht. Ich bitte Sina, noch einmal zu den Kollegen an den Türen zu gehen. Sie sollen absolut genau hinschauen. Sie haben Fotos, aber sicher sind solche Kontrollen nie. Nur kleine Veränderungen im Gesicht, irgendeine geschickte Ablenkung, das kann reichen, um bei solch einem Gedränge unbemerkt in eine Halle zu gelangen.

Wir müssen Susanne Dellbrück jetzt schnell fassen. Ganz sicher ahnt sie, dass wir ihr auf den Fersen sind. Vielleicht war sie wirklich in der Wohnung, als ich das erste Mal bei ihr zu Hause auftauchte, und hat sich dann zusammen mit dem Kind aus dem Staub gemacht. Sie ahnt, dass es nur eine Frage weniger Stunden sein kann, bis wir ihrer habhaft werden, und niemand kann sagen, wie sie auf diesen Druck reagieren wird. Es wäre nicht das erste Mal, dass jemand in einer solchen Situation durchdreht und ein Kind tötet. Und sei es, um die Tat damit ungeschehen zu machen. Man beseitigt sozusagen den Beweis. Löscht ihn aus, schiebt ihn jemand anderem unter, will damit nichts mehr zu tun haben. Oder man bringt das Kind um in der Sorge, entdeckt zu sein und das Pfand der Liebe zu verlieren, nach dem Motto: Was ich nicht besitzen kann, soll niemand besitzen. Es könnte sogar sein, dass die Täterin sich gemeinsam mit dem Kind ums Leben bringt.

Wir müssen dieses Szenario verhindern. Wir müssen schneller sein. Vielleicht wird Susanne Dellbrück tatsächlich hier auftauchen. Ein letztes Mal wird sie Mattias Bartosz spielen hören und sehen wollen. Vielleicht wird sie den Appell der beiden hören und aufgeben. Darauf hoffe ich.

Die ersten Klänge von Stoppzeit. Tosender Jubel.

Die Begrüßung. Zara Bellheim steht am Mikrofon. »Wir begrüßen alle, die heute hierher gekommen sind. Ein großes Konzert von Stoppzeit und Warschauer und ihr werdet unser Anliegen an euch hören, hören, was wir euch zu sagen haben. Unsere Songs und unsere Herzen nur für euch! Für euch und Tomasz!«

Beifall. Die Halle ist schon in den ersten Sekunden des Konzerts zu einem bebenden Tier geworden. Und alle, die hier sind, fühlen sich, so scheint es, als Teil davon.

Der Lärm übertönt alles. Die Sprechfunkgeräte der Kollegen haben keinen Sinn mehr. Selbst wenn man sich den Ohrhörer einstöpselt, nichts ist zu verstehen. Ich verlasse die Halle.

Am Eingang sagt mir der Chef der Sicherheitstruppe, dass jetzt tausendzweihundert Leute in der Halle seien. Das ist Kapazitätsgrenze. Mehr geht nicht. Aber vor den Türen stehen immer noch mehr als hundert Menschen. Wir gehen die Menge ab, die Einlass fordert. Einige haben sogar Tickets dabei. Ordner versuchen zu sortieren, die mit Tickets sollen vorbeigelotst werden. Die Lage ist brenzlig.

Von Susanne Dellbrück ist nichts zu sehen.

Ich rufe Franz an, der sich in ihrer Wohnung aufhält. Man hat das Gegenstück des Babyphones gefunden, auf der Fensterbank in der obersten Etage im Hausflur. Die Spurensicherung ist am Werk, es gibt sichere Hinweise, dass wirklich ein Kleinkind dort gewesen ist. Ob es sich um Tomasz handelt, wissen wir in spätestens einer Stunde.

Es ist nur der Bruchteil einer Sekunde, in dem ich eine Frau sehe, die Susanne Dellbrück sein könnte. Mir ist nicht klar, ob sie dabei ist, in die Halle zu gelangen, oder ob sie sich entfernen will. Ich dränge mich durch die Menschen, aber noch ehe ich nahe genug an sie herankommen kann, ist sie wieder verschwunden. Wie vom Erdboden verschluckt. Kein Wunder, bei den Menschenmassen, die hier unterwegs sind, die zum Konzert oder zu einem der vielen anderen Veranstaltungsorte oder Kneipen hier wollen oder sich einfach nur umsehen, Touristen an einem legendären Ort, an dem man gewesen sein muss. Es hat einfach keinen Sinn, sich hier sozusagen auf die Lauer zu legen, ein Polizeieinsatz könnte genau das Gegenteil dessen bewirken, was wir erreichen wollen. Ich folge meiner Intuition und verlasse das RAW-Gelände. Draußen vor den Klinkermauern ist es erstaunlich still. Als wäre ich in die normale Welt zurückgekehrt, in Wind und Nieselregen, eben den Berliner November. Autos werfen gelbe und grellweiße Lichtkegel auf das Pflaster.

Da sehe ich die Person ein zweites Mal. Ganz vorn, die lange Straße hinauf. Ich beeile mich, ihr zu folgen. Keine zehn Meter weiter und ich sehe, wie sie nach rechts abbiegt. Ich fange an zu rennen. Mein Nacken meldet sich wieder mit ziehenden Schmerzen, mir scheint sogar, als bekäme ich plötzlich keine Luft mehr. Ich lehne mich für einen Augenblick an die Hauswand, versuche wieder zu Atem zu kommen, laufe weiter.

An der Einmündung der Straße, in die die Person abgebogen ist, treffe ich auf verschiedene Leute. Ein Mann führt seinen Hund aus. Zwei Frauen eilen miteinander redend direkt auf mich zu. Aber von der Gesuchten sehe ich nichts mehr. Ich habe sie verloren. Dabei war möglicherweise nichts wichtiger, als diese Frau im Auge zu behalten.

Ich weiß nicht, was ich tun soll. Die Kollegen sind noch immer bei dem Konzert. Das Gelände wird überwacht. In Dellbrücks Wohnung ist Franz, Kollegen stehen vor dem Haus. Man kann jetzt nichts anderes tun, als warten. Aber worauf?

Ich gehe langsam zurück zur Konzerthalle. Die Traube vor den Eingängen hat sich aufgelöst. Überhaupt sind die Menschen auf dem Gelände weniger geworden. Ich sehe Sina.

»Wo waren Sie denn?«, fragt sie vorwurfsvoll.

»Ich habe mich wahrscheinlich geirrt«, entgegne ich rasch.

Wir gehen noch einmal in die Halle. Noch spielt Stoppzeit, die Leute kennen das Lied und singen den Refrain mit.

Ich sehe oben auf der Bühne halb verdeckt drei Kollegen stehen.

Das Vibrieren des Telefons in meiner Tasche schreckt mich auf. Ich nehme an und brülle: »Moment, ich muss erst hier raus!« Vor der Tür höre ich dann Franz, seine Stimme wirkt ungewöhnlich aufgeregt. »Wir haben in der Wohnung der Dellbrück so etwas wie einen Abschiedsbrief gefunden.«

»Einen Abschiedsbrief?«

»Ja, so eine Art Liedtext. Da geht es um eine Welt aus Licht und Farben und ohne jedes Gefühl. Ich lese mal vor: Und für den Fall, dass man nicht geliebt wird, gibt es keinen anderen Weg, als in diese Welt zu fliegen.«

»Hm. Aber das muss doch noch kein Abschiedbrief sein.«

»Na ja, das Papier steckte in einem verschlossenen Briefumschlag und darauf stand der Name Mattias Bartosz. Und es lag ein Foto dabei: Susanne Dellbrück mit Tomasz im Arm. Verstehst du?!«

»Das wäre der Supergau«, sage ich. »Wir wissen nicht, wo das Kind ist. Und wenn diese Frau sich wirklich umgebracht haben sollte, dann wird sie es uns nicht mehr sagen können. Genau davor habe ich die meiste Angst gehabt.«

Ich höre Franz atmen. Dann sagt er, was ich nicht mal zu denken wage: »Ich würde verdammt viel drum geben, wenn das alles nur ein Albtraum wäre, aber vielleicht hat sie ja nicht nur sich umgebracht, sondern den Jungen auch.«

Ich will das einfach nicht glauben. Ich will nicht akzeptieren, dass die Dellbrück das Kind mit auf ihren Weg in eine andere Welt genommen hat. Irgendwie glaube ich nicht, dass sie das tun würde. Aber Fakt ist, wenn das wirklich ein Abschiedsbrief ist und Susanne Dellbrück vorhat, sich umzubringen oder es bereits getan hat, dann ist der Junge jetzt allein irgendwo in dieser Stadt. In irgendeiner Wohnung, auf einem Dachboden, in einer Garage, vielleicht lebt er nicht mehr, vielleicht lebt er aber doch und wir werden ihn nicht finden. Es werden Stunden vergehen, vielleicht Tage. Er wird nichts zu trinken bekommen, nichts zu essen und irgendwann wird er einschlafen. Einschlafen und nicht mehr aufwachen.

»Wir suchen sie weiter, Franz«, sage ich, zögere, dann breche ich die Verbindung ab.

Ich weiß nicht, was ich als Nächstes tun soll. Ich stehe wie versteinert, atme ein und aus und selbst das ist anstrengend. Schließlich schüttle ich mir diese Gedanken aus dem Kopf. Schüttle mich wie ein Hund, der aus dem Wasser kommt, und in mir sagt eine Stimme, dass ich mich nicht unterkriegen lassen darf. Das Kind lebt. Es lebt und es ist meine verdammte Pflicht, es zu finden, koste es, was es wolle.

Als ich zurück zur Konzerthalle komme, höre ich, wie Bartosz sich an das Publikum wendet und die Fans darum bittet, ihm und seiner Frau dabei zu helfen, Tomasz zu finden.

»Schaut genau hin, hört genau hin. Unser Junge ist am Leben und er hofft darauf, dass wir ihn finden. Lasst uns jetzt nicht allein!«

Einen Augenblick lang herrscht in dem großen Raum mit den über tausend Menschen eine erstaunliche Ruhe, dann fangen einige an zu klatschen und schließlich klatschen alle. Ein klares Bekenntnis. Ein Bekenntnis, das auf mich keinen Eindruck macht, weil ich nicht glaube, dass es etwas bringt. Andererseits zugleich auch der Strohhalm, an den ich mich klammern muss.

Eine Stunde später ist die Halle beinahe leer. Berge von leeren Plastikbechern und Tüten sind zusammengeschoben. Auf der Bühne wird zusammengepackt. Männer, die an mir vorbeigehen, sprechen von einem großartigen Konzert.

Ich muss es Bartosz und Tamara Schmund sagen, muss ihnen mitteilen, dass Susanne Dellbrück vielleicht tot ist. Und dass damit die Chancen, Tomasz zu finden, deutlich gesunken sind. Aber ich zögere. Ich will ihnen nicht alle Hoffnung nehmen. Gerade jetzt, wo sie glauben, in ihren Fans so viele Verbündete zu haben. Vielleicht morgen früh.

Aber das ist Unsinn. Es ändert nichts, wenn ich jetzt zögere. Ich gehe auf Bartosz zu und ziehe ihn zur Seite.

»Wir wissen nicht, ob Frau Dellbrück noch am Leben ist«, sage ich hart. Ich will es hinter mich bringen. »Und wir untersuchen gegenwärtig, ob sie Tomasz bei sich zu Hause hatte. Die Idee, über die wir vorhin gesprochen haben, Herr Bartosz, sie scheint doch sehr real gewesen zu sein. Es gibt eine Art Abschiedsbrief, der an Sie gerichtet ist. Wir suchen nach konkreten Hinweisen und Spuren, um Tomasz zu finden. Und sicher werden die offenen Augen Ihrer Fans uns dabei unterstützen.«

Bartosz steht unbewegt vor mir. Er scheint nicht zu verstehen, was ich ihm gerade gesagt habe. Dann schaut er mich ungläubig an. »Susanne, aber wieso denn … Ich hab sie doch hier noch gesehen. Sie war doch da. Ganz am Anfang des Konzerts. Sie war doch hier im Saal!«

»Sind Sie sicher?«

»Ja!«

»Gut. Aber wir wissen nicht, was das bedeutet. Vielleicht wollte sie Sie noch einmal sehen. Vielleicht war das der Abschied. Ich weiß es nicht.«

Bartosz schüttelt den Kopf. Langsam geht er zu Tamara hinüber und nimmt sie in seine Arme.

Ich gehe müde durch die Straßen, weiß nicht, was ich denken soll. Ich werde das Gefühl nicht los, versagt zu haben. Und nun wird die Strafe auf dem Fuße folgen. Ich werde zusehen müssen, wie ein Kind zugrunde geht, und ich kann nichts tun.

Ich kann nichts tun.

Es muss aus mir heraus, ein Schrei, ein Rufen, ein Beten: »He, ihr verdammten Penner! Los, raus aus den Betten! Antreten! Jetzt müssen alle ran, alle!«

Und dann purzelt ein Lachen aus mir heraus. Bin ich betrunken? Betrunken vor Angst oder auch vor Müdigkeit?

Es regnet in Strömen. Ich stehe vor einem Haus, die Fenster sind dunkel, aber ich kann erkennen, dass das Gebäude über und über mit Graffiti bemalt ist. Sterne, bunte Kreise wie Kinderbälle, ganz oben ein großes Gesicht. Die Straßenlaternen lassen nur erahnen, dass es gelb ist und mit einem Auge auf mich herunterschaut. Ein roter Mund lacht. Ja, lach du nur, denke ich. Lach ruhig. Und während ich das denke, nimmt plötzlich die Idee in meinem Kopf Gestalt an. Ich hätte schon längst darauf kommen können. Das ist mehr als ein Strohhalm. Ich muss die Texte noch einmal lesen, die Songtexte, und ich brauche Sina dazu. Ich muss alles in Ruhe durchgehen. Irgendwo gibt es vielleicht ein Zeichen. Einen Hinweis, wo Tomasz sein könnte.

Es ist lange nach Mitternacht. Im Lagezentrum sind noch fünf Kollegen. Sie prüfen neu hereingekommene Hinweise, als hätte man noch nichts vom Abschiedsbrief von Susanne Dellbrück gehört. Als sei nicht schon seit Stunden klar, dass wir jetzt umschalten müssen.

Sina ist im Büro, sie schläft auf der Klappliege wie eine zusammengerollte Katze. Irgendwer in mir sagt, dass das nicht statthaft ist. Eine Praktikantin darf doch nicht mal Nachtdienst machen, geschweige denn ganze Tage und Nächte in der Dienststelle verbringen. Merkt denn das keiner? Aber mir wird schnell klar, dass der Einzige, der das merken müsste, ich selbst bin. Der Anleiter oder wie immer das heißt.

Ich wecke Sina. Sie springt hoch, als hätte sie nur darauf gewartet, endlich wieder an die Arbeit gehen zu können.

»Ich muss die Texte durchgehen, Stück für Stück.«

»Was ist denn passiert?«

»Ich denke, die einzige Chance, die wir haben, Tomasz zu finden, sind die Texte.«

»Ja«, sagt Sina. »Ich glaube, dass das wirklich eine sehr sensible Schreiberin ist. Sie schreibt mit ihrer Seele.« Das klingt seltsam von so einer jungen Frau. Aber Sina hat recht. »Das mit der Seele, das merkt man irgendwie. Eigentlich sind solche Menschen sehr verletzlich. Und das scheint bei ihr der Fall zu sein. Also, sehen wir uns die Texte an!«

Ich habe immer darauf vertraut, dass Fotografien mehr sagen, als unsere Augen sehen. Und das ist auch so. Ich habe mir angewöhnt, Fotos von Tatorten zu machen, und zwar von verschiedenen Standpunkten aus. Und erst wenn man die Fotos zusammen betrachtet, wenn man sozusagen ein Gesamtbild erzeugt, ist das real. Aber scheinbar geht das auch, wenn man Texte genauer anschaut. Sie sagen etwas, in Metaphern und Bildern. Und das sind Botschaften. Versteckte Botschaften. Jemand will jemandem etwas sagen, aber er sagt es nur verschlüsselt, er malt ein Wortbild und dahinter stehen hunderte andere Bilder. Das mag für Literaten keine neue Erkenntnis sein, für mich ist es das schon. Obwohl ich es eigentlich gewöhnt bin, genau hinzusehen.

Wir überfliegen die Texte. Noch mal die von der Brücke stürzenden Tauben, noch mal der Weg durch den Kiez. Und dann der Song über das Blau und Gelb und Rot. Und hier steht etwas von dreiundzwanzig Augen und von zwei Wächtern vor der Tür.

»Das ist Kinderzeug«, sage ich, »das sind Märchenfiguren.«

»Ja«, sagt Sina, »aber ich hab das heute gesehen. Dreiundzwanzig Augen und zwei Wächter. Also, ich hab die Augen nicht gezählt. Aber es waren viele.«

»Und wo?«

»Auf dem RAW-Gelände. Ein Graffiti an der Wand eines kleinen Nebengebäudes an der Revaler Straße. Es zeigt zwei so merkwürdige Monster, die mich ein bisschen an Buddha-Figuren erinnert haben. Über dem einen steht die Zahl 23. Die beiden Figuren gehören zu einem größeren Graffiti, das sich über die ganze Hauswand erstreckt, und zwischen ihnen liegt eine Tür, die ins Gebäude führt.«

Eine Minute später sitzen Sina und ich in einem Streifenwagen und fahren los.

Sina schaut zu mir herüber. »Können wir wenigstens das Blaulicht anmachen? Ich bin als Jugendliche immer mal in einem Polizeiauto mitgenommen worden, da hatten wir im Supermarkt geklaut oder so, aber nie mit Blaulicht.«

Ich schalte es ein und bin selber erstaunt, wie hell die Lichtblitze gegen die Häuserfronten schlagen.

Sollte uns Susanne Dellbrück tatsächlich mitgeteilt haben, wo sich Tomasz aufhält, wenn ihr etwas zustößt? Hat ihre Liebe ausgereicht, Tomasz zu retten?

Das RAW-Gelände ist menschenleer. Der Regen hat noch immer nicht nachgelassen. Wir gehen hastig zwischen den Gebäuden umher. Und dann sehe ich es. Ein Graffiti, das sich über die gesamte Seitenwand eines Nebengebäudes an der Revaler Straße erstreckt. Zwei Figuren, die einerseits wie Götter und andererseits wie Monster wirken und etwas Diabolisches ausstrahlen. Wenn man genauer hinsieht, erkennt man die vielen Augen. Die Farben, in denen das Graffiti gehalten ist, sind Blau, Rot und Gelb. Ist das das Bild, das Susanne Dellbrück von der Welt hat? Augen, auf sie gerichtet, sie selbst beobachtet, ohne Schutz. Dämonen, die Macht über sie haben? Einen Augenblick lang muss ich an Sabrina denken, aber ich wische den Gedanken weg. Susanne Dellbrück muss diesen Bildern ausgeliefert gewesen sein.

Die Tür zwischen den beiden Dämonen ist verschlossen. Sina sucht. Da liegt eine Eisenstange. Sollen wir? Ich setze das Eisen an, die Tür kracht auf. Ich finde einen Lichtschalter, Neonleuchten flackern auf. Es ist der Lagerraum der Bands, wir sehen Schlagzeuge, Kabeltrommeln und hören Musik von einem Radio in einem Wandregal. Als Sina die Musik leise dreht, hören wir das Wimmern. Ich gehe langsam auf eine Nische am Ende des Raumes zu. Bis hierhin reicht das Neonlicht nicht. Ich ziehe die Taschenlampe aus der Jacke. Der Lichtkegel zuckt über alte Möbel, einen Sessel, einen Tisch. Dann erfasst er das Gesicht einer Frau, deren Augen starr auf das Licht gerichtet sind. Ich weiß sofort, dass es Susanne Dellbrück ist. Als ich den Lichtstrahl hinuntergleiten lasse, sehe ich das Kind. In eine Decke gehüllt, auf ihrem Schoß.

Sina ist hinter mir. Sie geht an mir vorbei auf die Frau zu und lässt sich vor ihr in die Hocke sinken. Vorsichtig fasst sie nach dem Bündel. Die Frau legt es ihr in die Arme.

»Ich wollte Tomasz heute zurückgeben. Wirklich. Es hat keinen Sinn, zu warten.« Ihre Stimme ist ruhig und rau. »Aber es gab keinen guten Augenblick dafür. Dann dachte ich, dass ich Tomasz einfach hier lassen könnte. Aber ich hab's dann doch nicht übers Herz gebracht. Weil ich nicht wusste, ob Mattias ihn finden würde. Es tut mir leid. Es tut mir wirklich leid.«

Es ist tiefe Nacht. Der Hof des RAW-Geländes ist in grelles Scheinwerferlicht getaucht. Leute von der Spurensicherung eilen wie Schatten hin und her. Ich sehe noch, wie Tamara und Mattias gemeinsam mit ihrem Kind und einem Rettungsarzt im Dunkel verschwinden. Und wie das Polizeiauto mit Susanne Dellbrück davonfährt.

Sina und ich stehen dicht beieinander.

Sina sagt »Wir haben gewonnen!«

Am nächsten Tag stehe ich um sechzehn Uhr vor dem Haus am Boxhagener Platz. Ich habe mehrere Versuche unternommen, mir irgendwas Passendes anzuziehen, und mich am Ende doch für meine ganz normale Jacke entschieden. Ich drücke auf den Klingelknopf. Wenig später sagt eine schnarrende Stimme über die Gegensprechanlage, dass man mich erwarte.

Der Summer geht. Ich atme tief ein und schiebe die Tür auf.

Friedrichshain
Stadtpark Lichtenberg
Forckenbeckplatz
Mühsamstraße
Richard-Sorge-Straße
Eckertstraße
Löwestraße
Weidenweg
Petersburger Straße
WEBERWIESE
Frankfurter Allee
FRANKFURTER TOR
Frankfurter Allee
SAMARITERSTRASSE
FRANKFURTER ALLEE
Samariterstraße
Bänschstraße
Voigtstraße
Schreinerstraße
Rigaer Straße
Waldeyer Str.
Mainzer Straße
Colbestraße
Scharnweber Straße
Boxhagener Straße
Grünberger Straße
Boxhagener Platz
Krossener Straße
Oderstraße
Traveplatz
Weserstraße
Comeniusplatz
Warschauer Straße
Libauer Straße
Simon-Dach-Straße
Dirschauer Straße
Wühlischstraße
Simplonstraße
Modersohnstraße
Revaler Straße
WARSCHAUER STRASSE

Warschauer Platz
Naglerstraße
Ehrenbergstr.
Lehmbruckstr.
Dannecker Straße
Modersohnstraße
Rotherstraße
Rudolfstraße
Rudolfplatz
7
4
Stralauer Allee
SPREE
OSTKREUZ
Markgrafendamm
Kynaststraße
RUMMELSBURGER SEE
Glasbläserallee
Fischzug
8
Krachtstraße
Bahrfeldtstraße
Friedrich-Junge-Straße
Palmkernzeile
Benjamin-Park
6
Alt-Stralau
5
An den Treptowers
TREPTOWER PARK
SPREE
Treptower Park
Puschkinallee
1 RAW-Gelände
2 Entführungsort von Tomasz
3 Wohnung von Tamara und Mattias Bartosz
4 NARVA-Turm
5 Fundort von Marc Neumann
6 Spielplatz
7 Proberaum der Bands
8 Laube von Normen Klinkmüller
9 Bartosz' Fleischerei

Vita Krause & Winckelkopf

Krause & Winckelkopf ist ein neues Autorenduo aus Berlin. Der eine geboren im Osten, der andere im Westen der Republik. Der eine Jahrgang '54, der andere Jahrgang '72. Der eine ist erfahrener Drehbuchautor (Polizeiruf/Fernsehfilme für ZDF/BR/MDR), der andere Textdichter. Beide Autoren sind Sozialwissenschaftler und haben sich in diesem Tätigkeitsbereich kennengelernt. Der Friedrichshainkrimi »Ostkreuz« war ihre erste literarische Zusammenarbeit.

John Kleins erster Fall

ISBN 978-3-89809-526-6

9,95 € [D]

John Klein sucht nach einem vermissten Mädchens aus seinem Kiez. Zur selben Zeit wird ein Rabbiner aus der Synagoge in der Rykestraße tot aufgefunden. Gibt es einen Zusammenhang zum Verschwinden des Kindes? Und welche Rolle spielt der mysteriöse Unbekannte, der Klein eines Nachts überfällt?

berlin.krimi.verlag
be.bra verlag

John Kleins dritter Fall

John Klein hat einen miesen Job angenommen: Er soll den halbwüchsigen Sohn eines Nachbarn beaufsichtigen, während der Vater in Südfrankreich einen Film dreht. Der Junge bringt den Detektiv an die Grenzen seiner nervlichen Belastbarkeit. John würde am liebsten alles hinschmeißen, da erhält er einen unverhofften Anruf: Lotti Rogall meldet sich aus dem Altersheim am Weinbergsweg. Dort sind in den letzten Monaten ungewöhnlich viele Pflegebedürftige eines überraschenden Todes gestorben. Die alte Dame fürchtet um ihr Leben …

berlin.krimi.verlag
be.bra verlag